U0561669

时间文丛

时间文丛

西川 著

GUANGXI NORMAL UNIVERSITY PRESS
广西师范大学出版社
·桂林·

还好（代序）

已经够幸运了，我对自己说，既未在战争或械斗中丧命
亦未成年在相互揭发的政治运动中，被下放被批斗

还有时间、心情阅读历代圣贤高明和不甚高明的见解
还能为无家可归者和生下无家可归者的被拐卖妇女难过

外面是冬季的长风从乌兰巴托吹向上海、杭州和苏州
它经过我的窗口，招呼我就像招呼任何人

我坐在窗玻璃滤过的阳光中挠痒，后背上有手够不到的地方
壁虎灰色的几乎透明的身体从墙上一个画框的背后探出头

还好，还能做梦，还有刻薄的兴致和忧伤的机会
还有不安，还能愤怒，还能努力理解已经走样的自己

2022 年 1 月 31 日 除夕

目　录

1

2

卷三　开花

卷四　鉴史四十五章及其他

卷一

汇合

雨季

1.

像诱人的蛇舞动着响尾
伏行于草野之上，雨季来临，
像疯狂的欲念扯乱
美妇人的丝发，雨季来临。
这个时刻，南风吹响干燥的林木，
崩雷震撼在那遥远的巨川之源，
河水际天而来，际天而去，
于是海洋被注满生命。

我东飘西荡的老奶奶擅作胡言乱语，
可信可不信，她有理由说谎，
因为她的双脚曾经踏过
大地的九分之一。
但是请你相信在这个时刻

她所要讲的话，因为她所要讲的
乃是来自另一个意志之泉。

她走出她坐北朝南的宫殿，
也就是她的坟墓她的家，
站到一株硕大的七叶树下。
她倾听林间飒飒的风响，
注视那变得湿黑的泥土，
仰望那显现出快乐的天空。
她混浊的眼睛放射出光芒，
如同日与月并行在天上。

在这个时刻，丈夫们
你们要相信妻子们的话；
妻子们，你们要相信
丈夫们的话；大人们
你们要相信孩子们的话；
聪明的人，你们要相信
愚蠢人的话。在这个时刻
我擅作胡言乱语的老奶奶注视着
每一个要说话的男人和女人。

我擅作胡言乱语的老奶奶在雨雾里
微笑着，像一只羽色斑斓的鸟。

2.

在雨季，一切丢失了生命的东西
都要霉烂——去年的粮食、
去年的布匹、去年的爱情、
去年死去的朋友……
去年的梦想也要像土豆那样
发芽——倘若你只想完完整整地
保全它，而不曾想到
应从那里面淘出金来，
锤打成灿烂的金枝，高擎在手上。

只有这金枝不会霉烂，
它是穿越时间之门的钥匙。
你举着它，便可以自由地迈出
黑暗的世界，从而到达那
永恒的、圣火燎烈的城市。

你必经历这雨的敲打，

你灵魂中那浊重的一面

必经这雨的敲打而变得光洁，

变得坚硬，像不断升高的山岳

耸立在地上所必需的根基那样。

所以你不必躲避这雨，

让雨水淋湿你大麦般的头发，

让雨水淋湿你寻觅着百合花的眼睛，

让雨水淋湿你的手和胸膛，

你的耳朵、肩膀、臂膊和腿，

让它最后渗透到你那颗

脆弱的、蒸发着母性的湿热的心。

你在雨中看到的一切

它们也看到了你，

你看到的是垂死的眼睛，

它们看到的是希望。

3.

去到那大山的南面，那被

古人称作"山之阳"的地方。

那里，黄土和岩石连绵成广阔的沉寂，

丁香树一年年迎着南风开放。
尽管那里风水不好，
但埋葬在那里的人却很多。
因为那里背风，并且在
晴空万里时阳光充足。

去培上一捧新土，为亡灵祈祷。
你心要虔诚，你眼要闭上，
你必得双手合十，你的泪水
要滴落在那新培的黄土上。
在泥土之下的灵魂渴望雨水，
所以当你的泪水渗透到那个世界，
鲜红的花朵将装饰黑暗。
于是那些等待着阳光的人
将向你举手称谢。

你也要把手举起来，
举起两只而不是一只。
你会在午后望见西天有一块云彩
向你面前的坟墓飘来。
那是积雨之云，雨水将落到
你那山药般粗壮的手指上，

落到你身旁的合欢树上。

这时你要呼唤雨和风，
呼唤暗色的心灵，让那些死去的人，
在雨后见到太阳的光，
因为大雨过后是一个晴朗的天空，
鹰在天空打着旋子，彩虹
骑跨在生与死的地平线上。

你将得到我的祝福。

4.

"好雨知时节，当春乃发生。
随风潜入夜，润物细无声。"
这古人的诗句你要仔细阅读，
这诗句描写的是我的季节。
我将在雨水淅沥、雷鸣电闪之夜
来到你的窗前。
当你在台灯之下打一个冷战，
或者梦见一个稀奇古怪的女人，
你要知道那就是我来到了你的身旁。

在我的面前星火跳荡，

在我的身后雨雾迷茫；

在没有路灯的街上，

我是一个弓背伛偻的老妇；

在电影院、地铁车站

我是一个诱人的二八女郎。

我将在迪斯科舞会上

踩你笨拙的脚，把手插进

你的兜里点数你的金钱。

你要品行端正，助人为乐，

你要向西行千里，到西川那里，

用清凉的水洗净你的耳朵、

你的手和你把握不住的欲念。

顺从我的意志我便祝福你，

到大街上去，到荒野里去，

跟着雷电走你就会见到光明！

5.

你将在这个雨季获得爱情，

在这个多雨无风的季节。
那使你焦渴而又绝望的梦，
将化作绿色的血膨胀你的心，
使你在空旷的广场上注目那
遗失了雨伞而彻夜彷徨的姑娘；
使你在人声鼎沸的酒馆里，
放下手中的杯，收敛狂纵的笑，
期待那迎面独坐的女孩子
向你发问并投来温柔的目光
在只有三个乘客的末班车上，
你将发现一个浑身湿淋淋的
冒着热气在打喷嚏的女人——
那便是你的爱情。

爱情会把你折磨得白发丛生，
并且两次在孤独之中号啕大哭。
然后她和你便可以结下良缘。
你们要在我的季节里接吻，
你们接吻的地方将成为历史遗迹
你们的孩子要以那个地方命名。

这属于你也是你所属的女人

有温和的性格和悯人的心。

你要坚信，你们两人走到一起

是两颗星撞到一起；

从此你们两人

要像并生的柏树一样吐翠，

要像两只欢乐的鸟一样比翼高飞，

要像两匹在大雪天逃出魔掌的骏马

畅谈同一片土地，同一块天空。

请你们在五月的夜晚

在雨水的怀抱里携手散步。

你们将听到一支迷人的歌，

它穿过大街小巷，并且在你们居住的

城市上空，回荡不息。

这时你们要伫立街上，

抬起头来，把手捂在胸口

须知那歌唱者便是我，

那迷人的歌是我为你们而唱的。

6.

曾有三个男人和两个女人
在一片废墟上锻炼夺目的石头，
并企图将那石头投向
混乱的街道、房屋、行人，
并投向高天。
但那抛起的石头复又落在地上。
于是那其中的一个经过早秋的激动
开始步入第一个晚秋。
这时他发现了
朝阳与和煦的风、
海上的夜与星空的宁静；
喧嚣与骚动被镇压在
律动的宇宙整体之下，
有如雄伟的海象群
卧伏于大洋之滨，长久地
翘首凝望那生命最原始的冲动。

这个人便是西川，一个男人，爱智者，
在咖啡馆里人们称他为诗人。
你要读西川的诗，因为

他的诗是智慧的诗。

一个法号"惟印"的僧人
指点他认识梛、典和屋檐上的铃铛。
那经历过五次洗礼的人
把他从寒冷多雾的北国山中
带到天朗气清的南国绿地。①
那满腹忧愁最后得睹天光的人
引导他穿越晦暗的林莽,
爬向春草繁茂的高山之顶。②

他的诗曾经感动过两位
肤色微黑的印度尼西亚少女
和一个沉默寡言、胡须满面的犹太长者,
他的诗也必将打动你
如果你要聆听智慧的声音。
你要在雨夜中读他的诗,
你要在烛光下读他的诗,
因为只有在雨夜的烛光里,
你才能懂得他的诗。

---

① 指歌德。
② 指但丁。

于是在天晴的时候，

你们将成为朋友，

他将向你讲述你的笑话，

并送给你一支藤杖和一把钥匙。

你们将共同迎来太阳

和收获时节那响彻原野的歌。

7.

当你迎来晴朗的时日时

你要怀念我。

到大海之滨去点七堆篝火，

并沉思我所说的话。

当月亮在西天隐没，海潮退去，

你要将这七堆火扑灭——

它们带有黑夜的毒气。

你要坐在一块青石上注视那水，

因为雨的灵将化为那水

在日光的照耀下腾达穹庐之极。

它将飞跃大海洋和夏风鼓荡的陆地，

垂顾你和你的家族、邻居。

看到鲜花时你要怀念这雨，

看到怀春的少女时你要怀念这雨，

看到年迈的人焕发青春，你要怀念这雨

看到罪恶霉烂下去，生命奇迹般壮大，

你要怀念这雨——

阳光是这雨的兄弟，

雨水冲毁的城寨它将重建，

雨水冲散的欢乐它将再次聚集，

雨水打湿的高楼大厦，

它将使它们重现光泽，

雨水祝福的爱情它将使之开花结果。

所以，当你触摸到阳光的热度时，

你要怀念这雨；当你能够辨别风向，

在向阳的青草坡上开心地沐浴时，

你要怀念这雨——

我所预言的都必实现，

我要你做的事你定要完成，

在高天之上我将注视你，

在我的卧榻之上我将注视你。

你要欢乐雨水给予，
你要生命雨水滋养，

你要我的祝福，
就请你时时念起我的名字。

1985 年 3—4 月

北大

挽歌

1.

死亡封住了我们的嘴

紧接着这一刻的是钟声漫过夏季的树木

是蓝天里鸟儿拍翅的声响

以及鸟儿在云层里的微弱的心跳

风已离开这座城市，犹如起锚的船

离开有河流奔涌的绿莹莹的大陆

你，一个打开草莓罐头的女孩

离开窗口；从此你用影子走路

用梦说话，用水中的姓名与我们做伴

死亡封住了我们的嘴

紧接着这一刻的是落日在河流上

婴儿在膝盖上，灰色的塔在城市的背脊上

我走进面目全非的街道

一天或一星期之后我还将走过这里

远离硝石的火焰和鹅卵石的清凉

我将想起一只杳无音信的鸽子

做一个放生的姿势，而其实我所希望的

是它悄悄回到我的心里

死亡封住了我们的嘴

在炎热的夏季蝉所唱的歌不是歌

在炎热的夏季老人所讲的故事概不真实

在炎热的夏季山峰不是山峰，没有雾

在炎热的夏季村庄不是村庄，没有人

在炎热的夏季石头不是石头，而是金属

在炎热的夏季黑夜不是黑夜，没有其他人睡去

我所写下的诗也不是诗

我所想起的人也不是有血有肉的人

2.

我永远不会知道是出于偶然还是愿望

你自高楼坠落到我们中间

这是一只流血的鹰雏坠落到七月闷热的花圃里

多少人睁大了眼睛听到这一噩耗

因为你的血溅洒在大街上

再不能和泥土分开

因为这不是故事里的死而是

真实的死；无所谓美也无所谓丑

你永远离开了我们

永远留下了一个位置

因为这是真实的死，我们无语而立

语言只是为活人而存在

一条思想之路在七月的海水里消逝

你的血溅洒在大街上

隐藏在欢乐与痛苦背后的茫然出现

门打开了，它来到我们面前，如此寂静

现在玫瑰到了怒放的时节

你那抚摸过命运的小手无力地放在身边

你的青春面孔模糊一片

是你少女的胸脯开始生长蒿草

而你的腿开始接触到大地的内部

在你双眼失神的天幕上，我看见

一个巨大的问号—把镰刀收割生命

现在你要把我们拉入你

麻木的脑海，没有月光的深渊

使我不得不要求把你的眼睛合上

然后我也把我自己的眼睛

深深地关闭，和你告别

3.

把她带走吧

把花朵戴在她的头上

把她焚化在炉火里吧

那裂开的骨头不再是她

她不再飞起

回忆她短暂的爱

她不再飞起

回忆伤害过她的人

回忆我们晴朗的城市

她多云的向往

岩石里的花不是她

沉默中见到的苹果树的花

她不再飞起

我无法测度她的夏季

她不再需要真理

她已成为她自己的守护神

啊，她的水和种子

是我所不能祈祷的

水和种子

我不能为她祈祷

她睫毛上的雨水

迎接过什么样的老鼠

和北方的星辰

什么样的镀金的智慧

啊，她不再飞起

制伏她的泪

她的呼吸不再有

令人激动的韵律

4.

我永远不会知道是出于偶然还是愿望

一个和你一样大的女孩子站立在我身旁

一个和你一样高的女孩子站立在我身旁

一个和你同名同姓的女孩子站立在我身旁

一个和你一样俏丽的女孩子站立在我身旁

远处市场上一派繁忙

当我带住生命的丝缰向你询问

生命的意义，你的沉默便是你的死

你已不能用嘴来回答我

而是用这整个悲哀的傍晚

一大群女孩子站立在我的身旁

你死了，她们活着，战栗着，渴望生活

她们把你的血液接纳进自己的身体

多年以后心怀恐惧的母亲们回忆着

这一天（那是你在世上的未来）：

尸体被轻轻地盖上白布：夏季的雪

一具没有未来的尸体享受到刹那的宁静

于是不存在了，含苞欲放的月亮

不存在了，你紫色衫裙上的温热

我将用毕生的光阴走向你，不是吗？

多年以后风冲进这条大街

像一队士兵冲来，唱着转战南北的歌

那时我看见我的手，带着

凌乱的刀伤展开在苹果树上

我将修改我这支离破碎的挽歌

让它为你恢复黎明的风貌

挽歌

1987 年 7 月

造访

1.

已经到来的夜晚和将要到来的夜晚是同样的夜晚：
山河阒寂，血流潺潺；
已经到来的夜晚和将要到来的夜晚是同样的夜晚，
迫使明亮的更明亮，幽暗的更幽暗。

夜晚来到此地，我回忆，我飞翔，我几乎找不到自己，
当我停落在花朵的心房。
我听到钟敲十二下仿佛十二个小人儿在打铁，
仿佛十二只小鸟遭了天罚，被剪掉翅膀，
重重地摔落在地板上。

你是否记得那个在食堂舞会上大出风头的女人
被一支支舞曲追逐成自信的燕子飞呀飞呀，
最后竟然光着脚板走回家？

你是否记得那个险些毁掉你生活的家伙

在一个冬日的黄昏消失，没留下一句抱歉的话？

而假如你怀念一个人，

就请你在午夜十二点面对镜子削一只苹果，

凝神静气，轻轻地，轻轻地将他呼唤。

哦，假如这时他在镜中出现，

一个幻象，恍如来自另一个世界，

恍如穿越了另一个世纪的暴风雪，

（一个 1085 年的士兵或一个 1521 年的水手，

一个 1883 年的教师或一个 1999 年的香客）

请勿因恐惧而握紧刀柄，请回答他怯懦的"晚上好"。

在他身后，或许鬼魂繁殖鬼魂踩得原野碧绿，

或许鬼魂遇见鬼魂他们的礼节是接吻；

而假如你有足够的勇气注视他的身后，

你或许会看到一支鬼魂的大军鸦雀无声。

2.

五十个人中有一个妖怪。

一千个人中有一位圣贤。

沧海桑田，一代代新人老去。
房倒屋塌，地球是窗外最暗的星。

我想这是下雨的好时辰。
我想这是猫叫的好时辰。

种瓜得瓜，种豆得豆。
好人读坏书，小马走邪路。

自行车冲进荒凉的大海。
无人采摘的露水滴滴下坠。

医生为病人写一首打油诗。
乐师用锣鼓驯服野兽。

我知道泉边林下必有少女，
岩穴茅屋必有哲学，

五朵金花换一座城寨，
一座花园埋一个园丁。

而那偷盗铜铃的人是胆大的。
而那挖设陷阱的人是胆大的。

而那向儿童施暴的人，
也是诽谤太阳的人。

而那自言自语的人，
也是把生命押作赌注的人。

我看见了草药、木柜、我的雨鞋，
我的雨鞋沾满泥巴；

我把它们扔进垃圾桶，
谁会穿上它们，并来到我的窗下？

3.

有人敲门——谁呀？那是谁？谁在那儿？
我打开房门，也打开了周身的汗毛孔：
没有人。没有人。没有人。

但若是没有人，俯首的岩石便会有所行动，

我们会否交上那些高大恐龙的厄运？

较小的动物，较容易生长。

我们稍一夸口就难免自卑。

信念日益稀少，稀少到昂贵，已适于收藏，

但它很难变成现款，很难让高档次的俗人展开笑颜。

我们等待那个信念的收藏家。

我们想象她为孔雀公主或手捧丁香的姑娘。

但她不露面，就是不露面，

弄得四个季节像四只鸟飞乱了秩序，

弄得不耐烦的少年在公共厕所的墙壁画下她的生殖器。

当歌唱转入叙述，当月亮犹豫不决，

向往爱情的人打开电视，

向往纯洁的人关上门拉上窗帘，

向往风暴的人脑子里嗡嗡作响，

向往真理的人体弱多病，瘫痪在床上。

可这是多好的夜晚哪，凉风吹送着花朵的香魂

投胎转世为目光短浅的好汉；

他们一个个摆脱了贫困，

却第一次遇到良知。

安睡！安睡！我却清醒到最后一刻：
有人吗？
徘徊在大陆的深处我远离海洋。
徘徊在现在的深处我远离未来。

4.

在广大的，深不可测的黑暗中
小巷和广场似乎无所不知
从寂静的城市到寂静的山梁
我浑然不知我将何往

造
访

我浑然不知群山为何如此壮大
冰凉的石头在我的脚心硌出声响
我跌跌撞撞发现这就是大地
这时一个声音响在我耳旁

这是一个姑娘与我擦肩而过
驾着她的声音赶路向前
她虽然孤身一人，却有笑有说

两只孔雀跟随着她，却一路沉默

我转身悄悄跟上，冒充第三只
踏着孔雀的粪便和井然的山石
恢复的视力看见太阳落山
我走过的地方好像从未走过

我们走进一座场院灯火通明
中心一堆篝火烧得正旺
那么多人袖子高挽，头插羽毛
他们黑色的皮围裙油光闪亮

天哪！我看到的竟然是灾难一场
翠色的羽毛铺满一地
一只只小鸡一样无辜的孔雀
被他们用尖刀打开胸膛

高贵的血溅洒于午夜的青石
天上刚出浴的星斗还未亮出个模样
一只孔雀向着火焰开屏
这猝不及防的一幕是壮丽的死亡

我听到了午夜的寂静

但我同时也听到了我心房的颤抖

当一把尖刀直刺我的胸膛

我唯一的反抗是惊醒在床上

5.

是谁？是谁在杯中斟满了酒？

是谁在桌子上撒下一片点心渣？

一梦醒来，是谁挪动的座钟？

是谁在窗玻璃上写满了梦话？

黑暗的走廊。壁灯。拐角。楼梯。

通往下水道的暗门。通往卧室的电线。

张三的手套。李四的雨伞。王五的黑桃 K。

高大的书柜。经年的书脊。

等待爆炸的神秘的煤气罐。

秘不示人的黄色手抄本。

莫名其妙的化学元素周期表。

被回忆的脚步声：是谁？是谁？

不真实的啜泣声：是谁？是谁？

这房间容纳下今日隐秘的生活，

从炉膛内压抑的火苗到一把玩具手枪，

却容不下一只鹰或一棵大树。

只有纸上的姓名在蠕动，

仿佛淹没意志的阴森的海水。

随意写下的姓名囤积善恶，

你抹去它们，势必要得罪那些高大的影子！

美丽的思想需要光明，而黑夜的思想说不出口。

说不出口的思想来自空无一人的大街、

沿墙摞起的蜂窝煤、

录像带里光屁股的女人、

人嘴里鹦鹉的舌头。

枯竭的人用以掩饰自我的黑暗哪，

烘托出弱小的人用以自我安慰的光明。

在半明半暗的天空，鸟儿还在；

在鸟儿下坠的瞬间，阴曹地府还在。

6.

既然谣曲消失于嘴，

召唤消失于耳朵，

阳光消失于头发，

众人的夜啊，给我一个孤独的灵感！

既然我还能喘息，

既然我还能看见，

空气呀，就请降低你的毒性，

再透明些，让事物的轮廓更清晰！

让伤口说话，

让鸽子与火光交谈，

既然柴火是负责的，

而心房里的小人儿惯于倾听。

那午夜投胎的孩子，

他的骨头必然坚硬，

他的生命必然长久；

那遥远的大海，它的光焰从何而来？

而陆地上的灯深入夜，草高于膝盖，

牛马忍不住它们的饥饿，

我忍不住我的错误。

错误，犯了。

碗，摔碎在地上了。

记忆里的公鸡，叫了。

生活没有征兆，继续着呢，怎么还在继续着？

7.

已经到来的夜晚和将要到来的夜晚是同样的夜晚：
山河阒寂，血流潺潺；
已经到来的夜晚和将要到来的夜晚是同样的夜晚，
迫使明亮的更明亮，幽暗的更幽暗。

一个趋向于两极的世界对于创造者是一道难题：
两个完全相反的人命中注定在墓地相遇。
你在别人的花园里睡觉，失眠，出冷汗。
你在别人的家中见到的女人或许正是你多年寻觅。

只有寂静无为的日月星光堪称大公无私，
而蕴含着毁灭的生命不得不克服反讽，有所承担。
这或许是一种全体的应和，
是理智所不能理解的盲目

混合着针对自我的惊讶与彷徨。

一个人活着就是许多人活着，

就是许多人揉着太阳穴嘀嘀咕咕，

就是许多人守在大树的一侧等待兔子冲过来撞死。

鸡鸣。曙色。第一次饮酒。

解冻。春天。第一次恋爱。

第一次摔倒。第一次惊慌。

第一次口吃。第一次脸红。

第一次恶念。第一次咬牙。

第一次尴尬。第一次龌龊。

第一次丢人现眼。第一次奄奄一息。

看穿了一切却不能将一切抛诸脑后；

记忆追踪着我们，给我们立体的形象。

造访

1994 年 2 月，1995 年 5 月

哀歌

1.

在雷电交加的夜晚
　　在满屋子蝙蝠中间

我抛掷硬币寻求启示
　　我看到硬币站立在桌面

在雷电交加的夜晚
　　在满屋子蝙蝠中间

我梦见一个驼背的园丁
　　向正午的太阳眯起眼

写完花园，写完园丁
　　现在我等待大火进门

在雷电交加的夜晚

　　在满屋子蝙蝠中间

现在我要付清账单

　　等待一位妇女的降临

她怀里的婴儿屁股通红

　　她身后的冰雹百年罕见

2.

当月华东升，凉露结愁

我久已喑哑的老奶奶开始歌唱

我久已喑哑的老奶奶在坟墓里歌唱

仿佛春天在她体内生长

她头上的草帽霉烂了

群兽渡过闪光的大河

她身上的丝绸霉烂了

风信子藏进远方的村庄

我久已喑哑的老奶奶在坟墓里歌唱
歌唱两条交叉的小路

一个寻找羊群的黑衣人
茫然望见我奶奶的灯光

我久已喑哑的老奶奶在灯光下歌唱
怀里的座钟当当敲响

当月华东升，凉露结愁
她心房颤抖得像一位新娘

3.

他们取走了太阳，取走了月亮
取走了蜥蜴的镜子

他们取走了蜂蜜，取走了苹果
取走了鸽子的灯

长安城中，他们取走了车马
顺便取走了公主

爱人的眼中，他们取走了泪水
把她变成一只老鹰

他们横征暴敛天下的玫瑰
存进一只木箱漆黑

凭他们愿意，让他们取走
我的噩梦、我的懊悔

今夜我听到工人们铲沙子的
声音，我说"干吧！"

今夜他们将取走什么？谁来取走
他们留在世上的寂静？

4.

你们裸者的地平线：
经得起毁灭和耕耘

你们预言家的地平线：
无家可归者的家

这满世界的野草莓
我应当怎样采集？

那些尚未开辟的道路
一定是伟大的道路！

荒原宫殿的大门
吱呀一声，为北斗而开

一只光芒万丈的蝴蝶
胸膛里正值严冬

我看到我听到我摸到
落日的哭声环绕着我

巨石兀立在梦的顶端
将随我一声狮吼而滚落

5.

明天将有丧失理性的青蛙
向另一片国土偷渡

明天将有无声的太阳
越过众多白雪皑皑的头颅

明天地下的板棚将再度烧光
而天上的姑娘们将丧失廉耻

明天千金散尽的李太白
将把这首哀歌诵读

而你将到来，貌似一个强盗
只是力量已经用完

只是孩子们将漠视你的存在
因为马戏场里飘出了笛声

而你将悄悄放下雨伞
悄悄爱上他们，然后离去

明天我将在劳作之后
一睹腐叶上的死鸟纷纷再生

投向夜阑人静的城市
欢庆胜利

6.

太阳拥有它自己的田野
广阔的领地、无知的奴隶

太阳拥有它自己的田野
小麦、荨麻推翻了玉米

太阳拥有它自己的田野
播种是好的，死亡是好的

太阳拥有它自己的田野
复活的大风狂歌一曲

一切的阴影归于太阳

一只小鸟闯进太阳的田野

　　一切的阴影归于太阳
这小鸟梦见了无知的奴隶

　　一切的阴影归于太阳
寂静等于阴影在说话

　　一切的阴影归于太阳
从太阳的高度飘来了旌旗

哀歌

1991 年 7 月

远游

巨
兽

44

1.

沐着八月的清风众星西移，
唯有北极星凝然不动，
有如体育馆里赛事结束，喧闹的众人离去，
最后一盏明亮的大吊灯高悬于穹顶。
你若注视这吊灯你必久久愣住。
你想找到贴切的词汇赞颂这恒常的事物
却惴惴不安于自己的无能。

无能而沉思，
在蟋蟀宛如清风的歌唱里，
在吊死鬼儿的树下，在毛毛虫的台阶上，
——这是星宿的意愿。
而就在星宿认出我们的一刹那
我们也认出了　我们可怜的小生命

乃是大生命的一部分；

我们的清贫并不比蟋蟀更清贫。

灯火费力地照耀着大地，

大地上依稀可见的脚印

岂非灵魂升天的见证？

我们远望见二十八个巡逻兵在星空迷路，

一个逃离生活的少妇提灯问道，

去远方，不回头。

从未听说过她从星空坠落，

从未听说过她后来化身为白骨。

曰："天地毁乎？"

曰："天地亦物也。"

曰："既有毁也，何当复成？"

曰："天地毁于此，焉知不成于彼也？"

曰："人有彼此，天地亦有彼此乎？"

曰："人物无穷，天地亦无穷也。

　　至人坐观天地，一成一毁，

　　如林花之开谢耳，宁有既乎？"①

---

① 摘自元代伊世珍《琅嬛记》。问答者为姑射谪女与九天先生。

我们这些方生方死的徘徊者
头顶星空低语或高歌
当我们有时企望一手遮天，
一场流星雨便撒落在我们身后！

2.

布满伤痕的肉体啊
你有布满星宿的灵魂，
衡量灵魂的尺度啊
一个秘密引诱你牺牲。
而在我灵魂的深处，
仁慈的风把烛焰吹抚，
落满水缸的雨水悄悄预告了
那火红的太阳转眼之间
便会自海的那边笔直地上升。

在我灵魂的深处，
攀登者所攀登的是鸟类的阶梯；
在我灵魂的深处，
泅渡者所泅渡的是星光的海域。

多少人走在相同的道路上，

必然在一个相同的地点

决定开口言说以赢得那海市蜃楼。

率先归于泥土的人们

又不仅仅是泥土，他们又是

黎明的露水、黄昏纯净的笛声。

我们每天重新醒来，

在一个崭新的高度上

拥抱一个改头换面的旧世界；

把无用的箴言请出历史，

把无声的噩梦请下床铺，

当一朵浮云带走了我们的百合花，

我们怎能坐定在屋檐下，

清谈脆弱的美德，

错过上路的时辰，

充耳不闻那些造化的呓语和歌唱？

3.

道路高高地升起，大地遥远。

飞鸟的天空深邃，一分钟漫长。

呈现于生命的生命，

多么丰盛，又多么荒凉！

我们已经看到

黑色的峡谷、白色的幼儿园，

我们还将看到

黑色的果实、白色的小卖部。

那被先贤赋予多重意义的大河并不难堪，

它横冲出自己的宽阔以接纳投奔者。

在大河的两岸，物竞天择无声，

鲜血滴落在鸟巢之下。

我们已经看到

黑色的岩石、白色的鸟卵，

我们还将看到

黑色的厨房、白色的歌剧院。

在未来歌剧院的片片屋瓦上，

烈日将闪耀它彻骨的孤独，

就像一只春天的老虎穿越林莽，

每前进一步，孤独就加深一层，

就像这食肉的老虎，这大个，

面对小牛犊禁闭起肠胃深处的欲望，

而等待被吞噬者

虽不懂它的自戕却倾倒于它的金黄！

我们已经看到

黑色的动物园、白色的屠宰场，

我们还将看到

黑色的海滨墓地、白色的高原产房。

一切辛劳为了心中不解其意的幻象。

当你吁请一个路标指向高原

你迈步走向的或许是大海；

当你在秋天的傍晚想在路边歇歇脚

一阵狂风却把你吹送到千里之外。

4.

今夜我就此歇脚了，不去投宿了。

在这小城中心的小公园里，

今夜我将得到所有先贤的庇护。

头上是鸟儿遁迹的星空；

耳边是柏树丛隔开的行人的脚步。

我躺下在这清风的旅店，

远离那些臭味儿弥满的旅店里

翻江倒海的呼噜声。
我黑色的雨衣裹着我，
把我交给这本来的世界。

在这本来的世界上，梦来了。
颠三倒四的梦境：有人，没人。
有人走在狼群里，狼群变狗群；
狗群游荡，游荡成狼群。
那个消失了很久的人我又看见了。

只有在梦中我们才能同逝者说话，
或者回避一个现实的世界，
从血液，从裸露的躯干，
发现一丁点他们的痕迹：
在月明星稀之夜，
安静的逝者跨过田垄和荆棘围向我，
仿佛我曾经是他们中间的一员。
他们喜悦着，给我变出
我不曾见过的野兽和不曾睡过的被窝。
他们向我吹风，
他们向我下雨。
沉闷的雷声自天边传来。

他们说此地不宜久留。

他们叫我交出钱来为了到达远方。

他们搜我的身为了负责我灵魂的方向。

我心甘情愿地说："你们搜吧！"

我从地上坐起却惊见一个姑娘正在我身上摸索。

这不是艳遇哦，这是打劫

这好像是艳遇哦，这其实是打劫。

她的男人在不远处的树下坐等，有点冷漠。

5.

在路上的花粉，

遇见在路上的鸟粪。

在路上的老和尚，

遇见在路上的小和尚。

呼啦啦走过要饭的毛驴驮着圣人及其门徒。

离他们一百里，跋涉着蒙面的千里独行侠。

居住者，给这些过客以水和干粮，

容他们避雨，给他们屋檐、稻草和灯光。

因为有了他们，雨水美丽；

你活在世上，就能偶尔听到灵魂的声音。

而假如一个过客掉了队，

在你们剪除了杂草的城中迷路，

徒劳地寻找一个不存在的姑娘，

你也不必肆行嘲讽，

你当看出一个悲剧的主题，

暗含在他逐渐的毁灭中。

今天，古老的生活一如既往，

古老的富足与贫困、彻悟与萎靡

历经瘟疫、饥荒、妥协与搏杀，

相互交换位置，相互依存。

公平的交易不会让任何人捞到好处。

你要生活你就得屈尊。

这就如我屈尊的姐姐小红莲

哆嗦着，保持着热量，

带着遗憾和委屈，踏着厚厚的积雪，

像鬼火一样穿过一个世纪的

街道和桥梁、青春和死亡，

回到她清晨出发的地点，

在新年午夜的钟声里心烦意乱。

6.

从我最初寻觅大地的花朵，
我几乎一无所获；
从我最初迈向寂寥的星辰，
我几乎依然在原地停留。
开门迎望北极星，
朝天的大路上空无一人。

经过夏季和冬季，
对许多人来讲我已经死去。
毛皮发光的走兽擦身而过，
黎明来了，我在树下听到了歌声。
歌声发自树木和岩石，
歌声塑造了大海和嘴唇，
朝天的大路上空无一人，
有限的是我，无限的是歌声。

有限的是一个远游者，
无限的是他的必由之路。
有限的是他的乞讨之手，
无限的是玉米的生长，一张小甜饼。

远游

有限的是一只飞鸟全部的羽毛，
无限的是它的传说、它的飞翔。
有限的是一朵瞬间开放的百合花，
无限的是她那神秘的芬芳。

肉体和肉体拥抱在一起然后分离，
不像灵魂和灵魂拥抱在一起就能汇合为
精神的大海，就能应和远方大海的音乐。

7.

大海，到了。万岁的大海，到了！
你啊，物质最初的形态！
时间必然的结果！空间喧响的大梦！
一切经验转向这鸥鸟的正午，
一切沉思直接迎向这荒凉和幸福！
生命的远景，下沉又上升的
是百合花纯洁而盛大的火焰，
在正午的太阳铺设于海水的金色大路上，
波涛的蓝色姐妹往来奔走。
什么样的喜悦抓住了她们，使她们透明，
并将她们的信仰

传播给岩岸上三只迷路的瓢虫？

近了！一座花园越过万顷波涛
而呈现于心灵的视野：
以大海为基础，幻美的亭台微微颤动。
从闪耀的花枝间传来蝴蝶的笑语。
复活于青苔之上的老虎步态从容。
我要说生命是美丽的，
对于它所意味的希求，这就是报答：
当一只有力的手向大海挥动，
悬空的太阳上也要刮起微风！

那些远游者，穿过盲目的黑暗
先我而来的人们，业已脱胎换骨的人们，
他们去了哪里？他们是否也曾从
不断的放弃中最终获得了
深渊、海水和被阳光拍打的大门？
瞬间的安慰既已足够，
不需要更多的美，使灵魂难于平静。

然而

金光灿灿的一万道大门

却在海面依次打开，

一道璞玉的阶梯通过所有的大门向高处延伸。

众鸟列队而下，醉饮大海，

一个小人儿循着无尽的阶梯缓步攀登。

当他闻听钟鼓之声响彻大海，

更高的地方已布满星辰：

正确的高度，星辰登临的高度！

俯身大海，不必再为命运而拍手叫好，

却得以为歌唱而歌唱，为静默而静默！

1989 年 10 月，1990 年 4 月

卷二

深浅

致敬

一、夜

在卡车穿城而过的声音里，要使血液安静是多么难哪！要使
卡车上的牲口们安静是多么难哪！用什么样的劝说，什么样
的许诺，什么样的贿赂，什么样的威胁，才能使它们安静？
而它们是安静的。

拱门下的石兽呼吸着月光。磨刀师傅佝偻的身躯宛如月牙。
他劳累但不甘于睡眠，吹一声口哨把睡眠中的鸟儿招至桥头，
却忘记了月色如银的山崖上，还有一只怀孕的豹子无人照看。

蜘蛛拦截圣旨，违背道路的意愿。

在大麻地里，灯没有居住权。

就要有人来了，来敲门；就要有羊群出现了，在草地。风吹

着它从未梦见过的苹果；一个青年人在地下室里歌唱，超水平发挥……这是黑夜，还用说吗？记忆能够创造崭新的东西。

高于记忆的天空多么辽阔！登高远望，精神没有边界。三两盏长明灯仿佛鬼火。难于入睡的灵魂没有诗歌。必须醒着，提防着，面对死亡，却无法思索。

我给你带来了探照灯，你的头上夜晚定有仙女飞行。

我从仓库中选择了这架留声机，为你播放乐曲，为你治疗沉疾。

在这星星布阵的夜晚，我的头发竖立，我左胸上的黑痣更黑。上帝的粮食被抢掠；美，被愤愤不平的大鸟袭击。在这样的夜晚，如果我发怒，如果我施行报复，就别跟我谈论悲慈！如果我赦免你们，就赶紧走路，不必称谢。

请用姜汁擦洗伤口。

请给黄鼠狼留一条生路。

心灵多么无力，当灯火熄灭，当扫街人起床，当乌鸦迎着照临本城的阳光起飞，为它们华贵的翅膀不再混同于夜间的文字而自豪。

通红的面孔，全身的血液：铜号吹响了，尘埃战栗；第一声总是难听的！

二、致敬

苦闷。悬挂的锣鼓。地下室中昏睡的豹子。旋转的楼梯。夜间的火把。城门。古老星座下触及草根的寒冷。封闭的肉体。无法饮用的水。似大船般漂移的冰块。作为乘客的鸟。阻断的河道。未诞生的儿女。未成形的泪水。未开始的惩罚。混乱。平衡。上升。空白……怎样谈论苦闷才不算过错？面对岔道上遗落的花冠，请考虑铤而走险的代价！

痛苦：一片搬不动的大海。

在苦难的第七页书写着文明。

多想叫喊，迫使钢铁发出回声，迫使习惯于隐秘生活的老鼠列队来到我的面前。多想叫喊，但要尽量把声音压低，不能像谩骂，而应像祈祷；不能像大炮的轰鸣，而应像风的呼啸。

更强烈的心跳伴随着更大的寂静，眼看存贮的雨水即将被喝光，叫喊吧！啊，我多想叫喊，当数百只乌鸦聒噪，我没有金口玉言——我就是不祥之兆。

欲望太多，海水太少。

幻想靠资本来维持。

让玫瑰纠正我们的错误，让雷霆对我们加以训斥！在漫漫旅途中，不能追问此行的终点。在飞蛾扑火的一刹那，要谈论永恒是不合时宜的，要寻找证据来证明一个人的白璧无瑕是困难的。

记忆：我的课本。

爱情：一件未了的心事。

一个走进深山的人奇迹般地活着。他在冬天储存白菜，他在夏天制造冰。他说："无从感受的人是不真实的，连同他的祖籍和起居。"因此我们凑近桃花以磨炼嗅觉。面对桃花以及其他美丽的事物，不懂得脱帽致敬的人不是我们的同志。

但这不是我们盼待的结果：灵魂，被闲置；词语，被敲诈。

诗歌教导了死者和下一代。

三、居室

钟表吐露春光，蟋蟀在它自己的领地歌唱。不允许的事情发生了：我渐渐变成别人。我必须大叫三声，叫回我自己。

我用收集的道具装饰房间。每天夜晚，我都有幸观赏一场纯粹由道具上演的戏剧。

厨房适于刀叉睡眠，广场适于女神站立。

镜中的世界与我的世界完全对等但又完全相反，那不是地狱就是天堂；一个与我一模一样但又完全相反的男人，在那个世界里生活，那不是武松就是西门庆。

我很少摸到我的脸颊、我的脚踝。我很少摸到我自己。因此我也很少批评我自己，我也很少殴打我自己。

常常有这样的事情发生：刘军打电话寻找另一个刘军。就像我抱着电话机自言自语。

精神病患者的微笑。他暴露给太阳和女人的生殖器。他以头撞墙的声音。他发育不良的大脑。"对不对——对不对？"——他反复追问的问题。

我的家没有守门人。如果我雇一个守门人，我就得全力以赴守住他。

如果这房间坐进美女三千，你是兴奋还是恐惧？美女三千，或许是三千只狐狸精，对付她们的唯一办法是将她们灌醉。

一个曾以利斧断指的男人，来向我讲述他的爱情故事。

别人的经验往往成为我们的禁忌。

墨水瓶里的丁香花渐渐发蓝。它希望记住今夜，它拼命要记住今夜。但这是不可能的。

我用内心的秘密滋养这莲子：一旦荷花开放，就是夏季。

四、巨兽

那巨兽，我看见了。那巨兽，毛发粗硬，牙齿锋利，双眼几乎失明。那巨兽，喘着粗气，嘟囔着厄运，而脚下没有声响。那巨兽，缺乏幽默感，像竭力掩盖其贫贱出身的人，像被使命所毁掉的人，没有摇篮可资回忆，没有目的地可资向往，没有足够的谎言来为自我辩护。它拍打树干，收集婴儿；它活着，像一块岩石，死去，像一场雪崩。

乌鸦在稻草人中间寻找同伙。

那巨兽，痛恨我的发型，痛恨我的气味，痛恨我的遗憾和拘谨。一句话，痛恨我把幸福打扮得珠光宝气。它挤进我的房门，命令我站立在墙角，不由分说坐垮我的椅子，打碎我的镜子，撕烂我的窗帘和一切属于我个人的灵魂屏障。我哀求它："在我口渴的时候别拿走我的茶杯！"它就地掘出泉水，算是对我的回答。

一吨鹦鹉，一吨鹦鹉的废话！

我们称老虎为"老虎"，我们称毛驴为"毛驴"。而那巨兽，你管它叫什么？没有名字，那巨兽的肉体和阴影便模糊一片，

你便难以呼唤它，你便难以确定它在阳光下的位置并预卜它
的吉凶。应该给它一个名字，比如"哀愁"或者"羞涩"，
应该给它一片饮水的池塘，应该给它一间避雨的屋舍。没有
名字的巨兽是可怕的。

一只画眉把国王的爪牙全干掉！

它也受到诱惑，但不是王宫，不是美女，也不是一顿丰饶的
烛光晚宴。它朝我们走来，难道我们身上有令它垂涎欲滴的
东西？难道它要从我们身上啜饮空虚？这是怎样的诱惑呵！
侧身于阴影的过道，迎面撞上刀光，一点点伤害使它学会了
呻吟——呻吟，生存，不知信仰为何物；可一旦它安静下来，
便又听见芝麻拔节的声音，便又闻到月季的芳香。

飞越千山的大雁，羞于谈论自己。

这比喻的巨兽走下山坡，采摘花朵，在河边照见自己的面影，
内心疑惑这是谁；然后泅水渡河，登岸，回望河上雾霭，无
所发现亦无所理解；然后闯进城市，追踪少女，得到一块肉，
在屋檐下过夜，梦见一座村庄、一位伴侣；然后梦游五十
里，不知道害怕，在清晨的阳光里醒来，发现回到了早先出
发的地点：还是那厚厚的一层树叶，树叶下面还藏着那把匕

首——有什么事情要发生?

沙土中的鸽子,你由于血光而觉悟。
啊,飞翔的时代来临了!

五、箴言

击倒一个影子,站起一个人。

树木倾听着树木,鸟雀倾听着鸟雀;当一条毒蛇直立起身体,
攻击路人,它就变成了一个人。

致
敬

你端详镜中的面孔,这是对于一个陌生人的冒犯。

法律上说:那趁火打劫的人必死,那挂羊头卖狗肉的人必遭
报应,那东张西望的人陷阱就在脚前,那小肚鸡肠的人必遭
唾弃。而我不得不有所补充,因为我看到飞黄腾达的猴子像
飞黄腾达的人一样能干,一样肌肉发达,一样不择手段。

葵花居然也是花!

为什么是猫而不是老虎成了我们的宠物?

小小的疼痛，像沙子涌入眼眶的感觉——向谁索取赔偿呢？

一本书将改变我，如果我想要领会它；一个姑娘将改变我，如果我想要赞美她；一条道路将改变我，如果我想要走完它；一枚硬币将改变我，如果我想要占有它。我改变另一个生活在我身旁的人，也改变自己；我一个人的良心使我们两人受苦，我一个人的私心杂念使我们两人脸红。

真理不能公开，没有回声的思想难于歌唱。

愤怒使咒语失灵。

对于海上落难的水手，给他罗盘何用？

不要向世界要求得太多。不要搂着妻子睡眠，同时梦想着高额利润。不要在白天点灯。不要给别人的脸上抹黑。记住：不要在旷野里撒尿。不要在墓地里高歌。不要轻许诺言。不要惹人讨厌。让智慧成为有用的东西。

可以蔑视静止的阴影，但必须对移动的阴影保持敬畏。

太阳鸟争飞，谁在驱赶？

什么样的好运才能终止你左眼皮不住的跳动？

六、幽灵

空气拥抱我们，但我们向未觉察；死者远离我们，在田野中，在月光下，但我们确知他们的所在——他们高兴起来，不会比一个孩子跑得更远。

那些被埋藏很深并且无人知晓的财富，被时间花掉了，没有换取任何东西。那些被埋藏很深并且渐被忘却的死者，怎能照顾好自己？应该将他们从坟穴挪出。

他人的死使我们负罪。

悲伤的风围住死者索要安慰。

不能死于雷击，不能死于溺水，不能死于毒药，不能死于械斗，不能死于疾病，不能死于事故，不能死于大笑不止或大哭不止或暴饮暴食或滔滔不绝地谈说，直到力量用尽。那么如何死去呢？崇高的死亡，丑陋的尸体：不留下尸体的死亡是不可能的。

我们翻修街道，起造高楼，为了让幽灵迷路。

那些死者的遗物围坐成一圈，屏住呼吸，等待被使用。

幽灵将如何显现呢？除非帽子可以化作帽子的幽灵，衣服可以化作衣服的幽灵，否则由肉转化的幽灵必将赤裸，而赤裸的幽灵显现，不符合我们存在的道德。

黑暗中有人伸出手指刮我的鼻子。

魔鬼的铃声，恰好被我所利用。

七、十四个梦

我梦见我躺着，一只麻雀站在我的胸脯上对我说："我就是你的灵魂！"

我梦见一座游泳池，四周围着铁板。我伏在铁板上纵情歌唱，我的脚在铁板上踢出节拍，而游泳池内忽然空无一人。

我在梦中偷盗。我怎样向太阳解释我的清白？

我梦见一堆书信堆在我的门前。我弯腰拾起其中的一封。哦，那是我多年以前写给一个姑娘的情书！她为什么归还？

我梦见一个女人给我打来电话。一个陌生的女人，一个似乎已经死去的女人，以关怀备至的口吻劝告我，不要去参加今晚的晚会。

我梦见我从地面上消逝。在地铁车站，我听见一个老太婆的抽泣声。

我梦见海子嬉皮笑脸地向我否认他的死亡。

我梦见骆一禾把我引进一间油渍满地的车库。在车库的一角摆着一张铺着白色床单的单人床。他就睡在那里，每天晚上。

我梦见我走进一间乌烟瘴气的会议室。会议室里坐满了面孔模糊、一言不发的男人和女人。我坐下，这时一个满脸是血的男人闯进门来，大呼小叫："谁是叛徒？"

我梦见一个孩子从高楼坠落。没有翅膀。

我梦见了变形的钢铁，我梦见了有毒的树叶——这是一座城市在崩塌：大火熊熊，蒙面人出没。但一座小楼却安然无恙。我没有失约，我坐在楼门口的石阶上，但我等待的那个人始终没有出现。

什么样的马叫作"小吉星马"？

什么样的陨石使大海燃烧？

我梦见我躺着，窗外海浪的喧声一阵猛似一阵。这座孤岛上连海鸥也无法栖息，而那个闪现于窗口的男人的面孔是谁呢？

八、冬

这是头发变白的时候，这是猎户座从我们身旁经过的时候，这是灵魂失去水分，而大雪落向工厂传达室的时候，一个座位上的姑娘受到邀请，走下灯光变幻的舞池。一个业余作者停止写作，开始为黎明的鸟雀准备食品。

雪在下，马粪被冻硬。乡村会计跳舞进城。

一只猫停在中途，用两种声音自我辩论。

一幅小时候看不懂的画至今依然无法看懂。

那部盖在雪下的出租汽车洁白得像一头北极熊。它的发动机坏了，体温下降到零。但我不忍心目睹它自暴自弃，便在车窗上写下"我爱你"。当我的手指划在玻璃上，它愉快地发出"吱吱"响，仿佛一个姑娘，等待着接吻，额头上放光。

疾病不在冬天里流行，疾病有它自己的打算。

被冻住的水龙头，节约了每一滴水；冰封的大海，节约了我们的死亡。

每次我在半夜醒来，都是炉火熄灭的时候。我赤脚下床，走向火炉，弄响火钳，那不辞而别的火焰便又噼噼啪啪地回来，温暖这世界黑夜的口水和呼吸。对于那恰好梦见狼群的人，我生火是救了他。我多想告诉他，即使是在寒冷的中心，火焰也是烫手的；狼群惧怕火焰，一定是由于它们中间有谁曾被火焰烫伤。

哦，破门而入的好汉，你可以拿走我床底的钱罐，你可以拿走我炉中的火焰，但你不能拿走我的眼镜、我的拖鞋——你不能冒充我活在这世上。

一个不具姓名的地址使我沉默良久，一张面孔被我忘却：另一种生活，另一种排遣时间的方法，构成了我的另一部分血肉。我手持地址走上风雪弥漫的大街，我将被什么人接纳或拒绝？

痰迹，有人生存。

寒冷低估了我们的耐力。

1992 年

景色

一、地上的景色

天堂里刮起了道德之风，与之对称的是这午休的街道肮脏而安静。

太阳毒辣，烘得尿臊味排场宏大，却看不见也摸不着。而外人一眼就能看到，千百只塑料袋吊死在灌木丛。

起初，繁荣的到来像一个谣言，直到垃圾堆上钻出了玉米；现在，繁荣的垃圾站里，纪律严明的啤酒瓶有海水的晶莹。

大海死在这里，它千辛万苦的尸体被时间分解。

蝴蝶也死在这里：但即使它们死了，它们的尸体也要飞走。

修车棚里淡绿色的电风扇，四十年前由天堂出口到人世间，既飞不走也死不掉：它以感人至深的笨拙，搅动五步之内的空气。

它的嗡嗡声响赛过八只苍蝇的合唱。

常常，那些敏捷的生物，搅得你上火。你打死八只，它们还有八只——世界的结构就是如此稳定。

它们永远活下去的秘诀是永远飞着而不停落。

但那怎么可能？它们会嗅出血腥，停落在一个月一次的凶杀案现场；它们会停落在公厕的外墙和内墙，舔内墙上押韵的污言秽语，唱外墙上的白粉歌词："打击刑事犯罪，实行计划生育。"

浪漫的小警察骑车穿过这城乡接合部去了乡村。他渴望听到狗吠就听到了狗吠，于是他陶醉。等他一无所获地回去交差，你炉子上的白铝壶正梦见蒸汽火车并把蒸汽全浪费。

二、想起天堂的理由

总之是这样：你面对的事物也面对你；你面对而不知道你面

对的事物，面对你而不知道。

例如，苹果一阵疼痛，并不知道你咬了它，而你咬着苹果经过一座废墟，并不知道一个女孩曾在其中撒尿。

正午。天堂里刮起了道德之风，而在商店里相遇的是老人与你。你六神无主使他怀疑你的品德。他老实巴交使你怀疑他的智力。

然后，在街道上，一个女人看出你前程远大。你连忙自毁形象，缩成一只蚜虫，你怕她最终会觉得上了你的当。

在墙角结网的蜘蛛把你看作它的人。

在回家的路上，你和一个高谈格调的家伙拳脚相向。然后你想起了那可能的天堂。那时你母亲正在厨房里切着生姜。

在回家的路上，太阳掉下。你打开手电筒，偶然用手捂住手电光。你惊讶于你这世俗的、无用的手竟能发出天堂般橘红色的光芒。

燕子追逐燕子绕过垃圾堆和你。

而在小五金店前，三个青年如醉如痴地打鼓，如同打着黑夜的良心，直到自由的废纸片以蝴蝶的姿态盲目地飞旋，直到乌云加入黑夜的抱怨。

黑夜，缓缓地移动，使劲地移动，拖着整条街道横移了一米，大雨下在了原来的地方。

大雨下在了一辆卡车停车的地方。它在黎明开走，留下一小片干暄的土地，但只有一瞬间便和整个大地湿成一片。

三、地上的死

一种耸人听闻的说法：这条街道连着诞生和死亡。诞生和死亡相互望不见，而望不见两者的人只想活着进天堂。

可是有谁给我们带来过有关天堂的消息？

那声称到过天堂的人，既到达那里就不该回来；或者他根本没到过天堂，就像哥伦布根本没到过亚洲。

或者他作为天堂的密探，向我们隐瞒起一个基本的事实，那就是天上的街道与地上的街道其实相去不远。

菩萨不在天堂，她经营人间的垃圾搬运。财神，一个吃肉的外国人，手里捻的全是美元。

一瘸一拐的小狐仙，黑眼珠里没有瞳孔。她绑架你跟她走一段路，然后把你丢弃在路边。

死在过去和死在现在，无非时代不同而已。死在过去和死在现在，都不能像蝴蝶可以悠然飞往它们冰雪的仙山。

景色

民工们从地下挖出棺材和珠宝，但是围观者大呼小叫，到头来什么也分不到。

而当那些被抛撒的骨骸聚拢到茶馆的窗下，你便听到了他们跨时代的絮叨：

他们的声音里一个男孩的声音陷入邪恶的逻辑："要是我把感冒传染给我妈，我的病就会好了。"

他们的声音里一个毒贩子的声音表明法律已深入人心："他拿了货，却没给钱，咱们得办他个无期徒刑。"

一个中年干部对一个青年干部说:"如果你每天晚上给她洗脚,她一定会在三个月之内回心转意。"

一个女青年退守她最后的道德防线:"今晚不行,我来了月经。明晚也不行,明晚我还来月经。"

四、地上的死与你

嘴里塞满青草的人顾不上说话,而疯子的车轱辘话只有本地的神祇能够劝阻。

必要的安静,为了听到天堂里的道德之风,而本地的理想主义者只剩下害羞。

公鸡不再啼叫,而黎明照样到来。

当最后一颗星星淡去的时候,最后一只苍蝇又有了同伙。

你在倒因为果的现实中徘徊复徘徊。天气一会儿热一会儿冷,黑夜一会儿长一会儿短。你离开又返回,返回又离开,有一次一只不耐烦的青蛙跟你说"再见"。

山清水秀的景色，可以死在其中的景色，死去了。有关它的记忆正好适于在岩石上镌刻。而你尴尬地活着，无处可死，想一想天堂，它也许在毁灭。

否则垃圾堆上的乌鸦不会迫不及待地把胡思乱想传播为教条。它奉天承运变成了神鸦，却还像从前一样热衷于谩骂。

一个孩子在烧饼摊边长大，将来有可能变成你。

一群流氓游荡在街头，其中一个与你同名同姓。

花枝招展的姑娘，整条街道的女神，她是不是一个鸡？她携带着什么病？该用什么样的天堂送她作礼物？该用多粗的绳子把她捆住？你暗中称呼她"白操心"。

有一天"白操心"登上一张人民的钞票远走高飞，只有她的玉照被供奉在照相馆的橱窗里。

你长久地为她唉声叹气也为你自己，也为那个嘴边起泡的人，也为那个削光了家中所有铅笔的人，也为那个往自己的脸上贴封条的人。

在雨中握住铁栅栏的手松开时冰冷而发白。

在雨中从你家对面的六层楼上跳下去的人，他四溅的鲜血被雨水冲得干干净净。

五、低级和更低级的天堂

天空，天堂混淆在其中。每一次跳起来，你都在天空游荡两秒钟。

但据说天堂极远，远到望不见，不是在东方，不是在南方，不是在北方。又据说天堂无限大，大到与它的方位相矛盾。

一个昔日的天堂——永远的白昼，恒温，从不凝成雨滴的吉祥的云朵。

它的五光十色不适于色盲者。而聋子们担心他们在天堂也会出错，因为极乐鸟善变的嗓音他们无法区别。

天堂珠光宝气，天堂黄金铺地：如此布置是出于乡愁，或一种价值观？这唤起了黑铁作为批判的武器。

一个较低级的天堂——天堂也需要与时共进：来一点儿垃圾，来一点儿噪音。

纸钱、纸马在烈焰中腾身。虚无现身为亿万星辰。

在电视屏幕上，莽莽群山为捧起天堂而展出粗壮的手臂，而在被越捧越高的天堂最上层，星辰照耀的盛宴永无穷期。

一个更低级的天堂——任你否定，任你肯定，任你通过肯定之肯定而再否定。

但晴空万里必能容纳无地自容的土地爷飞翔。或许天堂即道，就像土地爷即道，不过土地爷在天堂里当然无事可做。

天堂里刮起了道德之风。你一阵晕眩有如得道。

八只被你打死的苍蝇利用了你的晕眩，但以牙还牙违背苍蝇的道德。它们并未将你处决，而是威胁要把你也变成苍蝇，

你一说"同意"，它们就笑了：天大的事情就这么了结。

六、个人的天堂

如果这现实是唯一的现实，那么你只能用"伟大"来形容它。就像伟大的太阳是唯一的太阳，晒黄了本地的星宫图。

如果你以为消灭秋天就能消灭哀愁，那么你就得到了双重的失望：这想法之愚蠢不亚于在荒年，通过屠戮人口来减轻饥饿的流行。

生活：一个反生活的借口；它诱导人们在香味中除了香味什么也闻不到；它断定精神病必以心慌为征兆。

肮脏而安静的街道，经屡次更改名称而几乎自我遗忘，任由它承载的一切大事坏在小事身上。

无论大事小事最终化为乌有，而不甘心的音乐白白发明出没有空间的天堂。

历数天堂种种：从孙大圣的天堂到耶稣御弟的天堂需要飞行二百三十二年，从耶稣御弟的天堂到文殊菩萨的天堂需要飞行二十九年。

打牌的人出了红桃 K，是因为他没有红桃 A。

五个流鼻涕的小男孩围着台球桌：高雅的娱乐定然有通俗的玩法。

文殊菩萨的天堂对应了穷人的好饭量；耶稣御弟的天堂里只有他一个人闲逛；而孙大圣的天堂，既吸引好孩子，也吸引小流氓。

唯一的现实是伟大的现实。所谓幸福就是减少词汇量而不减少歌唱。深谙此道的小男人每天哼着小曲将他的丝袜晾在绳子上。

天堂丢了，像它应该被丢弃那样，《现代汉语词典》将它死记硬背在第一千二百四十六页。

天堂丢了，仿佛针尖丧失了它本质的和平与光芒。这使天堂的发明家徒劳一场。

那么，是否，在你无所思想的时候，你就碰巧穿越了你自己的天堂？你一千遍否认你是你自己的远方。

七、依旧是地上的景色

天堂里刮起了道德之风。正是一只手表停止运转的凌晨四点钟。凌晨四点钟，水龙头的滴水也停了，你大脑里隐隐的疼痛也停了。

树叶按计划落下，尘土无计划也落下；所有落在地上的东西全变成了垃圾——万有引力自有它残酷的诗意。

为了免于变成垃圾，奇形怪状的乌云只移行不下降；它移行时管自己叫"云"，它下降时管自己叫"雨"。在凌晨四点钟，乌云保住了它的虚荣心。

而你在床上呼噜滚滚，全忘了圣贤以失眠熬出其个性。

光荣归于鸟雀，那些无可宣传的宣传家，它们早早起身，拒绝延长探访蚂蚁天堂的梦境，拒绝凭有限的生命印证成语、格言和废话。

隔夜残茶不宜再喝，恐怕壁虎会在其中撒下有毒的尿。

缩水的衣服并未过时，但留传给下一代他们肯定不会要。

一封寄给别人的信误投到你的手中，一条道路就铺展向你。你以别人的名义写回信，你以别人的名义虚构你自己，你甚至虚构出你的消失。

而蝴蝶已飞往它们冰雪的仙山，而鬼魂总不能一死再死。他们死到尽头，就要摩拳擦掌再投生人世。

但是在凌晨四点钟，他们带走了他们的脚印，顺便带走了你那假古董花瓶中死去的花朵。

那些死去的花朵，你曾经赋予它们无用的思想，好像不那样做你就将你的无能暴露在光天化日之下。

人说泄露天机者会有失落门牙之灾，但你仍每天发明二十四条谬论供人们反驳。

八、猛然间

猛然间你听到你爷爷在天上窃窃私语："天堂刮起了道德之风。"

猛然间黄豆般大小的黑苍蝇明白了自己的使命。

置身于这条猛然间张灯结彩的街道，你的存在是一片黑暗。你的扁桃腺猛然间发炎，你的胡言乱语猛然间收敛。

猛然间你有了一种干坏事的冲动，你一说出你的冲动便有人急忙去报警。

那浪漫的小警察斥责你无事生非。而你听到和看到了本不该你听到和看到的东西，你应该为此而受到惩处。

于是清醒的倒霉蛋和糊涂的幸运儿，由两个人合并成一个人。

当你接受了你应得的惩处，街道猛然间变宽，烟囱猛然间增高，一大片庄稼地猛然间忘记了农业之美，一个能说会道的人穿行其中，猛然间张口结舌。

你胡乱走上一条路，却发现了一处人间仙境；你胡乱踢起一块石头，它却正在回忆一场大海深处的叛乱；你胡乱推开一扇门，却是走进了你自己的家中。

一个陌生人倚在你的门框上称赞你的家居陈设如何之好。你说："你请进。"他却拒绝了。他究竟什么用心你无法猜透。

猛然间，就是猛然间，你把自己交付给虚无。

你又看到了翩翩的蝴蝶——就是猛然间——那是否什么人的有意安排？

那安排下这些蝴蝶的人，是否也安排了街道两旁卖茄子和西红柿的人，卖牛角梳子和小镜子的人，好让你的自言自语廉价到多余？

你胡乱拨出一个电话号码，却把电话打到了太平间；你胡乱画出一张笑脸，就有一群人哈哈大笑着走过你的窗前；你胡乱翻开一本杂志，那里边的每一个故事，都和你，有关。

2000 年 6—10 月

景色

厄运

A. 00000

两个人的小巷，他不曾回头却知道我走在他的身后。

他呵斥，他背诵："必须悬崖勒马，你脆弱的身体承担不了
　　愤怒。"

他转过身来，一眼就看到我的头顶有紫气在上升。他摇一摇
　　头，太阳快速移向树后。

他说他看到了我身后的鬼影。（这样的人，肯定目睹过巴旦
　　杏的微笑，肯定听得见杜鹃花的歌声。）

"八月，你要躲避乌鸦。九月，你得天天早起。"

他预言我将有远大前程，但眼下正为小人所诟病。

小巷里出现了第三个人，我面前的陌生人随即杳无踪影。我
　　忐忑不安，猜想那迎面走来的就是我的命运。

我和我的命运擦肩而过；在这座衰败的迷宫中他终究会再次
　　跟上我。

一只乌鸦掠过我八月的额头。我闭眼，但听得乌鸦说道："别

害怕，你并非你自己，使用着你身体的是众多个生命。"

B. 00007（身份不明）

电线杆下的长舌妇忽然沉默，

地下火焰的耳朵正在将她的话语捕捉。

地下刮胡子的男人刮得满脸是血。

我们中间消逝的人此刻正在地下跋涉。

我精神的探照灯照见地下那些秘密的、橘红的肉体，也照见

　　我们中间消逝的人：

他偶然攀上墙头，窥见无辜的鲜花，而那鲜花的惊叫使他

　　坠落。

他不知是否回到了童年，他不知这是死亡还是永生之所。

迷路在异乡，风雨在远方，迎面撞见昔日的债主，他一脸笑

　　容掩盖不住惊慌失措。

但是共同的饥饿使他们拥抱，但是共同的语言他们宁肯不说。

走过歌剧院，走过洗衣店，像两名暗探他们混进别人的晚宴，

　　在地下异乡他们找不到厕所。

三名警察将他们逮捕，十八名妇女控告他们龌龊。

他眼看昔日的债主出示伪造的通行证，而他只能掏出一小盒

　　清凉油。

"请收下这微薄的礼物"，他说。但是牢房已经备好。他被蒙

上眼睛推进牢房，他大喊大叫我是某某。

等他摘下眼罩他却怒气全消：他站在故乡的阳光大道。

C. 00024

有一朵荷花在天空飘浮。有一滴鸟粪被大地接住。有一只拳
 头穿进他的耳孔。在阳光大道他就将透明。

天空的大火业已熄灭，地上的尘土是多少条性命？他听见他
 的乳名被呼喊，一个孩子一直走进他的心中。

他心中的黎明城寨里只有一把椅子。

他心中的血腥战场上摆开了棋局。

他历经九次屈从、十次反抗、三次被杀、四次杀人。

月光洒落在污秽的河面，露水洗干净浪漫的鬼魂。

在狂欢节上，鬼魂踩掉他的鞋跟。厄运开始，他被浓眉大眼
 的家伙推出队列。

多年以后他擦亮第一根火柴。"就这样吧"，他对一只蝴蝶小
 声耳语。

在蝴蝶清扫的道路两旁，在曾经是田埂的道路两旁，每一个
 院落都好像他当年背叛的家庭，每一只喜鹊都在堕落。

旧世界被拆除到他的脚边，他感觉自身开始透明。

忧伤涌上他的太阳穴，就像屋顶上涌出七星北斗。……一阵
 咳嗽，一阵头晕，让他把人生的台词忘得一干二净。

他曾经是楚霸王，一把火烧掉阿房宫。

他曾经是黑旋风，撕烂朝廷的招安令。

而现在他坐在酒瓶和鸟笼之间，内心接近地主的晚年。他的
    儿子们长着农业的面孔，他的孙子们唱着流行歌曲去乡村
    旅行。

经过黑夜、雾霭、雷鸣电闪，他的大脑进了水。他在不同的
    房间里说同样的话。他最后的领地仅限于家庭。

他曾经是李后主，用诗歌平衡他亡国的恶名。

他曾经是宋徽宗，允许孔雀进入他的大客厅。

但他无力述说他的过去：那歉收、那丰收，那乞丐中的道义、
    那赌徒中的传说。他无力述说他的过去，一到春天就开始
    打嗝。

无数个傍晚他酒气熏天穿街过巷。他谩骂自己，别人以为他
    在谩骂这时代的天堂。他贫苦的父亲、羞惭的父亲等在死
    胡同里，准备迎面给他一记耳光。

他曾经是儿子，现在是父亲；

他曾经是父亲，现在玩着一对老核桃。

充满错别字的一生像一部无法发表的回忆录；他心中有大片
    空白像白色恐怖需要胡编乱造来填补。

当他笼中的小鸟进入梦乡，他学着鸟叫把它们吵醒。他最后

一次拎着空酒瓶走出家门，却忘了把钥匙带上。

E. 00183

子曰："三十而立。"

三十岁，他被医生宣判没有生育能力。这预示着他庞大的家
　族不能再延续。他砸烂瓷器，他烧毁书籍，他抱头痛哭，
　然后睡去。

子曰："四十而不惑。"

四十岁，笙歌震得他浑身发抖，强烈的犯罪感使他把祖传的
　金佛交还给人民。他迁出豪宅，洗心革面：软弱的人多么
　渴求安宁。

子曰："五十而知天命。"

五十岁的妻子浑身粥渍。从他任教的小学校归来，他给妻子
　带回了瓜子菜、灰灰菜和一尾小黄鱼。迟到的爱情像铁锅
　里的油腥。

子曰："六十而耳顺。"

而他彻底失聪在他耳顺的年头：一个闹哄哄的世界只剩下奇
　怪的表情。他长时间呆望窗外，好像有人将不远万里来将
　他造访，来喝他的茶，来和他一起呆望窗外。

子曰："七十而从心所欲，不逾矩。"

在发霉的房间里，他七十岁的心灵爱上了写诗。最后一颗牙

齿提醒他疼痛的感觉。最后两滴泪水流进他的嘴里。

"泰山其颓乎！梁木其坏乎！哲人其萎乎！"孔子死时七十有

三，而他活到了死不了的年龄。

他铺纸，研墨，蘸好毛笔。但他每一次企图赞美生活都是白

费力气。

F. 00202（身份不明）

别人的笑声：别人在他的房间里。他脑海中闪现第一个词：

勾当！他脑海中闪现第二个词：罪行！

他用力推门，但门推不开。他拼命高喊："滚出去！"但他分

明是在乞求：他唱过太多的靡靡之音。

进不了自家的门，好像进不了说话的收音机；好像每一件事

物都在播音，他甚至听到肚子里有人在行酒令。

来了满街的裁缝，来了满街的保姆，他们劝他"忍着点儿"。

但他硬是把手指抠进咽喉，命令肚子里的家伙："滚出去！"

一阵呕吐让他清爽，一只死耗子让他绕行。他追上快乐的人

群，进入百花盛开的园圃。他听到众人呵斥："滚出去！"

（哦，谁能代替他滚出去，他就代替谁去死。）

天空飘满别人的云朵，他脸上挂着别人的石灰。城门洞里牧

羊人吃光了自己的羊群，他递上手绢让他擦嘴。

他再次回到自家的门口，听见房间里的笑声依旧不息。他再

次高喊："滚出去！"回答他的也是："滚出去！"

"滚出去——滚出去——滚出去——"这声音重复三遍以后听
起来就像一首诗。

G. 00319

让他那习惯于优雅问候的耳朵去倾听人类的呻吟还不如将他
的耳朵割去。他碰巧打开的一本色情画报刺激他强烈地赞
美一夫一妻。

可有时在梦中也会有陌生女人叉开两腿向他暴露那春天的桃
花一朵，于是醒来他焦灼地要求自己相信他是遇见了"理
想"的化身。

他小学不曾学会随地小便，他中学不曾学会藏起日记。他从
历史中学会了望梅止渴，他用心灵之风来调节四季。

当他难过到极点他就让生命中断，他就倒在会场上、广场上
或办公室里。他以招之即来的疾病作武器赢得一生无愧于
良心。他以父母所给的躯体小心潜泳于生活的汪洋，只偶
尔到水面换口气。

全世界都在下雨，全世界的阴谋家都摆好了照相的姿势。

晚年，喜鹊落在他的阳台上歌唱了一星期。他久无音讯的
叔父变成一笔丰厚的遗产渡海穿山找到他家里。这足够
他在苍蝇的嗡嗡声中独善其身，这迫使他反复察看门窗

是否关紧。

六十岁，他开始研读各民族的医药经典。

七十岁，他关心永恒和灵魂诸问题。

H. 00325

生为半个读书人他依赖于既定的社会秩序，而他的灵魂不
　　同意。

他若突然死亡，一群人中间就会混乱迭出，对此他的灵魂恰
　　好充满好奇。

在一群人中间他说了算，而他的灵魂了解他的懦弱。

他在苹果上咬出行政的牙印，他在文件上签署蚯蚓的连笔字，
　　而他的灵魂对于游戏更关心。

在利益的大厦里他闭门不出，他的灵魂急躁得来回打转。

水管里流出的小美人儿让他发愣，太美的人儿使他阳痿，而
　　他的灵魂扑上去。

他必须小心掩饰自己的心跳，他的敌人要将他彻底揭穿，而
　　在两者的灵魂之间建立起友谊。

他从权衡利弊中学会了抒情，他率领众人歌颂美好的明天，
　　而他的灵魂只想回到往昔。

回到夜晚九点的江上扁舟，回到清晨六点的山中小径，而他
　　不能这样做。

一阵急促的电话铃毁了他一个下午的好心情。他放下电话，眺望日落处绵亘的群山，一群他猛然想到的野兽惊得他冒出一身冷汗，而他的灵魂正在长出锋利的犬齿。

I. 00326

他本应该出生在 19 世纪，他娟媚的字迹不会缺少游山玩水的知音。

他本应该出生在俄国，本应该在普希金的花园中静候冰雪的少女。

但是生活叫他心慌意乱：他看到起皱的云团，他看到扯断的草茎上流下乳白色的液体。一个小黑人儿在他脑子里拳打脚踢。

当大多数城市里的孩子吹着口哨落户 14 世纪的乡村，他的父亲把他引上 21 世纪的锦绣阶梯，而他多想赶走 20 世纪的灾难之星。

思想在肢体里蔓延，思想的鸽子卷入火把的骚乱。他在一个满月的夜晚喊哑了嗓子。

历史，人生，凝缩为一纸判决。他本应该死在 1976 年，但死神接住了射向他的子弹。

他好像从茅坑上一下子站起，眼前闪烁着自由的金星。

大难不死。梨树在秋天开花。普希金在镜中怪笑。

从此他饮最醇的酒，从此他骑最野的姑娘。他逆着时代的风
　　向起飞，俯身看到黑压压的羊群在旷野上举行一场怀旧的
　　音乐会。

他本应该像风铃一样歌唱，可是他像风筝一样沉默。

他本应该像穷人一样在乌云上磕得鼻青脸肿，可是他像 XO
　　马爹利一样成了白云的主人。

J.00568（身份不明）

一个纸人，在墨水里泡蓝。

一个纸人，在晨光中晕眩。

他有了影子，有了名字，决心大干一场。他学会了弯腰和打
　　哈欠。

他寻找灵魂出窍的感觉："那也许就像纸片在空中飞落。"

他好奇地点燃一堆火，一下子烧掉一只胳膊。

他必须善于自我保护，他必须用另一只手将命运把握。

教条和习俗拦住他，懒散的人群要将他挤瘪。

他试着挥起先知的皮鞭，时代就把屁股撅到他面前。

在第一个姑娘向他献花之后他擦亮皮鞋。但是每天夜里，衬
　　衫摩擦出的静电火花都叫他慌乱。

他慌乱地躲进书页，他慌乱地掉进纸篓；他在纸篓中高谈阔
　　论，他把慌乱转变为挑战。

挑战那些血肉之躯，用纸张糊一把纸人的安乐椅。

他模仿人类的声音，他模仿人类的雄心。

如果你用针来刺他的手指，他不会流血；如果你打击他，实际上打击的却是别人。

K. 01704

谦卑是唯一一种不能赢得爱情的美德。

忍耐最终把自己变成一幢无人居住的大厦。

比如这个人，把沉默闭在嘴里，避开政治的刑罚。数十个年头，在红色首都，为了爱一个女人他需要自由。

他看到无聊的女性在身边走动，而那伟大的女性引领别人上升。

伟大的女性如同幻影。他攀上幻影的楼梯，他犹豫再三去造访那幻影一家人，开门的小姑娘说："你敲错了门。"

踯躅在两个家庭之间，四季的风景越来越平淡，只有风雨中淫荡的幻想越来越灿烂。一个孤独的公子哥荡起地狱里的秋千。

杯中的茶水凉了，旧相册不翼而飞。他的心脏发出怪声，他的梦境推向剧终。他死在妻子的身边：一具尸体那是我们的老孟。

他化作一个佝偻的幻影，至死没有交出爱情的黑匣子。

现在他已可以飘入那伟大女性的高楼上的窗口。这就是老一
　　代的风流韵事，只有傻瓜才为之心痛。

L. 01933

这个放牛娃出身的小个子男人走起路来一摇三摆。

这个后来死于抒情的小个子男人在办公室里插满鲜花。

早年不曾得到的东西他都要一一自我补偿；早年的屈辱成为
　　他俗艳一生中最动人的篇章。

时代需要小聪明：觥光杯影，他躬逢其盛；而智慧何用？智
　　慧只适用于那些荒山秃岭。

他穿梭在男人和女人之间，他浪漫的鼻头微微发红。他唯一
　　的仇人是他的妻子，老式婚姻妨碍他的前程。

他打好领带，喷好香水，等待着，盘算着，要在天安门广场
　　的十万人舞会上独占衣衫单薄的舞会皇后。

夏日炎炎，夜晚闪烁流星。他打死一只蚊子，飞来另一只蚊
　　子。一个男人来到他面前，向他宣布组织的决定。

好运走到了头。四十岁，他看到了死亡。组织明察秋毫：他
　　刚刚猥亵的女人相貌平庸。

他爬上百米高的烟囱以消散胸中的郁闷，险些化作一阵浓烟
　　飞上苍天。他向苍天发誓绝不自我否定，但最终在一次飞
　　行中被苍天所否定。

他印象中的贤哲无不眉宇英俊，而他容貌粗糙，怎能跻身其间？他惭愧地离开人群步入荒野，不期然来到自己的坟前。惊醒在夜半的人打开所有的灯盏，可灯光所照亮的并非他的家园。

谁是这世界的主人？他使用着谁的躯体？欠账的一生大限将至，他用欠账的灵魂做出判断：一个书呆子，既无足够的灵巧以向鹰隼表示谦恭，亦无足够的偏见以向鹰屎表示傲慢。他问鲜花被什么所激怒，怒放到极致的鲜花给了他不祥的预感。

当国家贫穷到只剩下争斗，他那出身于书香门第的妻子死于暴徒的乱棍之下。

从穷山恶水的流放地归来，他的第二个妻子在洗澡。但他已无法生活因为他思想；他时时孤单因为他怀念。

万物的阴影横卧大地，一团乌云涌进他的嘴里化作一口浓痰，他不知该吐出去还是不该吐出去。月光意味着遗忘，清风意味着仁慈，身边打呼噜的女人意味着历史在继续。

而他的意志被剥夺，却不知剥夺其意志的究竟是何人。

N. 05180（身份不明）

小的是美的，小的是干净的，小的是安全的。

像鸡蛋一样小的，像纽扣一样小，更小，更小，最好像昆虫
　　一样厝身于透明的琥珀里。

毛巾上滞留着他的汗渍，草叶上滞留着他的脚印。他并非不
　　能制造垃圾，只是不想让自己成为垃圾；他通过缩小自己
　　来达到目的。

尘土扑了他一满脸，他缩小一下。

走在路上，想起一个笑话，他哈哈大笑，他缩小一下。

孩子们用放大镜聚集太阳的光芒，他一闪身躲过那滚烫的焦
　　点。但他的身上还是冒起了青烟。

他已不辨方向，他已不辨物体。他爬上火车的额头，幸好那
　　冒失鬼一动未动。

世界之大全在于他身子之小。他愈贴近大地，便愈害怕天空。
　　他冒险抓住生锈的弹簧，他心满意足地在落叶下躲雨。

没有朋友，没有敌人，他一小口一小口地吃着孤独的蛋糕。

没有任何禁区他不能进入，没有任何秘密他不能分享。但太
　　小的他甚至无法爱上一个姑娘，甚至无法惹出最小的麻烦。

厄运

他出生的省份遍布纵横的河道、碧绿的稻田。农业之风吹凉
　　了他的屁股。他请求庙里的神仙对他多加照看。

他努力学习，学习到半夜女鬼为他洗脚；他努力劳动，劳动
　　到地里不再有收成。

长庚星闪耀在天边，他的顺风船开到了长庚星下面。带着私
　　奔的快感他敲开尼禄的家门，但漫步在雄伟的广场，他的
　　口臭让尼禄感到厌烦。

另一个半球的神祇听见他的蠢话，另一个半球的蠢人招待他
　　面包渣。可在故乡人看来他已经成功：一回到祖国他就在
　　有限的范围里实行起小小的暴政。

他给一个个抽屉上了锁。

他在嘴里含着一口有毒的血。

他想象所有的姑娘顺从他的蹂躏。

他把一张支票签发给黑夜。

转折的时代，小人们酒足饭饱。他松开皮带，以小恩小惠换
　　得喝彩。

在一个冬天的早晨他横尸于他的乡间别墅，有人说是谋杀，
　　有人说是自裁。

缺钙的童年。缺铁的青春。记忆中没有月光。睡梦中没有
　　来世。

大自然奇怪的声响已经够多，只是他的听觉趋向于迟钝。

他叹气，他发怒，他拖着墩布穿过不见天日的走廊。无名的
　　烦躁啮咬着他人生的中年，仅仅为了恢复体力他才露出
　　笑脸。

他那被烟草熏黄的手指养不活花朵。他给野草浇水不承想又
　　把大地惹火。大地颤动，开裂，树木卷起疯狂的巨浪朝他
　　涌来。他逃出倒塌中的城市！哭得星星坠落。

但是火的雕像、水的图画并未赋予他第三只眼；他被阻止的
　　幸福阻止了他蒙受更大的苦难。

他像猪一样等待被宰杀，他像涂鸦一样等待被抹去，他像橘
　　子汁一样等待被啜饮。

他神态无辜好像世界在犯罪。他长出男人的乳房，把世界变
　　成一个色鬼。

不做噩梦，不看太阳，不争善恶，不做打算。

他一边咒骂着米饭中的老鼠屎，一边把自己吃得大腹便便。

105

厄运

他说：

"世界需要想象力。每时每刻，世界都在想象它自己：红色
　　的夜晚，绿色的白天，莺飞草长，英雄辈出……

"世界需要想象力。当我按照父亲的想象长到身高九尺，父亲
　　就赏给我一百两黄金，我想象用它来拯救全世界的受苦人。

"我悬赏全世界的受苦人献出梦想，全世界的受苦人要求打
　　倒反革命。为此我首先拯救我受苦的姐姐，我把我姐夫关
　　进了监狱。

"那时节秋风萧瑟，洪波涌起。我想象着我姐姐的春天，遇
　　到我自己的女人。那时节乌鸦南飞，形势大好，我儿子便
　　呱呱坠地。

"为了防止敌人的反攻倒算，我把我儿子藏进地下室。但是
　　在那里我发现了我死去的父亲：他不开灯，不睡觉，不生
　　病，也不离去。

"他骂我是个败家子儿，他要求我偿还他一百两黄金。我说
　　你有什么了不起？你拯救过谁？你打倒过谁？别以为我不
　　知道你和我妈干的好事！那时他第二次奄奄一息。

"但那一切都成过去。现在我的儿子已经长大。他是个天才，
　　世界属于他，只是他对世界漠不关心，我怀疑他脑子有问题。

"所以乌鸦，乌鸦，你带我飞吧！我想象，不，我肯定，为

了他得不到的那一百两黄金，他将在树叶变黄的时节将我
　　杀死。"

R. 10897（身份不明）

在太平洋风雨飘摇的小舟中坐着老迈的上帝。

而他，一身是胆，一身是劲，被偶然发生的事物引向未知。

他提着兔子的耳朵到院子里去宰杀。兔子向他求饶，他剥下
　　兔子的皮。

他提着公鸡的翅膀到院子里去宰杀。公鸡奋力反抗，他让鲜
　　血从公鸡被割断的脖子注入白色的瓷碗里。

蒸汽和炊烟混在一起。他带裂口的手在围裙上擦净。这手，
　　惯于从生的世界取得熟的食品。

他重复自己的笑容，笑成一个图案。

他手舞足蹈推倒节日的酱油瓶一大片。

这多米诺骨牌式的享受把肉体的燥热推向高潮。

他打开体内一千只高音喇叭，连流行小调也汇成了大合唱的
　　波涛。

他幸福地站在阳光里，他的影子绕到他的背后。

他幸福地站在阳光里，他的影子伸手掐住他的脖子。

他幸福地尖叫，好像梦里强奸了五十只羔羊。

他的眼前由于金星闪烁而呈现节日之夜的焰火。但这是正午，

他未经修炼，未经思索便归于大道。

S. 12121

图书馆好似巨大的心房。图书馆里有大洋深处的寂静。但他
　　听到一个女人的哭声，但他始终未找到这哭泣的女人。

他从书架上抽出的每一本书都已被涂抹得难以辨认。他想找
　　寻问题的答案，却发现问题已从疑问句被调整为陈述句。

创造的日子早已完结，留给他的只有空虚一片。他想说出的
　　一切别人都已说出；他想做的一切无异于向雨中泼水。

"否定之否定并不一定是肯定，就像一个蒙面的瞎子还是瞎
　　子……"他在纸上一写出这句话，就有一个戴墨镜的家伙
　　指责他抄袭。

他抄袭了不存在的先哲，他两眼红肿。

他怀疑自己的存在：他的生命是否已被事先取消？

他把座位让给蜘蛛。他把头浸在凉水里。那些可以被听的，
　　可以被看的，可以被触摸的，有多少属于他自己；什么东
　　西，既符合他的想象，又符合他的推理？

他写道："黑夜里诞生了一只小鸟，与别的小鸟并无二致；用
　　十八种方法歌唱，无非是鸟叫而已。"

他写道："无论被描述得多么美丽，多么仁义，多么勇武，多
　　么圣洁，麒麟是不存在的。"

他渐渐明白了自己的使命：用他那已被事先取消的生命打一场有关名誉的官司。

T. 18060

被遮蔽的水滴。被遮蔽的嘴唇。被遮蔽的空中楼阁。被遮蔽的星期一。

在荷马之后，在弥尔顿之后，他要用他瞎掉的双眼看到这一切，他要用他无力的双脚走下楼梯。

背后传来撕纸的声音，他转过脸来。背后传来擦玻璃的声音，他准确叫出那人的姓名。

这是秋天。友人们带走了他们的时代，秋风便集中吹向他一人。

而他的梦境在扩大：满天空的英灵只在人间留下一段段简历。他梦见谁，谁就再活一次。

他以同情看到另一种真实：火焰与悲哀、霞光与大道。他加入历史的行列，意味着拒绝身边的风景；

意味着拒绝他眼前的灰暗以及灰暗中狂乱的砸门声。在一个盲人的世界上，他被允许看到另一种真实。

他踢到水桶，他撞着墙壁，他的每一步都有可能迈进深渊，但他早已把自己变成另一座深渊，容纳乳白色的小径和灯火通明的宴会厅。

这片承载他的土地，这片承载他的祖先、他的亲人、他的友
人的土地，需要他诞生正如需要他死亡。他只有短暂的时
间成为他自己。

煎药的声音提醒他人性的脆弱。一个盲人的微笑只有盲人能
够看清。

U. 20000

他原谅乡村的鸡鸣、鸡鸣时分尚未消退的黑暗。他原谅原始
的石磨、建筑中自秦代以来再无改进的筑板技术。他甚至
怀念这一切。

他原谅不出水的钢笔、不开窍的毛驴。他原谅惩罚学生的中
学女教师，原谅这个头脑空虚的女人把他关进一间漆黑的
教室。

但他不原谅人类的愚行，尽管他原谅封闭的院墙、拥挤的街
道、飞行的苍蝇，尽管他原谅那个在温暖的房间里起鸡皮
疙瘩的人。

他原谅乌鸦的俯冲、火烈鸟的饶舌。但他不原谅从天而降的
石头之雨、瓦片之雨。尽管他早已克服了暴躁的脾气。

他原谅躺倒在地的军队、喝牛奶的法官，有关他的档案、传
言、决定，但他不原谅标语、文件、书本、说明书中的错
别字。

他原谅背叛他的儿女、与他告别的妻子；他的哭泣从未见诸任何文字。今天我们才知道他有充分理由砸烂他唯一值钱的收音机。

但他没有那样做。他原谅电的信仰、水的信仰，闪光的河流多么忧郁！但他不原谅没有信仰的天空。他将何往？他将遇到什么人？

他原谅他的癌症、他的糟糕的葬礼以及出现在他葬礼上的乌云，像原谅变质的饭菜。但他不原谅为他而焚化的纸钱。

在他死后二十年，我们追认他为一个人。

1995 年 11 月—1996 年 12 月

芳名

一、你的细胞

你的细胞。你的星辰。你的藏身之地。你的街角。你的屋门。
　你的未曾油漆的座椅。

一朵白云停稳在天空，仿佛冲刷一新的牛奶站。
一只蜘蛛爬过我的脊背，我有太多的时间对着大地出神。

在你现身之前，我几乎不是我自己。
尽管鲨鱼在水中撕咬，老虎在丛林中发起攻势，但这空寂的
　城市需要你伸出手指来弹响桌面和茶杯。

所以我要你破土而出，或从房顶上下来。
所以我在玻璃上仔细寻找你的指纹。

然而你是谁？谁是你的哥哥和姐姐？哪里是你的出生地？你

像晚会上一个迟迟不到的客人，
而当你到来，我伸手抱住却是一缕轻风。

一缕轻风也能带来一场豪雨，然后是接生婆的夜晚，然后是
扫街人的早晨。

我胡思乱想一切事物初始的秘密；让我攥住你的手。

你穿着纪元前仙女的长筒丝袜，像一个虚构的女人。

看哪，我的手比你的大，我的脚比你的脏，
然而这同一的光明被我们分享，这同一的黑暗收纳我们的怯
懦和雄心。
然而你是谁？
你靠什么生存？

二、从那些我已知的姑娘们身上

从那些我已知的姑娘们身上我认出了你：你蓝色的骨骼保持
安静，你拳形的心脏被时间撞击。

从那些我已知的姑娘们身上我认出了你，或者说从你身上我

芳名

认出了她们。

那从望日雪山上下来的一定是你的妹妹，
那在怀露餐厅里举杯的一定是你的姑姑；

你在不同的家庭里生活，你在不同的垃圾堆旁谈情说爱；
无论我呼唤你的大名还是乳名，都有众多的女人回头，我就
　　从她们身上认出你。

你只和那些我已知的姑娘们有小小的差别，就如同我的苦闷
　　和屈原的苦闷只有小小的差别。

因此你高兴的时候一定有其他姑娘抹去了心头的尘垢，因此
　　你说出的梦想是普遍的梦想。

现在轮到我来为美丽的事物忧心忡忡了，
因为凡美丽的事物必遭遇危险，或最糟糕的是你在危险中走
　　到你自己的反面。

一个被称作"小妖精"的女人被逼无奈而现出狐狸的原形；
　　一个惯于顺手牵羊的女人吞下了他人的金戒指……

她们是不是你存在的一个侧面？或者你和他们有根本的
不同？

当我闻听一个女孩遭到轮奸，我的愤怒源于我对你的爱。
当我闻听一个女人杀人越货，我对你的爱就遭到沉重的打击。

三、什么人萎靡不振

什么人萎靡不振，任凭指甲生长，什么人就必定孤独而寂寞。
　　什么人故作惊人之语，假装不在乎夜晚来临，什么人就有
　　可能成为偷听者、告密者或磨刀霍霍之辈。你看已经有太
　　多的人由于缺少爱情而铤而走险，成了时代的先锋。

在焦虑和无奈之中，我们研究天文和医学，制造炸药和指
　　南针。

一种热度升高了我们的水银柱。
一种诱惑要将我们打入地狱。

我们一眼就能看出一个暴君真正缺少的是什么。而对于一个走
　　向毁灭的人我们无力阻拦，因为爱不是说给予就能够给予。

阳台上的姑娘撩起裙子：我们心跳加速，爱上的或许竟是一
　　个色情狂。
箱子里的姑娘发出咯咯的笑声，当我们找到她，她或许已经
　　变成僵尸一具。

梳分头的恶棍们总是抢先从姑娘们身上讨得便宜，继而秃头
　　的哲学家从中获得灵感。
当姑娘们向无论好人坏人啼啼哭哭，世界发展起一种宽容的
　　精神。

爱情一露面，生活就开始。

我们采遍大地上所有的鲜花，而鲜花一经采撷便是死亡。
我们把死亡之花献给我们钟爱的人；我们觉得生活很有
　　意义。

这出自本能的爱啊本无须赞美，
但我们描摹着她的侧影，雕塑着她的形态；我们终于提升了
　　我们生存的境界：
整个世界到处是美人。

四、早晨

早晨

你的头发留在枕头上，你的房间里弥漫着一股梦的气味，但
　　你不记得你睡在这房间里。

你记得你整夜赤身裸体飞奔在路灯昏暗的小巷，身后有一只
　　巨兽将你追逐。

你是气喘吁吁醒在这个早晨。你试着微笑，你往头发上喷洒
　　香水。

上午

你感到你的身体在生长，你还不曾犯下什么大不了的过错。

你像爆米花一样快乐，你像金鲤鱼一样才华横溢。

但在生活中你是一个旁观者，但在男人们看来你是飘舞的彩
　　带、光明的核心。

中午

既无庆典也无骚乱，只有阳光里整洁的万物，只有卡车运来
　　的瓜果和委身于蚂蚁的旧鞋子。

当你的母亲盘算着将你嫁给一个她属意的人，你一脸春秋掀
　　翻了那蠢人的一桌饭菜。

当气流摩擦着气流，在高空形成震响，一只乌鸦撞得你腰背

生疼。

傍晚

三只壁虎无声地爬过你的屋顶。透过纱门，你望见木星和彗
　　星激战在山脉的上空。
一个戴墨镜的男人轰走你门前肮脏的小男孩，别有用心地给
　　你送来一张电影票，
但你要他帮助你择扁豆，烧开水。

子夜

猫舔着你的脚趾。月光逗留在你的乳房上。你的乳头拉出长
　　长的影子。
你疲倦地倚窗而立，听着钟表的鼾声，而你的蝴蝶结向月亮
　　飞去。
你因偏头疼而想到死亡。你等待，你等待……我在远方为你
　　打着了打火机。

五、要是你生活在昨天

要是你生活在昨天
一根红头绳就能使你动心，一阵风就能把你刮走
你存在就好像不存在，没有人听得见你的笑声

要是你生活在昨天

你也会被捆绑，挤压，甚至剪裁

你也会躲进黑暗，委屈地衔着粗糙的手指

但你活得好好的！

要是你生活在昨天

谁会为你心痛？谁会为你自豪？

你定然珍惜每一朵棉花，但你心中的秘密会越来越少

芳名

一篮子新鲜鸡蛋那就像你有罪的爱

当月亮上落满乌鸦的尸体

你或许会走进一座寺庙焚香祷告，忏悔或不忏悔

你或许不得不一个人穿过夜晚的墓地，惊得鬼火漫天飞舞

你或许不得不点燃松枝，像火焰一样说话

但绝对说不出"解放"二字

太长的一世，太短的一天

你胳膊上的伤口接纳了细菌和尘土

你用于自卫的剪刀磨得飞快

但你活得好好的！

你昨天的姓名是海棠、合欢、紫茉莉
在昨天的阳光下，你驱赶着
院子里的麻雀、山梁上的燕子、平原上的猪和狗

一队士兵脚蹬沉重的马靴踏过你的额头
一群孩子在你的屋顶上彻夜砸着核桃
要是你躺倒在干坼的土地上，你也会像土地一样干坼

但你活得好好的！

六、但你活得好好的

但你活得好好的，因而听到了别人的噩耗，因而不能摆脱一
    个活着的世界：玩偶歌唱，豆腐发霉；有人需要买卖就有
    了买卖，有人需要流血就有了流血。

命运给了你诸多机会，或者说它什么机会都不曾给你。

既不早，也不晚，你被一只蚊子叮咬，你被一只看不见的大

手逼迫。

婚姻。怀孕。对着镜子发呆。有时一个女人难免不分裂成两个女人，就像你一小群无聊的同伴难免不具备高尚的情操。

当那个貌似野猪的人出现的时候……当那个向上爬的人高谈阔论的时候……你千娇百媚地昂起鼻子：赞扬哪怕来自一个白痴也是好的。

在停电的夜晚，你想象一位王子专门挑中你来做他的舞伴，可我发现了火苗上跳舞的小和尚。

芳名

在没有太阳的早晨，你听到的是市场上激昂的讨价还价，可我听到的是石榴树下一个小老头的嘿嘿冷笑。

你帮不上任何忙，在众人悲哀的时候。

混浊的爱，把我拉进一口干涸的水井。

有人在我耳边高喊："烧吧！烧吧！坟墓里也需要爱的火焰！"继而是寂静，继而是无数溃疡般灿烂的花朵把我弄得头晕目眩。

一下子涌现出那么多贞洁的女人、神圣的女人，她们兜售着
眼泪和毛发、蚊香和卫生纸。

她们是你我的邻居、你我的幻象。在闷热的、令人窒息的空
气里，我求告于你绵薄的拯救之力。

一只木桶沿着石砌的井壁悠悠而下，是你在井口放下了绳子。

我请求你原谅我如此长久的沉迷。

七、一个女人和一个男人

一个女人和一个男人就是一个家族的起源，预示出难以传扬
的家丑和不可思议的欢乐。
一个女人和一个男人就是一个国家的最小单位，培养着有关
自私和忠诚的种种观念。

我看到走廊中的你、柜子中的你，咬住嘴唇仿佛深渊里的小
鸟。我在你身上发现了我的灵魂。

时光倒退向你的童年，而我把你挽留在现在。
在你面前，我是否显得无耻或恢复了本能？

但这是由于你的照耀——你大大超出了我的想象。

你眼睛的光、你嘴唇的光

来自你没有油烟的心房，倾泻在我的眼睛和嘴上

我也长着头发，我也长着眉毛，而你头发的光、眉毛的光

竟使一只蚯蚓迷失了方向

如果我是一只鸽子

我会落在你发光的肩膀寻找你的喉结

而我宁肯不提你乳房的光

以免他人想入非非，从门缝里将你张望

那么说说你手臂的光吧

它也是你的语言之光、聪颖和愚昧之光

而你小腹的光

好像黎明的山丘上一群熟睡的白羊

我听见你在小声哼唱

应和着你的是蟋蟀和远方的海洋

借着你膝盖的光、脚趾的光

我在一截木头上刻出九颗充血的太阳

八、现在我的精神

现在我的精神已登达山顶，我和最高的星辰有一个约会。

但我攀登得太高便难免心存疑问：已有的爱是否正在悄然

　　逝去？

现在我要求一缕茶叶的苦香。现在你的镜子里空空荡荡。

我从"十"倒数到"零"，但没有任何事情发生；

我发现了"零"后面的小数点，以及小数点后面的无穷数字。

黑暗里响起我的咳嗽声。那始终寂静的是一尊雕像和一只鹦

　　鹉标本。

而你像一个虚构的女人，这让我觉得自己也不太真实。

但若是两种虚构加在一起便既没有开始也没有结局。

现在风从一个屋顶刮向另一个屋顶，现在一盏油灯深入到无

　　人之境。

我难于入睡，倾向于崩溃：一个人心中有人也就是心中有鬼。

一片片枫叶，一颗颗卵石……这所有的宝藏供你挑选。

而你所要求的是整个春天，是来自乌有之乡的一杯甘露。

于是你带走了你的喧闹、你的谎言，你的灵魂之屋我无门
　　可入。

现在我的房间成了百脚虫的天堂，我屋外的青草向屋内探头
　　探脑。

野猫妖里妖气地唱着，我应否放松自己的警惕，

好欣赏它们交配时的污秽、陶醉和残忍？

要是我拔光大地上的青草我将无处安身；

要是野猫停止嘶叫和繁衍我将死于彻底的寂静。

九、在细菌横行的夏天

在细菌横行的夏天，你悄悄学坏，而我用放大镜观看你的
　　照片。

在我无人造访的日子，你的心中是否有所感应，当我模仿你
　　的声音、你的举止？

你因长出乳房所以你是女人。

你因偶然的沉思而显得陌生。

你是我不曾碰落的花粉。
一个没有阴毛的男孩推门进入你的青春，你的脸上泛起红晕。

那是你备受瞩目的日子。你的母亲是否警告过你，要你提防
别人的赞誉？
你把自己打扮得那样美丽，是为了让众人出丑，让众人在不
适当的场合露出贪婪的目光吗？

我始终嫉妒着，甚至仇恨着一个不曾露面的竞争对手：他一
定力大无穷。

星期一，星期二，我感受到你的存在：你的泉水有爱的咸味。
星期三，我一下子就回到了我忐忑不安的时日；在众多的姑
娘当中，我一眼就能认出你。

你不说话，你不想赢得什么，像洪荒时代的田野上一部无人
驾驶的手扶拖拉机。

在饭桌上，你瞪着小鹿的眼睛，但你只吃很少的食物。
当我向你描述一个憧憬的时候，你走神了。

你要穿坏多少双鞋，丢失多少个钱包，才能变得专心致志？

你是明媚的也是幽暗的，你是需要推断的也是需要考证的……

我不想说你已经死去，我不想说我已精力耗尽。

你读完这首诗，天就黑了。

月光照在你的脸上—— 一个银灰色的姑娘——月光至今照在

你的脸上。

1994 年

镜花水月

1. 陌生人

超市的咖啡厅。我等人。我抄起一份报纸。

一个男人在桌对面坐下，不是我要等的，但也说不定。

他要了杯茶，冷眼关注我的一举一动，仿佛关注天下大事。他把一片茶叶送进嘴里，嚼着，嚼着。他的右手在裤兜里摸来摸去。

他盯着我，我本能地朝他微笑，但心有不安。

他认错人了吗？难道另有一个我活在这人世？或者我曾试图把他推进火坑？

（一个陌生人，眼神无礼，逼迫我在脑子里过电影：我迅速检讨我一生的过错，迅速愧对那些我伤害过的人。）

但我想不起来他是谁。

他把拳头捏得嘎巴响，仿佛体内有一头猛兽在大声呼吸。

动物的臭味。一个弱肉强食的世界。达尔文是对的。

乌云在他头顶越聚越浓——看来是要下雨了，在这超市的咖啡厅里，我难免被淋湿。

我竖起报纸挡在他和我中间。

我让自己像可调节灯泡一样暗下来，却并未离去。

为了反抗达尔文，我从每一个细胞召集勇气到我的掌心，

猛撂下报纸，

那人已杳无踪影。

2. 熟人

张三请客，李四与王五同来。李四点菜。我们往死里吃喝。

推杯换盏之际我们谈到近日的非典、禽流感、口蹄疫、疯牛
　症。动物们疯了，自杀式袭击，但我们假装头脑清醒。

我们感叹即使感叹理想主义已经过时的话题也已经过时。我
　们一起唱起旧日的歌曲，力争唱出时代的新意。

王五付账，我说谢谢。

他们三人眼睛里涨出血丝。

我说谢谢。三人推开椅子将我围拢。我觉出他们不怀好意，
　但不记得何时得罪过他们。

张三说："咱们开始吧！"

我说："干吗？"

李四打我一拳。

我说："干吗？"

王五踢我一脚。

我说："干吗？"

张三看着，将一口唾沫啐到我脸上。

我说："干吗？"

他们把我打得鼻青脸肿。他们终于有了吃饱的感觉。

我坐在地上坚持追问："干吗？"

他们三人齐声喝道："你说干吗！"

3. 赌徒

街道漆黑，人影有二，一个是他，一个是我。

我对生活的不适允许我走出微醉的步态。

他从一个门洞里窜出来，捉住我，邀我附庸风雅，与他一起
   玩猜汽车。

他说他不想赢，只想输。

——啊，生活令人敬畏！

他说他将输我一套房子、一个或两个老婆，端看我运气如何。

大手大脚违背我爹妈的教导。我从小艰苦朴素，只愿输他一
   轮他够不着的明月。

汽车牌照的尾数非单即双：

我猜双，他猜单。

第一辆汽车驶来，他输我一套房子。漆黑的街道边一只老鼠

等机会过街。

第二辆汽车驶来，他老婆之一归了我。等机会过街的老鼠终
　　于把小命垫在了车轮下。

但我的好运看来会持续到我赢得据说是走向末世的全世界。

第三辆汽车没挂牌照。我心说不妙！

汽车停下，跳出警察三人。

他们今晚抓到赌徒全属偶然，但表现得好像是依计而行。

"本市严禁赌博，你们敢顶风作案！"

我们被带进派出所。

派出所里坐着个铁人。铁人说他两只脚中有一只正痒，我们
　　谁猜对了是哪一只谁就可以走人。

他猜右，我猜左。

4. 天文爱好者

在二十四层的楼顶平台上听不见天上的人语。

物理学可以解释为什么在高处反倒能听见地面上的声音。

汽车驶过马路。一个妇女屈服于骂街的癖好。另有一对情侣
　　在街心花园畅想乌托邦，允许我在二十四层高楼上偷听。

我俯览城市的灯火，无法无动于衷。

大气浩瀚，虽是被污染的，却依然涨满我的胸。

向右看，楼顶平台上不止我一人。我走过去。一位老太太正

用一架天文望远镜眺望太空。

我不知我居住的高楼里另有人像我一样抒情。

但我们有所不同：

我俯览大地，她眺望太空。

她邀我和她一起看星星。

"你看木星边上那两颗卫星，是不是很美？

要是有更大倍数的天文望远镜，我就成了开普勒的中国老

    妹妹……

这望远镜原属我们单位，'文革'中我把它搬回了家里……

我一生中只偷过这一件东西……

以前还没人和我一起用这架望远镜看过星星。我必须等我儿

    子、儿媳和小孙子全睡了才一个人爬上楼顶……

我有老年人的羞耻心。"

5. 祈祷者

老太太的心事。

她把自己隐藏到院子里的杂物间。

我大脚跟着她的小脚。

透过门缝，我见她在一张破藤椅上坐下，随手变出一面旧社

    会的镜子和一只新社会的鸡蛋。

她端平镜子像神灵端平一座湖。

她把鸡蛋扶立在镜面上，嘴里念念有词，仿佛有东西难以下咽。

她说："愿我女儿平安！"

鸡蛋在镜面上倒下，决心要做一只真正的鸡蛋，几乎要滚落到石头地面。

她说："愿姑爷痛改前非，愿他们美满！"

鸡蛋几乎听懂了她的祈祷，几乎要生出双脚，站立在自己的倒影上。

如果鸡蛋壳里容得下神灵居住，她几乎把神灵招到了面前。

但她不得不把她的祈祷辞再讲一遍。她的意志未产生奇迹，她的虔诚效果不如从前。谢天谢地，她没能推翻我的世界观。

嘿嘿。

有什么事情不对劲？

她抬头发现是我在偷看。

我只好推门进入，逗趣她："您在搞迷信！您相信鸡蛋真能在镜面上站稳吗？"

她说："鸡蛋站不起来全是你在捣乱。

王八蛋，你倒是站着！"

6. 棋王

被一个十五岁的小男孩在棋盘上杀得人仰马翻的棋王，带着
两瓶敌敌畏独自登上山顶的棋王，忍不下三十年来不曾经
历过的奇耻大辱，扛不住三十年来不曾打过的雷、不曾刮
过的风、不曾下过的雨。

三十年来号称孤家寡人最终真成了孤家寡人。到了该自我了
断的时候才发现收山是如此窝囊，另有点壮烈。

蝉鸣。落日。或那小男孩的日出。

他打开一瓶敌敌畏。

（让害虫们少喝一瓶吧。）

他翻眼望见黑鸟白鸟在天空布出一个棋阵。

但他已没有下棋的资格：他不能移动飞鸟，飞鸟自行移动。

他万没想到我会夺下他手中的农药瓶。他以为我要霸占他的
死法，或者我想死在他的前头，他为此而怒不可遏。

我说我是另一个棋王被一个小男孩掀翻。

他略微犹豫，好奇心冲淡了他的赴死心。

"那掀翻我们的是不是同一个小男孩？改朝换代难道是天意？
为什么我们从前不曾相遇？为什么我们会有相同的经历？"

我们在山顶摆下一盘棋。

我们各自觉得是在跟自己对弈。

落日继续它的落日行为。我们发现我们谁都赢不了自己。

7. 小偷

她走时偷走了我的存折，上面存着两万块。

（我想她是为她的新男友才这么干。）

她走时偷走了我的白色超短裙——我的风采。

（那条超短裙我只穿过三次，一次是在香格里拉大饭店。）

她走时偷走了我的意大利发卡。

（她的短发用不着发卡，但她会为那只发卡把头发留长。）

她走时偷走了我的《垮掉派诗选》。

（这会害了她，一个十八岁的小保姆，她还没有准备好变成
嬉皮士。）

她给我三岁的儿子服了安眠药，但看来只想让他睡觉。等我
从震惊中恢复，她有所节制的性格令我对她略有怀念。

她没有偷走我的笔，这使我还能坐下来细数我的损失。

我雇了她一年零三个月。一年零三个月足够她培养出她的
"自我"。她刚来时脸蛋粗糙，透着粉红，这说明她的家乡
常年刮着"无我"的风。

半年后她问我她能否成为歌星，

几天前她给我看过她男友的照片。

我应该想到我留不住她，我只想到她搬不动我的床、冰箱、
电脑和全自动洗衣机。

我是对的。

但她却走了。

祝她好运，祝她读完那本《垮掉派诗选》就披上嬉皮士的破
　　衣烂衫。

如果她破衣烂衫或珠光宝气再次来到我的门前，她会发现我
　　的防盗门已不再记得她的小脸。

8. 孝子

走十里路算不上走路，走百里路也算不上。必须走过千里才
　　算走出了意志，对一个孝子来说，才算走出了孝心。

孝子拉着平板车，平板车上坐着老娘。

我劝他："坐火车不是更方便？"

他说："拉板车才是尽孝啊，而且省钱。"

孝子把板车拉过沟沟坎坎，一路历经山东的大雪、河北的交
　　通事故。他把老娘孝顺得境界大开，一路颠向北京城。

我劝他："还不如待在家里享清福。"

他说："俺娘的心愿是看不见毛主席总要看看天安门，看不见
　　天安门死后遇见熟人没的谝哪！

娘问："儿呀，你在跟谁说话？"

儿说："俺在跟困难做斗争。"

冬天已过去大半，北风梦见南风。他把老娘拉到天安门广场。

天安门广场上奏起国歌，为的是欢迎一位怕冷不怕热的非洲

总统。

娘说："看见了，咱们回吧。"

平板车掉转方向。国歌停止演奏。

我劝他们在北京多住几日。

他说他娘想死在家里。北京就让北京人和外国人玩儿吧。他
那几个钱不配浪费在北京。而且他得赶回去播种。

9. 小两口

列车全速前进，碾着北方的土地。

座座村庄都与他们无关，座座坟堆都是被忽略的风景，连车
过铁桥发出的轰响，也不能使他们片刻分心。

硬卧车厢。爱的一幕。他们竟敢当着我的面抱在一起，黏在
一起，躺在一起。

如果我是他们之中一位的爹，我会上前训斥他们没出息。

但我不是他们的爹：那我是一条狗吧。

仿佛这车厢是他们的巢：那他们是一对鸟吧。

定情在火车上，或偷情在火车上，人人看到了，人人没看到。

他们只接吻，不说话。身下窄窄的床铺牢牢地沉默。

我坐我铺上，看也不是，不看也不是。好一场猝不及防的心
理测试！

以我一个成熟男人的经验，我知道他们在想什么。

新闻广播在讲述一个流血流汗的世界，仿佛是为了进一步刺
　　激他们的幸福感。

要是我加入他们幸福的搂抱，他们会更加幸福还是会像受惊
　　的小鸟？

他们抱在一起，黏在一起，躺在一起。

下一步是什么？但他们没有下一步。

所以我也就只能写下这半截子诗。愿读者不会因此而冒火。

10. 乞丐

抵达终点，这并不意味着他即将死去。

抵达终点，他也没想到自己的终点会是一座荒废的帝陵。

但他也不想去追逐更远的云彩。

帝陵中的帝王，一具骷髅，无法反抗一个乞丐，一个活人。

这意味着他要饭的日子就此结束，便秘的日子就此结束。

他的家乡，一座饿死过人的村庄，被他抛给了不曾被饿死的
　　乡亲们。

二十年光景，他在此自任守陵人。自他到来，驾崩七百年的
　　帝王重享尊严，而他擅代帝王享受别人供奉的钞票、白酒、
　　水果和糕点。

"我小偷小摸全为坚固他们的信念。

他们会以为陵中的鬼魂真能收走他们的供奉，

他们不可能为我如此行为感到不满。

再说我这么干，鬼魂和神灵从来不吭一声。

鬼魂喜欢人们靠鬼魂吃饭。"

我远道而来，又累又饿。

他红润的脸色好像在嘲笑我不能安享我命定的不幸与快乐。

"当年我一路讨饭到此是不得已：你受这一路辛苦却是跟自
　己过不去。"

他请我吃他偷来的酒食，并从裤兜里掏出一块钱：

"你在这儿等会儿，我去镇子上把这一块钱还给他们。——
　我去买点下酒的花生米。"

11. 小贩

美国的、欧洲的迪斯科叫卖。所有的小商品 made in China。

小老头卖小蛋糕，录音机里滚动《黄河大合唱》的波涛。

小蛋糕一块钱二十个，小老头的一辈子可以折算成四百万个
　小蛋糕。

四百万个小蛋糕扔进黄河不够龙王爷招待他的虾兵蟹将，但
　在暴土飞扬的街头，四百万个小蛋糕垒出的高塔，足以彰
　显小老头的豪情。

他把小蛋糕卖得轰轰烈烈，

他使爱国主义服务于广告。

我快步走过他的摊位，时间是下午四点半。

下午四点半的《黄河大合唱》开始于早上八点，持续到晚上
九点。

下午四点半的黄河在远方独自澎湃，不在乎什么人为它奏乐，
或对它撒尿。

小老头冲我吆喝："来斤小蛋糕！"

我脑子里的《黄河大合唱》混进了我爸对它的评价："好听，
有劲，长志气，怪不得小鬼子会害怕！"

我停下脚，转过身，看了一眼小老头。

我正待继续赶路，那小老头发话："就是不买小蛋糕，咱们也
可以一起听听《黄河大合唱》！"

这崇高的邀请不容拒绝。

我花一块钱买了二十个小蛋糕。

12. 没事人

仿佛电影中的场景：淅沥的小雨说服后半夜的街道变得空旷。

我像个演员，带一身聚会的烟酒之气坐在出租车的后座上。

司机专心听着电台里的京剧。我们之间表现出戏剧性默契。

仿佛电影情节：我偶然听到右后轮转动的声音不对劲。

司机说："没事，我刚修过那只轮子。"

他说没事就没事。

经过全部电灯都已熄火的银行大厦，没事。拐过我曾和两个
　　女人上演过浪漫故事的街角，没事。看来是我没事找事。

但一个声音在我耳畔嘀咕："会不会掉车轮？"

司机说："没事，车轮只会越跑越紧。"

忽然车身一耸，车轮被夜色卸下。车子在雨中乱抖成一尾小
　　金鱼。我的灵魂惊飞出车外，看到轮毂在路面上划出一串
　　火星。

司机说："我操！"急刹车。

我紧跟他跳下车，仿佛在演戏。

街上没有别的汽车，仿佛都被场工挡在了拍摄现场之外。

唯有那只孤独的车轮仿佛满怀怒气，冒着小雨朝我们追来，
　　势不可当地将司机撞倒，疯狂地碾过他的身体。

但他爬起来还是镇定得像个演员："没事！没事！"

好吧，他说没事就没事。

13. 诗人

鸭舌帽长出了络腮胡。

鸭舌帽扣在他的脸上。

无声的声明，向着长途汽车上所有的乘客：别碰我，我是
　　坏蛋！

他倚到我的肩头，我把他推开；他再倚到我的肩头，我再把

他推开。

人一睡着就变成无赖。

三个小青年上了长途车，半道上忽然变了脸。他们掏出刀子
　　吆喝每一位乘客掏出钱包，每一位乘客乖乖从命，而鸭舌
　　帽在座位上继续他的睡眠。

一个劫匪走到他跟前，鸭舌帽底下发了话：

"这几个是我的人！"

（我被包括在其中。）

劫匪说："好嘞，大哥！"

我就这样躲过一劫。我请我身边的大侠继续打盹，靠着我
　　的肩。

车到终点，青山绿水之间。鸭舌帽下车，我跟在他身后。

"请问大哥尊姓大名？在何方发财？"

鸭舌帽说："你看我手无缚鸡之力，只有这部胡子争口气。我
　　是天底下最没用的人，只会游山玩水，诌两首歪诗，

偶尔跟傻瓜们斗一下心眼。"

他将鸭舌帽戴正，面向绿水青山，说：

"救不了全车乘客，只好救一个算一个。"

14. 主任

主任瞧不起写诗的人。

主任对不写诗的人说：

"他有什么了不起，不就是个写诗的，当年郭沫若和我家是
　邻居！"

是啊，郭沫若写诗，住大宅子，我只好把诗写到厕所里。

欧阳修的鬼魂在厕所里吟诗。他帮助我，提携我，使我在幽
　魂的世界里出了名。但在主任看来我依然什么都不是。

没想到西风一吹，谣言起，

说我的好日子就要来临——

我将坐轿子，吃点心；我将负责造出万吨冰雹，想砸谁就
　砸谁。

主任急忙找我，我正走进厕所。

我小解，他也小解；

他并邀我做"大便长谈"，被我拒绝。

他说："当年郭沫若和我家是邻居。"

可惜一句话禁不起两遍说。

我告诉他那谣言是我编的。

他急哭了，不相信。

我告诉他欧阳修待我甚厚，曾想把我引荐给宋朝的皇帝。

他听出了话外音，连忙应和："对，对，郭沫若算老几！"并
　从屁兜里掏出一首歪诗他昨夜草就。他请我批评指正，不
　必客气。

15. 造谣分子

（谣言止于智者。不造谣，不信谣，不传谣，是公民的美德。）

（谣言导致社会动荡。对谣言的来源必须一查到底。）

谣言。谣言。俗话说"谣言满天飞"，所以谣言长着翅膀，
　　是一只鸟。

谣言说粮食即将涨价，

于是粮店内忽然人涌如潮。

人心惶惶以我母亲最惶惶；

她说是王二叫她去抢购。

我顺藤摸瓜，或曰追着谣言绕本城飞行了三百圈；宇航员绕
　　地球失重飞行三十圈的辛苦，我完全体会到。

造谣分子的家门被我最终敲开。

造谣分子承认这消息（不是谣言）出自他的鸟嘴。

"但我有可靠的消息来源！……再说你是什么人吃了豹子胆
　　敢查到我头上？"

我说我是宋二，公安局的，"上级指派我……"

他不等我说完就呵斥我滚蛋：

"你不是宋二。你敢冒名顶替？昨天我跟宋二还一起钓鱼！"

我不是宋二吗？

我像一团烟遇上了风吹，我像一块冰化成一摊水。

后来世事的发展之快出乎我的意料。

16. 囚犯

某市 825 信箱直属三中队。——这听来好像一支部队的番号，
    好像监狱也需要委婉的叫法，也为其存在而害臊。

来自三中队的信函。

信上婉言："我很好！"

不能想象老于如何"很好"在狱中。

老于也没有忘记在信中吹捧他的管教。

（管教会为老于吹捧他而撇嘴一笑。）

这就有了第三个人。在监狱老于和我之间，除了横着千山万
    水，还竖着管教。这是我必须面对的人，却又面对不着。

那人是否也会在阴天患上感冒？

老于婉言"我很好"，是那人喜欢委婉。

老于用语平实，是那人文化不高。

我坐向灯下写回信，

那人在远方，手指抠着鼻孔，等待阅读我半真半假的心声。

他会读到我对老于的安慰，

他会顺便读到他自己的光辉。

此外我什么都不写，

以免老于吃不好，睡不好，被监狱摧毁，以免那位没有面孔
    的管教在监狱的走廊里像雷霆一样暴跳。

17. 伴侣

我还不知道她是谁。

我还不知道她步入我的庭院推开我的房门是要找我还是要找
另一个人。

她爬上我的床，睡在我的不眠之夜，有如一截白蜡丢失了她
的火焰。

我抱起她来感觉翻越了一架高山。

半个月亮透过方形窗口照在我的前额，仿佛照在一个鬼影朦
胧的方形广场，

至少那一夜我不曾侃侃而谈，

我不想惹她讨厌。

至少那一夜我几乎不曾呼吸，

因为她深沉的呼吸表明她孤单又疲倦。

哦，不，没有这样一个"她"用深沉的呼吸表明她孤单又
疲倦。

没有哪一夜我几乎不曾呼吸否则我活不到今天。

我从不惹人讨厌。

我从不侃侃而谈那不是我的习惯。

我确曾漫步在方形广场，但从未发现那里鬼影朦胧。我只允
许圆满的月亮透过圆形窗口将我的前额照亮。

我从未翻越过高山，即使在想象中。

我从不失眠，即使有白蜡把蜡油滴在我的眼睑。

所以我不知道"她"是谁，这是当然。

18. 衬衣精

这件白衬衣已经太旧，但我却无法脱掉它。

并非我舍不得与它分离，而是它已有了我的体温、我的细菌。

　我们竟然长在了一起。

当乌鸦喊我，它抢先回答；

当我被小人绊倒，它滚一身黄土。

我拿不准是否我的胳膊肘在流血，它好像比我更疼痛。

它长出汗毛和腋毛，要求我每天为它清洗。

它日益傲慢，终于得出结论是它在穿我。

它以为我活着全靠它，而它错了。

电影里的黑帮首领总要干掉那个知情太多的人：

我得脱掉这件衬衣：它已成精! 它已成精!

于是我召集来一些不穿衣服的幽灵。

他们在我的胸前用王麻子剪刀剪开一个小口。

他们帮我脱这件衬衣，脱得我鲜血淋漓，好像我是妖怪，反
　倒是我的衬衣请来帮手，要将我脱掉。

我嗷嗷大叫，吵醒了四邻。他们并不前来"搭救"，只限于
　议论纷纷。

而幽灵们最终把我脱得精光，于是我就死了。

现在是上午九点，我还能上班，还能偷偷写下这首诗，

是因为我穿着另一件衬衣。

2003 年 11 月—2004 年 12 月

鹰的话语

一、关于思想既有害又可怕

1. 我听说，在某座村庄，所有人的脑子都因某种疾病而坏死，只有村长的脑子坏掉一半。因此常有人半夜跑到村长家，从床上拽起他来并且喝令："给我想想此事！"

2. 你看思想是一种负担，有损于尊严。

3. 我听说，曾有一个男孩惯于为胡思乱想而藏进铁锅或鸟窝，而他母亲确信他跑不出自己的掌心。直到有一天，他彻底消失：连他自己亦不知他身在何方，更不用说他焦虑的母亲。

4. 你看思想的确既有害又可怕。

5. （那可以称之为"恶习"的，无不使人着迷和过瘾。）

6. 我的祖先曾上书他的君王建议禁止思想，君王欣然接受。但时隔不久他又决定暂缓实行。他决定首先禁止人们在家中赤身裸体。

7. 他错了。这表明他缺乏思想。因为没有人敢肯定当他推开思想之门时，从里面出来的是美女而不是老虎；没有人敢肯定美女不会咆哮而老虎没有柔情。

8. 因此与其思想不如逗笑！因此药剂师发明了安眠药。安眠药可驱逐思想的魔鬼，只是任何药瓶上都不曾注明。

9. 在一个失眠之夜我听到有人喊我的名字。我追踪这喊声，逆风涉水，险些滑倒，却没有追上任何人。我因此断定这是我着魔的开始。

10. 为此我溜着墙根走路，有似怀揣一把金库的钥匙。我不断回头寻找那个可能跟踪我的人，直到撞上一棵树，直到撞上另一个有似怀揣金库钥匙的人。

11. 我想我已误入歧途：以反驳自己为乐事。当我自行反驳时总有他人不乐意，幸好我反驳的是自己。

12. 我在镜中看到我自己，但看不到我的思想；一旦我看到我的思想，我的思想就停滞。

二、关于孤独即欲望得不到满足

13. 月亮激发情欲，洋葱激发性欲，草药激发生病欲，火焰激发死亡欲。至于食欲，我说不清它源于我还是我肚子里的蛔虫。至于蛔虫，我说不清它们是否参与我活跃的意识。

14. 在欲望的面前君王也要立正，在欲望的支配下傻瓜也要显示他的精明。尽管你并不知道有什么东西随风而逝，但你却知道你欲望的双手空空：你由此进入孤独之门。

15. 或为一试耐力你放弃你的房屋。而当你厌倦了困苦想重新召回你的欢娱，却发现那房屋中已建立起老鼠们的制度：你由此进入孤独之门。

16. 或你自我怀疑日甚一日，于是开始了盲目的自我惩罚。这正如你亲手栽下一棵皮包骨的苹果树，却被下落的丰满的苹果砸晕（苹果错把你当成了牛顿）：你由此进入孤独之门。

17. 或你用一张虚伪的嘴声讨一个虚伪的世界。要么你错了，要么世界错了。你把自己逼到满脸通红、哑口无言的地步，真诚便出现：你由此进入孤独之门。

18. 或你编造一项使命，并为此而工作，像一个地下工作者。但这项使命最终威胁要你的命：你由此进入孤独之门。

19. 孤独，自我的迷宫。在这迷宫里，植物开花却不是为了勾引，不是为了出售（它另有目的）；植物结果却不见它欢呼，不见它歌舞（这内在的喜悦何由辨识）。

20. 你养了一只鸟就把这迷宫变成一只鸟笼；你养了一条狗就把这迷宫变成一个狗窝。当你想否认自己是一只鸟时你正在与鸟争论；当你想否认自己是一条狗时你只好像狗一样吠叫。

21. 危险的孤独者，你的痔疮还疼吗？这疼痛提醒我们时间不是假设而是血流的节奏、机器的转速、夫妇之间的摩擦和脑力的耗损。经久不息的掌声鼓励孤独者在危险的冰面上继续滑行。

22. 你因错过一场宴会而赶上一场斗殴。你因没能成为圣贤而在街头喝得烂醉。你歌唱，别人以为你在尖叫。你索取，最终将自己献出。一个跟踪你的家伙与你一起掉进陷阱。

23. 孤独有一个庞大的体积。

24. 在孤独的迷宫里人满为患。

25. 要不要读一下这张地图？忧伤是第一个岔路口：一条路
通向歌唱，一条路通向迷惘；迷惘是第二个岔路口：一条路
通向享乐，一条路通向虚无；虚无是第三个岔路口：一条路
通向死亡，一条路通向彻悟；彻悟是第四个岔路口：一条路
通向疯狂，一条路通向寂静。

三、关于黑暗房间里的假因果真偶然

26. 在黑暗的房间，我附耳于墙，倾听，但听不到隔壁邻居家
的任何响动。但我忽然听到隔壁也有人附耳于墙。我赶紧把
耳朵收回，约束自己做一个品行端正的人。

27. 在黑暗的房间，我不该醒自一个好梦，当我父亲醒自一个
噩梦。他训斥我一顿，他训斥得有理；我深深反省，以期忠
孝两全。我把好梦讲给他，让他再做一遍，可他把这好梦忘
在了洗手间。

28. 一位禁欲者在死里逃生之后变成了一个花花公子。

29. 一位英俊小生杀死另外两位英俊小生只为他们三人长相一致。

30. 在黑暗的房间我装神弄鬼。真有一个傻瓜进门跪倒在我的面前。我一脚踹开他，继续我的享乐，另一个傻瓜就破门而入，举着菜刀来革我的命。

31. 在黑暗的房间，我打开收音机。我的自怜被收音机里话剧腔的爱情故事所唤醒。这时一个窃贼爬出我的床底，首先和我讨论人生的意义，然后向我发誓要重新做人。

32. 一个熟读《论语》的人把另一个熟读《论语》的人驳得体无完肤。

33. 杜甫得到了太多的赞誉，所以另一个杜甫肯定一无所获。

34. 在黑暗的房间，我奉承过一个死人。他不是我的祖先而是我的邻居。我为他编造出辉煌的一生，他铁青的脸上泛出红晕。多年以后，我在他孙子的家中饱餐一顿。

35. 在黑暗的房间，我虚构出一个女孩的肖像。一位友人说他认识这画上的女孩：她家住东城区春草胡同 35 号。我找到那里，她的邻居说她刚刚出了远门。

36. 兴冲冲的盗墓者面对已被盗掘一空的坟墓无事可干。

37. 无事可干的炊事员回到他黑暗的房间。

38. 在黑暗的房间，我祖传三代的金戒指滚落地面再也不见。我因此怀疑我房间的地下另有一个黑暗的房间；我因此怀疑每一个戴金戒指的人都住在我的下面。

39. 在黑暗的房间，一个走错了门的家伙将错就错。他放下背包，洗脸，刷牙，然后命令我离去。我说这是我的家，这是我的命根子，我哪儿也不去。于是我们在黑暗中扭打起来。

四、关于呆头呆脑的善与惹是生非的恶

40. 丑陋的面孔微笑，虽然欠雅，但是否可以称之为"善"？假嗓子唱歌，虽然动听，但是否"真诚"？崔莺莺从不打情骂俏却犯了通奸罪，卖油郎满面红光却没有女朋友。

41. 鸟儿逆风而起，舟子顺水而行。在厅堂，在基地，老爷、太太们各司其职，仆役、媒婆们各得其乐。

42. 而在铁路两旁，土匪们等待着受招安；而在京城，为富不仁者提防着破产……有时恶人们把我逗得前仰后合。为了免于出丑，有时善人们假装凶狠而恶人们羞于作恶。

43. 我受到善的摧残，渴慕电影里恶人的肥胖，有心分享他们可疑的特权。只由于有可能陷入阴谋之恶，我才回到我修善的家庭，向我的家人传授恶的美学。

44. 你看小偷小摸并不能毁灭世界；而施舍怜悯的人并不要求取消苦难。

45. 这满目的善，天哪，多么平庸！而恶，多么需要灵感！

46. 我声明我非残忍之辈，尽管我穷追那温顺的兔子并且吃掉它。而它一定曾暗下决心在来生吃掉我，以满足其向善之胃。只是它成功的希望渺茫，因为来生我准备飞翔。

47. 或形只影单，独行千里，免于圣贤的诅咒。圣贤说："恶人喜群居。"而在他们中间，善的原则已被举手通过：是那形只影单、独行千里的人显得居心叵测。

48. 一顶破草帽落在圣人头上就变成了圣物，而一只蚊子即便饮了圣人的血亦应被打死。指出这一点是恶在惹是生非之一。

49. 恶人供出同伙，其罪恶便得以减免，而善人吹捧同伙，我们却必须说他是善上加善。指出这一点是恶在惹是生非之二。

50. 啊，我将成为谁的钢刀与对手厮杀？我将遇上谁的铁矛碰出火花？而挥舞我这把钢刀的将是谁的恐惧、谁的欢乐？

51. 有一瞬间我绕到自己的背后。你说："这不可能！"

52. 因此我从不公布我的法律，我只宣布开庭（汉谟拉比公布了他的法律，所以他的王国被消灭），而我那从不公布的法律就是雷电，就是花朵。

五、关于我对事物的亲密感受

53. 于是我避开市镇，避开那里的糊涂思想，追随一只鹰投在大地上的阴影。在我避开那些糊涂思想之后，我了解了火焰和洪水猛兽的无情。

54. 于是我渐渐相信，我中有我，正如鹰中有鹰。灯泡在我体内照亮一个社会。我的身体一摇晃，我的肚子里就传出碗碟摔碎的声响。

55. 在河水向我奉献波纹之后岩石向我奉献石英。虽然我拿它们毫无用处，但我感谢。作为回报，我向它们奉献它们并不需要的歌声。

56. 于是我避开我的肉体，变成一滴香水，竟然淹死一只蚂蚁。于是我变成一只蚂蚁，钻进大象的脑子，把它急得四脚直跺。于是我变成一头大象，浑身散发出臭味。于是我变成臭味，凡闻到我捂鼻子的就是人。于是我又变成一个人，被命运所戏弄。

57. 爱自然而悬置它的意义，爱人类而悬置他的德行。对一个纵深的世界，爱得越深，偏见越重。这令祖先们哈哈大笑。在无穷的变幻中，他们绕过我们，直接进了我们后代的家门。

58. 于是我变成我的后代，让雨水检测我的防水性能。于是我变成雨水，淋在一个知识分子光秃的头顶。于是我变成这个知识分子，愤世嫉俗，从地上捡起一块石头投向压迫者。于是我同时变成石头和压迫者，在我被我击中的一刹那，我的两个脑子同时轰鸣。

59. 沉默。只有沉默可以与喧闹的世界相对称。

60. 喧闹世界的隐蔽的法则通过我的女邻居传入我的耳朵，冷酷打击我的温情。所以当尘土弄脏了我的白手套，我不起诉，不抱怨，而是像牛一样费力地想象它们怎样洁白的戴在我灵魂的手上。

61. 在腐败的稻草上，以地貌为参照，我的性格完成。

62. 傍晚，我拉开两个斗架的瘪三，我由此直着脖子进入人类的友谊。

63. 也许我终将觉悟，而此前我将编定一部词典，以便人们将所有的事物快速说出，以便将亲密的世界安顿在语言中。

六、关于格斗、撕咬和死亡

64. 那么，一个不承载思想的符号，是鹰吗？但我还没有变成过一只鹰，但所有的狐狸都变成了人。我把自己伪装成一只鹰，就有一个人伪装成我。从诗歌的角度看，我们合作得天衣无缝。

65. 我伪装成一只鹰，但装不出它的羞涩；我伪装成一只鹰，但无法像鹰一样格斗和俯冲。即使在格斗时它也在内心远离格斗，因此它是昂贵的鸟；即使在俯冲时它也内心平静，因此它几乎接近于神性。

66. 它从我梦的屋檐上掠过：一个字，一个幻象。我并不喜欢它的尖喙和利爪，但在它和大地之间保持着遗憾的理解和暴虐的爱情。

67. 它高高飞翔，飞得那般自我，像自己的影子，把咆哮收敛在心中。像被熨过的一件衬衣，它展开翅膀，这时就是大地在飞动。

68. 传说在旷野的天空，鹰蛇格斗掉下来，砸破了索福克勒斯的脑袋。要是它们知道谁将被砸死，它们是否还会格斗？它们是否会把死亡弄假成真，给野蛮的悲剧补上命运的特征？

69. 在鹰眼里，三个被撕票的人回到了他们的茶馆；荒郊野外重又拍开了电影。在连接城市与村庄的道路上，牲口们重又把没有臭味的粪便泄得诗意朦胧。

70. 鹰有血的智慧，因此从不占有。

71. 最终是饥饿提醒它飞翔、俯冲和撕咬，像饥饿的太阳、僧侣、镔铁禅杖，像鹰。最终是饥饿使它飞翔不动，成为苍蝇的食品，成为白领丽人小客厅里翼展两米的鹰皮。

72. 鹰在空间消灭的躯体，又在时间中与之相遇。

73. 最终是死亡，不分彼此，不分高下。那不是形而上之死而是肉体之死：伤口化脓，身体僵硬。那是肉体之死，我们参与其中。

74. 可我们对死神一向阿谀奉承，反倒让我们内心的杀手逍遥法外。鹰了解这一点，因此它从不落泪。落泪的是我们。此外，更多的时候我们还堆出笑脸——为谁?

75. 在我与你之间飞动着鹰，在思想和生命之间睡卧着真实。因此且慢将鹰肉列上菜谱。

七、关于真实的呈现

76. 太正确了，一切，所以荒谬；太荒谬了，一切，所以真实。所以让正确的更正确，让荒谬的更荒谬，乃是令真实呈现的不二法门。

77. 所以我描述出一只鹰，是为了砍下它的头；而我这样做，是要为古老的神话求取证明。倘若它果有再生之力，则当今世界并非没有奇迹发生。

78. "这不可能！"乌鸦说，"我怎么不知道我可以被描述成一只鹰？"它在墙壁上撞击它的脑袋：它的脑袋还在，但却被撞出一个窟窿。

79. 计算、威逼、戏弄、打击和赞颂，这些用于自卫的手段在思想时可以偶然一用。

80. 所以你就计算一下你的存在吧，那计算不出的就是你的灵魂。所以你就威逼一个穷人吞下黄金吧，让他同时占有死亡和财富。所以你就戏弄一只八哥吧，倘若它说出真理你千万要冷静。

81. 清晨，一条狗到我的床前来报到。我照例狠狠踢它，以便它更是一条狗。

82. 为了让一个傻瓜将他的愚蠢推向极端，最终与那些圣贤不分轩轻，我想尽办法赞颂他。当他从我的赞颂中获得了不可替代的乐趣，他便宣布他是一个傻瓜，一如苏格拉底宣布他一无所知。

83. 真实，一个奢侈的词，一个悲惨的词，一个被逼无奈的词，不在我的词典中。

84. 但却在我的文字游戏里。我把文字游戏玩得天翻地覆，我真能玩到神鬼夜哭？或至少我给出的语言现实能让幽灵接受？

85. 幽灵是傲慢的，它们不理解荒谬之道。当我被捏住鼻子捂住嘴，从死亡的边缘一猛子醒来时，我承认，红色是红的，然后戴上我的面具，这面具上既有麻子也有皱纹。

86. 太真实了！一切，所以正确；太正确了，一切，所以荒谬。

87. 如果你已厌倦了真实，你就在你的面具上再戴一副墨镜吧。你只需小声嘀咕一句："真实并不能将我们拯救。"

八、关于我的无意义的生活

88. 在人群里有的人不是人，就像在鹰群里有的鹰不是鹰；有
的鹰被迫在胡同里徘徊，有的人被迫飞翔在空中。

89. 天一黑我就入睡，天一亮我就起床。我总是首先梦见发烧
的医生、牙疼的邮递员，然后遇见他们；所以为了遇见自己，
我必须首先将自己梦见，而梦见自己的确使人难为情。

90. 有一次，我梦见一个瞎子向我打听某某。我回答我听说过
此人但是并不认识。待我醒来，我惊异得嗷嗷大叫：我就是
那瞎子要找的人!

91. 只有当一根钉子扎到我的手上，我的手才显现出真实；只
有当一阵黑烟呛得我流泪，我才感受到我的存在。一匹白马
上端骑着的十位仙女撕碎了我的心。

92. 为此我改名换姓，隐瞒起身份，云游四方，听天由命。

93. 我曾向一家小客店的老板娘要求做这家小客店的老板。在

她惊讶不已之际我又向她要求免费供应我食宿。她问我："你是谁？你从哪里来？"我说："我就是提出这两项要求的人。你选择吧。"

94. 我曾迷失在一座阴森的府宅，像一名刺客搅乱了那里的秩序，像一个恶棍激发出小姐们的恐惧。这时我品尝到另一种迷失——迷失于快乐，我因而忘记了自己的混乱和恐惧。

95. 我曾身陷一座被围困的城市，我曾遇到过一位年迈的书生。当我向他指出我们的"处境"和"孤独"，他说他只关心天下人的福祉。所以我是把一口痰吐进了乌鸦的嘴里。

96. 我曾向一个官吏打听升官的窍门，他劝我回家去做一个好公民。我问他："你是否想知道怎样把石头点化成黄金？"当他露出贪婪的目光，我说："我也保密。"

97. 能坐下就坐下，能躺下就躺下。为了活命，我每天干三种以上的工作。但每当我干完一份工作，总有一个人领走我应得的报酬。

98. 圣贤说："鹰陶醉于翱翔。"不对，鹰并不陶醉于翱翔，就像人并不陶醉于行走。

99. 所以请允许我在你的房间待上一小时，因为一只鹰打算在我的心室里居住一星期。如果你接受我，我乐于变成你所希望的形象，但时间不能太久，否则我的本相就会暴露无遗。

1997 年 10 月—1998 年 4 月

新德里—北京

近景和远景

1. 鸟

鸟是我们凭肉眼所能望见的最高处的生物，有时歌唱，有时诅咒，有时沉默。对于鸟之上的天空，我们一无所知：那里是非理性的王国，巨大无边的虚无。因此鸟是我们理性的边界，是宇宙秩序的支点。据说鸟能望日，至少鹰，作为鸟类之王，能够做到这一点；而假如我们斗胆窥日，一秒钟之后我们便会头晕目眩，六秒钟之后我们便会双目失明。传说宙斯化作一只天鹅与丽达成欢，上帝化作一只鸽子与玛丽亚交配。《诗经》上说："天命玄鸟，降而生商。"尽管有人指出：玄鸟者，鸡巴也，但咱们或可不信。自降为鸟是上帝占有世界的手段，有似人间帝王为微服私访，须扮作他的仆人。因此上帝习惯于屈尊。因此鸟是大地与天空的中介，是横隔在人神之间的桌子，是阶梯，是通道，是半神。鸭嘴兽模仿鸟的外观，蝙蝠模仿鸟的飞翔，而笨重的家禽则堪称"堕落的天使"。我们所歌唱的鸟——它绚丽的羽毛，它轻盈的骨骼——仅仅是鸟的一半。鸟：神秘的生物，形而上的种子。

2. 火焰

火焰不能照亮火焰，被火焰照亮的不是火焰。火焰照亮特洛伊城，火焰照亮秦始皇的面孔，火焰照亮炼金术士的坩埚，火焰照亮革命的领袖和群众。这所有的火焰是一个火焰——元素，激情——先于逻辑而存在。琐罗亚斯德说对了一半：火焰与光明、洁净有关，对立于黑暗与恶浊。但他忽视了火焰诞生于黑暗的事实，而且错误地将火焰与死亡对立起来。由于火焰是纯洁的，因而面临着死亡；由于火焰具有排他性，因而倾向于冷酷和邪恶。人们通常视火焰为创造的精灵，殊不知火焰也是毁灭的精灵。自由的、父性的、神圣的火焰，无形式、无质量的火焰，不能促使任何生物生长，不能支撑任何物体站立。就像满怀理想的人必须放弃希望，接受火焰的人必须接受伟大的牺牲。

3. 阴影

我长大成人，我有了阴影。我对它不可能视而不见，除非它融入更大的阴影——黑夜；而黑夜是什么人或什么东西的阴影呢？地球投影于月球是为月食；月球投影于地球是为日食。所有的人都生活在阴影之中。阴影的反面是火焰。阴影是我们测算太阳的唯一依凭。在我们的日常生活范围内，由于太阳只有一个，因而任何一件物体都不可能有多重阴影；而对我们的灵魂来说，阴影就是欲望、私心、恐惧、虚荣、嫉妒、残忍和死亡的总和。是阴影赋予事物真实性。剥夺一件事物的真实性只需拿去它的阴影。海洋没有阴影，因而使我们感到虚幻；我们梦中的物体没有阴影，因而它们构成了另一个世界。人们由此合情合理地认定鬼魂是没有阴影的。

4. 我

动物是有迷信的，植物是有思想的，神是有缺陷的，人是有灵魂的。所谓"人的灵魂"，即指他"内在的我"。人们用"外在的我"生活：抵挡风雨、打架斗殴、工作、握手、拍肩膀，甚至撒谎骗人。但在一定程度上，人们"内在的我"始终镇定自若，生命始终向着其既定的方向涌进。这不是说"外在的我"是"内在的我"的面具，而是说"外在的我"的法则不适于"内在的我"。若你仅触及或伤害到一个人"外在的我"，则你对他还不能构成影响和打扰；而一旦你深入到他"内在的我"，则他的精神面貌将彻底改变。命运、痛苦、爱和死亡都只对"内在的我"拥有意义。所谓"灵魂的秘密"正在于此。荣格曾经把他身上那起着指导作用的、盲目的直觉称作他的"女性倾向"，他所说的实际上就是他"内在的我"。这是被层层包裹、小心保护，隐蔽的、脆弱的我，与无限有关。

5. 牡丹

牡丹是享乐主义之花。它不像玫瑰具有肉体和精神两重性，它只有肉体，就像菊花只有精神。正因为如此，牡丹在开花之前和凋谢之后根本就不存在。刘禹锡诗云："唯有牡丹真国色，花开时节动京城。"这是一种不得超升的植物，其肉体的魅力难于为人们的肉体所拒绝：富家子弟一向爱其俗丽，平头百姓一向爱其丰腴。是故《白雪遗音》有"牡丹花儿春富贵"之句。此外，该书又有"玉簪轻刺牡丹姣"之辞。这显然是以牡丹象征女性性器。牡丹本为雄性之花，它之所以被改换性别，纯粹出于其自然暗示。为了使牡丹更加符合其"花中之王"的身份，为了向牡丹灌注精神因素，有人特传武则天尝命上苑百花于冬令开放，唯牡丹抗旨不从，被贬东都。可惜牡丹并未受此传奇魔法而摇身一变为玫瑰。牡丹鄙视玫瑰，此其天性。它貌似文艺复兴所需要的花朵，其实不然。

6. 毒药

有毒的事物是美丽而危险的。这句话也可以反过来说，即美
丽而危险的事物是有毒的。美女蛇便是这种观念的产物。按
说有毒的事物本身并不是罪恶：曼陀罗、夹竹桃、眼镜蛇等，
同样是大自然的组成部分。只是它们的毒素被药剂师提取，
于是一些人阴谋得逞，另一些人死于非命。撇开毒药的实际
应用不谈——毒药通常把人区分为投毒者和受害者、幕前的
人和幕后的人；同时它又把政治和童话粘连在一起，赋予毒
杀以某种审美意义。毒药以骷髅为形象，它有着改变环境和
人类心理的巨大能量：一间存放毒药的房屋不再等同于一般
房屋，而怀揣毒药的人不是恶魔就是帮凶。至于服毒自杀者，
我没什么可说的。唯一可以说明的一点是，每一个自杀者在
服毒之前都分裂为两人。他给自己下毒。因此凡服毒自杀都
带有阴谋的性质。

7. 银子

人们污辱了银子。银子从没想到人们会用银子来购买、投资、
赔偿和赌博。人们污辱了银子，一再贬低银子的价值，好像
银子不是我们的怀旧之乡，不是我们梦的屋顶、固体的波浪、
可触摸的月亮。古埃及人稍微懂得尊重银子：大约在公元前

1780—1580 年，埃及王朝的法典中规定，银价是金价的两倍。但古埃及人依然污辱了银子，因为银子与黄金无关：如果说黄金是西方的金属，那么银子便是东方的金属；如果说黄金是喧嚣而灼热的，那么银子便是寂静而沁凉的，它只与铜和铁有血缘之亲。在梵文中，"银子"一词的原意为"明亮"，因此人们污辱银子，也就是污辱一切明亮的东西。由于银子有杀菌力，因此银子是健康的；由于银子具有高强的导电功能，因此银子是慷慨的。但人们污辱了银子，人们根本不理解它。它孤独而羞涩，不好意思发出感慨：哦，孤独的银子！

8. 城市

城市的兴起是这样的：起初是贸易。在天然的十字路口，起初是交换食盐、兽皮、粮食和奢侈品的人们，其中远道而来的人们搭起最初的窝棚。随后窝棚多起来，有了街道、地窖、广场、厕所和下水道。有人就地展开制造业、加工业。黄昏来临，在人们对娱乐的需求中，酒馆和妓院拔地而起。于是有了最初的城市文明。城市的兴起不同于村庄的兴起：居住在同一村庄里的人往往属于同一家族，以父亲为君主（有时某个村庄也能发展为"城市"，但说到底，那是一个放大了的村庄）；而真正的城市却是来自不同家族、部落的男女自由选择的杂居之地。杂居孕育了思想和善，于是有了学校；

杂居孕育了罪恶和冲突，于是有了法庭和监狱。人们不得不达成妥协，以维护整体的生存。终于有一天，一个陌生人来到城市。他放下少许的行李，吹着喇叭，从客栈走到广场，向莫名其妙的居民宣布：他秉承天意来做这城市的首领；人们必须尊敬他，保护他并向他纳税。

9. 扑克牌

发明一种游戏，也便同时发明了一种偶然性和一套规则；偶然性在规则中时隐时现，便把欢娱之情带给游戏者。具体说到打牌，人们是按照规则玩着不可知：扑克牌上那些方块、那些红桃、那些梅花、那些黑桃，或许真有某些神秘的暗示，而恺撒大帝、查理大帝、亚历山大大帝、大卫王，以及雅各之妻拉结、女勇士朱迪斯等人，或许真有什么话要对玩牌的人讲。扑克牌每重新排列组合一次，历史便被重新虚构一回，但谁又能肯定地说历史不是虚构的产物呢？在虚构中，变化是无穷的，因此扑克牌也被用来占卜。有人认为打牌是所有智力游戏中最低级的一种，因为它只需要那么一点点智力，更多的是靠运气。有时你赢了牌，别人不夸你牌打得好，而夸你的牌运好——这是他们不服气，弄得你也不舒服，于是再打一把。但或许这一次你就真的从最高峰跌到了最低谷。所以谁能说扑克牌对于智力不是怀着报复性的嘲讽呢？

10. 自行车

尽管自行车是一种简单机械，但它在体现数学之美和物理学之美等方面，却绝不亚于其他更先进的交通工具。它的曲柄和链条传动装置封死了人们再依据其他原理设想全新自行车的可能性。任何事物的完满不过如此。由于自行车的完满，由于它和我们生活的密切联系——甚至可以说它规定了我们的生活方式——我们几乎要把它看成一个有灵魂的生命体。它使我们联想到从晚清妓女赛金花到识大节拘小节的好人雷锋叔叔等诸多有趣的人物。它是我们这个社会经济、文化、政治水平的标志。词典中"自行车"一词的含义应该扩大。应该加上"自行车意味着自力更生、自己运送自己"的象征含义。它又不仅仅是两个轮子、一副钢架，它帮助我们遐想：在嘈杂拥挤的大街上，时常，我骑着我破旧的自行车，感觉自己就要飞升——在众目睽睽之下骑上蓝天——如果我骑得再快一点！

11. 地图

有那么多森林、沙漠、河流、山脉我只能梦想，有那么多刮风下雨的地方我一生不可能走到。在每一个地名背后都聚集着成千上万张面孔，这成千上万张面孔有着成千上万个古怪而美丽的名字。当我刮胡子时，是否另一个人正在墨西哥城以同样的节奏刮着胡子？当我经受着某种巨大的痛苦时，一想到在彼得堡或加那利群岛也有人在把同样的痛苦经受，我的痛苦就减轻了一半。地图压制了我们的自我膨胀，把我们的诞生和死亡与他人的诞生和死亡联系在一起，使我们对远方的陌生人产生一种同类的认同之情。它是最好的人道主义教材；面对它，我们便是在放眼大地，放眼不同的种族、制度，放眼五彩缤纷的走兽、飞禽，并且从空间进入时间，在马不停蹄的创造和毁灭中游历。同一颗太阳被不同的人在不同的时刻所看到，有多少人会用不同的语言说出同样的心声："你真美呀，请你暂停！"

12. 风

大地上唯一一种没有生命的运动——因而是永恒的运动——是风。严格地说我们看不见风；我们看到的是灰沙在飞舞、白云在翻滚、树叶在扇动。尽管逆风而行并不等同于逆死亡而行，但当我们顺风而行时，我们有时的确觉得活着是一件惬意的事；而在风中伫立片刻，我们就能听到风声。风从我们耳边掠过，那是实实在在的客观宇宙之流变。可佛家偏说那是我们的心在动。难道我们的心不是一直在动吗？可为什么有时我们又听不到风声？在风与风之间，大地一片寂静，仿佛植物不再生长，仿佛时间流到了尽头。只有当风再一次刮起，生命才重新闪耀。所以说是风推动了生命，带动了生命。瓦雷里说："起风了，只有试着活下去这一条路。"啊，风，风声，风琴，风衣，风车，风向标，风信子……一切与风有关的事物都与我们有关。可风不是我们，风超越生命。无生命的风将会刮到最后一日，如果真有这一日的话。

13. 小妖仙

我从未撞见过小妖仙（这个词应该属阴性），但她们肯定撞见过我。因为我是人，又不具备灵视的能力，所以即使我撞上她们，也看不见她们。但我能闻到她们的芳香。凡心向自然的人，均能感受到她们的存在。她们既不是鬼魂（人死变成鬼），也不是恶魔（神的对立者），而是植物或动物成精，采天地之灵秀，得日月之化育。书上说，她们本来有指望位列仙班，但由于她们希图人间的情爱，因而每幻变成芳龄少女。于是悲剧便由此产生，因为她们和人有本质的区别。这便是她们的"原罪"。但我热爱这样一群亲密无间、有福同享、同仇敌忾、知恩图报的好姐妹。她们的武艺并不高强，她们毕竟只修炼了数百年；而那些修炼逾千年的大妖精则是欺凌、压迫她们的丑八怪。既然神谱中没有她们的位置，人类的家谱上也没有她们的姓名，所以她们理所当然要在我的

《近景和远景》中占一席之地。

14. 幽灵

死亡纯属死者的个人私事。死亡通过幽灵作用于生者，也纯属生者的个人私事。我不是以比喻的口吻来谈论幽灵，我谈论的是一个古老的观念：没有幽灵，死亡便是空洞的。那么幽灵会出现吗？幽灵会死亡吗？如果我死后会变成幽灵，动物也能变成幽灵吗？很难想象幽灵能够安静下来，坐十分钟，或睡上一觉。对于幽灵的恐惧标志着童年在我们身上的延续。我们并不是恐惧幽灵之恶（或许大多数幽灵是善的），我们恐惧的是未知数；我们也并不恐惧古老的幽灵（比如恺撒或项羽），我们所恐惧的幽灵是我们生存的一部分。据说古往今来世界总人口达 790 亿，这就是说我们也许在与 790 亿个幽灵共用一个世界。而如果没有幽灵就没有天堂和地狱；如果没有天堂和地狱，好人就得不到安慰，坏人就得不到惩罚。这样说既庸俗又不智。但我们真怕因为令幽灵大失所望而弄得我们自己大失所望。

15. 废墟

赞美废墟的崇高形态等于赞美暴行，而漠视废墟的崇高形态等于承认我们缺乏感受力。面对废墟我们之所以有此两难心态，乃是由于废墟的存在远远大于我们的存在，在我们与废墟之间几乎没有比例可言。不过，即使我们承认自己渺小，废墟依然拒绝作为人将我们接纳：废墟是幽灵之家，只有幽灵才有资格徜徉其间，因此它把每一位进入者都变成幽灵。废墟不同于建筑工地：它达到过未完成的事物所期待的光荣和完美，它那些站立过的石头比从未站立过的石头要昂贵得多，它们倒塌了但随时准备在我们的脑海中重新站立。时间是有重量的，历史是有代价的。废墟是屋顶与大地的合二为一，越长越高的青草遮掩了那火烧的痕迹、日晒雨淋的痕迹。在寂静的废墟间，茕茕孑立、自言自语的只有柱石，那是建筑的本质、创造的本质、人类精神的本质。

16. 旷野

旷野否定人类，旷野承担遗忘。它与忘川的不同之处在于，它并不附属于任何区域，而以其自身为世界的核心；它并不拥有任何灵魂，而灵魂却必须拥有它。它同时排除了乐观与悲观、正确与谬误、奖赏与惩罚。要想在旷野上寻找戏剧性冲突是徒劳的，因为旷野是幸运的穷人：古往今来（时间）、东西南北（空间）交汇于旷野；它是金木水火土诸元素的营盘，允许世上万物向它还原，允许天空向它收缩。它直接与日月星辰对话，并以其荒凉和沉寂激发诗人的偏执，使之望见牲畜、农民、军队以及城市里的黄金时代。以色列人创作于迦南的诗篇表明，幻象是对于单调乏味生活的反抗、补偿与平衡。在旷野上，一朵小花既使人惊喜又使人恐惧，一堆夜晚的篝火足以将整个旷野温暖和照亮。

17. 海市蜃楼

大气中由于光线的折射作用而形成海市蜃楼。那是物质变精神的最好例证：看那精神的房屋、精神的广场、精神的野百合、一百零八条好汉、贾宝玉的三十六个女朋友等等。那是另一种生活，好似一段往事被我们偶然忆及，好似大路尽头一座孤城被我们偶然望见。海市蜃楼——换一种说法：空中楼阁——置世俗律令于不顾，置人类于被挑选的境地。它既不属于现在，也不属于过去，也不属于未来。作为我们关于家园和乌托邦的隐喻，它游离于时间之外。其神学意义在于：上帝不在天堂；其哲学意义在于：瞬间即成永恒；其美学意义在于：远方是一种境界；其伦理学意义在于：幸福即是在苦闷彷徨中对于幸福的关注。任何一幅画、一首诗、一本书，都与海市蜃楼有关。你若不曾见过海市蜃楼，你可以通过彩虹来想象。

近景和远景

1992—1994 年

我的天（诗剧）①

说明：

本诗剧又可称作观念诗剧、朗诵诗剧。无情节，强调观念冲突、语言冲突，是作者与演出策划、导演、演员、作曲、美工等合作、妥协的产物，是为具体的舞台而写。

本诗剧共需要至少五女七男十二位演员，其中一男一女为主角。其他演员可在不同的场次担任不同的角色。另需要儿童诵诗者若干人，其中至少应包括一位女童。

舞台布景应力求简洁、干净。音乐也一样，演员服装也一样。

---

① 本剧系应上海电影集团公司委托而作，原拟于上海美琪剧院公演，因故未果。

小序

导演：安静一下！请大家安静！我是导演。谢谢大家前来捧场。演出这就开始。安静！安静！（后台混杂的人声越来越大……吹哨声、吹号声、吹笛子声、敲锣声、鸡啼声、狗叫声、虎啸声……）

第一场　乱梦

（人作为动物。从寓言转向劝慰和欲求。）

（象征性时间：清晨）

（舞台主色调：绿色和蓝色）

老虎：一夜足睡使我步态轻盈，

　　　一顿美餐使我远离兽性。

　　　我尊重弱小的生命，

　　　像土匪尊重我背上的花纹。

　　　我反对捣乱破坏，

　　　当太阳在东方打败了群星。

老虎之影：而在流血的丛林，

　　　　　这百兽之王忧心忡忡：

　　　　　危险在接近，

　　　　　一只纸糊的老虎在接近。

　　　　　它害怕那纸老虎不撒尿，

　　　　　它害怕那纸老虎没有灵魂。

猫头鹰：我一飞翔太阳就停止飞翔，

我一鸣叫噩耗便到处传布。

我睁一只眼闭一只眼，

允许那些笨蛋胡思乱想；

笨蛋永远是笨蛋，

永远搞不懂神明的用心。

猫头鹰之影：而在明媚的丛林，

这猫头鹰已扛不动它夜晚的精神。

小聪明用尽，它依然害怕

冰凉的水滴滴在头顶，

它依然害怕媳妇尚未娶成

而梦境已然告终。

狼：不是我吹牛我气贯长虹。

我对大地的深情有狼群作证。

在猛兽之中我个头最小，

但我的歌声能令山野寂静。

我奔跑，我转圈儿，

我在敌人面前正步行。

狼之影：而在枯索的丛林，

这孤独的征服者被孤独所征服。

它害怕学会吹口哨，

它用爪子捂住嘴，

它害怕它抑制不住的号啕大哭

会暴露它凶多吉少的行踪。

猪：不管这是谁家的大花园，

我只管在此描眉画眼儿。

我的小命不归我

任谁拿去任谁爱。

您大慈大悲可怜我胆儿小，

我俗不可耐崇拜您高雅的吃态。

猪之影：而在腐臭的丛林，

这头猪日渐消瘦。

它等待着被需要，

它等待着被吃掉，

黑暗蒙住它的眼睛……

它害怕就这么活着，没完没了。

男：（以下"害怕"段落演员可自由发挥）黑暗是我所害怕的，

黑暗中万物窃窃私语是我所害怕的；

在万物的窃窃私语中东方现出了鱼肚白，

而东方的鱼肚白是我所害怕的。

猫头鹰：我也害怕！

男：明亮的天空，我看见了，它无限大无限远，

而无限大无限远的天空将我吸入它的空空荡荡是我所害

怕的。

即使我因此学会了飞行，

即使我背上因此生出双翼若垂天之云，

我仍不敢保证天空不会出现裂纹，

而天空稀里哗啦地掉落下来是我所害怕的。

即使天空安然无恙，亘古不变，

被天上掉下来的馅饼砸死也是我所害怕的。

猪：我也害怕！

男：我害怕天上掉下来的一切：

流星、翅膀折断的小鸟、冰凉的刀子或死亡判决书。

我难道不曾得罪过任何生命？

我吞吃飞禽走兽我将被飞禽走兽吞吃是我所害怕的。

我难道不曾得罪过我自己？

我的身体像一座村庄，它四分五裂是我所害怕的。

狼：我也害怕！

男：我能够引来飞龙却不敢与飞龙共舞。

我能够讨好蝴蝶却无力为蝴蝶引路。

我一手放牧一手宰杀，动物们向我点头哈腰是我所害怕的。

我不能完全了解它们的心事是我所害怕的。

耗子骑在猫身上是我所害怕的。

老虎拦住我的去路向我乞讨是我所害怕的。

老虎：我也害怕！

男：搭在树杈上的白布令我害怕。

我捂住脸转过身去望见山顶上一道白光更令我害怕。

那白光晃得我头晕眼花，疑神疑鬼，歇斯底里，泪流
满面，

我只好低下头来关心我的鸡毛蒜皮。

再抬起头来我目睹星辰组成狗熊的图像，狮子的图像，
不由得心惊胆战。

我说不出我究竟有何等害怕。

众野兽：我们都害怕！

女：我也害怕！听见了吗？我也害怕！

男：老祖宗弃我而去是我所害怕的。
　　我奶奶的小脚长在我腿上是我所害怕的。
　　我娘说我是黄河边上捡来的是我所害怕的。
　　河流的颜色一会儿一变是我所害怕的。
　　一个陌生人在我面前装神弄鬼是我所害怕的。
　　人们让我右转而我的意志偏要左行是我所害怕的。
　　全村人忽然全无踪影是我所害怕的。
　　我忘记了自己的姓名是我所害怕的……

老虎：别说了！别说了！
猫头鹰：越说越可怕！
狼：越说越没边儿！
猪：没完没了，像个无底洞！
老虎：无聊！

狼：有病！

老虎：快念个咒，快念个咒！

猫头鹰：日出东方，夜梦不祥。天下力士，在吾身旁：桃花
仙女，周公文王，三台护我，百事吉昌。神剑一下，
万怪消亡！

老虎：再念个咒！我这右眼皮还是跳个没完。

猪：天皇皇，地皇皇，年月时日大吉昌。二十四山并死煞，
二十四山鬼中藏。年煞，月煞，日煞，时煞，自有雄鸡
一刀担当！

狼：行了，别念了，像个人儿似的。咱们还是快离开这是非
之地！

女：你卧着的时候，天高六尺；
你坐着的时候，天高六丈。
你忽大忽小，忽胖忽瘦，
你是谁，我一无所知。

但我在身旁给你留下位置。
我不折磨别人我只折磨你。
你忽大忽小，忽胖忽瘦，
我听见忽大忽小的声音喊"救命"！

男：救命!

女：苍天之上，大地之下，

万死归一死，万生归一生。

但你还不是一个人，

你还只是一个人影。

影子呵，我要你有血有肉，

我要你配得上这旷野和山岭；

你将听见草叶的哭声、蚂蚁的悲叹，

而沉默的庄稼将向你高歌我有滋有味的爱情。

男：这是谁在对我说话?

是小红，小兰，还是小芳?

我的世界井井有条，

我的内心乱七八糟。

一条肥胖的蟒蛇向我张开腥臭的大嘴。

一个被我梦见的女人迎接我的搂抱。

昨夜，明月缩成半圆，
我缩得更小，可我的梦想是广大的：

我需要和一个人打架，和两个人说笑，
和三个人在四座山上相互眺望，相互遗忘，

哪怕我们之间隔着赤地千里，
哪怕没有喜鹊在枯枝上降落。

枯枝下的光头需要长出头发。
就像流鼻涕的小女孩需要哭成一个美人儿

我的美人儿需要一座黄金之山在上面打滚儿
我需要传说中的黄金时代在其中逍遥。

一万只母鸡为此孵出一万窝小鸡，
喜得老头、老太太们不知天上地下。

忽然蛋壳中的婴儿开口说话：
咿咿呀呀，全是大是大非，咿咿呀呀。

（第一场完）

第二场　人道天道

（人作为社会之人。人作为个人。引入《礼记·礼运篇》。）

（象征性时间：正午至黄昏）

（舞台主色调：土黄色和淡青色）

众童：河水清，河水浊。

圣人出，圣人没。

河水二月洗额面。

河水三月沉花朵。

六月河水上高堂。

腊月酒水辣肝肠。

肝肠渐老河断声，

河水断声心里涩。

女：风吹。

风吹着我心中的河。

风吹着我心中的河：逝者如斯，不舍昼夜。

风吹。

风吹着河畔的村庄。

一个更大的村庄把它搂在怀里。

一个更大的村庄我从未走遍它的疆域。

疾病使人头疼脑热而坟地是凉的。

耗子在谷仓的地下取暖而石碑是凉的。

风吹着石匠和木匠、铁匠和泥瓦匠，

给他们机会，

让他们在纸张发明之前，

抢先发明迷信和忧伤。

风吹着那些笨拙的牛羊，

向它们讲述百代兴亡，可它们依然笨拙，

依然只认得白薯、玉米和回家的方向。

家：摆放床榻和小镜子的地方。

所有的风都吹向它。

在家里传宗接代的人走出家门，

发现河流还是河流而君王已不再是君王。

扑面而来的风啊，
我毫无准备。
扑面而来的风啊，
吹着我也吹着我的兄弟姐妹。

我弟弟说："别跟那个男人生活在一起！"

风吹着我的眼睛，
一如他吹着我母亲的瞎眼睛。
我母亲看够了苦难，
我继续看见艰辛。

风吹着我的疲倦。
我有勇气说"我累了"，而风吹着
就像河水流着，
而风吹着河水就像一对情侣我吹着你。

我母亲说："别到没人的地方去！"

男：（长句子须一口气说出，说到上气不接下气最好，忘了
　　台词即兴现编亦可）三皇五帝之后他们从一个世纪游荡
　　到另一个世纪从一个宫廷游荡到另一个宫廷像一种疾病
　　却被我爷爷的爷爷鼓掌欢迎。

　　"春秋无义战"他们磨刀霍霍大打出手像一群群真理在
　　握的流氓而你若喊"停"你就是历史的陪衬所以我爷爷
　　的爷爷默不作声。

　　他们口口声声天人合一连自己也骗了其实他们是以天道
　　为敌以为老天爷是他们的同伙至少可以贿赂他收买他如
　　果他们确认老天爷已死他们就更加肆无忌惮。

　　他们与天道为敌天上的太阳灭了他们叫来维修工也就是
　　我爷爷的爷爷在黑暗中加班加点在天空装上崭新的太阳
　　一个小皇帝煞有介事地登基。

圣人：大道之行也……

男：一个小皇帝坐在一个老皇帝的膝盖上说"日近长安远"，
　　　个老头子在我爷爷的爷爷还是个少年时强迫他背诵
　　　"先天下之忧而忧后天下之乐而乐"。

　　一个老头子半部《论语》定天下半部《论语》治天下于
　　是每一个熟读半部《论语》的人都敢胡说八道并且引经
　　据典地贪天贪地巧取豪夺这气得一个短命的私生子不管

三七二十一点起焚书的熊熊大火。

大火熊熊从阿房宫烧到圆明园，不过是鬼魂就烧不死，
于是一个有鬼魂撑腰的女人向另一个女人投毒，一个一
心想加入鬼魂行列的诗人抱着酒坛子吐血三升。

圣人：大道之行也，天下为公……

男：他们以天道为敌他们吃天鹅肉但拉出的屎依然是臭的而
　　天道依然是天道并且绝不缺少捧场喝彩的人我要在此批
　　判我捧场喝彩的爷爷的爷爷。
　　在公元974年他们用象牙做成的牙签剔牙用金子做成的
　　酒杯喝酒他们以为自己在剔象牙喝金子但是他们从头错
　　到尾到今天他们又从尾错到头。
　　在惚兮恍兮之中他们收集天上的仙女采阴补阳长生不老
　　但那只是笑话但确确实实仙女在今天已经很难看到我深
　　受其害。
　　这使我们对仙女的饥渴如同我们对一片水塘一朵白云一
　　棵参天大树的饥渴而他们毁灭这一切而你若阻拦你就是
　　一个软弱的小资产者。

圣人：大道之行也，天下为公，选贤与能……

男：他们与天道为敌在公元前 1001 年他们建造高于世界的
　　楼台手可摘星然后举行跳楼比赛有一个人消逝在空中那
　　不是我爷爷的爷爷。

　　他们与人道为敌在公元 1832 年他们伸出左手打自己的右
　　脸伸出右手打自己的左脸并且禁止这种娱乐方式在民间
　　流行所以我爷爷的爷爷只好自己发明自己的娱乐。

　　他们与自然为敌与自我为敌他们快乐并且快乐并不让
　　你快乐直到快乐成为一种神话他们就迎来了革命而我爷
　　爷的爷爷依然是老百姓。

圣人：大道之行也，天下为公，选贤与能，讲信修睦。故人
　　不独亲其亲，不独子其子，使老有所终，壮有所用，
　　幼有所长，矜、寡、孤、独、废疾者皆有所养，男有
　　分，女有归。货恶其弃于地也，不必藏于己；力恶其
　　不出于身也，不必为己。是故谋闭而不兴，盗窃乱贼
　　而不作，故外户不闭，是谓大同。

女童：（演员可任意断句）大道之行也天下为公选贤与能讲信
　　修睦故人不，独亲其亲不，独子其子使老有所终壮，
　　有所用幼有所长矜寡孤独，废疾者皆有所养男，有分
　　女有归货恶其弃于地也不，必藏于己力恶其不，出于

身也不，必为己是故谋闭而不，兴盗窃乱贼而不，作
故外户不，闭是谓大同。

雷锋：小妹妹，你一个人在这儿嘟囔什么呢？你不怕别人挤
　　　着你？踩着你？这年头虽然好人多得过剩，但教唆犯、
　　　杀人犯、强奸犯、抢劫犯、小偷、人贩子你也不得不防。
　　　快回家吧！

女童：我不。我哪知道你是谁，我干吗要听你的？

雷锋：你看风这么大，太阳又快落山了。你妈肯定在家里
　　　等得你着急上火的。快回家吧……告诉叔叔你家住哪
　　　儿？（把女童拉走。）

女：风吹。
　　风吹着我心中的河。
　　风吹着我心中的河：逝者如斯，不舍昼夜。

　　风吹。
　　风吹着河畔的村庄。
　　村庄里我的母亲一声不吭。

风吹着她的瞎眼睛就像吹着发亮的农具和大地的美德。

风吹着那一年冬天。那一年冬天我在县城里上培训班。有一天雪下了一尺厚。我揪心我娘一个人在家，下课以后我拔腿就走。同学们劝我别回家，说路不好走，路上又有狼群出没。但我还是上了路。

从县城到我们村要翻过三座山丘。上最后一座山丘时天已经黑下来。我永远记得那条我的必经之路。我永远记得我是怎样遭遇上了我命中注定的危险：一头野狼顶风冒雪已经在那里等候我多时。我没有退路，没有武器，怎么办？

灵机一动我在雪地上翻起了跟头：前滚翻，侧手翻，一会儿头朝上，一会儿脚朝上。野狼肯定被我弄糊涂了：它弄不清眼前是一个人还是一个怪物，它弄不清是否应该向我发起进攻。

不知道过了多久，我的体力渐渐不支。我想我是死定了！……我的天，雪夜里传来拖拉机的"突突"声！这是我的同学们猜我一定会遇上危险，就弄了辆拖拉机来追赶我。

野狼大失所望，饿着肚子离去。

拖拉机开到村头已是半夜。我家那几间小屋像废弃的观音庙没有声响。我想我娘已经睡了，便谢过同学，目送他们返回县城，然后轻手轻脚地推开房门。

"妞子，回来啦！"我吓了一跳，赶紧点上油灯，照见我娘睁着瞎眼睛，像根柴火棍，木木地，盘腿坐在炕上。炕里没有一点儿火星，屋里没有一丝热气儿。"娘，你一直在等我？"

娘依旧木木地，问："雪停了？路上……没出事儿？"娘好像又恢复到一声不吭的状态。但忽然幽幽地弹出一句话："娘这是在等死啊！可娘知道今晚你一准儿要回来。"

我"扑通"一声跪在了地上。

众童：河水清，河水浊。

　　　圣人出，圣人没。

　　　河水四月弟子行。

河水五月游子过。

七月河水翻舟船。

正月泪水流不完。

泪水成冰河不走，

河水成冰心里灼。

（第二场完）

第三场 剧场夜谈

（人作为鬼魂。两种死法:《山海经·海外北经》夸父逐日、
《庄子·渔父》与影竞走。）

（象征性时间：夜晚）

（舞台主色调：黑色和白色）

男：夜晚来到我的头顶。

我能够感受到它的重量。

女：它像条蛇，冰冷地缠在我的腰间。

它像个婴儿，勉强坐在我的膝盖上。

它缓慢触及我的脚面，

忽然粗暴地将我包裹在今晚。

男：今天是良辰吉日吗？

女：别相信算命瞎子那一套。

男：你看今晚剧院里的观众多么安静，

就像远山中眺望月全食的仙鹤多么安静，

就像大唐帝国的首都那诱人歌唱的夜晚多么安静。

一个高大的男人走出我窄小的躯体。

女：一个高大的女人走出我窄小的躯体：

一个害羞的女人，一个有毒的女人。

男：一个高大的男人走出我的躯体。漫无目的的男人，任凭双脚把他带向东、西。西边有人哭泣，他也鼻涕眼泪；东边有鬼火横行，他因饥饿而抓住一个鬼火。鬼火说："我饿！"他觉得自己也变成了一个鬼火，一下子饿晕。

女：你说的是谁？

男：他闭上眼，眼前腾跃起一片光明；他睁开眼，血红的大太阳正朝他滚滚而行。他拍打下周身黑夜的尘土。他好像看见了金色的大鸟金色的人类。原野上长出了向日葵！他心中长出了山山水水！山水之间摆好了桌椅，山水之间召开批判大会。批判大会后全体赴宴，你死我活地推杯换盏。这就是太阳的大花园。太阳机声隆隆，步上中天。他义无反顾地向太阳献出一身大汗。

女：你是在说你自己吗？

男：（疯癫状的）是啊，我是在说我自己。太阳向我开炮轰击，太阳命令我走一二一。我决心进入太阳的光轮，哪怕失足跌入火山口。黑夜的坏蛋向西方逃遁，太阳抓坏蛋，我抓太阳。我口干舌燥吸干了两条大河……不是两条鼻涕……这还不够，只有北方的大泽能够扑灭我浑身看不见的火焰，可北方的大泽究竟有多远？我眼冒金星忽然什么都看不见。千万只蚂蚁爬进我的心窝，我拼出最后的力量，将我的拐杖投向天边。太阳的声音越来越小，它不在乎我摇摇欲坠，奄奄一息。一个高大的男人走出我窄小的躯体：我死，他活；我死，他唱起太阳的颂歌。

小疯子：我是天上一块冰。

我是地上一根葱。

我的花裙子飘呀飘。

我爸说我真没用！

我在天上丢了翅膀。

我在地上丢了钱包。

我一头栽进大粪坑。

我爸说我真没用!

我在天上抖开床单。

我在地上秘密成熟。

我知冷知热知病痛。

我爸说我真没用!

身后有人跟着我，哇呀……

我快步穿过小胡同。

我如花似玉不轻松。

你信不信我根本没出生？

我不是午夜的小疯子。

我不是白天的应声虫。

我不辨世间一切路。

我爸说我真没用!

男：一阵风刮过。

女：一个影子飘过。

男：谁的影子？

女：影子……你给我过来！

男：你在叫你自己的影子？

女：我在叫我自己的影子。你的影子也是我的影子。如果黑夜是亿万个影子拥抱在一起，那么这就是我的黑夜。我坐在黑夜中，我命中注定被影子包围。我向影子认输，但认输也没用；我向影子否认我活着，但否认也没用。

男：你是谁？你的影子叫什么名字？

女：我不知道我是谁。我也许叫"疲倦"，也许叫"愤怒"，也许叫"气喘吁吁"，也许叫"风花雪月"。我不知道我是谁，但你或许可以猜一猜我的影子叫什么。它会乔装打扮不让你猜出它是谁，它会弄出各种稀奇古怪的声音。它会吐你一脸唾沫然后帮你擦去然后再吐。它会向你证明它的幸福比你多，而你不过是个可怜虫。你分不清它是男是女，你分不清它真心假心。它会撬开你的保险柜，涂改你的账本。它会向你传染小肚鸡肠、嫉贤妒能、弄虚作假、欺上瞒下、损公肥私、鬼鬼祟祟等一切疾病。它是我的影子也是你的影子。它会引诱你上

吊，它会催促你跳楼，它会向你传授廉价享乐的一百种
窍门。

男：活着不易。可人要是没影子那不成了鬼魂？

女：（神经质的）我剃光了头发，剪好了指甲，我的影子也
　　焕然一新。
　　我脱光了衣服，洗遍了全身，我无法用水将它冲走。
　　我伸出拳头却打不着它，我磨好剪刀却扎不死它。
　　我在梦中央求它离开我，它说它是我的连体人。
　　于是我离家出走，为了甩掉我的影子。
　　于是我不吃不喝，为了饿死我的影子。
　　我穿过一座座市镇，全都贴满瓷砖，嵌满蓝玻璃，
　　但我的影子跟踪我，纠缠我，消耗我，步步紧逼。
　　我与它在月光下共舞一回，这是为了告别或同归于尽。
　　当我精疲力竭，动弹不得，我的影子依然生机勃勃。
　　我就这样被它累死，我就这样被它谋杀：
　　是一阵冷战一身鸡皮疙瘩促使我醒来，四周全是污水。
　　我醒来只为向我的影子、我的连体人报仇雪恨。

值夜人甲：这么晚了还不睡觉？
值夜人乙：出什么事了？

值夜人丙：有什么话明天再说。

值夜人丁：哎，谁跟我说说心里话？

值夜人甲：洗洗脸睡吧。

值夜人乙：洗洗脚睡吧。

值夜人丙：还洗什么，快睡吧！

值夜人丁：其实我也不想睡！

值夜人甲：你哪来这么多废话？

值夜人乙：走，走，走，走吧。

（短暂的沉默）

男：没想到咱们是天生的一对。

女：没想到咱们互不相识。

男：没想到咱们谁也离不开谁。

女：没想到咱们会在舞台上相会。

男：生活……

女：（仿佛男演员的回声）生活……

男："生活"是什么意思？

女："生活"是什么意思？

男：我怎敢奢谈"生活"？

女：我怎敢奢谈"生活"？

男：生活的……

女：生活的……

男：……目的何在?

女：……目的何在?

（短暂的沉默）

男：生活的目的是穿衣吃饭。

女：实用主义。

男：生活的目的是打情骂俏。

女：享乐主义。

男：生活的目的是挣钱。

女：拜金主义。

男：生活的目的是照相。

女：形式主义。

男：生活的目的是大红大紫。

女：个人主义。

男：生活的目的是浅斟低唱。

女：颓废主义。

男：生活的目的是走南闯北。

女：经验主义。

男：生活的目的是振臂一呼。

女：莽汉主义。

男：生活的目的是进天堂。

女：唯心主义。

男：生活的目的是待在这里。

女：投降主义。

男：生活的目的是生儿育女。

女：教条主义。

男：生活的目的是见好就收。

女：机会主义。

男：生活的目的是嘀嘀咕咕。

女：自由主义。

男：生活的目的是吓人一跳。

女：现代主义。

男：生活的目的是吓人两跳。

女：后现代主义。

男：生活的目的是问生活的目的何在。

女：怀疑主义。

男：生活的目的是失去生活的目的。

女：悲观主义。

男：生活……没有目的。

女：虚无主义。

（婴儿的啼哭声）

（短暂的沉默）

女：生命有意义吗？

男：生下来，活着，死去。

女：生命没有意义。我的影子跟着我。

男：生命没有意义。太阳东升西落。

女：生命真的没有意义吗？

男：生命没有意义，可你这句追问倒有点儿意义。

女：有点儿意义。

男：有大意义。

女：真的有大意义？

男：全部生活的全部意义。天大的追问里有天大的生活。你
追问你才活着，你追问出你自己。一个高大的女人走出
一个窄小的女人，一个高大的男人走出一个窄小的男
人。你走出你自己。你看见你自己。你做什么事情都是
为了看见你自己。生活的意义就是看见你自己。

女：……听见婴儿的哭声了吗？

男：他就要来了。

女：他来为了吃喝拉撒睡。

男：他来为了看见他自己。

（婴儿的笑声）

（第三场完）

我的天（诗剧）

第四场　报喜

（人作为虚构之人。人作为婴儿。混乱世界中的修辞练习。

对于梦想的确信。）

（象征性时间：另一个清晨）

（舞台主色调：粉红色和紫色）

导演：别吵吵了，安静！现在点名：贾宝玉！林黛玉！林

　　冲！潘金莲！李逵！杨玉环！崔莺莺！关羽！张飞！

众人：到！

导演：人都到齐了。好，现在排练。一，二，三，开始！

贾宝玉：时间是对的，钟表是错的。

林黛玉：白银是对的，黄金是错的。

林冲：月光是对的，阳光……也是对的。

潘金莲：南风是对的，北风是错的。

李逵：北风没错，寒冷是错的。

杨玉环：大雪是对的，大刀是错的。

崔莺莺：两个人跳舞是对的，一个人跳舞是错的。

关羽：全是错的，喝酒是对的。

张飞：喝酒是对的，喝醉了是错的。

导演：停！不许乱发挥！

贾宝玉：孔雀开屏是对的，大喊大叫是错的。

林黛玉：流水落花是对的，油腔滑调是错的。

林冲：搬石头砸自己的脚是对的，搬石头砸别人的脚是错的。

潘金莲：一亿枚硬币是对的，亿万富翁是错的。

李逵：自由恋爱是对的，随地吐痰是错的。

杨玉环：鸟儿飞翔是对的，聚众闹事是错的。

崔莺莺：琵琶遮面是对的，贪污腐化是错的。

关羽：下围棋是对的，杀人放火是错的。

张飞：下象棋是对的，坑蒙拐骗是错的。

关羽：下军棋是对的，打麻将是错的。

张飞：下跳棋是对的，打扑克是错的。

导演：停！

李逵：怎么又停了？

导演：这词儿得改一改。这么说下去会让人觉得咱们对错不分。

贾宝玉：可这就是世界。

杨玉环：一个真实的世界。

潘金莲：一个虚假的世界。

杨玉环：一个真实的世界一根上吊绳把我挂在空中。

潘金莲：一个虚假的世界一把快刀送我去见阎王爷。

贾宝玉：一个真实的世界假作真时真亦假。

林黛玉：一个虚假的世界哭声震天不过是电视剧情节。

林冲：一个真实的世界只有内心的疼痛是真实的。

李逵：一个虚假的世界我对冒充我的人拳打脚踢。

崔莺莺：一个真实的世界你不能说幸福也是假的。

关羽：一个虚假的世界我享受着虚假的幸福。

张飞：我哥哥怎么说我就怎么说，一个虚假的世界连我也是假的。

导演：你们说得都不对！真也好，假也罢，这难道不是桃花源？

李逵：这难道不是杏花源？

崔莺莺：这难道不是李花源？

导演：这是桃花源！

林黛玉：这是未来的桃花源。

杨玉环：少数服从多数。这是未来的桃花源。

贾宝玉：怎么这么啰唆，还"未来的桃花源"，这就是桃花源！

关羽：这是"桃园三结义"的桃花园。

张飞：这是桃园或桃花园。

张飞：我看见了这"桃花园"的蓝天，一只大鹏鸟飞去又飞回。

导演：好！

关羽：我看见了这"桃花园"里壮丽的山川，一个老人摸石头过河。

导演：好！

崔莺莺：我看见了这桃花源里的奇花异草，所有的姑娘沉鱼落雁。

导演：好！

杨玉环：我看见了这桃花源里霓虹灯闪烁，仿佛蓬莱仙境被高科技改造。

导演：好！

李逵：我看见了这桃花源里丰收的庄稼，我娘在地头乐开怀。

导演：好！

潘金莲：我看见了这桃花源里的农贸市场鸡也叫鸭也叫，老板有了新相好。

导演：老板还是应该忠于旧相好。这是个导向问题。

林冲：我看见了这桃花源居委会选举为人民服务的老宋重新当了个小领导。

导演：好！

林黛玉：我看见了这桃花源里的孕妇顺产生下了桃花般的小 baby。

导演：好！

贾宝玉：我看见了桃花源里的小 baby 承着雨露变成禾苗。

导演：好！

李逵：导演你看见了什么？

众人：是啊，导演你看见了什么？你看见了什么？

导演：我看见了……我看见了……一个小女孩儿……走进舞
台……抻开橡皮筋……唱起过去的童谣。

女童：小苹果，香蕉梨

喇叭开花二十一

二八二五六，二八二五七

二八二九三十一

三八三五六，三八三五七

三八三九四十一

四八四五六，四八四五七

（跳坏了，重来。）

小苹果，香蕉梨

喇叭开花二十一

二八二五六，二八二五七

二八二九三十一

三八三五六，三八三五七

三八三九四十一

四八四五六，四八四五七

四八四九五十一

五八五五六，五八五五七

五八五九六十一……

男：在世界上滚来滚去，

　　在世界上爱来爱去，

女：在世界上傻来傻去，

　　在世界上想来想去……

男：长须鲸退出大海，

　　汗血马退出大地。

女：山高月小，水落石出，

　　耳畔回荡着一支过时的歌曲。

男：一支过时的歌曲里

　　一个苦闷的灵魂拒绝死去。

女：这灵魂长出睫毛。

这灵魂长出手指甲。

这灵魂站在一粒大米上眺望旭日。

男：这灵魂出汗。

这灵魂抱怨。

这灵魂坐在一片树叶下度过秋天。

女：天哪！我听见了这灵魂的遗言……

他正在死去……死去了。

他要我们对新生的婴儿好好照看。

众人：挽起袖子，

擦干净玻璃，

梦想的婴儿在产房里。

男：混乱的脚步声。

敲错了的敲门声。

你说的婴儿在哪里？

女：一个影子闪烁又不见。

但警察表情庄严；

清洁工清洗着分道栏。

众人：纠正错别字！

克服坏习惯！

梦想的婴儿带来了转变！

贾宝玉：可以死了，打开大门！

林黛玉：可以哭了，打开窗户！

林冲：可以笑了，打开电灯！

潘金莲：可以骂了，打开电脑！

李逵：可以傻了，打开收音机！

杨玉环：可以酷了，打开电视！

崔莺莺：可以馋了，打开冰箱！

关羽：可以病了，打开酒瓶！

张飞：可以疯了，打着打火机！

导演：停！

（短暂的停顿）

众人：（声音由强到弱）转变，转变，转变，转变……

男：从一到二，从二到三。

众人：转变，转变，转变，转变……

女：从夜晚到白天，从冰雪到火焰。

众人：转变，转变，转变，转变……

男：车轮转而不变，只是报废，只是疲倦。

众人：转变，转变，转变，转变……

女：在两次睡眠之间隔着漫长的失眠。

众人：转变，转变，转变，转变……

男：世界刚一诞生便如此浩瀚！

众人：梦想的婴儿在心里。

女：祝大家吉星高照！

男：祝大家有福同享！

众人：祝大家有吃有喝！

祝大家有笑有说！

祝大家有情有义！

祝大家有肝有胆！

祝大家威风凛凛！

祝大家高枕无忧！

祝大家身轻如燕！

祝大家心宽体胖！

祝大家人见人爱！

祝大家财源滚滚！

祝大家一步登天！

祝大家一生平安！

祝大家寿比南山！

祝大家晚安！

（全剧终）

2000 年 11 月，北京一稿

2001 年 5 月，里约热内卢二稿

2002 年 4 月，上海三稿

2003 年 12 月，北京四稿

我的天（诗剧）

卷三

开花

现实感

1. 我奶奶

我奶奶咳嗽，唤醒一千只公鸡。

一千只公鸡啼鸣，唤醒一万个人。

一万个人走出村庄，村庄里的公鸡依然在啼鸣。

公鸡的啼鸣停止了，我奶奶依然在咳嗽。

依然在咳嗽的我奶奶讲起她的奶奶，声音越来越小。

仿佛是我奶奶的奶奶声音越来越小。

我奶奶讲着讲着就不讲了，就闭上了眼睛。

仿佛是我奶奶的奶奶到这时才真正死去。

2. 奶奶

院子。五百年的历史。她见证了其中的九十六年。她坐在西厢房内的小竹椅上梳着头，梳着头。门开着。她的侧面。在她周围，是灶台、灶台上的锅、桌子、桌子上的酱油瓶、塑料篮子、篮中的白菜和胡萝卜，还有墙角的柴火。西厢房的屋顶上白云悠悠。西厢房内烟熏火燎，像一件被穿过九十六年不曾洗过的黑棉袄。九十六年把她变成一块遭逢了大旱的土地，只有她的眼睛湿润，湿润而浑浊，仿佛尚未完全枯干的水井。九十六年使她深陷在自己的身体里。亲人们俱已变作鬼魂。她仿佛是代表鬼魂活在这西厢房里。她那当过国民党营长的丈夫早已埋在共产党的青山之下。她梳着头，梳着头，一丝不苟。她已不再害怕将这简单的动作一遍遍重复。她已退到生活的底线，甚至低于这底线。她的脏布鞋踩到了比地面还低的地面。她梳着头，梳着头，认真得毫无道理，毫无意义。而花开在门外。当年的花呀……

3. 高人

孔子的道家弟弟，庄子的儒家哥哥，是同一个人，一位高人，
仪态仅次于神仙，谈吐仅次于仙鹤，文笔仅次于我。
他带着批判的距离感，来到世间走一走，
仿佛最终他还要回到深山老林里的贫困县。
但他看上了这城里的臭虫：从臭虫的肥硕足见世道人心之恶。
所以臭虫必须被消灭，高人必须露一手。
但谁将去顶替他在深山老林里的位置？
他满大街寻找仅次于他的高人，找到你的门口。

4. 佩玲

后来我知道她叫佩玲。

后来她回学校午休，我则继续在街头游逛。

我们是不约而同来到甘蔗摊旁。

我们一大一小两个人，一起嚼甘蔗，

一起将嚼干的甘蔗肉吐在地上，

一起看苍蝇飞来——原来苍蝇也喜欢甜味呵。

然后我们一起吃米粉，一起吃汤圆，

然后这小镇上最美的小女生问我来自什么地方。

我愿她快快长大，长成我暮年的女朋友。

5. 西峡小镇

偶然经过的镇子，想不起它的名字。

我在镇子上吃了顿饭，喝了壶茶，撒了泡尿。

站在镇中心那片三角广场上，向北望是山，向南望也是山。

四个男人和一个女人走动在镇子上（不可能只有这么几个人）。

一条狗从一座房屋的影子里窜到另一座房屋的影子里。

生活几乎不存在，却也虚虚地持续了千年。

没想到我一生的经验要将这座小镇包括进来。

没想到它不毁灭，不变化，目的是要被我看上一眼。

6. 天一黑

天一黑群山就没了呀。看不见了。不存在了。
仿佛戏唱完演员就退场了，道具也退场了。
漆黑呀。兴坪漆黑得就像兴坪自己。
饭铺里最后一点灯光。炒菜的声音持续着。
大玻璃瓶中白酒泡着花蛇，没一点声响。
还没到睡觉的时候呵，人也没了，山也没了。
可这样的生活只能发生在山间呀。
仔细辨认，群山哪儿都没去，影影绰绰，围着小镇站着呢。

7. 夜行

鬼魂栩栩如生的夜晚。没有同伴，没有手电筒，
我走直径横穿大地之圆。

祖国分布在公路的两侧。大雨下在两座城市之间。
我有鸟的幻想、蛇的忧患。

远方。树林迎接我的靠近：
树叶滴雨，树脚发麻，闪电叫它们相互看见。

8. 打铁

乌黑的铁匠铺。打铁的两个人。

越打越好的技艺。越打越没用的青春。

他们打铁，汗水滴在烧红的铁块上。

他们打铁和淬火，好像在表演一部电视剧。

依然有人需要一件笨重的农具，除了手表和电视机，

依然有人在今天将那十三世纪的生活开辟。

两把铁锤打一把铁锄，把锄嘴打扁，

然后淬火再打，打到月亮殷红，打到无铁可打。

享受一阵晚风，他们听到了打铁的声音。

9. 怎么一回事

羊儿吃草，一直到死，一直到死它们也不吃别的

——只有老天爷知道这是怎么一回事。

庙门朝南，来自北方的香客也得从南边进门，再行叩头

——只有老祖宗知道这是怎么一回事。

五个葱芯般的姑娘把人体彩绘冷不丁带到老乡们面前

——只有县长知道这是怎么一回事。

白云移过犄角尖，还是那么白，却改变了形态

——只有白云知道这是怎么一回事。

10. 老界岭

他们毫无理由地继续爬山，我们决定停步不前。

我们决定把山顶的无限风光让给他们：让他们傻眼。

我们决定留给自己一点遗憾，只和半山腰的岩石打一个照面。

大雾压下山脊，来适应山谷，

就像卖鞋垫的小姑娘爬上山来适应冷飕飕的风。

她决定等到那最后一个从山顶下来的人，卖给他一副鞋垫：

而我们决定等我们的同伴，但不听他们讲山顶上的事情。

我们珍爱我们的决定，他们下来一定会傻眼。

11. 野猪

据说苇泊乡西边那片老林子里游荡着一头野猪，

这是《山海经》中不曾写到的动物。

我穿过那片老林子，一次，三次，始终不曾与它相遇。

但这并不意味着没有野猪，我想。

它肯定也曾听说偶有人类从离它不远的地方走过，

其中一位不想暴露自己的懦弱。

但它从未遇见我，但这并不意味着我没有在想着它。

它那个笨脑子肯定也曾这样想过。

12. 黄毛

"文明"和"进步"竟然首先呈现于小流氓的头顶。这四个流里流气的男孩，这四个游手好闲的男孩，这四个混混，这四个瘪三，他们的黑发染成黄毛，颜色由深而浅。他们在街上一字排开，朝前走，身后跟着三个女孩。阳光明媚。这三个女孩把时髦带到这穷苦的镇子上，把支摊卖橘子、香蕉的大嫂和大姐衬托得丑陋不堪。昨夜我看见他们，在小饭铺里喝酒。他们是小镇上睡得最晚的人。他们是小镇上最浪漫的人。韩国的风、日本的风，吹得他们变了质，他们成了不满现状的一伙、瞧不起别人的一伙、不能与环境打成一片的一伙。今天上午我又看到他们，从街这头溜达到街那头，然后又溜达回来。而这条街上，无非两家饭馆、一座小学校、一家旅馆、一间邮局、一家药店、一家鱼店。鱼店老板在不动声色地宰杀一只白鹅。三个女孩中有一个女孩确有些姿色，但她的青春看来只能交给这些黄毛中的一个。小流氓自有小流氓的福气啊。小流氓自有小流氓的难处。

13. 喜悦

一匹马拉一车晚霞走进田野。
寂静的田野。辽阔的田野。有玻璃碴掺入泥土的田野。

我像小资一样播撒晚霞如播撒粪肥，

我像农民一样收割丛丛黑夜。

我一身香味但我是个男人。

我的脚陷进泥土但我的身体在上升。

不知道什么鸟在叫，

我管不住我的心。

14. 桌子板凳

田野中的桌子板凳邀请我们坐下，

田野中的桌子板凳邀请我们体验

把桌子板凳安放在田野中的感觉。

是田野中的桌子板凳和我们一起，和一望无际的庄稼一起，

一起组成有人撑死有人饿死的大地。

大地什么都不说不可能，

我们什么都不想不可能，

田野中的桌子板凳什么都不放在心上不可能。

15. 上推不出三代啊

上推不出三代啊，我也是这小街上坐小板凳吃米粉的人。

上推不出三代啊，我也会驼着背，拄着拐，豁着牙，在家门
　　口傻笑。

上推不出三代啊，我家中也供着天地宗亲师的牌位。

上推不出三代啊，我也会无所事事，打纸牌下象棋直到天黑。

青山绿水，太多了。

面向秀丽的青山，我竟然睡着了。

苍蝇在我脸上飞来飞去，

我竟然睡到了三代以前。

16. 月出东山

我已经不小了，我还会为月出东山而雀跃吗？

如果我雀跃成一只麻雀，那些真正的、害羞的麻雀该怎么办？

如果我落地时踩到了西瓜皮，那西瓜皮该怎么办？

那么多人雀跃过了，麻雀已统统飞走，

不缺我一个人或一只麻雀来踩什么西瓜皮。

我妈瞅着我纳闷："你不高兴吗，儿子？"

我说我高兴，只是不想再为月出东山而雀跃。

如果我雀跃时发了疯，妈，你可怎么办呢？

2003 年，2004 年

出行日记

1. 撞死在挡风玻璃上的蝴蝶

我把车子开上高速公路，就是开始了一场对蝴蝶的屠杀；或者蝴蝶看到我高速驶来，就决定发动一场自杀飞行。它们撞死在挡风玻璃上。它们偏偏撞死在我的挡风玻璃上。一只只死去，变成水滴，变成雨刷刮不去的黄色斑迹。我只好停车，一半为了哀悼，一半为了拖延欠债还钱的时刻。但立刻来了警察，查验我的证件，向我开出罚单，命令我立刻上路，不得在高速公路上停车。立刻便有更多的蝴蝶撞死在我的挡风玻璃上。

2. 逆行

忽然就只剩下我一辆车了。忽然就望见天上落下羊群了。忽然迎面而来的羊一只只全变成了车辆。忽然双行道变成了单行道。走着走着，忽然我就逆行了！我怎么开上了这条路？

那些与我同路的车辆去了哪里？我逆着所有的车辆，仿佛逆着真善美的羊群。不是我要撞死它们，而是它们要将我温柔地踩死。走着走着，忽然我就逆行了！我就听到了风声，还有大地的安静。我没撞上任何车辆，我撞上了虚无。

3. 我顺便看见了日出

时隔二十年重返北戴河海滨。当年海滩上的姑娘皆已生儿育女。我带来我的儿子，他将第一次见识什么叫大海日出。但他牙疼了一夜，我心疼了一夜——可怜的、幼小的孩子！大海在窗外聚义，我不曾注意；大海涌进房间，又退出房间，没有留下一丝痕迹。我是为日出而来：日出和大海（这是我最后一点浪漫情怀）。但我为孩子的牙疼忙活了一夜。第二天早晨我即将入睡时顺便看见了日出。

4. 小镇上的骆一禾

小镇：三条大街、一座广场、五千棵树、一个朋友。朋友请我吃饭，在燕赵豪杰饭庄。朋友带来六个人，其中一人让我吃惊：这是骆一禾吗？但一禾已逝去十五年！此人模样、神态酷似一禾；但个头比一禾高，书读得比一禾少。我们握手；他亲切又腼腆。一禾不知道另有一个骆一禾；一禾去世以后这另一个骆一禾依然默默地活着。此事我从未向人提起，包括一禾的遗孀。我守着这个"秘密"直到今天，说不清为什么。

5. 小镇时尚

为什么这小镇上的女人人人头戴大盖帽？而光头缩脖子的男人们，蹲在街头，端着海碗吃面条。女人们买菜，买鞋垫，街头聊天，人人头戴大盖帽。解放军的大盖帽、工商管理员的大盖帽、警察的大盖帽、邮递员的大盖帽。但在小镇上，所有应该头戴大盖帽的人其实难得一见。戴大盖帽的女人们身穿花毛衣，不严肃也不恶作剧。也许她们觉得美极了大盖帽。或者，她们出门时只是想戴顶帽子，随手一抓，全是大盖帽。

6. 穿过菜市场

黄昏，（古代诗人思维最活跃的时刻。漫步在斜阳浸染的山道上何等快意！）我一边羡慕着古代诗人，一边穿过这满地烂菜叶的菜市场。我身边没有一个人长得像仙鹤，没有一个土豆长得像岩石，没有一根芹菜长得像松树。但这毕竟是我的黄昏：一个满不在乎、穿着睡衣拖鞋，嘴里嗑着瓜子儿的女人逆光走来。菜市场的斜阳把她身体的轮廓映得一清二楚。她假装不知道她几乎赤裸，我假装没看见以免别人看到我心中忐忑。

7. 这座城市避开了我

这座城市避开了我。它给我大雨，使我不能在街头闲逛。我听说过的博物馆，因人手不够而闭馆。商店里，人们说着我听不懂的话。商店里只卖一种酒，是我不能喝的那一种。我饥肠辘辘找到的，是关了门的餐厅。我大声抱怨，但没人在乎。我敲沿街的门，门开了，但屋里却没有人。我靠到一棵树上，树叶便落了下来。在这座城市里我没有一个熟人。哎，我到了这座城市，等于没有到过。

8. 一个发现

你提箱子出门，乘飞机乘火车乘汽车。你抵达你计划要抵达或没计划要抵达的地方，洗把脸或洗个澡，然后走出旅店。你想看一看这陌生的地方——陌生的城市或者陌生的乡村，你会发现，其实你无法走出很远。你跨越千山，只是为了见识千山之外的一条或几条街道、一张或几张面孔、一座或几座山头。你抵达你计划要抵达或没计划要抵达的地方，然后走出旅店。但其实你真的无法走出很远。这话说出来像一个诅咒，但我不是故意的。

9. 另一个发现

我走到哪儿，我头上的月亮就跟到哪儿，但月亮并不了解我的心思。我吃什么，来到我身旁的狗就也吃什么，但我和这条狗并不是同类。蟑螂跟我住在同一间屋子里，我们需要同样的生存温度，但我还是在今天早晨用杀虫剂喷死了七只蟑螂。飞鸟看到了我所看到的社会的不公正，但我们并不因此分享同一种愤怒。即使落叶与我同时感受到秋天的来临，我也不能肯定落叶之间曾经互致爱慕，互致同情。

10. 变幻

黑夜和小雨使我迷路。在一段停着压路机却无人施工的路面上，一个胖子跟上了我。我加快脚步。他开始威胁和谩骂。我并不焦虑我兜里不多的钱，我焦虑这城市里只有他和我。焦虑，焦急，我一阵虚弱，忽然我就变成了三个人。我们三人停步转身，已经冲到眼前的胖子完全傻眼。他回身就跑，我们拔脚就追。我们边跑边体验人多势众的感觉真好。直到我们一起掉下一道水沟，直到我找不到我那同伴二人。

11. 黑夜里两个吵架的人

我吸烟。烟雾被窗外的黑夜吸走。黑夜寂静，鼓励无眠的人们发出声响。于是我就听见了两人吵架的声音。吵架声来自另一个窗口（我看不见的窗口）。我忽然觉得每一个窗口后面都有人倾听。我听见男人高喊："你给我滚！"我听见女人毫不示弱："这房子是我的！"我听见男人长篇大论地谩骂，我听见女人长篇大论地啼哭。……黑夜。黑夜。黑夜。我学了声鸡叫，天就亮了。吵架的人终于住口。

12. 罪过和罪过

内急使我急不择路，内急释放使我舒畅。哆嗦了一下，我才看见——在没有隔断的公共厕所——怎么回事？——左右两个女孩，也站着撒尿。那场景令我惊讶：那两个女孩竟敢激进反抗她们撒尿的传统。我正想夸她们勇敢，她们迅速摆出良家妇女的做派。她们从隔壁招呼来男人把我扭送派出所。我作为流氓轰轰烈烈地穿过大街。我问警察是我误进女厕所的罪过大，还是女人站着撒尿的罪过大。警察答不上这个智力难题，就把我放了。

13. 袜子广告

走过卖袜子的广告牌。广告牌上说"这正是买袜子的好时节"。这为什么不是补袜子的好时节？这为什么不是脱袜子的好时节？所谓小康社会，就是人人可以在穿鞋之前穿上袜子；所谓富足社会，就是有人不屑于在穿鞋之前穿上袜子。我猜走过我身旁的人，有一个的袜子已经被脚趾洞穿；另一个是臭脚，然而袜子完好。我猜我的袜子有点羡慕那些新袜子。我猜我的双脚有点羡慕阳光下的赤脚。

14. 尴尬

巨大的阳台上，一群吃饭的人。我举止得体，谈吐配得上那十八世纪的建筑和大有来历的餐具。但我不该得意忘形，不该急于表达我对这世界的真实看法。报应来了。西瓜呛进我的气管。我控制不住我的咳嗽，不得不离开餐桌。一块呛进我气管的西瓜逼我领受我必得的羞辱，因为我咳嗽得过于真实。他们看着我，同情我的尴尬，然后继续他们关于世界的不真实的谈话。他们甚至比我大声咳嗽开始之前更文雅。

15. 洗澡感想

浴缸是别人用过的。不过没什么——手里的钞票也是别人攥过的，头上的月亮也是别人赞美过的。但依然，这是别人用过的浴缸。是女人用过的还是男人用过的？是漂亮女人用过的还是恶俗男人用过的？不过没什么——在异地还能有个浴缸洗澡就算幸运了。我告诫自己，应该认命地、默默地生活，包括认命地、默默地用别人的浴缸洗自己的澡。不过我一默默，蟑螂就从犄角旮旯里摸了出来。不过没什么——没有老鼠出来就算幸运了。

16. 坐在一家麦当劳里

我注视着门口。进来一个背粉红色双肩包的女孩。进来一个戴耳机和墨镜的男孩。进来一个男人、一个女人，在门外他们是搂着的，进门时才松开手。进来一个面无表情的男人，带进一个小女孩，也面无表情。进来一个边进门边阅读手机短信的笑眯眯的女人。进来一个转了一圈，张望了一下，又出去的半老男人……他们每个人都有一个名字、一张嘴、一个胃、一副生殖器。在数到第十七个进来的人时，我站起来，带着我的一套家伙走出去。

17. 有人

有人在上海活一辈子，有人在罗马活一辈子，有人在沙漠的
绿洲里活一辈子，有人在雪山脚下活一辈子——你从未见过
他们。有人从上海出发，死在雪山脚下；有人从绿洲出发，
几乎死在罗马，却最终回到绿洲——你从未见过他们。我写
下这些字句，没读过这些字句的人也活一辈子；读到这些字
句的人也许会说，这人说的全是废话。且慢，我见过你吗？
我想来想去没见过你。我们各活一辈子，也许在同一座城市，
同一个小区。

2004 年，2005 年，2007 年

南疆笔记

零或者无穷，一个意思，如同存在或者不存在，一个意思，如同说话或者不说话，一个意思。细节被省略了，在群山之中。面向群山，如同面向虚无或者大道，——抱歉，我说得太直接了。

天无私覆，地无私载。无善无恶之地的小善小恶。无古无今之地的此时此刻。在库车，在阿克苏，时间属于我患病的手表，这符合群山的宏大叙事。

群山，群玉之山，把它们的千姿百态浪费给了群山自己，这也许是天意。贫穷到只剩下伟大的群山，连天空也按不住它们野蛮的生长。一阵急雨，来了又去，妖精般没心没肺。这静悄悄的浪费是惊人的，——抱歉，这也许是天意。

在曾经是商贩和僧侣行走的道路上，毛驴的脑子里一片空白。它不记得西域如何从三十六个国家变成五十五个国家，然后变成一百个国家，然后变成尼雅和楼兰的沙丘。

够荒凉，不可能更荒凉了。荒凉穷尽了"荒凉"这个词。在荒凉之中，我被推倒在地。举目四野无人，只有群山、群山上的冰雪。寂静也是一种暴力。

* * *

起初我和周天子在一起。周天子乘八骏之舆巡行至春山。我记录下他望见的每一座雪山。我记录下他的声声惊叹。

后来我又和西王母在一起。西王母测定昆仑之邱乃地之中也。她为此在昆仑山上修造出超越尘世的花园。

后来我又和东方朔在一起。此人早年学仙，四海云游，他有关西域的奇谈怪论看来有根有据。

后来我又和玄奘在一起。此人历经万苦千辛，怎会与一只猴子、一头猪纠缠不清？

后来我又和优素福·哈斯·哈吉甫在一起。我渐渐爱上了道德格言，并且对诗歌格律越来越挑剔。

后来我又和马可·波罗在一起。此人大话连篇，不过，他敢走西域，内心确有坚韧之力。

后来我感到，我就是那个写出了《山海经》的人。

* * *

一生闲暇等于没有闲暇。与群山厮守一生等于允许自己变成一个石头人。

窗外是天山。天山聚集着天上的石头。冰雪下天山，像冰肌玉骨的仙女，跑成灰头土脸。这液体的石头冲荡在石头之间。

靠山吃山是别人的福分，但他们靠山却吃不着山，仿佛老鹰逮不着兔子，子弹追不上羚羊：这几乎什么都不生长的群山，除了壮丽，一无是处。

他们在炉子上弄出声响，紧接着就听见了鬼哭狼嚎。

他们大惊失色地看到，两团云彩，一黑一白，驮着两只乌鸦消失在山谷。

别人在乎这群山但他们不在乎。他们只在乎毛驴可以拉车，可以驮物（母驴还可以充当临时老婆陪伴在男人身边，而且嘴严）。

他们了无诗意，也不需要混迹于大世界所需要的幽默感。

他们被扔在山谷和山脚，靠扔石头求得心气的平和。他们的石头能够扔出多远，他们的艰辛就能传递多远。他们被黑夜推回自己的石头屋。

生在群山之中，死在群山之中，也只好如此。便宜了匆匆过客的多愁善感。

他们把狗牙当成狼牙卖，偶尔赚得几枚小钱。

* * *

从右向左伸展的文字，像手抓饭一样油腻的文字：这是龟兹歌舞团欢迎巴依老爷的节目单。从右向左伸展的文字，也就是从右向左伸展的思想，这是孔子陌生的思想，就像孔子对巴依老爷的烤全羊一无所知。

悬挂在阿图什的羊肉，蜜蜂取代苍蝇环绕它们飞舞。既然蜜蜂已忘记如何采集花粉，它们酿出的蜂蜜定有羊肉的膻腥。膻腥的巴依老爷为此喝彩社会与人生。

而莎车的苏菲，除了读经就是乞讨。他们不进巴依老爷的家门，不听巴依老爷的吆喝，却留着与巴依老爷相同的胡子。他们默然经过阿曼尼莎汗华丽的陵墓，用简朴的耳朵听见有人拍打铁桶奏出《十二木卡姆》。

雷电，在奥依塔克秘密行进。夜晚的雨水，首先浇灭篝火，然后灌进我的毡房。在另一个毡房里，十六个柯尔克孜族小姑娘，应着雨声，为她们梦中的巴依老爷哆嗦着绽放。而附近的第四纪冰川有如报废的天堂。

八千年前天神的精液凝成和田的玉石。巴依老爷手握天神的精液，嘲笑汉人对玉石的痴狂，并为我们区分了法律的老婆和宗教的老婆，并向我们暗示他擅长在床头舞刀弄枪。

＊＊＊

我吃西瓜、哈密瓜、无花果，我吃芝麻、葡萄、巴旦杏。

我吃馕，用牛粪烤成，硬的和软的。我吃落在馕上的黑苍蝇，因为它们可能比我还干净。

我吃下五十个羊腰子。二十五只羊将我踏倒在地。

我吃沙棘，如同飞鸟在戈壁上吃石头。石头装满飞鸟的胃，飞鸟依然在飞。飞鸟拉屎，石头还是石头。

我吃冰山，我吃冰山上的雪莲。我吃一切好东西，不管需要不需要，不管消化不消化，不管拉肚子不拉肚子。

我也吃丝绸之路上花里胡哨的老妖怪。我吃老妖怪变成的小旋风。

我也吃飞来飞去的小仙女。她们的汗毛、乳房和大腿确实好吃。我也吃她们不知疲倦的能歌善舞的影子。

我吃花布，吃花帽，吃手鼓，吃独塔尔。

我吃火焰。我尤其爱吃昆仑山上后半夜噼啪作响的火焰。

* * *

失灵了，我内心的罗盘，还有我缺氧的打火机：冰山之父慕士塔格，欺负我的打火机来自东土；我打不着火，可我的心脏还在严肃地跳动，甚至太严肃了。

想象过南疆的群山，然后看见它们，在海拔 3700 米，在海拔 4600 米，但是看不懂，就是这样。仔细看也看不懂，就是这样。我承认，有时，也许，我是一个呆头呆脑的人。

我的感官不足以生发出与那五彩的群山相称的诗句。我的理智不足以厘清突厥汗国颠三倒四的历史。我的经验不足以面对喀什城中那同样属于人间的生活。

英吉沙小刀，用于砍瓜切菜过于奢侈，用于杀人过于美丽。

塔利班的读经木架，不允许任何人胡言乱语。

我的牙齿变得洁白，当我说亚克西姆赛斯——你好。而这荒凉的群山、少许的人烟，还有沉着肉渣的穆塞莱斯葡萄酒，允许怎样的小男孩长成心地单纯的库尔班？

重新变成一个抒情的人，我投降。所谓远方就是这使人失灵的地方。

＊＊＊

大地极端的存在：沙漠。大地一望无际的原教旨主义，包围我，要我接受，要我灭亡。大地死后，应该就是这般模样。

大地一块一块地死：死到国王脚下，活够了的国王顺从地死去；死到骆驼脚下，谦卑的骆驼犹豫一会儿然后死去。眺望沙漠的人把水壶紧紧攥在手里。

我沿着塔克拉玛干沙漠的边缘前进。我的暴脾气没有用武之地。对呀，我的暴脾气没有用武之地。家乡暴怒的乌鸦飞过白花花的盐碱地。

而沙漠的暴脾气，是那或狂野或温柔的风沙。那敢于向风沙撒尿、吐唾沫的，是这世上最无畏但也最无人性的先知。

听说过一只鸽子几天几夜飞越沙漠。我想它得以飞行无碍，乃是由于沙漠对它的命运不屑于关心。的确，沙漠关心谁呢？

听说过一个叫尼雅的村落。有人花 10 万元进入沙漠，为的是到尼雅敲一敲那兀自站立的门板。但门板只接受鬼魂的问候，谁在乎一个生人？

沙漠是两口水井之间令人绝望的距离。或水井是两座沙漠暗中选定的约会之地。

一粒沙子提醒我们想怎么活就怎么活，——还能活成什么样呢？沙漠不在乎，谁又在乎呢？
而一床沙子仿佛就是死亡本身。

* * *

解除烦恼的高度，在海拔 3200 米；可以飘起脚步的地点：东经 75°01'，北纬 37°07'。乐园。乌托邦。羯盘陀。石头城。塔什库尔干。四面是群山，冰雪坐在群山之巅。

一只鹰降落在十字路口。
一个波斯人、一个罗马人、一个汉人、一个印度人在十字路口相见恨晚。
四面是群山，起初是琐罗亚斯德的群山，后来是伊斯玛仪的群山。

一个挥扫帚的老汉把大街打扫得干干净净。

一个中年男子将绿色的油漆刷上他的门板。

一头牛应真主的邀请独自出城，独自游荡在帕米尔高原。

一个出门闯世界的姑娘回到故乡，发现故乡的监狱业已闲置五十年。

四面是群山，是藏匿黄金而不藏匿盗匪的群山。

一个警察长着思想家的面孔。

一个外乡人听见沙哑的鹰笛，惭愧自己贪得无厌。

两个男人相互亲吻对方的手背。

八个妇女在文化馆外的体育器械上做锻炼。

四面是群山，是限制生活的群山。山间一块巨石上写着："热孜亚，我爱你。2000 年 7 月 13 日。"四年之后我读到这无名者写给白云的誓言。

2004 年 8—10 月

塔什库尔干—北京—额尔古纳—柏林—香港

小老儿

小老儿小。小老儿老。小老儿一个小孩一抹脸变成一个老头。小老儿拍手。小老儿伸懒腰。小老儿来到我们中间。小老儿走到东，站一站。小老儿走到西，手搭凉棚望一望。小老儿穿过阴影。小老儿变成阴影。小老儿被砖头绊倒。小老儿变成砖头也绊倒别人。小老儿紧跟一阵小风。小老儿抓住小风的辫子。小老儿跟小风学会打喷嚏。小老儿传染得树木也打喷嚏，石头也打喷嚏。小老儿走进药店。小老儿一边打喷嚏一边砸药店。小老儿欢天喜地。小老儿无所事事。小老儿迷迷糊糊。小老儿得意忘形。小老儿吃不了兜着走。有人不在乎小老儿，小老儿给他颜色看。

小老儿看见谁就戏弄谁。小老儿不分有钱人没钱人。小老儿不分工人、农民、商人、士兵、学生、知识分子，或者无业游民。小老儿打瞪眼的人。小老儿打吐痰的人。小老儿打吃饭时吧唧嘴的人。小老儿打吃饭时吆五喝六的人。小老儿打拉屎不冲水的人。小老儿打不洗手的人。小老儿大打出手，真的大打出手了。小老儿打得气喘吁吁。小老儿打得着急上火。小老儿打别人自己流出了鼻血。小老儿陡生道德感。小老儿的道德反道德，所以小老儿觉得头重脚轻。小老儿病了。小老儿需要休息片刻。小老儿发烧38.2度。小老儿听见救护车的怪叫。小老儿住进人民医院。小老儿和男医生女医生打得火热。小老儿装死。小老儿从医院里溜出来。小老儿的病被一阵热风加重。小老儿变成一种病菌。

小老儿是猫变的或者是果子狸变的。小老儿变成小老儿。一个小老儿变成20个小老儿。小老儿喜欢凑热闹。小老儿学习认识小老儿。小老儿和小老儿比赛在粪便里游泳。小老儿和小老儿比赛擤鼻涕。小老儿读地图。小老儿发现了广东和内蒙古、山西和河北。小老儿需要8000万个小老儿。8000万个小老儿分赴各地。8000万个小老儿相互之间靠打喷嚏联络。8000万个小老儿像流窜犯，抓住两个不流窜的大官、3000个无处流窜的小官。小老儿和他们一起玩发烧的小鸟，一起被五颜六色的鸟屎滑倒。

小老儿手拿小铁铲，铲走小花和小草，铲走蚂蚁和屎壳郎。小老儿封锁学校，占领学校。封锁村庄，占领村庄。小老儿在道路上挖陷阱。春天来了。小老儿不是小燕子，却觉得自己是春天的同谋。小老儿享受春天的小雨点。春天的小雨点同样洒在贪官污吏的头顶，小老儿偏不觉得自己是贪官污吏的同谋。小老儿和他们对着干。小老儿瞧不上蚊子的小把戏。小老儿瞧不上大肠杆菌小模样。小老儿腿脚麻利，胳膊有劲，抓住大熊猫、小熊猫。原来它们是化了装的大狗熊、小狗熊。小老儿隐约觉得自己重任在肩。小老儿怀疑自己在替天行道。其实小老儿是瞎猫碰上死耗子。但小老儿忽然很严肃。小老儿吃不好睡不着。小老儿本来就疯疯癫癫现在越发疯疯癫癫。

小老儿决定结束无为而治的老传统。小老儿决心不再谨守看热闹的本分。小老儿对小老儿说：应该人人争说小老儿。于是小老儿写酸溜溜的诗。小老儿做客东方电视台。小老儿是主人。小老儿是主角。小老儿是主语。小老儿也是自己的谓语和宾语。小老儿有点神秘。嘿嘿嘿。小老儿否认自己叫"小老儿"。小老儿否认自己曾经存在过。小老儿绝口不提自己的身世，为的是让人摸不着头脑。小老儿因此口齿不清。口齿不清并不妨碍小老儿发挥想象力。小老儿给每个人拨电话。小老儿在电话里不出声。小老儿敲每一户的房门。小老儿帮助你认识你也是一个小老儿。小老儿挤到夫妻之间、情人之间。小老儿推开他们，又黏住他们。小老儿知道自己成了谣言的宠儿。

小老儿坏吗？小老儿好吗？小老儿要干什么？小老儿究竟要

干什么呢？小老儿自己绑架自己向全世界要赎金。小老儿自己毒自己向全世界要解药。小老儿肩负着向全世界派送小老儿的使命。小老儿背后必有高人指点。但小老儿自己也有点莫名其妙。小老儿高兴。小老儿膨胀。小老儿把卡拉 OK 重新发明一遍，把乘法口诀重新发明一遍。成了！成了！小老儿像气球一样飘起来。小老儿觉得飘来飘去很浪漫。小老儿轻轻落地。小老儿听见自己落地的声音。

小老儿跟着活人走。活人走成死人还在走。小老儿跟着死人走。死人们轻功了得，疾走如飞。小老儿看见了死人。死人看不见小老儿。小老儿终于看见了死人。小老儿不敢看，又想看，又不敢看。小老儿长出头发是为了让头发倒竖。小老儿长出心脏是为了让心脏跳得怦怦怦。小老儿看见了白床单、白枕头、白被罩、白口罩、白色的大门和白色的墙壁。小老儿看见了白色的救护车像死人一样疾走如飞。小老儿以前也看到过。小老儿忘了。小老儿看到了空空荡荡的白。小老儿看得头发晕。小老儿在白色中又看到一个黑点。黑点扩大，小老儿看到了空空荡荡的黑。小老儿知道大事不好。

小老儿看见有人去拜神佛。小老儿看见有人拧走全城的电灯泡。小老儿接到情报：有人冒充小老儿在饭馆里白吃白喝，就像有人冒充高干子弟骗钱骗色。小老儿碰上比他更坏的人。

小老儿来了劲。小老儿发现了发财的机会。其实小老儿发财也没用。小老儿偷走超市里的面包和方便面。小老儿编造关于小老儿的电视连续剧。小老儿给慌里慌张的人们发奖状。小老儿给姑娘们写情书。但很快小老儿就厌烦了。小老儿发现许多人戴上墨镜，假装看不见小老儿。小老儿不高兴。小老儿对付墨镜，见一个摘一个，或者要求两个戴墨镜的人相互用眼神儿表达他们的爱憎。

人人惧怕小老儿。人们相互猜测对方是不是小老儿，在银行，在饭馆，在火车站，在歌舞厅。人们猜不出个所以然，所以170万人排山倒海般逃离城市，留下85万个空寂的房间。但更多的人将自己反锁在家中，大气不敢出，大话不敢讲。小老儿看到了自己的威力。小老儿对此很自豪，同时对此也很纳闷。小老儿心想：小老儿是个什么东西！小老儿发呆，在空无一人的街头。小老儿歌唱，唱得自己泪流满面。小老儿自己感动了自己，像个文学青年。小老儿痛苦万分，想自己背叛自己。小老儿背叛了自己。小老儿背叛了已背叛的自己。

小老儿并非杀人不见血。小老儿带头吃大蒜、喝板蓝根。小老儿带头阅读加缪的《鼠疫》和马尔克斯的《霍乱时期的爱情》。小老儿为知识分子发明小老儿形而上学和小老儿隐喻。小老儿反对把小老儿变成一个太便宜的话题。小老儿号召人们:"别出门!"小老儿启发被关禁闭的人们反向推导出自己是有罪之人。小老儿让人发愁,让人记住自己是一个人。小老儿让人看到生活以外。小老儿本没有目的但现在觉得自己的目的已达到。小老儿要走了。小老儿舍不得走。小老儿喜欢快刀斩乱麻。但小老儿又黏黏糊糊。

小老儿不出声。小老儿吞了隐身草。小老儿在墙上写大字:"立即消灭小老儿!"于是全城的人终于倾巢出动,透过气来,回过神来,全城寻找小老儿,全城逮捕小老儿。小老儿无处可逃。小老儿终于被拿下。小老儿被装进玻璃瓶子,被贴上标签:小老儿 A、小老儿 B、小老儿 C。小老儿被审判。小老儿没有道德之罪但被强加了道德之罪。小老儿被关进小黑屋。小老儿在小黑屋里照镜子。小老儿看到镜子里除了黑什么都没有。小老儿有点害怕。时候到了,小老儿被枪毙。但小老儿打不死。小老儿又站起来。小老儿又变大又变小。小老儿烦了。小老儿自己掐自己的脖子。小老儿自己揪自己的头发。小老儿头发太多揪不完。小老儿揪完头发又长出头发。

小老儿闹腾一场。小老儿钻进鸽子棚。小老儿钻进下水道。小老儿没有碰到其他小老儿。小老儿回到自己的小地盘。小老儿忽然发现世界上只剩下了小老儿。小老儿被寂静塞住了耳朵。小老儿看见星期二的夜晚比星期一的更黑些。小老儿发现每一朵云彩上都坐着一个小老儿。小老儿恍然大悟：有瘟疫的蓝天比没有瘟疫的蓝天更蓝些。小老儿爱上了小痰盂、小鼻涕、小眼泪、小痱子。小老儿变得有思想。小老儿变得煞有介事。小老儿思量东山再起。但这一会儿小老儿不吃不喝。小老儿面黄肌瘦。小老儿长叹一声，一座大楼应声倒塌。小老儿大笑一声，一只小鸟肝胆俱裂。又来了！又来了！

259

2004 年 7 月

小老儿

醒在南京

天醒的一刻我闭着眼听见雨声呃呃呃是听了半生的雨声并不
　浪漫
雨声逼近夹杂着孤单的汽车声
汽车走远时雨声亦挪远但不一定是雨声挪远它只是变小
就像一个人的存在不一定消失只是重量变轻

想象雨点儿扑地雨伞和雨衣的风景湿润
静静的脚手架大吊车没有工人爬上爬下爬来爬去的一二三四
　五六个工地
店铺小老板寄望在这样的天气卖出雨伞和雨衣

奇怪
乡村的小雨淋在城市的大脑壳上
小雨中的杏花张望着窗畔喝茶的小文人这是我印象里的江南

这是地主秀才和农民的江南配合著书中自有黄金屋加颜如玉

的古训

而今小老板和打工者的江南也是江南吗资本家的江南

肯定不是江南因为颜如玉不再投奔书本

怎么没有鸟鸣呢这是清晨的错还是鸟雀的错

不知道我在用盲人的耳朵搜寻吗

北京的鸟鸣开始于清晨四点而此地的鸟鸣几点开始是一个莎

　　士比亚的问题

或者鸟雀已相约不再啼鸣

孟浩然死去约一千三百年了他为鸟鸣写下的诗句代替他活了

　　约一千三百年

对美国人来说这时间够长了对埃及人来说这不算什么

孟浩然习惯于山清水秀的生活可以想见他长得也山清水秀

但无法想象他以何为生诗人又不代表生产力

他偶尔向江水吐露胸中怨气不奇怪

他是否因此卓尔不群于草莽是否凭怨气结交到王维和李白

可王维李白从不互致问候当他们同在长安的时候他们互相瞧

　　不起

大江流日夜啊大江流动在我的床边这样说太夸张了

我改口

大江流动在我南京或金陵或六朝古都的客栈门前
这是客栈或这是旅馆或这是宾馆或这是酒店
对电话里的朋友说这是酒店对自己说这是客栈

有啥不同吗古人只住客栈并在墙上题字
流风入民国方鸿渐将女人按倒在床时发现枕侧墙上题写的云雨
原来是昨日

女人女人秦淮河夜晚虽然依旧挂红灯但妖精的没有那里现在
　只卖小吃
干净的床铺四个白色的枕头我只用了两个
舒服的肉体舒服的勃起我在着昨天我不在前天我也不在

镜子里一个对称的房间有另一个我与我对称着你是我吗
电视机黑屏左下角小红灯亮着表明它有电像少先队一样时刻
　准备着
你用我吧
遥控板一按就是媒体的世界

我微睁开一只眼旋又闭上

今天谁死啊谁晒裸照今天哪个地方的工厂会爆炸
今天哪个地方的城管要打人哪个地方的桥梁会垮塌哪个领导
　　会被"双规"

七点二十分听见鸟鸣了鸟鸣来得忒晚我是身处深涧之中吗

分裂的现实感我内心的鸟鸣早已开始
我从未向人提起我内心的众鸟来自不远处的敬亭山
李白曾见敬亭山众鸟高飞尽但不知这众鸟是来到了我的心间
　　喳喳叫个不停

它们分成十六个派别选择在我心里吵嘴
它们吵嘴时顾不上为旭日而歌唱

而窗外的鸟鸣尽量满足孟浩然的倾听
仿佛窗外的世界不是真正的世界只有出事的世界才是真正的
　　世界
不出事的世界不让人相信它的真实性仿佛它是虚拟鲍德里亚
　　也有说不准的时候

于是有人跳楼被路人伸手接住

伸手救人者被砸成高位截瘫被感动的市民响应报纸号召捐款
　　捐物

而获救者拒绝捐出跳楼前夜的内心纠结

而获救者被惊吓的爹妈以为世界会就此平静

走廊里飘过人声地毯中的细菌将脚步声吃尽

七点二十五分

梦的残渣

小夏说泳池池水太冷所以她上岸穿了件衬衣复入水中

管理员又把她叫上岸来说不许穿衬衣下水如果觉得太冷可以
　　穿三件泳衣

七点二十七分

梦的残渣

小冯听见有人敲门便问谁呀门外人粗声回答是我这究竟是坏
　　人还是好人

小冯再问什么事呀门外的粗声回答是不一定

梦中事算不算往事呢

梦中事若不算往事为何往事总向梦中事看齐

听见厕所冲下水的声音我活着别人也活着
污水处理厂就近建在长江边上也许管百分之三十的用

但把尿直接撒到长江里的事我不干就像孟子吃肉而远庖厨
是有点儿虚伪是文明的必要的虚伪
如能躺在床上眺望长江我会虚伪而快乐地大声感谢合法的生
　　活和非法的生活

客栈门外长江夜晚定有中华鲟游过但这是什么鱼呢
这么隆重的名字这么俗气的名字是谁给起的名字这是濒危物
　　种吗
大熊猫何不叫中华熊

长江上的运沙船吃水很深油漆斑驳没有一艘是新的
迎着水面敞开奶子的女人前面抱后面抱都是女人的女人没有
　　一位是难看的

杜十娘怒沉百宝箱
两岸俗丽的花朵没有一朵为此而绽放那些快活的灯火没有一
　　盏为此而熄灭

滔滔江水东去也

去年我曾到此一游曾从建错了风格的阅江楼眺望大江
我假设我是龚贤一望大江开
我本假设我是高启登上雨花台眺望大江来从万山中但没能得逞

江水改了道从雨花台望不到明代的大江了

从我的床铺也望不到大江这意味着我不是康熙我也望不见天下
既望不见广州的人山人海也望不见重庆的人山人海
只好自认匹夫一个却又无干兴亡

读报读网络新闻关心天下大事顶个屁用啊读小说而已
我的小学老师中学老师害我不浅哪他们把我训练成一个旁观者
一棵旁观的桃树或李树连开花也不必了

城里的梧桐树被放倒了地产商在市政府里有朋友
我若当选下届市长我将把那些民国时代的梧桐树植回原处但
    无此可能

所以我不和他们交朋友

我不喝酒我爸也不喝酒我爷爷也不喝酒

所以我能在七点三十分顺利地睁开双眼我幽暗的大脑就透进
　　了光亮
我望着天花板它虽有欧洲的豪华风格却是石膏做的

那石膏峻岭似的财富巍峨到吓人可算个屁呀

昨天掉在我头上的三张小馅饼算个屁呀小小的声誉算个屁呀
工程师们的成就感来得太容易了工艺美术大师们的成就感来
　　得更容易

假装不俗其实很俗的趣味算个屁呀中等才华算个屁呀但已经
　　不容易了
但算个屁呀

权与势在韩非子看来顶顶重要可在庄子看来算个屁呀

清醒的大脑嗡嗡叫了灵魂也醒了

历史分可被理解的部分和不可被理解的部分哪部分更强大
精细的品位在一个粗糙的时代该怎样传播
传播精细的品位等于传播亡国的种子这可以北宋为例土豪们

不吃这一套

哦不能明说的不满和不肯说出的抱怨

该下床洗个澡了睡乱的头发让人以为我夜夜噩梦其实不是
肚子上的肉该收一收了睡醒的口腔该被刷一下了
韩愈写落齿诗应在五十岁以前

七点三十五分谁给我上发条好让我关心一下我自己
昨晚不会关的灯只好让它亮到现在我确实关闭了所有的开关

昨晚的宴会余音还在
两个喝高到又搂又抱的男人两条被酒精加宽了的舌头
一个说我刚去过法兰克福看我的皮包另一个说我刚去过巴黎
    看我的皮鞋

他们说的是自助游哇跑一趟欧洲九天十国
孔夫子周游列国要能有这样的速度两千五百年前的天下就能
    免于礼崩乐坏
而跑步穿过欧洲说明欧洲没什么好看的
或者说明他们真真来自后发达国家只能玩得这么辛苦

还不如好好待在江南天天眺望大江

从不同的角度

康熙到来的时候一定兴师动众

端午将近

端午在任何国家都没有意义只在江南有意义而江南就是我床
 下这块土地

这也是吴地但也是楚地吗

我在楚国有朋友我在吴国没有朋友我在江南倒也有朋友而此
 刻我一个人

路漫漫其修远兮路边的客栈一家一家何其多也一直排到天尽头

我撩开被子下地双脚认进一次性纸拖鞋

深呼吸

站稳

潘家园旧货市场玄思录

美丽的**假**古董是美丽的吗？美丽的**假人**倒可以是美丽的但那
  是假人。

假人荒着**灵魂**。即使假人人山人海也聚不来山海一般的灵魂！

那么**美丽**是可以自灵魂抽身的吗？

那么垃圾般的**真**古董果真是**垃圾**吗？

认出那垃圾**价值**的人一口咬定那就是垃圾嗯那就是垃圾：

他貌似不在乎才有可能付出一个**垃圾价**。

以垃圾价买一把战国削刀能气死战国刮削竹木简的青铜人。

以今日**存在感**回望战国青铜人，他们全都老实巴交陌生于**全
  球化的大世面**。

他们怎么就成了**伟人**呢？不解。

战国终了在公元前 221 年。

青铜物件晚于晋灭吴的 280 年就已没啥意思。

2000 多年前的真古董比 200 年前的真古董**更是**真古董吗？

20 年前假造的古董到今日还是**造假**吗？

"日方中方睨"，惠子说。

你在嘈杂的**市场**提问一串**玄学**问题不觉得**可耻**吗？

你敢说惠子也是可耻的人吗？

他沉浸于玄学提问不仅在嘈杂的**市场**上，

也在他为相十五年的魏国**宫廷**中，也在他二十场败仗之后的

旷野中。

那么 3000 年前的真古董是否由于**太真**而显得**不真**呢？

那么 4000 年前的禹王也不真吗？

顾颉刚**疑古**是对的吗？

即使尧舜禹**三代圣王**是真的也不能证明**地摊**上码放的垃圾货

来自彼时。

潘家园上空的每朵云彩都该与彼时的云彩略有**相似**。

…………

啊造假者得有多高的**学问**方能造假？

盗墓贼得有多大的胆子才敢与古人鼻子碰鼻子在地下借着火
把或手电光？

但你以为我不辨东西的真假吗？

你以为我的智力有问题吗？即使我的智力有问题我的道德感
也没有问题。

骗子与道德模范脸盘相似，他们合称"人类"。

而区分骗子与道德模范恐非易事。

骗子无意做此区分，道德模范无暇做此区分；

像热锅上的蚂蚁非做区分不可的乃是既非骗子亦非道德模范
的人：

亦即介乎骗子与道德模范之间的人，

亦即推动世界运转的半神、关心下一代健康成长的半人，

亦即80年代初既已闲逛土堆上的潘家园鬼市且一直闹嚷至今
天的半鬼。

而他们是真人还是假人呢？

假人也有要求影子跟随的权利亦即申请身份证的权利。

而多少身份证**持有者**其实是假人。

更困难的问题附体于嘈杂的市场：
那**亦真亦假**或**半真半假**之人是否可以要求亦假亦真或半假半
　　真之人的权利？
这不是饶舌或玄思，
因为半真半假的物件无情毁坏了济慈或席勒的"**真、善、美**"。

那理解**亦真亦假**的曹雪芹啊玄思的曹雪芹，
也不懂**半真半假**的物质、道德和政治的世界。
他从未**触碰**过半真半假的**物件**吗？至少他从未到过潘家园。

半真半假的人追求半真半假的**幸福**，
谈半真半假的**恋爱**，对着半真半假的古董发呆；对**正义**的要
　　求也是半真半假。
他们在半真半假的世界上**玩出**亦真亦假的感觉可谓**境界**！

…………

星期六或星期天，他们来到潘家园，遛弯，淘宝，梦想**捡漏**；
遇到假人、真人，遇到鬼魂、神明，
遇到半真半假的自己，吓一跳，又**假装**没看见。

潘家园旧货市场位于北京东三环南路潘家园桥西南，占地
4.85万平方米。主营古旧物品、珠宝玉石、工艺品、收藏品、
装饰品，年成交额达数十亿元。市场拥有4000余家经营商户，
经商人员近万人，其中60%的经营者来自北京以外的28个省、
市、自治区，涉及汉、回、满、苗、侗、维、藏、蒙、朝鲜
等十几个民族。

——百度百科

潘家园，1200个时代堆起来的垃圾山。
1200万个**梦想家**将这垃圾山摊开在**三代圣王**的天空下。

来了官员又像老板，来了教授又像鲜有进步的老学生，
来了**游手好闲**之徒与**执法犯法**的警察称兄道弟，
来了网上开店的人，以及不开店的貔貅它们真假货**通吃而不
拉屎**。

只买假古董的人你不知他们是真**笨蛋**还是**另有用意**……

潘家园令**三代圣王**的天空**晕眩**。

唉**鱼龙混杂**之地何者为鱼何者为龙？

鱼乐得变龙，**龙**乐得变鱼吗？

倒推的**理性**说：凡不考虑变鱼的那一定是龙了。是龙便张牙
　　舞爪或睡眼惺忪。

睡眼惺忪的**人**也来了。

他见识过一个**真真假假**的世界，疲倦了，退出了树大招风、
　　树倒猢狲散的**江湖**。

当他重新**露面**潘家园，身上**快乐**的小虫子即时复活。

他见到老相识，到公共厕所撒一泡旧尿，

遇到坑骗过的人，坦然，

遇到收地摊费的管理员说：**嘿嘿**，我已金盆洗手，不干了。

…………

假古董也是**劳动**成果，成本免不了，但以假古董售人那是**不
　　道德**的。

而真古董多为**盗墓**所得，但那也是不道德的。

整个潘家园就是一个不道德的地方。它为何**迷人**？

近朱者赤，在市场保安**乡巴佬**懒洋洋地变成文物专家之后

那**斯文**的老专家就只好被蒙骗到**斯文扫地**。

对不起，潘家园也是一个**骗人**的地方。

潘家园也是虚张声势的**法律**睁只眼闭只眼的地方。

对不道德的假古董法律点头放行。

假古董虽令购买者郁闷，但那毕竟不取**人命**也没让**国家**吃亏。

这也是长**知识**的地方，长**对**的知识和**不对**的知识。

这也是**有钱人**偶尔光顾的地方。

所有**摊贩**心照不宣地等待那不露声色的有钱人。

最好是**傻傻的**有钱人。戈多也是个傻瓜。

这也是被**管理**的地方。广播喇叭里管理员例行公事奉劝顾客
别上当。

但哪有进潘家园不上当的？

听摊贩们习惯性的**赌咒发誓**此起彼伏在潘家园你感觉你活在
珍贵的人间。

这也是城市与乡村、乡村与外国、现在与古代、现在与现在
结合的地方。

所以它**不是**现在，不是古代，不是外国，不是乡村，也不是
城市。

....

活在珍贵的人间你就得相信：**正派人**永远是多数！

小贩们来了，盗墓销赃者、骗子和小偷也来了；三轮车卸下
　无用的东西：

99.9% 的假古董与 0.1% 的真垃圾比赛谁更能卖出**好价钱**。
只有潘家园的价钱是**心灵**的价钱或**心情**的价钱。

从红河石斧到"文革"袖标，6000 年比邻而居。
6000 年**能够**比邻而居乃是由于对 6000 年的**想象能够**比邻而居，
社会主义市场经济的大工地吞吐 6000 年简直小菜一碟。

五湖四海的人为了售假销赃来到潘家园。
五湖四海造假的乡亲们、盗墓的乡亲们**笑嘻嘻地致富**，
然后在无墓可盗之后过有**道德**的生活同时**售假**。

遮阳伞下摊贩们聊到别人挣的钱时笑嘻嘻，**好像**那是自己的钱，
说到别人娶的媳妇时笑嘻嘻，好像那是自己娶的媳妇。

其实每一个人都**梦想着**"诗意的栖居"。

"诗意的栖居"需借助感悟**人生**的**陈词滥调**，
正是符合道德的陈词滥调。
然而符合道德的陈词滥调有可能是**害人**的。

你看，售假者只收**真钱**为了"诗意的栖居"。
假钱有可能数在真货贩子之手，因为**玩假钱的**也在**追求**"诗
　　意的栖居"。
他们从未听说过海德格尔就像海德格尔从未听说过潘家园。

玩假钱的若真想买到假古董那他一定是个真**圣人**。

…………

来自三门峡的老苏几乎是个圣人：垃圾价卖垃圾货赢得好名声。
他挣钱有限必然愤愤不平更无暇**幽默**；
他已是 100 次宣布他要卖假了，并非因卖假更道德些。

别人卖假过**滋润的日子**促使他一步步挪到道德的边缘。

"这啥世道啊！假的就是美的就是好的就一定是招人爱的你

妈的！"

他已是 101 次宣布他要卖假了。

站在道德的边缘他没看见银盆大脸的**神明**就站在身边。

他时常消失，不知他消失时是否越过了道德的**边界**。

消失时他也许是个假人，

神明再把他捉住**变**送回潘家园。

不停地说话，老苏累了，停三秒，待天地、岁月**涌现**，他继

续说：

"这唐代铜簪子一百块钱你要不要？

我媳妇**民办教师**挣两百块钱一个月你小子还**嫌贵**？"

老苏**眼红**而聒噪好像**沉默**会使他飞离这世界。

在他看来世界即**人群**，而不在人群之中那是可怕的。

不得已**一个人**走路，一个人喝酒，一个人唱歌那是**可怕**的。

要不停地说话。

鸟儿们也在不停地说话所以并不高飞；有谁听到过鸟儿在高

天喋喋不休？

风也在说话，不过有时**停下**。

············

无法熄灭的往古。

"油炸鬼"作假。或将老玉件煮于沸水 30 分钟使之还阳。

仿佛**阴间**是可以**自由**往来的地方。

唐代不远，汉代也不远，战国人全都**站了起来**。

看见了孟子和荀子，看见了刘安、刘向、刘歆和刘义庆。

"刘向传经心事违。"

刘歆助王莽篡改《左传》**影响至今**。

潘家园人见多识广，包括对鬼魂的见识，但说**鬼**者寥寥，

害怕一旦说出便说出了**自己**。

鬼魂不作假，但也可以自称是假的吗？

鬼魂是假的那**人民币**是假的吗？

卖珠子的女人说我真遇到过鬼啊。那鬼，高个子，来到我家
　门口，头比门框还高呢，进不来或者不愿进。是他想吓唬
　我或者给我提个醒。我去**庙**里烧了七七四十九天香。把他
　的东西还给**天地**。他不再来了。

干宝《搜神记》卷二十载阮瞻素执无鬼论，有客造访聊谈名
　　理，甚有辩才。及鬼神之事，客屈于阮瞻，乃作色曰："即
　　仆便是鬼！"须臾消灭。阮瞻默然，意色大恶。岁余病死。

但潘家园也是**蔑视死亡**的地方，
也是**无神论者**没啥高深题目却高谈阔论的地方，
也是**有神论者**祈求**神明**原谅的地方。

佛、菩萨、基督、天使、土地爷、财神爷、关公、文曲星漫
　　步在潘家园。
他们的木像石像铜像或坐或立在遮阳伞下**不吭**一声。

他们听到陕西小贩说"我不挣小钱"所以要价 350 万售卖盗
　　墓所得的西周盨。
他们听见天津小贩赌咒发誓："这当然是老玛瑙不是玻璃哒；
　　要玻璃哒我**吃啦**！"

…………

倒腾假货的人把自己倒腾成假人，
倒腾死人物件的人倒腾到自己的**死**。

死前他要求用**真药**这是人之常情，死前他面对**万事空**这是普
　通智力可以达到的。

他最后眺望一眼**星空**在他进入那星空之前，
好像，据说，置身于星空的人只能回望**地球**，看不到其他星星。

他的**恐惧**是千真万确的。眺望星空他的**崇高感**也是千真万确的。
崇高感总是来得**太晚**直到**勾销**真假的**未来**忽然露面。

…………

过去未来你去问**算命先生**，福祸寿夭你去问**和尚、道士**，
升官发财你去问**气功大师**，爱情涨落你去问**知心姐姐**。

对挣钱的**执着**不妨碍对**佛**的执着，而佛，无所执着。
你就别问了！你且住嘴。

…………

潘家园的风吹着潘家园的古今众身影。
《史记·伯夷列传》即使被茶叶水熏黄那也是天地间的**大文章**。

潘家园的司马迁不怕茶叶水。

但司马迁的**寂寞**就是五伯、七雄的寂寞：
就是古战场和帝王陵墓的寂寞、当今**乌烟瘴气**的市场的寂寞。

曾经，寂寞的清东陵来了孙殿英的**土匪兵**。
炸药包炸开地宫后土匪兵抠出了慈禧太后嘴里的夜明珠。
然后群山**依旧**寂寞、旷野依旧寂寞。百虫争鸣，**军阀**混战在
中国的大地上。

而在 1800 年前。曹操的大军不允许马踩庄稼；
他招能纳士不问德行，对古墓也绝不放过。
他向**死人**要军饷拿下半个中国，但也只拿下半个中国。嘿嘿。

得罪了太多的死人他死前下令薄葬。
1800 年后其墓葬被发掘时墓室里值钱的只有玛瑙珠**一颗**。
墓在河南安阳西高穴。真墓？假墓？还是他人之墓？

河南省政府给它挂牌保护以便**开发旅游**。
收音机里的《三国演义》**评书**至今没有停播过，即使说评书
的业已作古。

真与假，寂寞的**物件**。

半真半假的物件同样享受寂寞的**风雨**、**日光**和**星光**。

而偶见人骨和兽骨的**旷野**，还有大音希声的**群山**乃是**寂寞本身**。

2014 年 1 月 27 日—2014 年 2 月 4 日

春节的鞭炮声

开花

你若要开花就按照我的节奏来
一秒钟闭眼两秒钟呼吸三秒钟静默然后开出来

开花就是解放开花就是革命
一个宇宙的诞生不始于一次爆炸而始于一次花开

你若快乐就在清晨开呀开出隐着血管的花朵

你若忧愁就开放于傍晚因为落日鼓励放松和走神

或者就在忧愁里开放苦中作乐
就在沮丧和恐惧和胆怯里开放见缝插针

心有余悸时逆势开放你就释放出了你对另一个你的狂想

而假如你已开过花且不止一朵

你就退回青涩重新开放按照我的节奏来

我以滴水的节奏为节奏
因为水滴碰水滴这是江河的源头

再过分一点儿再过分一点儿水滴和水滴就能碰出汪洋大海

你得相信大海有一颗蓝色的心脏那庞大的花朵啊伟大的花朵

所以我命令你开花就是请求你开花
我低声下气地劝你

若你让我跪下我就跪下哪怕你是棵狗尾巴草

开出一朵梨花倘若你脖颈凉爽
开出一朵桃花倘若你后背因温暖的阳光而发痒

但倘若你犹豫
倘若你犹豫该不该开花那就听我的听我的先探出一个花瓣来

然后探出两瓣然后探出四瓣

三瓣五瓣是大自然的几何

但你若愿意你就探出五十瓣五十万瓣这就叫盛开

而倘若你羞于盛开
你就躲在墙根里开放吧
开放到冰心奶奶告别她文艺青年多愁善感的小情调

而倘若你胆小
你就躲到篱笆后面开放吧
让陶渊明爷爷看到你就看到今天被狂人暴发户炸碎的南山

开
花

蚯蚓在等待

连苍蝇都变得更绿了更符合大地的想象了
连五音不全的燕子都歌唱了这使得王侯将相也有了心情不错
　的时候

他们在心情不错的时候也愿意珍惜他人的小命
甚至承认自己的命也是小命

而我要你开花

就是要你在心情糟糕的时候牢记小命也是命啊也是自然也是道

开花

用你的根茎发动大地深处的泉水

在你和你的邻居闹别扭之后

在你和你的大叔小姨拍桌子瞪眼突然无所适从的时候

你就开花换个活法

老二老三老四脱了鞋子他们准备跳舞

老五老六老七眼冒金星他们准备号叫

开呀

尽管俗气地来吧尽管下流地来

按照我的节奏来你就会开出喜悦的花朵

有了喜悦你便不至只能截取诗意中最温和的部分

你便不至躲避你命中的大光亮

开花就是在深刻的静默之后开口说话呀废话说给另一朵深刻

的花

不满意的人以为世界是个聋子
你扯嗓子谩骂不如开花
而开花就是让聋子和瞎子听见和看见

并且学习沉醉

开出野蛮的花开出让人受不了的花
开得邪门没道理没逻辑

像一百万平方公里的沙漠上大雨倾盆而下

开得异想天开倘若连天都开了那绝对是为了让你
恣意地开放

开到狂喜呀从死亡的山谷从废弃的村庄
从城市的地缝从中心广场

中心广场上全是人哪
中心广场附近的胡同里全是沉默的牛羊

你去晚霞里逮一头羊吧分享它的好心肠

你去垃圾堆上逮一头猪吧摸摸它跳动的心脏

三千头猪个个鬓插花朵看谁敢把它们赶向屠宰场

九千只羊跳下山崖因为领头羊想死在山崖下面的花床上

开花呀孔子对颜回说

开花呀梁山伯对祝英台说

在三月在五月在雾霾的北京石家庄太原开封和洛阳

开花呀欧阳江河对他的新女友说

开出豹子盘卧树荫的姿态

开出老虎游荡于玻璃水泥和钢铁之林的大感想

开花是冒险的游戏

是幸福找到身体的开口黑暗的地下水找到出路

大狗小狗在二百五十个村庄里齐声吠叫就是你开花的时候

你开放

你就是勇敢的花朵勇敢在无聊打斗和奔窜里

你就是大慈大悲的花朵大慈大悲在房倒屋塌的灾难里

若石头不让你开放你就砸开它吧
它心房里定有小花一朵

若绳索不让你开放你就染红它吧
直到它僵硬然后绷断

你开呀你狠狠地开呀你轰隆隆地开

你开放我就坐起来站起来跳起来飞起来
我摇铃打鼓我大声喘气你也可以不按我的节奏来

你开到高空我就架张梯子扑上去

若你开得太高我就造架飞机飞上去

我要朗读你的呓语
我要见证你的乳头开花肚脐也开花脚趾也开花

我要闻到甚至吞噬你浩瀚的芳魂

我要跟你一起喊：幸福

是工地上汗毛孔的幸福集市上臭脚丫子的幸福

抽搐的瑟瑟发抖的幸福不幸福也幸福的他妈的大汗淋漓的幸福

所以你必须开花迎着我的絮叨

开一朵不够开三千朵

开三千朵不够开十万八千朵

开遍三千大千世界

将那些拒绝开花的畜生吊起来抽打

开花

当蚂蚁运送着甜就像风运送着种子

当高天行云运送着万吨大水就像黑暗中的猫头鹰运送着沉睡

群星望着你你也望着它们

你看不过来它们的闪烁就像它们看不过来你的丰盛

星宿一上修计算机的少年说开花

星宿二上骑鸵鸟的少年说开花

你听到了

月亮的背面有人开灯
哈雷彗星上有人噼啪鼓掌

开灯的人在乱七八糟的抽屉里找到他的万花筒
鼓掌的人一直鼓掌直到望见太空里灿烂旋转的曼陀罗

而你在花蕊的中央继续开呀
就像有人从头顶再生出一颗头颅

开
花

但倘若你犹豫
倘若你犹豫该不该开花那就听我的听我的先探出一个花瓣来

然后探出两瓣然后探出四瓣

三瓣五瓣是大自然的几何

但你若愿意你就探出五十瓣五十万瓣这就叫盛开

你就傻傻地开呀

你就大大咧咧地开呀开出你的奇迹来

2014 年 6 月 3 日

卷四

鉴史四十五章及其他

鉴史四十五章

1. 夸父逐日新解 [①]

出门见日，日在东南，继之正南，继之西南。是一日。

西南群山耸列，而时间尚无定义。能从一日一夜推究死生相
继者已然是圣人。

圣人不逐日谁人逐日？（可以想见的理想主义、英雄主义、
浪漫主义大场景。）蹿出道路，自东而西，又自西而东，是所
谓夸父跑来跑去的疯癫盛举。

然夸父之途何以非自北而南？（仰韶人骨相接近闽粤人骨相。
我有考古学根据。）

---

① 考古学界有观点认为中国北方民族或许由南方迁徙北上而来。本诗在相反的
方向上展开想象。

日在南方，逐日逐温暖有道理。南方宜阔叶嘉木，果实亦甜而多汁。饿不死。迁徙向南方的主意甚好。大雁比我们有主意。

冷了。叶落了。鸡皮疙瘩出来了。夸父出发，或许在秋凉阵阵之时。白霜。白雾。可以想见不久将来的白茫茫大地。

夸父在村口呼号，呜呜呀呀，语义模糊；众人跟上，全是青年。（仰韶人平均年龄 21 岁。我有考古学根据。）

何以见得夸父孤身一人？他鼎鼎大名，像个村干部，肯定率领着一众人群。岂不闻父甲、父乙、枚父辛、几父、史游父之名，皆为豪主？

一群人都叫"夸父"甚好。缓步向南，迁徙。为活命。

大地上本没有道路。熊咆龙吟，大地依然安静，真适合眺望千山之外的流星雨。

河流两次前横，到来年春日看见了与故乡一般无二的桃花。众人唏嘘。——众人一唏嘘就是有人死去。

脚走烂了。众口一词一致同意：凡死者皆尊称"夸父"。好哇！

活人中遂有人鼓起英雄气，传下夸父逐日的好故事。

但后世所有人都弄错了其中的含义。

2. 仰韶文化庙底沟型灰陶盆，出自河南陕县 ①

盛过鹿肉、山鸡肉的灰陶盆诞生于泥土和火焰，

它重归泥土之时被死亡之手掰成 27 瓣。

没有花朵的色泽，但草根探索过它婴儿般的皮肤并留下透迤的痕迹。

27 瓣灰陶盆静卧土中听见头顶的村落兴建，倒塌，再兴建。

而日月在天空从不乱走。

但五千余年也有走完的时候。

五千余年后它被重新发现重新拼出旧模样：

盘口直径 41 厘米——看来仰韶人在好时光里大吃大喝颇有气势。

仰韶人平均年龄 21 岁，所以这灰陶盆的制作者想必年纪轻轻；

是大学生的年龄但五千余年前这已是高龄。

---

① 本诗采用仰韶文化系母系文化之说。考古学界亦有仰韶文化系父系文化之说。

仰韶男人在山上追野猪 所以这陶盆或许出自一位女性之手。

女性而年纪轻轻令人遐想不是？

女性而年纪轻轻虽近于野兽但不可能不发情，不来月经。

在山上追野猪的男人落日时分回到村落把她抱上草褥。

认母不认父的习俗忽略了那个男人。

我祖母的祖母的祖母 上推五千余年也许正是这位女性。

3. 商代青铜戈

邈远。一只戈，仿佛一片优雅的树叶。优雅。一只商代青铜戈，也许不是商代的——西周早期的亦无两样。也许商纣王，暴君而俊美，迷恋狐狸精的人上人，在士兵的队列中，偶然瞥见过这一把青铜戈——也许他没有瞥见过这一把青铜戈。也许是杀过人的青铜戈，甚至杀过两个人——也许是没有杀过人的青铜戈，只曾在国家祭典的仪仗中摆摆样子。邈远。它拥有与它配套的江山、制度、战阵、呐喊、冶炼技术、审美趣味。这铸造的工艺：谁画的图样？谁负责制造陶范？谁负责浇铸？它是铸造于夏季还是秋季？它的冰冷同一于黄昏的空气，还是黎明的空气？它被分配到了谁的手上？不管那持戈者是谁的祖先我都认他作我的祖先。你答应吧，答应吧，有钱的祖先或者没钱的祖先——无所谓。这只戈，眼前的邈远，仿佛优雅本身。薄薄的金属，当时的高科技，仿佛可以被孔夫子朴实的风儿吹走。它在地下埋藏了三千多年。三千多年：五十部《诗经》的长度，九十九万次相遇和八千四百万次离别的空间。死亡忙坏了人类，却与它无关！当它再次遇到空气、阳光和风时，它曾有瞬间变软，仿佛是晕眩所致。它变得像泥巴制成。然后它再次变硬，变回这世间的东西。仿佛为了成为一件真正的世间的东西，它只好再次变硬，从泥巴树叶变回青铜，并且在这世上无足轻重，像一片树叶的阴影。

4. 西周玉璜，出自陕西韩城

像神的喷射物　像神的分泌物

像不完美的制度因被孔夫子赞颂而完美

像西周田野上跑来的名叫清晨的小孩儿

像春天粪便的气味以及欢喜的麦苗和青草的气味

像包含了集市噪音的寂静本身

像　道　凝成的发光体被误认为宫殿

像　德　变成的兽群被误认为祥云

像兽群中走丢的动物怀着惊恐遇上一个更惊恐的人

像暗夜里被看到被神话被观测的星辰

像星辰下的游魂对着一块露出地表的石头叫喊"不许绊倒我"

像化为枯骨以前坐起来的殉人

像不甘心的枯骨

像一声叹息之后的哭泣

像一声通用世界的哈欠而那时只有"天下"没有"世界"

三千年前的玉璜

它是否在思念三千年前梦见过我的君王

而今夜我将梦见的人

难道会是我三千年后的友人？

5. 想象杞人忧天的样子

杞国有人忧天地崩坠，身亡所寄，废寝食者。

——《列子·天瑞》

提防着 星星增多或者减少 月亮脱轨而没有先兆

提防着 天塌下来

而天塌下来就是天道崩毁 道德就完了 仁义就完了

提防着 陨石与胆结石的碰撞

提防着 狗屎会变成黑色

提防着自己 会胡言乱语 并从胡言乱语到呼风唤雨

提防着

我就是这么庸人自扰　我就是这么自扰而成为庸人

成为杞国唯一眺望星空的人　认死理儿的人

我不吃不喝　日渐消瘦

我不睡不梦　让家人抓狂　让打鸣的公鸡怀疑它的天命

现在地上的麻烦　已经够多

所以我特别提防　天上掉下来的　大麻烦

所以我把自己变成个　更大的麻烦　这事关庸人的尊严

五尺之内小虫子的反叛　我提防着

远方的肥肉联盟和瘦肉联盟　我提防着

地上的变乱　就是天上的变乱

所谓"天聪明自我民聪明"反之亦然

若天上的秩序乱了

宋国就将吞噬杞国　我们小小的国家

可叹君王不提防　国人不提防　他们都将死无葬身之地

不得不说　我是个没用的　悲观的　人

与普遍的道德退步相比　我更提防普遍的智力退步

先见之明的基础　就是提防

人们说我的提防　毫无根据

但若较真　我就是我　提防的根据

我着急地转圈在庭院和山野　像个笑话

周天子迟早会得到消息

列子笑话我　凭什么
他能御风而行　真有风度　真会摆谱
但若去地一万五千里的天① 轰隆塌下　他会傻眼
而我提防着
就是活着　活成真正的哲人　我的著作叫《忧天》
列子不提防　他是仙　留下本《列子》还可能是伪作
真让人出汗

这人类的观念史　就是这么不靠谱
可他和他的徒子徒孙们　还笑话我蠢　无事生非
而我只是　避免麻木
因为我活在　这生老病死的人间
蠢人们不会理解我对天塌的提防
我倒要看看
究竟谁是聪明人　谁是先知先觉的人　谁是看穿一切的人

对不起　庸人也罢　蠢人也罢　我才是真正的　人
餐风饮露那是知了　长生不老连知了都办不到

---

① 　此处天地距离据汉刘向《新序·刺奢》,《吕览》《淮南子》另有说法。

但即使伟大如知了 但若天真的塌下来

大家都完蛋

人们将因我而记住 那个伟大如知了的 列子

倒过来的 也是逻辑 也是道理

只不过 只不过 对我来说 全无意义

6. 大雨中想起两千五百年前大雨中的墨子

雷电交加，雨暴风狂，墨子自郢都归返，路过宋城，欲入城避雨。城上的守兵向虽然蓑衣在身又撑着油纸伞但依然被淋成落汤鸡的墨子及其随从大叫："没有上司命令，不能开城门！"墨子等人只好暂时避雨在城门洞里。那个时代最伟大的人物，主张兼爱、非攻、尚贤、节葬、明鬼的墨子，只好这样狼狈地避雨在城门紧闭的城门洞里。

乱世或季世或末世，不同的说法说的是同一个时代。蒿艾葳蕤衬托出大地的荒寂。雷声淹没了人声。二十多天前，墨子在齐国闻听楚王得巧匠公输盘助力，欲攻打宋国，遂长途驰奔十天十夜到达楚国郢都。他向楚王指出其"不义"；他通过模型推演化解了公输盘的器械攻势；最终拆除了楚王攻打宋国的图谋。他救下宋国，尽管宋人的愚憨举世闻名。

墨子注视着攘攘雨雾，显然神灵正在为人间乱象而发怒。墨子只好静待雨歇。一开始，他内心安静；过了段时间，他抱怨起宋人；又过了段时间，他有些后悔救下那些不让他避雨的宋人；但一颗打在他眉心的大雨滴让他重新安静下来。他自语道："我救了宋国，唯神灵知晓；世人怎会了解我的暗举？他们只看得见那些争在明处的人。"

大雨没有停歇的意思。墨子试着走进雨中，走到灰暗的天空下。他脱下蓑衣，收起雨伞，然后招呼他的随从们继续上路。随从们觉得墨子一定是疯了。怎么回事？这一向质朴、坚毅、头脑清晰的墨子甚至在雨中唱起歌来。春秋时代结束了，战国时代刚刚开始。孔子逝去有时。其他可与之畅谈、辩论的哲人尚未诞生。大雨中孤独的墨子甚至跳起舞来。

（据《墨子·公输第五十》）

7. 仿写《庄子·庚桑楚篇》第二节

老子有学生名庚桑楚。庚桑楚有学生名南容𢘆。
南容𢘆有问题问庚桑楚：关于精神境界，关于养生。
庚桑楚作答，南容𢘆不懂。两个老头没了招数。
庚桑楚让学生去问老子。南容𢘆就带着七天干粮上了路。

正好吃完了七天的干粮。正好走完了七天的路程。

南容怵见到老子劈头就问："如何返归本性？"

老子反问他："你干吗带来这么多人？"

南容怵困惑，回头看，房门敞着，可是没有别人。

老子再问："你干吗带来这么多人？"

南容怵蒙了，就落下了汗，就感觉凉风吹到了脊梁骨。

回到馆舍，一直蒙到后半夜，果真看到房间里聚了许多人：

三叔哇、八姨呀，还有邻居、父母官、他瞧不起的人……

南容怵大惊，软的硬的全用上，叫他们回家，别坏事。

第二天再见到老子，南容怵筋疲力尽。

老子跟他谈起些轻松的话题。老老头说，小老头记。

南容怵懂了，或者没懂。不再问问题。

8. 慎子

慎子够谨慎，或者，慎子够懒惰，

就写这么一点点，或者，就让历史筛漏下这么一点点。

慎子够模糊：是法家？是道家？还是什么家都不是？

是否另有一个慎子，懂大道理，写大文章，偏偏被忘记？

慎子够幸运，就写这么一点点居然

也混迹于诸子之间，并且流芳百世。

他说野兽喜欢四脚着地所以常常沾得满身泥土。好废话。

他喜欢拿秤杆和秤砣打比喻，这暴露出他小商人的出身。

人人骂他，人人排挤他，不想给他诸子之一的座位。

慎子不发火，坐下，不再挪身。

9. 战国齐树纹半瓦当，出自山东临淄

一块半瓦当的三分之二。断了左角，依然不失两千三百年前战国的气息：那乱世，那乱世的哀号，那乱世里伏案的贤哲，那乱世里幽暗街巷中的流氓和游侠，那乱世的黄金。

田齐代姜齐。大事。京城里的周天子不予谴责，以顺水推舟顺应历史。

而这齐国的篡权者原已好事做尽，终等到动手的时刻，干了，但内心不安；于是创设稷下学宫，以包揽天下学术——心虚而好学也是好事——干完坏事再干一件好事能够挽救良心于不坏，

但终不免灭国于蔑视学术、只懂得呐喊和挥戈猛进的狂秦。

这一块半瓦当或许崩落在那时，崩落在临淄稷门外稷下学宫的门前。

有此瓦当必有瓦当的需要者（两千三百年前的建设者和两千三百年后的收藏者）；还必有瓦当图案的设计者：一位艺术家或一位低级官员。

瓦当图案以分岔的直木分割左右，说明设计者必爱树木、动物和原野，必曾受到过鸟类的款待，必曾领悟万物在冬天的形态最抽象，当他一人独立荒草迎着火红的落日发呆。

这一块半瓦当当然记得当年造瓦当的泥手——那个人，它的父亲，也记得战国雨水的冰凉和月照屋瓦生出的白霜。

屋内有人弹琴，是孟子在弹琴。屋檐下有人长坐，是荀子正长坐。荀子说孟子坏话句句在理，而孟子亦不错，而且越来越正确。

而那个慎子，根本不在乎儒者之间的争吵，因为他对天下的理解另有一套。

在稷下学宫，七十多人轮番讲座，一千多人席地而听，但战争迫近了，山海间的贸易也停止了。希腊的雅典学园没有消息传来。

齐王下令敌人每颗首级以八两黄金赎买——大字不识的兵士们发财的时刻到了！但这依然不能阻止远方秦王命令军队出发。

于是这块半瓦当得以在泥土中深埋。

10. 我知道与同代同类人见面该如何行礼

估计厚达五百页的一个人被我遇见在傍晚的海淀。
他有趣竟如来自五百年前的某个傍晚。
他要是再老一点见解再黑夜一点修辞再黎明一点，
我想我会引他为同类，
但我们肯定不是同代人。

而两千年前的我悲天悯人胸怀装得下山山水水。
我被同道们称赞被鱼鸟追随，
被天边的非同道给出货真价实的反驳。
我知道我应该走多远的路吃多少个馍去拜访谁。
我知道与同代同类人见面该如何行礼。

11. 狂人李斯

廷尉李斯出于嫉妒，毒杀了从韩国来到秦国的同学韩非。这件事在秦国都城咸阳的大街小巷里传得沸沸扬扬。不过下手的第二天，李斯就后悔了，默认他向韩非下手的秦王也后悔了。为了洗刷自己嫉贤妒能的坏名声，为了证明大师韩非并不是什么不能碰、不能取代的天才，李斯必须表明自己比韩非道高一筹。再像韩非那样写写文章并且所论更广更深无异蠢人之见，李斯唯一的出路，是干出彪炳千秋的大事。怀着胜过韩非的心，李斯为秦王，也就是后来的始皇帝，设计了郡县制国家体制，制定了"书同文"的文化政策、"车同轨"的经济政策，但他对此功业依然不能自信满怀。秦王扫荡六国，于今富有四海。在秦王登基做始皇帝的当晚，一个疯狂的念头袭击了李斯那原本只是楚国上蔡一布衣的心。他必须向后世表达出他对于天地、霸业、永恒的看法，让那个只能写点寓言小故事的同学韩非被人们彻底忘记。

作为一个富于想象力的人，他担任着秦王陵墓的总设计师，但对陵墓最终样貌如何始终缺乏灵感。现在他知道了：他将要把一整座宇宙模型埋到比泉水层更深的地下；在那个地下宇宙中，他将堆塑九州五岳，并注入水银以为江河大海，让金制的野鸡漂浮其上；他将在以铜汁浇铸的墓室穹顶镶嵌上大秦帝国一半的宝石明珠以象征亿万星辰；在那亿万星辰之下，他将再建一座咸阳城，宫殿楼阁无一不缺，供始皇帝冥游；为了让始皇帝看清道路，他将在墓室的每一个角落布置下用鲸油制作的长明灯（对不起，有无空气我不管）；他还将在陵墓的周遭埋下一支庞大的军队；这支陶俑的大军，人员车马应悉依实物真人等大制成……有了这个念头，已做大秦帝国丞相的李斯一夜之间在内心变成一个狂人。在过去的30年间，他已动用徭役、刑徒62万人挖坑建陵，但那是为始皇帝，而现在，他还需要再动用10万人，却是来完成他自己的狂想。他已经够残酷了，现在他还要更残酷。而那将要入住这陵墓的始皇帝，与陵墓本身相比已经不再重要：这超越了死亡的始皇帝陵，将是他李斯的宇宙，他李斯的作品，留给后人，让他们去猜想其中的胜景。他将因此不再在乎咸阳城里，或者山水大地上的老百姓、历史学家如何评价他害死韩非那件芝麻小事。在一个宇宙面前，韩非之死算个屁。

12. 戚夫人和司马迁

戚夫人
可怜的人
做人彘
忘了一切

看那春天的猪圈

司马迁
可怕的人
被宫刑
记得一切

看那秋天的庭院

记得一切
写成书
忘了一切
歌笑无

明明上天
日月出
皇皇大地
神鬼哭

看那山巅的闪电

13. 青铜鎏金席镇

席镇：古人用四只席镇压住席子的四角。

席镇分玉席镇、白玉席镇、青铜席镇、青铜鎏金席镇等等。

青铜鎏金席镇压住的肯定不是草席。

怎样才能穿越回汉代去看汉代的云，去淋汉代的雨？

那道家的星空、儒家的庭院，激发着时代生活中不朽的短
命鬼。

那巃嵸崔巍之山、滂濞沆溉之水，肯定不止嘲弄过我一个人
的笨嘴拙舌。

我要去汉代向牛车上的大人先生行礼，在市井叫卖声中宣讲
阶级斗争。

我想踏出宫廷里蹀躞的脚步声，参与阴谋和阳谋的制定。

我将把一只小小的窃听器安装在这只中空的青铜鎏金席镇里，

偷听主人滋溜喝酒的声音、

挠痒痒的声音、笑一会儿哭一会儿的声音、

与鬼魂讨价还价的声音、被枕边风吹到打喷嚏的声音、

混合着鸟鸣的小便的声音、掰断箭杆的声音……

多年来我读历史像读小说，评论历史只使用说书人的语调。

若有机会偷听历史，我会紧张如 40 年前偷听敌台广播。

既然不能去蹦迪，既然不能去寻花问柳，

我会偷听且偷乐，顺带捋一捋我之为我的两千年的因果缘由。

14. 一个写字的人

八十根木简，像一群小老头命运相连。木简上介乎篆隶之间的文字难以辨识，但它们所表达的有关天下、国家、战争与圣贤的思想丝毫未变。那个匿名的书写者，他运笔的方式，当与司马迁、司马相如运笔的方式大略相同。时代风尚须经两千年间隔才能觉察其伟大！他甚至有可能远远瞥见过司马迁或司马相如。他用毛笔蘸着墨汁，一笔一画地工作，不允许出现一个错字；在书写到曾子的格言时，他的心情多么愉快。他似乎坚信他所抄写的思想一定会在人间派上大用。他保护了这些思想，传递了这些思想。他有意或无意地改变了某些字句，他有意或无意地在他人的见解中保留下自己的气息。他从一个谦卑的抄写者，无意间变成了那高深作者身旁一位小小的作者，像一只蚂蚁，拉住一只逆风而起的思想的风筝。阳光洒在书案上，他打了个喷嚏。街头贩履者朝他吆喝："您哪，您是和思想打交道的人！"他写字在木简上，那时纸张和印刷术尚未发明，所以他写下的是"唯一"的书（每一部如此写下的都是"唯一"的书）。但是后来，一个死人居然把这部书带入地下。从这部书演化而成的思想，从这部书变走了样的思想，最终改造了世界，而这部"唯一"的书，却在如此漫长的时间里渺不可寻。现在，即使它重见天日，它也不可能去纠正那源于它却走了样的、已然被世界所采纳的思想。它像一部伪书重返文明的现场。而那个写字的人，仿佛从未出生。他是大地上的一粒尘土，曾经在有限的范围内传播过文明。

15. 考古工作者

他们往陵墓的坑穴中填进多少土，

  我和我的同事们就要挖出多少土；

他们怎样为墓穴封上最后一块砖，

  我就怎样挪开那块砖——也许挪得不对。

他们的工作，我再做一遍，但程序完全相反：

他们从一数到十，

  我从十退数到一。

只是北斗七星虽然依然七颗，形状却已小有改变；

  只是今夜的雨水舔一舔，有点儿酸。

我摸到了陶器、漆器、青铜器、金缕玉衣——

他们怎样给死人穿上金缕玉衣，

  我就怎样给死人脱下金缕玉衣，全凭摸索。

我的记忆，远远多于我同时代人的记忆，

  虽然这并没有使我多么与众不同，

但我的确比别人多知道一点有关死亡和文明的秘密。

16. 动画片里的匈奴人

蒙古人自认系匈奴人后裔。在蒙语中,"匈"(Hun)意指"人类","奴"(Nu)意指"太阳";两字合成一词:匈奴(Hun-nu),意指"太阳子民"(听起来有点像"上帝子民")。此事见载于美国人类学家杰克·威泽弗著《成吉思汗与今日世界之形成》。

若"匈奴"系匈奴人自称,则匈奴乃一心思浩瀚民族。他们劫掠汉朝牛羊、妇女,或系以"太阳"的名义行动。若卫青、霍去病知其所驱赶者系"太阳子民",他们或将怀抱希腊式悲情而心软,只将匈奴人赶至大漠边缘即罢手。

("太阳子民"一无所留。他们的历史只在其他民族的史书中被顺带提及。他们唱歌的调调究竟怎样?他们是否会玩掰腕子?他们的掌中刀、跨下马,他们的黄金盔甲、八字胡,都是动画片的最佳题材,允许夸张和变形。

(据说"太阳子民"被汉武帝的军队一路追杀,悲情西奔,穿过万里黄沙,越过荒蛮群山。他们的奔逃,驱赶着另一些更加弱小的民族在他们到来之前望风逃窜，像动画片《狮子王》里狂奔的兽群，总有起哄架秧子的鸟群，飞在它们前头。

（据说匈奴人的西迁带动过这颗星球上最大规模的民族迁徙。阿提拉，匈奴汗王，一路溃败又一路取胜，成了"太阳子民"中最出名的一个。他像动画片中尾巴着火的野牛，不小心撞塌了西罗马帝国的大理石公共浴室和文明昌盛。

（西罗马帝国的贵人们每天洗澡，而"太阳子民"们大概一年洗一次。可他们之中，定会有人思考过"匈"——也就是"人类"——的命运。但"人类"最终没有变成"匈"，反倒是"匈奴"迎着刀、箭纷纷倒地；然后再站起来，变成了"人类"。）

17. 鹅毛扇：诸葛亮的第三张脸

关羽挥大刀，张飞耍长矛，诸葛亮只好只好玩鹅毛。

诸葛亮挽袖子拔鹅毛做成鹅毛扇，
鹅毛扇遂成为诸葛亮的第三张脸。

面孔是第一张脸有无皱纹不重要。

双手是第二张脸是否细白不重要。

而这第三张脸正是他手里的鹅毛扇。

它将使诸葛亮永远活在人世间。

老天爷！他哪里需要鹅毛扇！他所要的只是一张真正的脸：

一张有鹤影掠过的脸，

一张妙计安天下的脸，

一张面具，从云间发话：

"关羽、张飞给我听令！"

千年以后锣鼓锵锵，诸葛亮来也，鹅毛扇来也。

观戏的小诸葛们甘拜下风：不能不服老诸葛！

小诸葛们比着老诸葛挥动鹅毛扇，

在土匪窝或战地指挥所。

只有当他们戴上这张鹅毛面具，他们才敢

似是而非又煞有介事地

想一想聊一聊所谓成王败寇，以及历史的必然和偶然。

18. 曹植佩玉

41 岁，曹植死。薄葬。山东省东阿县墓址。123 件随葬品。石器和陶器。无金无银。可怜！但有一小组佩玉，咿呀——，王璨设计。佩玉上的建安风骨。切割自深山，无装饰花纹，无语，青天的小穿孔。咿呀——，可怜的陈思王，金枝玉叶的县团级小王爷。才高八斗遇上老爹死，才高八斗遇上小心眼儿的哥哥登基做皇帝。嫂子，在哥哥的房间里。月光，在老爹的台阶上。咿呀——，洛水减少了波浪。跟班们减少了机智。曹植手里最值钱的，只剩下这一小组佩玉：云形佩一、梯形佩一、半璧形玉璜佩二。这组佩玉别无选择，伴他死。咿呀——，朝廷反对奢侈浪费也是出于不得已。时代性抠门儿。战祸。没吃没喝的人民。狗急了跳墙。狗急了也有没墙跳的时候。植物不开花，英雄就遍地。咿呀——，该死的罗贯中，只要好故事，人死得越多，他越觉得过瘾。让他写诗看看，让县团级小王爷曹植糙骂他一顿。咿呀——，才高八斗遇上斯文扫地。崩塌，曹植内心的屋梁。小文人的咯咯笑。坠地的流星雨。骑白马的人一闪而过。骑白鹤的人瞧不上骑黄虎的人。写诗，没有读诗的人。玩玉，只能在墓穴里。而今玉在，《文物天地》2007 年第 7 期，这是离曹植最近的东西。在他死后，他的尸骨又死了一次，我的意思是：消失。咿呀——，曹植的意思是：不甘心！

19.《沙海古卷》录佉卢文 Kharosthi 文书残句。约晋代

（1）鸠波信陀叩拜人皆爱慕、人神崇敬、美名留芳、亲爱之大舅子税监…… P.267

（2）苏克酒应认真保管。无论现在再发生……在秋天另一…… P.84

（3）后来，沙伽牟韦和善爱逃出左多庄园，私奔龟兹国。P.141

（4）不得隐瞒，不得…… P.59

（5）无论皇家畜群之橐驼于何州病倒不能行走，均应由当地扶养。P.52

（6）贵人昆格耶还做过一梦，梦见三位曹长的一只五岁之羊在……作为祭品。P.280

（7）彼等在此地优沙处搞走许多袋东西，务必送来。……汝可要当心。P.62

（8）打伤马和牝马系非法行为。P.68

（9）彼已收到王妃之母牛。彼现为叶吠县之牧羊人，…… P.115

（10）活着的树木，禁止砍伐，砍伐者罚马一匹。若砍伐树杈，则应罚母牛一头。P.122

（11）凡战争期间获取他人之物，免予追究。P.42

（12）况且，此地这位小娘子对汝来说是个机会。P.265

（13）迦左那无理殴打善喜，抓住彼之睾丸，剃光彼之头发。P.133

（14）该女子……之女来自于阗。……彼无理占有该女子支那施耶尼耶至今。PP.110~111

（15）汝得先缴纳水和种子费用，才可在此耕种。P.281

（16）彼之妻被……抢走并遭到殴打，致使流产。第三日才将人放回。P.37

（17）应关心国事，加二三倍小心戒备。P.84

今人的文句一千七百年后的人们会读到些什么？

20. 六朝鬼魅

六朝，公元 265—588 年，鬼魅的数量超过了人口。活人夜晚梦见鬼魅，白天遇见鬼魅。鬼魅不避天光，犹如老鼠不避活人。六朝人的生活古古怪怪：据《幽冥录》，连鬼魅也长着汗毛、腋毛和阴毛。鬼魅与人争抢饭食。鬼魅之间打架斗殴。

六朝鬼魅有学问，可以与人论五经，可以与无神论者辩论有无鬼魅。

六朝鬼魅神通大，知道每一个皇帝何时生，何时死，何时天下有大乱。

六朝男人在鬼魅的帮助下，游了仙境游地府，回来之后抢小说。

六朝男人有艳福，但艳福也是鬼魅给的：女鬼们在坟中设宴，总有男人躬逢其盛。

六朝女人原形毕露时，就变回白鹭和白鸽，总之一个"白"字，透着血管隐隐。

六朝白鸽心肠好，追人追出五六里，递上他丢失的鞋子。

但六朝老虎别出心裁，趁男人在屋外撒尿咬他的鸡鸡。

六朝人说，在我们那个时代，动物变人如家常便饭，可那个忧郁的什么什么卡夫卡，少见多怪，让人变成动物——肯定是写拧了！肯定是写错了！

21. 屐

屐，木制，底部有齿，上山下山可根据需要拆装，不是拖鞋，不是趿拉板。

它的朋友是草鞋和布鞋。它的敌人是皮鞋。它的语言是文言。屐：

穿在爬山者的脚上是合适的，

　　　　穿在爬楼梯者的脚上不合适。

穿在被山水养育者的脚上是合适的，

　　　　穿在办公室肉虫子的脚上不合适。

穿在白云的脚上是合适的，

　　　　穿在乌云的脚上也合适但不能穿在老鼠的脚上。
穿在临风而立者的脚上是合适的，
　　　　穿在背风打手机之人的脚上不合适。
穿在五石散服用者的脚上是合适的，
　　　　穿在维生素药片吞服者的脚上不合适。
穿在宽袍大袖者的脚上是合适的，
　　　　当然穿西装打领带的人也可以穿上试试。
穿在清香淡淡的脚上是合适的，
　　　　穿在脚气浊浊的脚上不合适但硬穿也拦不住。
穿在穿布袜子的脚上是合适的，
　　　　穿在穿尼龙丝袜子的脚上不合适。
穿在谈吐令人绝倒者的脚上是合适的，
　　　　穿在耍贫嘴之人的脚上不合适。
穿在微醉之人的脚上是合适的，
　　　　而要撒酒疯你请先赤脚省得摔倒。
穿在一夫多妻且未犯重婚罪者的脚上是合适的，
　　　　穿在群奸滥宿者的脚上不合适。
穿在一掷千金者的脚上是合适的，
　　　　穿在贪污公款一掷千金者的脚上不合适。
穿在信步闲庭者的脚上是合适的，
　　　　穿在畏罪逃跑者的脚上不合适最好穿球鞋。
穿在六朝人的脚上是合适的，

穿在现代人的脚上不合适除非你自嘲。

穿在没读到这首诗的人的脚上是合适的，

但对不起穿在这首诗的读者脚上不合适。

22. 有关《大秦景教流行中国碑颂》

如果罗马叫"大秦"，叫得像中国地名，罗马就不是子虚乌有之地，那来自罗马的聂思脱里宗基督教也就还有几分可信度。当聂思脱里宗信徒阿罗本在公元 635 年自波斯抵达长安，他发现将大秦基督教改称景教，宣传一下，似乎有机可乘。适其时，在棋格般的长安城里，先期抵达的波斯人已靠贩卖玻璃器致富，突厥人则开了一家又一家饭馆，阿拉伯人在街头演算数学题，日本人则通过结交诗人、权贵，学写诗，当小官。阿罗本信仰神人两性的基督，耳闻唐朝人将基督译成"基多"感觉尚可容忍，可他们把"耶稣"译成"移鼠"却让阿罗本目瞪口呆。阿罗本和他的随从面见太宗皇帝，发誓学好汉语。太宗皇帝心胸宽广，恩准这些无家可归者落户长安。但太宗皇帝以及后来的各位皇帝始终没有弄明白，这景教究竟是个什么东西。来自波斯的景教徒像日本人一样勤学汉语，至德宗朝，由景教僧人景净口授，由中国第一位基督徒吕秀严笔录下《大秦景教流行中国碑颂》。但吕秀严的汉语和书法好过了头，把景教表述得像佛教，像道教，像拜火教，像摩尼教。德宗皇帝读碑文，连声称赞"好好好！"但心中不由暗想，这景教是个啥？一个地方小教？遂于景教，不复过问。当年阿罗本率众景教徒为逃避东罗马皇帝的迫害，翻越昆仑群山，来到长安落户，并不是为了用标准汉语将景教信仰以及景教徒跋涉千山的经历书写一通，然后刻成石碑保存到西安碑林。但在今天看来，勒刻《大秦景教流行中国碑颂》，或许正是阿罗本和他的僧徒们自己并不清楚的使命。大概石碑刻成，景教徒们就集体死去了，或者改信了佛教或者道教，否则景教为什么没有流传下来呢？此事发生 600 年之后，另一拨景教徒化装成也里可温教徒，也曾抵达过蒙古人的朝廷，但景教依然没有在中国流传下来。这究竟是怎么一回事呢？

23. 寒山子

虫鸣天台，露湿竹榻。
僧坐寒岩，风转山凹。

癫狂寒山但得明眼人，
讽谤唱偈即自流天下。

日出东林，月落西崖。

智者旧迹，宿鸟飞花。

一茶一饭，尽是甘苦。
一草一木，尽是空无。

癫狂寒山但得明眼人，
讽谤唱偈即自流天下。

小径大道，沃野孤烟。
群星在天，三千大千。

寿夭祸福、冷暖贫富、
鼻涕眼泪，再走一出。

癫狂寒山但得明眼人，
讽谤唱偈即自流天下。

24. 安禄山的胡旋舞①

一个瘦子嚯嚯跳开胡旋舞有什么了不起？一个胖子把胡旋舞

---

① 安禄山血统及姓名资料见荣新江著《中古中国与粟特文明》。

舞得风生水起才有些意思。一个男胖子风生水起地把胡旋舞舞给一个女胖子或十个女胖子看，意思就出来了。那名叫杨玉环的女胖子陶醉到双腮红晕，仔细辨认这一半东波斯粟特人一半突厥人的杂种胡人，认下这粗眉深目，名叫安禄山的英俊胖子为义子。

说汉语的美丽女胖子杨玉环可能听到过这杂种胡人用六种语言叽哇乱语。信道教而缺乏人类学、地理学、语言学、政治学知识的杨玉环杨贵妃，可能不知道这安禄山其突厥语名At-lâk-san（轧牢山），其粟特语名字Roxšan（意：光明），更不知这Roxšan信奉祆教也就是琐罗亚斯德教。

当安禄山口诵神号"Ahurā-Mazdā（阿胡拉·马兹达）"时，杨贵妃以为他是在用另一种语言重复李白对自己的赞美"一枝红艳露凝香"。她没读过琐罗亚斯德教的《阿维斯塔》，她的君王玄宗皇帝也没读过。她的风光无限的姐姐和堂兄也没读过。她只读本朝前无古人的诗歌这也没错。

安禄山那胡人的豪爽、半真半假的天真、笨拙的逗趣、异想天开，魅力无穷。灿烂的大唐王朝需要这样的异国情调。杨贵妃和她的君王皆自豪于大唐王朝的宽广、丰富、多样和强大。她爱国爱自己同时爱吃荔枝，她将在逃难途中的马嵬坡死于非命，她命赴黄泉之前哪里会知道！

这眼前英俊的胖子，领兵 20 万的"没心眼儿"的北方将军，骗了她和她的君王。这胖子有一天将以琐罗亚斯德教光明神的名义起事叛乱。战乱将产生杜甫的诗篇和回鹘人的豪掠、吐蕃人的趁火打劫，以及藩镇割据的政治局面。敢认光明神为义子的杨贵妃太不自量力是否因为她过于美丽且过于肥胖！

自历时 7 年有余的安史之乱起中国非复古中国。那文起八代之衰、自命圣道传人的中唐韩愈后来反对朝廷迎佛骨大概是以为释迦牟尼与琐罗亚斯德皆为异种，与安禄山、回鹘人、吐蕃人没什么两样。这说明 9 世纪的韩愈不曾登上过当今普世价值的阶梯。

25. 唐朝所没有的

除了一切现代的产物，唐朝所没有的，让我们数一数：唐朝没有这，唐朝没有那，嗯，唐朝没有思想家！唐朝有皇帝有美人儿有宫殿有军队有官员，有星象学家有月亮有云彩有诗人有歌唱家有舞蹈演员，有酒鬼有妓女有战乱有野狗有旷野有冰雪，有穷人有目不识丁的人有国家考试有裙带关系……

但是唐朝没有思想家。——怎么样？没有思想家，唐朝照样金碧辉煌；没有思想家，人人省心，皇帝更省心。玩吧。唐朝玩出大唐，诗人玩出大诗（中唐以后才有诗人眉头紧锁）。唐朝诗人出得太多，好像唐朝以前没出过诗人！唐朝人并不以为诗人可以代替思想家，但唐朝的确没出过思想家。后代人中梦回唐朝的人，我警告你们，必须做好思想准备：要么弄出一个没有思想家的第二唐朝，要么弄出一个不是唐朝的什么朝。

唐朝没有思想家呀，这事看在好动脑筋的韩愈眼里，韩愈就急了。韩愈就自称圣道传人，倒也没人嫉妒他，因为唐朝人实在也没觉得占个思想家的头衔有什么好处。让他闹吧，让他发展他的大脑吧，我们要发展我们的下半身！但韩愈是严肃的。韩愈猜想，也许有一个造物主吧，否则山水如何才能这样恰到好处地呈现其雄伟的逻辑。韩愈猜想，瓜果坏了必生虫，所以人，肯定是从阴阳秩序崩坏的大地中爬出来的吧。别人听到韩愈的奇谈怪论无不一脸坏笑。让他闹吧。让他闹吧。韩愈闹到了反对迎佛骨，韩愈就该离开长安了。韩愈走到潮州的江边，十条鳄鱼笑话他蠢。韩愈一怒之下在江边贴出告示：限你们这些鳄鱼七天之内带上你们的家眷滚到大海里去，如有违命者，格杀勿论！鳄鱼们吐吐舌头，一哄而散，韩愈稍显释然。

26. 邯郸纪事·吕洞宾

吕洞宾在唐朝得道成仙。吕洞宾像唐人一样吟诗作赋。成仙之前的吕洞宾诗艺平平，成仙之后，诗艺于他只略高于奇技淫巧。

我一诗人，真的不该，在邯郸吕祖祠，手摸吕洞宾崭新的石头雕像说："这雕像做得真难看。"我本以为贬斥今人只是今人之事，但我错了——

天上的吕祖面露愠色。

1993 年 10 月，一个流窜着野猪和野狗的黄昏，从吕祖祠出来，他叫我去不成邯郸附近的赵王台。

他叫一万辆汽车堵死在从吕祖祠到赵王台的公路上（趓趓赵武灵王，不显灵也不帮忙）。开车的司机直嘟囔："这条路从不堵车呀从不堵车！"

但我心中明白：堵在路上的三万人中，有一人得罪了吕洞宾。这人也许就是我。

所以得罪谁也不能得罪吕洞宾，也不能得罪那个为吕祖雕像的雕塑家。吕洞宾护着他——我哪里知道！

27. 南诏国梵文砖：仿一位越南诗人

大理古城玉洱路上一家古董店。古董店中一块南诏国晚期的青砖。青砖上的十一行梵文。用模子压出这十一行梵文的手。将这块青砖砌进佛塔基座的手。认识这十一行梵文的南诏国晚期的高僧。将梵文从印度经尼泊尔传播至南诏国的一个人或几个人。佛教徒。大彻大悟的佛教徒或死前尚未大彻大悟的佛教徒，以及对大彻大悟了无兴趣的浪荡鬼。小乘佛教所遇到的大乘佛教不曾遇到的难题。南诏国皇帝所经历过的不曾为大唐皇帝所知的痛苦。南诏国灭国的黄昏。挤倒佛塔的暴徒。惊愕的群众。公元 902 年。从那时到现在，无数个我寻找过这块压有十一行梵文的青砖。在大理古城玉洱路上的这家古董店里，我患着感冒，流着清鼻涕，从玻璃柜里取出这块青砖，端在手上，最后跟店小二从 800 元杀价至 430 元。要是我一松手，它就会落到地上摔成数瓣。但我只曾有此念头在一瞬间。当时在场的另有诗人宋琳和一只自屋梁垂丝下挂的蜘蛛。

28. 题李成《晴峦萧寺图》^①。2012 年 12 月 16 日拜观于上海博物馆

荆浩、关仝、董源、巨然，每个人都是突然，突然就把野山野水收揽进内心，同时勾摹出伟大的山水幻象，仿佛在他们每个人动笔之前，那山山水水原本是不显山不露水的穷汉子，眼窝里有风沙、指甲里有泥，需待他们次第认出这穷汉子的巍巍大命。仿佛在他们之前，没有展子虔、王维和大小李将军。

现在轮到了李成现世。他又是突然，突然就把居址营丘这个山东小地方的山水勾摹得如此清刚，不可磨灭，勾摹成记忆中天子的山水，而此时是业经改朝换代无人认领的山水，也即属于他的山水，同时也即塑造他的山水。他把这山水给予中国。他再次发明中国，如渺寂的先贤。

这皇室后裔，落寞的、孤傲的酒鬼，以八方之思构制小图，以万仞之心吟哦小诗。他落笔于绢面，留天，留地，于正中央处确立横风中岿然的寺塔，一丝不苟。这非人间的建筑只能以"仰画飞檐"之法摹画才肃穆万分在人间。后来于《梦溪笔谈》中批驳其画法不够"文人"的沈括怎会理解李成的心思？

---

① 该画现藏美国纳尔逊-阿特金斯美术馆。

这寺宇非一般茅舍，就如配合寺宇拔向天空的山岭亦非一般山岭。这山岭虽非大山茫茫，却萧然陡立仿佛是山魂萧然陡立。山魂呼吸仿佛根本没有呼吸而他确然在呼吸。

山下客栈中打尖的客人中哪一位是李成？或者山道上骑驴、挑柴的行人中哪一位是李成？或者李成是每个人、每棵树、每块石头，所以每个人都不是人间之人而是宇宙之人，每棵树都不是人间之树因伸出蟹爪的枝丫，每块石头都不是人间的石头而是璞玉只承天工不受人力。

璞玉是玉吗？蟹爪之树是树吗？秋风阵阵，此地是营丘吗？画中人物，有一位是李成吗？这《晴峦萧寺图》是李成所作吗？若非李成所作还有更狂的画家生活在他的时代而不为我们所知吗？或者，有一位比李成更伟大的李成隐蔽在天地之间吗？

噫吁兮危乎高哉！

29. 题范宽巨障山水《溪山行旅图》

观范宽《溪山行旅图》需凌空立定，且不能坠落。

大山不需借虎豹生势，亦不必凭君主喻称。后来作《林泉高致集》的郭熙永远不懂。

这直立的黑山，存在的硬骨头，胸膛挺到我的面前。

枝柯间的庙宇很小哇就该那么小；一线瀑布的清水很少呀就该那么少；黑沉沉的山，不是青山；范宽用墨，用出它的黑，用出黑中的五色。人行白昼仿佛在夜晚。一千年后他的雨点皴和条子皴更加晦暗。

在范宽看来，家国即山水——山峰、瀑布、溪涧、溪涧上的小木桥、岩石、树木、庙宇、山道、山道上细小的人物、细小的人物驱赶的毛驴。毛驴是四条腿的小鸟在行动。它们颠儿颠儿经过的每棵大树都已得道。粗壮的树根抓住大地一派关陕的倔强。

而此刻真宗皇帝正在京城忙于平衡权贵们的利益。

而此刻任何权贵均尚未端详过这幅《溪山行旅图》。凝神这即将完成的杰作，范宽不知自己已升达"百代标程"。十日画一石五日画一水，其耐心来自悟道，而悟道是个大活。眼看大宋朝就要获得一个形象：山如铁铸，树如铁浇；眼看后人李唐将要获得一个榜样。

后人董其昌不赞成这样的工作，以为"其术太苦"。后人玩心性，虽拟古却与古人无关。与聪明的后人相比，古人总显得憨厚且笨拙。

憨厚的范宽独坐溪畔大石，喝酒，忘我。听见山道上旅人吆喝毛驴的几乎听不见的声音，还有岩石顶住岩石的声音、山体站立的声音、蜥蜴变老的声音。对面黑山见证了这一刻：范宽突然成为范宽当他意识到，沉寂可以被听见。

偏刘道醇指范宽："树根浮浅，平远多峻。"偏米芾指范宽："用墨太多，土石不分。"偏苏轼指范宽："虽稍存古法，然微有俗气。"——他们偏喜对伟大的艺术指手画脚。他们偏喜对伟大本身持保留态度。他们被刺激，只对二流艺术百分百称赞。

憨厚的人在枝柯间签上自己的名字，不多言。

30. 再题范宽《溪山行旅图》

这石头。这黑色的石头。这黑山。这矗立在阳光下却依然黑色的山。不是青山，不是碧山，是黑山，是墨山。——但"黑"与"墨"皆不准确：是暗沉沉的山，随绢面变旧而更加暗沉沉。——时间加重了山体的重量感。这沉重的山，仿佛突然涌起，扑来，突然站定——虽"突然"站定，却是稳稳地站定。是它自己的主意？抑或画家的主意？抑或画家曾在终南山或秦岭的某处被这样的山体一把抓住？有谁听到过范宽的惊叹？这遮天蔽日的山体，山巅灌木浓密而细小。灌木枝子瘦硬如铁，不生虫，不生蚊蝇。黑暗而干净。这令飞鸟敬畏，令虎豹沉默或说话时压低嗓门，令攀登者不敢擅自方便。于是无人。无人放胆攀登。但其实，这又是随处可见之山，不藏玉，不藏金，不关心自己。——没有任何山岭关心自己，就像灌木不关心自己能开出多少花朵，就像花朵不关心自己是红色还是粉色。——范宽的花朵应是黑色。是夜的颜色、眼睛的颜色。有谁见到过范宽的花朵？范宽不画花朵：因为灌木就是花朵，荆棘就是花朵，正如山溪就是河流，瀑布就是河流，所以范宽也不画河流。对水的吝啬，我看到了。山峰右侧的一线瀑布，我看到了。我试图理解：这不仅是范宽的构图，这也是土地爷的构图，——这是口渴的自然本身。山下口渴的旅人赶着口渴的毛驴，走过因口渴而张开臂膀的大树。——溪水的声响在前边。溪畔大石上可以小坐，甚至小睡；可以晾袜子，晾衣服。而当这二人停在溪边的时候，必有微风送来安慰，仅有微风送来安慰，以及对艰辛生涯的敬意。他们不会在这样正派的山间遇到手提一篮馒头的妖女，也不会遇到飞沙走石的虎豹豺狼，但有可能遇到镇日盘桓山间，饮酒、悟道的范宽，而不晓范宽何许之人。这二人早已习惯了山岭的高大、树木的粗壮，而山岭和树木亦早已习惯了行人的渺小。沉寂风景中渺小的商贩，风尘仆仆的奔波者，不是官吏或地主。然即使官吏或地主来到此山间，照样渺小。这不仅是范宽的想法，这也是土地爷的想法。这是一幅几乎看不到人的山水画，却被命名为《溪山行旅图》。

31. 题范宽巨障山水《雪景寒林图》

至人坐观天地当如无我之我坐观范宽无上神品《雪景寒林图》。
范宽坐观秦川山水当如李白独坐敬亭山。
李白独坐，独看，最终"只有敬亭山"——他看丢了自己；
范宽画秦川山水选择不让自己出现在画面上他好像会意了李
　　白的闪念。

一千年前一场大雪落向八百里秦川落到范宽眼前。
忽然时间停止了在五代的战乱之后在这大宋朝幽僻的一角。

太幽僻了连哭声都湮灭连得意与失意的嘴脸都退下。

范宽与天地精神独往来身寒心暖。

天才们都是急性子而范宽不是。

天才们都是寻死觅活瞬间完成他们的传奇而范宽不是。

冰天雪地里的范宽哈出白气感觉除了山川没有对话者。

他踱回画室打开窗户让凉风嗖嗖直入而他以深湛的功夫一笔

　　笔画下

这浩渺这寂静这寂寞，

这寒冷这寒冷中的爱这无限的爱，

这死亡这死亡中缓慢的生长，

这密实又透风的枝条这粗壮而平凡却终成大风景的野树，

这无人的山中小径这溪水上无人跨过的小木桥，

这冻住就拒绝倒映万物的溪水，

这梵音凝固被大雪掩埋被山岭半遮半掩的寺庙，

这木屋这不够人与牲口与树木与山岭取暖的一丝热气，

这封在炉膛里的珍贵的火，

这门口眺望雪岭和雪岭的孤单的无名者，

这危耸的无名的雪岭中的雪岭忽然从范宽获得肯定的雪岭，

这雪岭上的无我的灌木，

这习惯于温暖的南方人不能理解的冰谷里的岚雾……

远和近，

每一块硬石头都是冰凉的。

范宽究竟叫范宽还是范中正还是范中立还是范仲立他独自伟
　大仿佛与天地共存灭。

32. 题郭熙巨障山水《早春图》

想象郭熙展读《吕氏春秋》的开篇：

孟春正月，太阳的位置在二十八宿的营室。初昏时，参
宿运行至南方中天；拂晓，现身于此的是尾宿。孟春属
天干中的甲乙，其主宰之帝为太皞，而佐帝之神为句芒，
应时动物乃鱼龙之属。其声音是五声中的角音，音律与
太簇相应。是月数字为八，味酸，气膻，需行户祭之仪，
祭品以脾脏为尊。东风吹融了冰雪，蛰伏的虫豸醒来。
鱼自深水上游到冰层下，水獭将捕到的鱼陈列在岸边，
候鸟大雁向北方飞行。此时天子居住在东向明堂的左侧
室，出行时乘以鸾鸟命名的响铃之车，拉车的是青色大
马，车上插着青旗，而天子服青衣，佩青玉，吃麦子和
羊肉，所用器物的纹饰空疏而畅达。

想象郭熙感叹："春山淡冶而如笑。"乃援笔作巨障山水《早春图》，时在宋神宗熙宁五年壬子，即公元 1072 年，即辽道宗咸雍八年、夏惠宗天赐礼盛国庆三年。是年冬春之际，宋夏激战于横山罗兀城，城终为夏军占领。夏皇太后梁氏结连吐蕃，以亲生女向亲宋的吐蕃首领董毡之子蔺逋比请婚。是年，日本后三条天皇出家；大越李圣宗李日尊崩；远在天边的拜占庭帝国迈克尔七世任命哲学家迈克尔·塞拉斯为主辅政，日日问学；更远在天边之外的神圣罗马帝国阿达尔贝特一世卒，撒克逊人遂举兵叛乱。——不知如此想象郭熙的时代是否合适？是年大宋朝名动公卿的图画院艺学郭熙研究三远构图法，即平远、深远和高远，成为永垂史册的大画家。他在绢面上画出鬼脸云头的峻岭身裹如蒸雾气，画出解冻的溪水、正在醒转欲入葳蕤之盛的万木。

想象汴京或曰开封皇宫大内的紫宸殿、玉华殿、睿思殿及御书院、中书省、门下省、翰林学士院、大相国寺、显圣寺及开封府衙的高壁和围屏上，处处可见郭熙的白波青嶂。是时神宗皇帝正痴想伟大帝国的远景，郭熙应之以伟大山水的图画，王安石展开了伟大变革的实践。想象王安石手持一卷《周礼》步入办公厅，为《市易法》《禁军校试法》《保马法》《方田均税法》做最后润色。他疲倦时凝神郭熙画作，被回溪断崖、万壑风涛所激扬。而这时，司马光退归洛阳，尚未营建独乐园，于修撰《资治通鉴》之暇作《投壶新格》并发起对王安石的第一轮攻击，建议御史中丞吕诲上书弹劾王安石，自己则上书《应诏言朝政阙失状》。为抵消舆论对新法的反对，王安石置京城逻卒，察谤议时政者，行白色恐怖。是年苏轼在杭州通判任上与老词人张先同游西湖，又初识黄庭坚天人之才。是年开封府安上门监门郑侠作《流民图》期呈御览，思罢新法以"延万姓垂死之命"。而郭熙上瘾于大山堂堂，长松亭亭。

有《早春图》，必有《仲春图》《季春图》，它们现在何方？郭熙把大宋朝廷的宫室厅堂、寺宇道观用作自己的展览馆。他究竟为改革画下多少幅山水不得而知。当神宗皇帝于1085年驾崩，9岁哲宗登基，英宗的高太后听政，郭熙的好日子到了头。宫女宦官们听反对变法的老太后一声令下，撕烂郭熙的画作当抹布，直如撕毁列奥纳多·达·芬奇的《蒙娜丽莎》当柴烧。已届高龄的郭熙颓坐于图画院，咳嗽，发烧，回家，死掉。

33.题佚名（传赵伯驹）青绿山水横卷《江山秋色图》

列奥纳多·达·芬奇画得好是因为其师父安德烈德尔·韦罗基奥教得好。韦罗基奥教得好是因为他约略知晓遥远东方大宋朝的画师们画得好。

是大字不识的蒙古骑兵长途驱驰，把大宋朝的百艺工匠、丹青能手带过伏尔加河和喀尔巴阡山，带到布达佩斯，带到多瑙河畔。

是这些丹青能手中有人遇到过欧洲的画匠，并把大宋朝摹写造化的绘事技艺传输给他们，他们彼时只能依样画葫芦地摹画圣像，不知古希腊亦不知大宋朝，尚无一个人胆敢放肆想象后来的文艺复兴。

他们中有人后来成为达·芬奇师父的师父。达·芬奇用宋人画技绘制人物的山水背景因此而顺理成章。

那些来到欧洲的东方画工们画得还行是因为遥远家乡大宋朝的画家们画得好，而大宋朝的画家们一个比一个画得好是因为图画院里有人画出了超拔前人的《江山秋色图》。

这精工的山水，一丝不苟的虚构：叠嶂回峦，旧阜新岸，寂水寞桥，乔松修篁，山村山寨，山道山人，道心道观，道地道天。千峰千壑的万死万生投身于赭石、石青和石绿，画师以小我吐纳大我，以 17 000 块岩石表现 17 000 块岩石，以

200 000片竹叶表现200 000片竹叶。写实到这样的极限便突入梦幻之域,于是"伟大"的模样乃跃然于3.24米长的画幅。群山被缩小但山魂没有被缩小,众水被缩小但水魄没有被缩小,没有被缩小的还有秋凉、天空和远方的远方。这山水的创造者、造梦者不曾想过要加入远方又远方的文艺复兴。他不曾署名在画面上,因而无人知晓他姓甚名谁,就像抖擞于文艺复兴的桑德罗·波提切利画到那样完美的程度而我们不知道世上还有波提切利这个人。

34. 题王希孟青绿山水长卷《千里江山图》

绿色和蓝色汇集成空山。有人行走其间,但依然是空山,就像行走的人没有面孔,但依然是人。谁也别想从这些小人儿身上认出自己,就像世间的真山真水,别想从王希孟那里得到敷衍了事的赞扬。王希孟认识这些画面上的小人儿,但没有一个是他自己。这些不是他自己的小人儿,没有一个他能叫出名字。小人儿们得到山,得到水,就像山得到绿松石和青金石,水得到浩渺和船只,就像宋徽宗得到十八岁的王希孟,只是不知道他将在画完《千里江山图》之后不久便会死去。山水无名。王希孟明白,无名的人物,更只是山水的点缀,就像飞鸟明白,自己在人类的游戏中可有可无。鸟儿在空中相见。与此同时,行走在山间的人各有各的方向,各有各的打算。这些小人儿穿着白衣，行走，闲坐，打鱼，贩运，四周是绿色和蓝色，就像今天的人们穿着黑衣，出现在宴会、音乐会和葬礼之上，四周是金色和金色。这些白衣小人儿从未出生，当然也就从未死去，就像王希孟这免于污染和侵略的山水乌托邦，经得起细细地品读。远离桎梏的人啊谈不上对自由的向往，未遭经验损毁的人啊谈不上遗忘。王希孟让打鱼的人有打不尽的鱼，让山坳里流出流不尽的水。在他看来，幸福，就是财富的多寡恰到好处，让人们得以在山水之间静悄悄地架桥，架水车，修路，盖房屋，然后静悄悄地居住，就像树木恰到好处地生长在山岗、水畔，或环绕着村落，环绕着人。远景中，树木像花儿一样。它们轻轻摇晃，就是清风送爽的时候。清风送爽，就是有人歌唱的时候。有人歌唱，就是空山成其为空山的时候。

35. 再题王希孟《千里江山图》。2013 年 7 月 14 日拜观于故宫武英殿

这年轻人昨夜梦见了什么？

山吗？

他起床，揉眼，带着梦境走进画室。太阳那腾着尘埃的光柱

斜戳在地面。桌案上的横绢等待他动笔。他画山，但他画出的既非北方之山亦非南方之山，而是梦中之山。当他画出这群山，他奇怪为何前辈画家不曾这样画过。

他也画出水。山总是给水留出位置。而水和水总是一样的。老子看到的水和孔子看到的水应该没什么不同。但怎么画呢？以网纹画水波这是前辈的经验。他后悔没在梦中观察那水的样子。也许水和水的不同全在水岸之不同。

他已画得比自然山水本身美过三倍，但他决心美过七倍。而美到两倍就是僭越了。没人跟他说起过这事吗？他的皇帝老师呢？皇帝老师的《雪江归棹图》只比大自然美一倍或一倍半。但即使这样皇帝老师后来到底也丢了江山。

这年轻人昨夜梦见了什么？

死吗？

他没有江山可丢。他也不曾想到要让自己一条小命平行于他的山水画（而事实已然如此）。他只曾想到，将来每一位观画者都会站在他的位置上并装备上他的目光。人们每赞赏一次，他就会再生一次。画在，王希孟就不会远离。

内府的收藏他全看过了。他模糊知道，自己已画到前无古人。
这有点危险，但他无视危险，继续轻轻描摹，与大自然比赛
耐心。山峰、树丛、院落、长桥和小船，一一就位。他画出
可以走人的小径就真有人走在上面。

一里真山真水不会让人疲倦，十里真山真水就难说了。而他
让梦中的大山大水绵延一千里，仿佛他是从绵延万里的山水
中截取了这一千里。可以想见皇帝老师缓缓地点头称是，可
以听见蔡太师憋在嘴里本欲表达赞叹的脏话。

这年轻人昨夜梦见了什么？

36. 在维也纳看见了大宋的汴梁

在京都看见过大唐的长安；
在维也纳看见了大宋的汴梁。
奢华，但不如奢华刚刚过去——
恰如奢华被砍了头但奢华的躯体依然站立，
恰如宫殿里没了君王但宫殿里的蜡烛依然燃烧。
楼宇、商铺、人群，以及掉在地上的点心渣
皆因无人驾驭而自在。

那为些许不顺心而抱怨的人

恰有皓月当窗因得以梦回一日之前。

雾里看花。

灯下看佳人。

街头看老虎。

甚是。

37. 题阿城金上京完颜阿骨打骑马铜像

完颜阿骨打，金国的领袖、宋朝的死敌，被塑造成个古罗马
　　将军，

　　　是因为雕塑家不知该如何塑造完颜阿骨打。

可以肯定的是：完颜阿骨打必有其过人的才智，或许还浓眉
　　大眼，

　　　否则他不会有机会雄霸白山黑水，中国的北方。

注目这塑像：在雕塑家手下，完颜阿骨打竟然身高九尺，

　　　这是我作为一条宋朝的狗不敢想象的。

完颜阿骨打那持握缰绳的手、握不住毛笔的手，竟然又大又凉，

　　　这是我作为一只宋朝的苍蝇不敢想象的。

完颜阿骨打骑着与他的天命相匹配的骏马，

　　　这是我作为宋朝的骏马或岳飞元帅的骏马不敢想象的。

完颜阿骨打的四周空旷得足以容下一场三尺厚的雪，

这是我作为宋朝珍贵的小雪花不敢想象的。

完颜阿骨打的美名，传扬于他的后人和族人中间，

这是我作为宋朝一个教养良好的子民不敢想象的。

38. 猎鹰、天鹅与珍珠

大辽国的皇帝热爱珍珠，为此他的部下一次次攻打彼时尚未
建国的北方大金国的土地。大金国并不盛产珍珠，但该土地
上栖息和飞翔的猎鹰是大辽国的军人们所垂涎的。一次次，
大辽国的军人们把猎鹰带回家，顺便带回大金国的女人。他
们把女人关进自己的房间，他们让猎鹰去捉天鹅。大辽国的
军人们具备基本的生产知识：他们不在乎天鹅具有比他们屋
里的女人更优美的体态，但知道天鹅贪恋蚌肉的鲜美。幸好
天鹅们只会傻吃蚌肉，却把蚌内珍珠留在肚子里——偶尔也
会将珍珠连同大便一同排出体外。大辽国的军人们向天空撒
出猎鹰，等待猎鹰从渤海边上捕回天鹅，然后取出天鹅肚子
里的珍珠。大辽国有的是天鹅，从未有人为杀几只天鹅而多
愁善感。他们杀天鹅的感觉跟杀鸡的感觉差不多。他们留下
中号珍珠带给自己的女人，堆起小号珍珠用以和南方那些有
钱的、玩物丧志的宋朝人做买卖。他们通常将大号珍珠献给
皇上，否则皇上会像他们杀天鹅一样割下他们的头颅。皇上
玩着自己的珍珠，越玩越像玩物丧志的宋朝人。他就把大辽

国玩到了灭亡。北边的大金国兴起了，不再送猎鹰了，同时也不再让自己的女人被抢走。为了不再送猎鹰，大金国灭了大辽国。

39. 契丹面具

契丹的游民和工匠汇入不是契丹人的人海。契丹的太阳，它上升和下降的速度，我们只能推算，假装把握十足。

我选择一只老鼠命名为"契丹老鼠"，它就躲在我的房间。而适合辽阔草原的契丹雨滴，始终不曾落在我的头顶。

一把大剪刀剪断了契丹王朝紊乱的命脉（这鹰的王朝、骏马和大角山羊的王朝）；再无人负责舞枪弄棒，保证契丹的英名能够持久震荡。

有人记得契丹，只因为 16 世纪的欧洲人曾拿不准，"契丹"和"中国"是各有所指还是一国两号。

潘家园古董市场上出售的"契丹夜壶"令古董收藏家会心一笑；他听见夜壶向他哗哗提问："谁是契丹？"

偶然有人剃出契丹发式，无知者以为他古怪如同英国朋克，有知者以为他高深如同意大利僧侣，但他实际上无意间扮作了契丹的幽魂。

……但是，没有了契丹王朝，就像没有了项挂琥珀璎珞的契丹公主，用染着红指甲的手指弹奏她的月牙弯刀。

她的花容被时间从骨头上挖走，而时间挖不走的，是历史博物馆里这副以她的花容为记忆、被蚯蚓爬过的黄金面具。

契丹把自己打造成一副黄金面具。它所有的尊严只建立在黄金而不是如今几乎无人能够读懂的契丹书法之上。

对历史而言这是野蛮、胆大妄为：似乎一张假脸比一张真脸能够更加有效地管理地下的黑暗和地上的大风呼啸。

万千幽魂会围绕这副面具齐刷刷跪倒。要是那位不复存在的公主允许，他们会轮番戴上这副面具，轮番代表一个不曾被苍天认可的王朝。

一戴上这副面具他们便看不见，听不见，并且有话说不出。他们会在死后 900 年悟得天道。

在历史博物馆的玻璃展柜之内，这副黄金面具的价值正在攀升，而其重量或许正从三斤减轻为一两，减轻为一张华丽而靠不住的包装纸。

而契丹的幽魂们或许正在赶来，要抢走他们公主的面具，同时根本否认曾经有过契丹王朝。

40. 拙赤·哈撒尔王封地

700 年前的拙赤·哈撒尔王封地，

  除了连天的青草什么都没有，除了青草丛中的几片

  灰瓦什么都没有。大风刮着。

700 年前，成吉思汗和窝阔台的 10 万蒙古骑兵

  向中亚的群山和俄罗斯草原发动闪电战，颁布法律，

  建立起邮政制度，在匈牙利、奥地利和中国之间。

但是现在，

  成吉思汗的大弟弟拙赤·哈撒尔王的封地上，除了

  拙赤·哈撒尔王的名字，什么都没有。

夜晚来得真快！

  当夜晚捏好雨滴，一粒粒洒在草原上，废弃马车的

  木车轮就不动声色地变成黑色，

到了拙赤·哈撒尔王用晚膳的时候。我们走进附近一家小
饭馆。

柜台后面，

　　一张贴在墙上的《蒙娜丽莎》、一张 16 岁的俄罗斯
　　族小姑娘的笑脸。

我吃饱后，开饭馆的汉族老板娘对我说：

　　"你帮帮这个失学的孩子吧。多漂亮的孩子！她需要
　　去海拉尔上中学，一年的学费、生活费 3000 块。或者，
　　你把她带走吧，带到北京，让她能有一个好前程。"

41. 莎车雕梁

12 世纪的莎车老街。16 世纪的阿曼尼莎汗陵墓。陵墓一侧，
21 世纪的民房废墟。废墟中，一截 17 世纪的莎车雕梁。

莎车，莎草般沙沙作响的名字，新疆的南疆，中国的西北，
飞机无法降落，火车无法停靠，只有驴车、马车、汽车可以
抵达。

叶尔羌汗国的莎车只剩下了阿曼尼莎汗的陵墓。
陵墓一侧的民房，害怕自己荡然无存就果真落得荡然无存。
一个人正赶着驴车运走砖瓦。

一片广场，或一片商场，即将在废墟上铺开或站起。

广场上会有人跳集体舞跳到浑身大汗；商场里会有人为一毛

两毛殚精竭虑但假装满不在乎。

归来，用自来水冲洗这一截莎车雕梁。

隐约听见

17 世纪阿訇祈祷的声音、铁匠打铁的声音、姑娘唱歌的声音、

驴叫的声音。

雕梁下的生活中断了；在木头上雕刻生活的人放弃了他的手艺。

无论是否莎车人

蜂拥而上地放弃了莎车，

就像莎车放弃了自己的虱子和跳蚤。

朝向莎车的公路朝向了不是莎车的莎车。

蹲在路边的人还能想起莎车，

走向莎车的人却永远走不到莎车了。

阿曼尼莎汗在天堂里空等着她的客人。

42. 造假之人笑嘻嘻

他胆敢把自己伪造的沈周山水画卖给文徵明，并得到文徵明

对假画的夸奖，他心里扑腾的小鹿从一头变成八头。他为自己创造了这个值得纪念的好日子。

造假之人笑嘻嘻。

文徵明深怀喜悦，将画幅高悬于正堂之上。恰逢友人顾汝和造访，两人遂眯起眼，从构图、笔墨、题款，一直欣赏到印章。印章犹如丹顶鹤头顶的一点朱砂。

造假之人的喜悦更深。

顾贪婪此画，文亦贪婪因而不允。两人一笑，遂改换话题，从沈周烟火尽消的山水画，追溯至绘事的缥缈源头，全忘了造假也是这光辉传统的一部分。

造假之人蔫声道谢。

造假之人，这艺高无名者，玩世不恭者，兀立于专诸巷，持另一幅伪造的沈周山水待售与顾汝和。顾果然取道于此，展开另一幅假沈周，大吃一惊。

造假之人严肃起来。

造假之人道："无假不成绘事，无我不成沈周。我是精彩的糟粕专吃腐朽的精华。这画你买了吧。不亏。我卖文先生八百钱，卖你七百钱如何？"

造假之人笑嘻嘻。

顾卷画而去。迎着落日望见九只起舞的丹顶鹤。顾想，连沈周都可以伪造我该信什么呢？连文徵明都可以被欺骗我还信什么呢？顾由此达至人生一新境界。

43. 观世音菩萨木像赞

不知道什么木质的观世音菩萨跌坐像。修长的上身。细长的手指。白衣红帽。净瓶。莲座。背上开光，小心启开红纸封住的木楔，见其中藏有棉花、赤豆、海马、贝壳化石、云母片及不识其名的植物梗。开光穴最深处藏有一小纸卷。展读，其上小楷书云："观音大士　今呈江西省吉安府万安县……　沈宅吉□居住　奉　仙神焚香进脏求泰　信民　沈禄堂　携男　开云　开明　开亮　开发领合家人等　即日上拜……　伏颂　慈光普照佛日常明万民人物增光物阜民安风调雨顺五谷丰登六畜兴旺山林丛茂教读成材官非消散世道平安营谋顺遂百业称心……
某某年某某月某某日吉　立"。　展读纸卷，兴奋莫名，
将所有什物填回开光穴，赞曰：

从西天来了菩萨　骑在白马的背上

枯瘦的月亮　枯瘦的向日葵

一个人临风拉着胡琴

从西天来了菩萨　骑在白马的背上

洪水退了　木盆里跳出两个小孩

他们望见白马和柳枝　他们望见绣鞋和云阵

河水兜大弯　云阵纷纷乱

荒凉的庙宇倒塌了　红色的大门敞开着

在雷电燎焦的地方　小鬼们厮打

在雨水狂泻的地方　满地是狂花

一支看不见的军队　纪律严明

跟随着领袖——

那倾国倾城的菩萨

她有洁白的脸蛋　她有弯弯的眉毛

她有篦子篦过的水亮的头发

她能听见　我的话

菩萨　菩萨

善有善报　恶有恶报　不是不报　时候未到

从西天来了菩萨　骑在白马的背上

44. 龙

动物中在形式上无法被抽象者：大熊猫。想象的动物中无法
被抽象者：龙。（麒麟亦无法被抽象，但它与龙同属一类想
象动物，且画家极少画麒麟，可以不说它。）

凡无法被抽象的动物，无论实际存在与否，均难以入画。画
龙出名，就像画熊猫出名一样，纯属瞎掰。凡在笔会上画龙
画熊猫的，当被轰出门去。

龙王爷：一个蛇身子，又在水中游，又在天上飞，那是多大
的本事！一条龙，少年、老年一张脸，多么不可思议！龙王
爷上天庭，官员模样，多大的耐性！

龙要配凤，故龙定然是有性欲的。又传说凤为雄，凰为雌，则龙凤配为同性异种配。若凤为雌，凤配龙，则凰为第三者，少不了就着手绢哭哭啼啼。

叶公好龙不好凤，怪癖的典型。龙不来，是凤拽住龙的衣襟说："夫君，莫去！"故事说，龙来了。但叶公好龙的另一种可能的结局是：龙始终不来。晾着叶公。

但龙涎香可以通血脉；小龙女可以做老婆；龙和虎、豹可以组成一个流氓小集团。那只允许一个人坐的龙椅，许多人坐过。但风水中的龙脉不能轻易破坏。

紫禁城到夜晚就变成动物园是可以想象的，真龙天子夜半飞天是可以想象的，既然他是真龙。属龙的人与属马、属狗的人应有较大不同，因为狗、马是常见之物。

没见过五爪龙。也没见过四爪龙、三爪龙。神龙当然见首不见尾。

"潜龙勿用"的说法有人牢记在心。第二天醒来他发现已是天翻地覆。

45. 体相与历史

重瞳的人、两耳垂肩的人、双手过膝的人、脑后生反骨的人
是将被埋葬的一伙。历史不是他们可以左右的。
他们只能靠讨好长相平庸的人们来显示自己的聪明并且有用。

浑身长刺的人、指趾间有蹼的人、三头六臂的人、开了天目
的人
匆匆而过，辜负了长相平庸的人们对他们的期盼。
他们选择死后跟随长相平庸的人们默默行进以确保有吃
有喝。

历史装扮成说书先生假意奉承那些生有特殊体相的人们，
但最终对他们不管不顾，好像他们只是眼屎和耳屎。
历史装扮成我认识的一个人（名字保密）；此人既好猎奇又
趣味平庸。

2003 年 11 月—2022 年 3 月

万寿十八章（节选）

…………

左手耍板斧、右手耍宝剑
——黑旋风也做不到——
连黑旋风也做不到的好汉，真胡子，全身盔甲纸糊的——

师傅说，把戏唱好，
能把《三国志》唱成《三国演义》
这个国家就有救了。

于是唱戏的人，脚踩云底靴，
唱出了英雄时代，在一个没有英雄的时代。
他那呼啸山林的嗓子，回荡，

招来鸟雀，像死魂灵。
它们看看而已，听听而已，
不敢闯进乱哄哄的戏园子。

戏园子里外的游手好闲之徒招不得。
喝茶的，嗑瓜子的，叫好的。
沉默不语的民间社会。

扮作小媳妇的人挺不出乳房却准备登场，
头戴点蓝银凤冠，手持红缨枪又叫长矛。
为假女人叫好，乃戏园子传统之一。

这黑道的必经之路：戏园子。
黑道的戏园子传统与白道的戏园子传统
其实没什么两样。人多人少的问题。

＊＊＊

砍头。
刽子手铁塔般站着，古老职业的骄傲的继承人——
骄傲得脸撑圆，肚子挺出腰带。

可兹骄傲者非砍头这一行，
但这一行太古老，残酷　却是文化的一部分。
"晚岁为诗欠砍头"——什么人的疯话？

郁郁寡欢者铁了心肠，却活着。

那被砍头的人跪着，表示服从，表示愿意配合刽子手，

而雪花飘下六月天。

君君臣臣父父子子，相互配合的关系。

在不平等中相互配合需要在下者的牺牲精神。

不能不说这有点儿伟大。

伟大而被砍头——

看砍头的人中有人满意：

达·芬奇面色冰冷混在人群中——

见过被吊死的，还没见过被砍头的。

他会怎样疼？疼多久？

画家的天职不是同情。

其他人围拢，

只为看到头颅被怎样砍下，怎样在地上滚动，还眨眼睛。

即使知道柿子怎样被摘下依然有必要看清人头如何被砍下。

叫好声准备妥当。砍头。

先试试砍蚂蚁的头，砍蜻蜓的头。

避免被砍头就得高飞在天上——砍不着小鸟的头。

而失败者，探测到历史伦理的最深处。

菜市口　如今哄卖黄金的所在，

一个寻找自己头颅的无头鬼将别人的脑袋一脚踢开。

＊＊＊

玉箫吹出一点胭脂红。

小灯笼里的小火苗照着个小小的读书人。

黄色小说装点伟大文明。——只有自己人知道。

弹古琴高山流水可以正心诚意不错。

弹三弦的不懂得正心诚意就相信了阶级斗争。

既不会正心诚意也不懂阶级斗争的读黄色小说熬夜到天明。

《如意君传》文辞典雅，不是《花花公子》的文风。

《灯草和尚》想象力发达，爱说色情笑话的傻子们可以休矣。

《痴婆子传》像《自我主义者》，都是心理小说的峰巅之作。

文明的后背身，就像月亮的后背身。

焚书的火已经点着了——不读就来不及读了。

四书五经也一样——不读就来不及读了。

康有为作《大同书》，娶小老婆，

泛舟西湖复活了苏东坡泛舟西湖的情景。

文明的两面：大老婆和小老婆，有如孔孟之道和黄色小说。

不足与人道也。

事实正如此。

国家越大犄角旮旯儿之多越掩盖不住。

孔夫子一生充满来不及的感觉。

"朝闻道夕死可矣"说给那些时刻感到来不及的人。

用天道治理国家从来没有来得及实现过。

* * *

我在自家院子里夜观星象，那边观象台上值班的小吏心胸狭小。

满天星斗对他来讲说明不了什么。

培养了幽默感，丧失了庄严感。

秦始皇驾崩时的星象与汉武帝驾崩时的星象一样吗？

都是大皇帝而没有一样的星象挂在天上这是怎么一回事？

张子房、诸葛亮、刘伯温这些鬼机灵被编来编去编成了骗子。

唱戏的小舞台，简单的道具，桌子和椅子

据说是传统。繁星满天据说也是传统，

月明星稀据说也是传统。

骗子们呼风唤雨，乌云是为骗子们准备的。

老实人只会歌颂大晴天。

老实人里出不来刘邦、刘备和朱元璋。

亚历山大大帝的星象图只管到克什米尔，

并且是在亚历山大活着的时候；

克什米尔人的星象图不同于福建人的星象图。

没人问我心胸狭小的形而上学依据是什么。

我夜观星相，国富民强的星象是什么？

江南制造局里翻译数学书的人不懂星象学。

皇上有难的星象。"奉天承运，皇帝诏曰"。

皇上在乾清宫揉眼睛。

大清国的近视眼在心底呼唤工业文明。晚了。没陛下什么事。

洋为中用，古为今用，中学为体，西学为用——用吧，用吧。

钦天监里的天象仪转不动了。一堆老古董

科学价值低于古董价值。古董价值与股票价值此消彼长。

* * *

别人的大同世界推进到家门口。

措手不及的感觉。

上海海关大楼上的钟声如同寒山寺里的钟声。悠扬。

海关大楼里坐着忠心耿耿的英国人，

罗伯特·哈特。

比中国人还中国人的外国人傍着青花瓷打盹。

英国人盗版青花瓷图案不觉得欠谁，

世界主义者不欠谁。

黄浦江上驶船的老汉不是世界主义者。

1789 年，法国大革命，停泊在黄埔村港口的外国船只：

英国船 61 艘，美国船 15 艘，

荷兰船 5 艘，法国船 1 艘，丹麦船 1 艘，葡萄牙船 3 艘。

后来北洋水师里长官下口令使用英语。

香港人喊警察"阿 Sir"。电影导演在片场喊："Cut！"

吾皇万岁万岁万万岁！

英国人里也有好的。彬彬有礼。

庄士敦，皇上的老师，虽然反动但对皇上忠心耿耿。

就像郑孝胥，虽然喜欢日本人但对皇上忠心耿耿。

庄士敦回到伦敦，升黄龙旗在自家院子里；

在黄龙旗下著书立说，英国国王管不着。

邻居们小声议论。私有制的好处是容纳怪癖。

* * *

吾皇万岁万岁万万岁。

吾皇三百二十二人中也有好的。

吾皇宽宏大量，把宣武门的一小片土地卖给了利玛窦。

利玛窦穿儒服，徐光启有面子。

康熙道："难道我们满洲人在祭祀中所树立的杆子

不如尔等的十字架荒唐吗？"

艾儒略不得不瑟瑟发抖。
他写完《职方外纪》，也就写尽了天下的边边角角，
只是未写到脚下生虮子的土地——这不是他的使命。

艾儒略瑟瑟发抖，请求上帝饶恕自己不务正业——
他没能广布福音，
却殚精竭虑为中国皇帝尽了点"绵薄之力"。

尽管已在儒雅而野蛮的公子王孙间混得一个虚名，
艾儒略还是瑟瑟发抖。
他收起笔墨纸砚，同时收起他的怪念头。

野蛮人没有到来。野蛮人就在身边。
瑟瑟发抖的艾儒略手握冰凉的白银十字架，
跨上谦卑的小毛驴，一颠一颠，一直走到坟墓里。

康熙道："尔等可常来朕前，朕要开导开导尔等。"
耶稣会士全是间谍，学问好，尤其数学好得很。
吾皇数学亦好得很，但弄不懂耶稣、孔子谁更有本领。

为了安全起见吾皇将《七克》的作者庞迪我驱赶到澳门。

* * *

鸦片在印度装船。

英国议会里关于向中国贩卖鸦片是否道德的辩论。

帝国主义的强词夺理。多年以后电视里的布莱尔能言善辩。

民主制度、议会制度鼓励雄辩术。

撰写《雄辩术》的亚里士多德暗地里热爱英国人的光荣革命。

精英里的精英，柏拉图，以对话的形式自言自语。

政治，在中国，老生常谈和笨嘴拙舌。

"君子敏于行而讷于言。"

"君子有终身之忧无一朝之患也。"

戚戚小人们的社会贡献被忽略了。

戚戚小人们听戏，受教育，听相声，受教育。

戚戚小人们有正直的红扑扑的脸蛋。

"中国人写诗还可以，不过连写诗也是一代不如一代。"

"道德主义和实用主义的德行样。"

"所以向中国贩卖鸦片并非不道德。"靠。

以上种种在英国的英国人和在印度的英国人都这么看。

吉卜林眼镜戴在鼻子上。

不懂诗歌的东西！

不懂诗歌的东西眼看孟买得鸦片贸易之利有了维多利亚英国
　的模样，

遂写诗过一过押韵的瘾，

然后散步于英印混搭的孟买，它以大清朝的白银为地基。

* * *

只有体面的男人才相信"人生有命富贵在天"，

而体面的生活体现在绣着鸳鸯和牡丹的绸缎被面，

一个肉头男人，三个老婆——罗圈腿，五个孩子——罗圈腿。

茶壶和茶碗的关系。

辜鸿铭确有迷人之处，当然必须在他百年以后。

他曾盛赞慈禧太后雍容华贵，以此证明民族自豪感的正当性。

茶壶和茶碗的关系。

有钱人迷恋一夫多妻制。

传教只能在穷人中进行。

马克思进文庙孔夫子正在喝凉粥（郭沫若的想象）。

两人最大的不同乃在对女人和婚姻的看法：

茶壶和茶碗的关系在欧洲行不通。

东方和西方的哑谜。

精神胜利法。

泰戈尔同意。托尔斯泰也同意。大胡子都是些善良人。

修身齐家治国平天下。

时运不济，乘桴浮于海。

日本人脱亚入欧。

中国人在明朝末年自发萌芽了资本主义，

到清朝初年宁死不剃头。

这是道义和体面。自发的资本主义打烊，

正好让体面的老男人有闲细读儿子的全家福照片，欣慰地落泪：

老祖宗啊，看到了吗？

虽然茶壶茶碗眼看不保，架不住我家人丁兴旺！

* * *

气数，好像是有这么回事。

老佛爷喜欢翡翠手镯，好像是有这么回事。

另起炉灶的机会来了。

白云另起炉灶的机会来了。

臭虫另起炉灶的机会来了。

收集泔水的人默不作声地活着，猪喂得一般般。

雨下在草帽和斗笠上。斗笠下吃不着猪肉的面影。

军人站在城楼上。

军人看到的风景不是书生看到的风景。

石桥。走过石桥的牛群。它们还不知道另起炉灶的机会来了

一个男人走在牛群的前头，

他不知道何谓另起炉灶。老汤自 200 年前既已开煮。

晨曦。晚清的某一个旭日东升的清晨。

大狗叫，小狗也叫

叫破了天，小狗还是小狗。

彩色照相机尚未发明。

黑白的晚清旭日与落日不好分辨，

还不如想象中战国时代某一个橘红色的黎明。

战国时代的小狗里没有一只是哈巴狗。

老佛爷什么趣味呀戴翡翠镯子，写大字"寿"，养哈巴狗！

怎配得上大清国的好风景？

有钱有势者热爱好风景。小民顾不上。

但小狗变老，小民和有钱有势者概莫能外。

有志青年头悬梁锥刺股，觉醒，为了抵抗衰老袭上额头。

* * *

看到了老太太，

看到了她成为老太太之前的中年妇女的模样；

这中年妇女看到过众多美人而她的青春之美

有一天冲进了我的视线。

看到了北京城里的出嫁、泥泞和大雪，

看到了支撑在夜色中的灯火，看到了"东方"。

记得辜鸿铭对她的赞美。

好奇那些最出色的官员对于一个女人的忠心耿耿。

看到了同治皇帝错过的风景：
紫禁城的乌鸦、乌鸦的黄昏，
看到了宫殿、杂草、上厕所的人。
孤儿寡母面向秋风默然无语。

而她，有无奈，有伤感，有心机，有布局，
但没有眼泪，她的眼泪早已被上天收回。
看到了列强们的欺辱，
看到了她作为皇太后的慌乱、毒辣、小心眼儿与无能。

她写字，画画，喜欢听好话，
喜欢扮菩萨，在颐和园里善良得像个普通人。
而她所代表的国运最终结束得像个笑话。

看到了她那被打开的地宫、被洗劫的夜明珠、
她的可怕的面影。

但她青年时代的容貌曾经配得上煌煌大清。

* * *

一万个观世音菩萨，其中九千九百九十九个是假冒的。
救不了世道，乃成道德基础的东西，谁也反对不了。
大河从西向东奔涌谁也反对不了。

顺水推舟的人，熟读《推背图》和《烧饼歌》。
被掩盖的末世论。基督教时间观，暗地里废了《大悲咒》。
伏尔泰计划让中国人听到钟表的嘀嗒声。

佛骨舍利埋于法门寺地下，发现有待时日。
瑞兽麒麟遥遁山林，现身有待时日。
光天化日之下德国人占领了胶州湾，盖小洋楼。

儒、释、道各有各的法宝。
乱中取胜与闹中取静依赖同样的语言结构。
图旦嘉措致信梵蒂冈不同意说上帝创造了世界。

我奶奶的奶奶耳朵根子硬，心里有主意：
孔圣人、如来佛、太上老君同时供奉，
临死前加供耶稣基督。

我奶奶的奶奶命相一般般，可心里还算踏实，
顺利出嫁，顺利生孩子，不过没机会成为一个伟大的女性，
没机会看一眼此刻写下这首诗的这个人。

* * *

第一个把观世音菩萨描画成女人的人
吃了熊心豹子胆，但似乎没人反对。就这样了。

不仅没人反对，还有人在蚊帐里
摩挲观世音菩萨小铜像被反复发明的乳房。

西施的乳房，那是你能看的吗？越人将西施沉于江底。
杨贵妃的乳房，那是你能画的吗？日本人在京都为她留了幢
　白房子。

不可告人的淫荡。不可告人的意识假扮成潜意识。
群众的眼睛是雪亮的，群众什么都知道。

电影里的群众尤其什么都知道。
群众对别人的偷鸡摸狗尤其什么都知道。

斤斤计较的人，低觉悟的人。赶上了大时代。

炒勺乒乒乓乓，灶火旺于香火

没吃的没喝的，空锅、空碗，树皮被扒了一层又一层。

榆树害怕开花。世界奋力活下来。

大慈大悲救苦救难法力无边的观世音菩萨。

幸好有了观世音菩萨。

土地有待重新分配。笑声和骂声。可以理解的捶胸顿足。

群众的眼睛是雪亮的。顺水推舟就能创造历史。

明白这个道理的人给我爷爷和他的老哥们儿戴上历史的高帽。

我爷爷和他的老哥们儿不好意思接受这顶高帽，但还是接受了。

粗枝大叶之美加上高觉悟

乃是理想的人类。脸红的和尚高颧骨。

＊ ＊ ＊

黑电线拉过北京城上空。

野骆驼来到长城下。

大山里的土狼和豹子不曾被写进诗篇。

悬崖上的旅行者走到哪儿算哪儿。

长城，带年号的城砖和不带年号的城砖在那儿。

适合怀古望月的地点和不适合怀古望月的地点在那儿。

住在长城边的人

听说过但并不真正理解秦始皇的初衷。

寂寞的长城。时代在进步。

放羊人把羊群赶进烽火台避雨。

而万里之外的南方，富春江上，

钓鱼人不钓鱼时画画使用散点透视：

平远，高远，和深远，高深的学问。

白鹤翻白眼鄙睨文雅的白银。

让他们拿去！

不许动我的银子！

西湖边上挎竹篮的小业主忧郁的眼神，小胡子。

其祖上也是忧郁的眼神，小胡子。

愁啊，诗词歌赋的传统题材，眼看到头。

黄遵宪独立风雪一清教徒。怪样子。

2008 年 4 月，2012 年 3 月

词语层（节选）

1. 流氓

"流"是流动的意思。"氓"本指一种虫子，转喻无根的人。两个字联在一起，指游手好闲、惹是生非、浑不讲理、喜聚众闹事的无业游民。词义再扩大，可泛指"坏人"。"文革"中，"流氓"被拿来指那些处于社会边缘的、道德上有问题的人，尤其常被用来指那些在男女关系上行为不符合社会规范的人。具体说来，"流氓"说的是女人中的"破鞋"，男人中的教唆犯、强奸犯，有时也指二流子。我的中学语文老师曾经爱上过我的生物女老师。不知语文老师对生物老师说了什么。生物老师曾扬手给过语文老师一巴掌，还骂他是"流氓"。"流氓"这个名词总是和"耍"这个动词连在一起来使用。无论"耍"什么都是需要一点才华的，只有"耍流氓"需要色胆包天的勇气。我小时候住的楼上有一位美丽的"女流氓"，与一个"男流氓"一块"耍"。不"耍"的时候她就带领我们小孩们在楼道里排练革命样板戏。由于"耍"和

"流氓"太紧密地结合在了一起，说到"耍"，总让我联想到
"耍流氓"。"耍"在四川话里是"玩儿"的意思。第一次听
四川女孩说"耍一会儿"时，我觉得那话里充满了性暗示。
我心里的直接反应是：耍什么？怎么耍？上哪儿耍？

2. 大流氓

"流氓"的含义不止限于"耍流氓"。我曾在学校教室里对打
闹中把我压在身下的同学高声骂出脏字，被正好走进教室的
女教师听到，遂斥我为"流氓"。被称作"流氓"的青年人
通常有一个重要的行为特征，那就是拉帮结伙打架斗殴。小
时候，我们楼上住着一位远近闻名的"大流氓"，名叫崇项
羽。因为叫"项羽"，其模样、力气和蛮横就接近了那个"力
拔山兮气盖世"的西楚霸王。他常打架。若是打群架，他便
有了些壮士出征的味道：身后总会跟着几个狐朋狗友，再后
面跟着的就是几个将来有可能成为其狐朋狗友的小朋友。小
朋友们负责抄家伙：三角铁、刮刀、链子枪。崇项羽打架有
一个程序：通常是他走上前一把抓住对方的脖领，厉声问：
"知道我是谁吗？"对方若回"不知道"，他就会一边断喝
"今天老子就让你知道知道"，一边挥拳就打；若对方回"知
道"，他就会一边断喝"知道还敢犯剌儿"，一边也是挥拳
就打。像崇项羽这样的大块头流氓豪杰不能被称作"阿飞"，

尽管"流氓""阿飞"两个词经常被连接在一起，但阿飞们一般是由小白脸修炼而成，发式多为飞机头。崇项羽是短发，有时刮个秃瓢。

3. 女流氓

酷烈革命时代的浪漫与人道体现在年轻"女流氓"松松的发辫上，体现在她们动手改出腰身的军衣和收窄了的军裤上，体现在她们以芭蕾舞动作飞直腿从后面跨到男式自行车车座上的瞬间（女式自行车车座前没有横梁，女性需提腿向前从前面坐上车座），体现在她们把粉白的脚丫迈进公共水房的水池用凉水冲脚的画面，体现在她们对异性"流氓"的好感和对"拍婆子"（交女友）的接受甚至对犯禁性爱的享受上。在我儿时，我见过这样的"女流氓"，至少一位。她侧坐在男流氓自行车的后座上，伸手向前搂住男流氓的肚子。我们小孩子们跟在他们自行车的后面用自编的儿歌快活地臊他们："自己的车，自己骑！不许公驴带母驴！"他们富于小资情调的相爱被我们认定为"耍流氓"。不过，问题的复杂在于，不正经的未婚的大人们耍流氓，正经的结了婚的大人们也耍流氓。我曾住在一个军队大院。每逢楼里下水道堵塞，污水就会冲出院子里的污水井。负责后勤的士兵或工人用铁钩子拉开铁铸的井盖时，一些乳白色的橡胶薄膜套状物就会随污水漫到地上。小孩子们不知道那是什么，混不吝的小男孩们就会拾起套状物放在嘴上吹成气球。如果他们被父母逮到，就会挨揍。我后来才知道那套状物与"耍流氓"有关。那是酷烈的禁欲的革命时代。

4. 大喇

只知道这个词的发音，不知道怎么写。但我想应该是这两个字。这个词现在已经无人使用，它曾是"女流氓"的近义词，专指喜欢和经常与男青年待在一起的年轻女性，但不一定非指"女流氓"不可，但凡被称作"大喇"的女青年均具备变成女流氓的可能性。"大喇"与"破鞋"略有区别：后者所指在年龄上要大一些，通常指在男女关系上比较放得开的已婚妇女。而"大喇"们，要么已经是某男青年的女朋友，要么是男青年们出门"拍婆子"的对象。至于她们为什么被称作"大喇"不得而知。——是否她们总是喇叭腿站着或坐着，接近现在所说的"劈腿"这个词的视觉效果？或者由于她们是革命时代性经验的拥有者和传递者，所以在体形上给人一种"拉拉胯"的感觉？"大喇"们有些是文艺爱好者，但能够表演出来的文艺都是革命的，比如样板戏。由于她们不是革命时代贞操观念的恪守者，经常和男人们待在一起，其人生观和人生视野自不同于普通女青年。她们是自然而然的叛逆者。她们中的某些人在思想更加成熟以后很容易变成知识分子。事实也正是如此。当然，也有"大喇"最终回归了家庭妇女的道路，对自己的"大喇"生涯讳莫如深。

5. 范儿

也许有小部分人现在依然使用"范儿"这个词，但好像局限于演艺界。闲聊中你会听到有人说"芭蕾范儿""舞蹈范儿"——美术界叫"挂相"。但演艺界如今使用的"范儿"这个词是对原词意大大缩小了的"范儿"。如今普通年轻人大概多数已不知道"范儿"本来指的是什么了——这是四五十年前年轻人嘴里的标志性词语，与现在的进口词"酷"意思相近但又不完全相同。"范儿"是一种风尚里的派头，有点帅气、洒脱、自由、小牛逼、叛逆的意思。四五十年前的风尚当然是革命环境中的风尚——革命环境里也是有风尚的。我长大在北京的军队大院里。我记得"文革"中给软塌塌的军帽里垫报纸使之有型是"范儿"，将肥大的军裤改瘦、将军衣收出腰来是"范儿"。但我记得那时"范儿"并不读"范儿"，发音要瘪一些，读"份儿"。那时的小流氓，尤其是流氓头子，一个个都挺"份儿"。他们的女朋友们、"大喇"们，也是"份儿"的。他们的"份儿"，他们呼吸到的自由空气，是让好孩子们羡慕，感到神秘，带有传奇色彩的。

6. 爱人

混到满不在乎的年龄才能自如地说出"老婆"这个词。我老
婆，他老婆，你老婆。嘿，从前要想说得这么自然、顺嘴，
可是有一定的困难，因为"老婆"这个词会让一个羞涩的年
轻人觉得粗鲁、粗俗；不仅"老婆"不好说出口，"媳妇"也
不好说。古往今来所有指称妻子的词汇用起来都有些怪异：
那口子、贱内、孩子他娘、糟糠、拙荆、老妈子、做饭的——
除非是要故意制造语言效果，否则都是在糟蹋"老婆"，并
且带有一种向昔日老少爷们儿看齐似的煞有介事。"老伴儿"
也不好说，在一个人还没老到和"老伴儿"这个词年龄相当
时；"堂客""女将"也不好说，干吗要装出拥有与自己无关
的方言背景？"文革"中人们说"爱人"。这种说法现在听
来与"家属"的说法一样老气。准确地说，以"爱人"称呼
妻子并不恰当：爱人，lover，应该是未婚时的称谓；结了婚，
虽然依然是"爱人"，可再说"爱人"，多么小资呵。但这却
是"文革"中仅仅保留下来的一点小资。"文革"中，"爱人"
的称谓带有一种一本正经的味道、一种革命的味道，与"女
同志"相距不远。现在还叫"爱人"，太土了，有病了。现
在城里人更文雅地称妻子为"太太"或"夫人"，这是回到
了白话小说、老戏剧、老电影，同时看齐了翻译过来的西方
小说。但是"太太""夫人"说出口时也别扭：你以为你是

在香港、台湾长大的吗？只好管妻子叫"老婆"。

7. 进城

1978 年 7 月之前我们家住在北京"西郊"的公主坟，那时我对于"进城"一事很敏感。进趟城，可用"奢侈"二字来形容。上小学一二年级时，我凭自己的双脚可以走到的最远的地方是翠微路。那里有一家百货商场，里面有卖玩具的柜台。逢到节庆，城里放礼花，我会随父母步行到军事博物馆，从那里就可以看到天上炸开的礼花了。到 1980 年代末，北京人所说的"城"，基本上还是那个清代的城的概念，尽管城墙在 50 年代就被拆毁了。拿长安街来说，从西向东，走到复兴门就算进城了；一直往东，走到建国门就算出城了。那时，当住在郊区的人们说"进城"的时候，通常指的是去城里的闹市区，更具体点说，是指西单、西四、东单、东四，再加上前门大栅栏一带。自 90 年代中期以后，城市的概念迅速扩大，从前的"郊区"也成为"城市"的一部分了，"进城"这个词大约也就死掉了。你在房山或者怀柔这样的北京远郊区县可以听到"去北京"或者"上北京"的说法，但听不到"进城"的说法了。

8. 胡同串子

从 90 年代后半期开始，北京的胡同被大规模推倒、铲平，"胡同串子"们将依附于何处？"胡同"，蒙语，"小街"的意思。"串子"就是在胡同里串来串去的人。由于在胡同里串来串去，这些人对东家长西家短的事知道得就多，就染上了一些习气，比如爱传闲话、爱管闲事、好扎堆儿、热心肠、爱看热闹、俗气、称兄道弟姐姐妹妹、满嘴脏话、一口京片子、混不吝、有胡搅蛮缠的功夫等等。这些习气无论好坏，被热爱老北京的民俗作家们归结为"北京人的人情味儿"。这"人情味儿"现在正被新建起来的小区高楼处理掉，招来唏嘘一片片。70 年代和 80 年代，住在机关和军队大院里的人是瞧不上"胡同串子"的。"胡同串子"在道德级别上够不上"流氓"，不具备"流氓"的传奇性，但比"老百姓"多出些色彩。我曾有幸居住于胡同，可惜没能"串"将起来。我有点羡慕"胡同串子"，至少对他们丰富的社会生活经验充满文学好奇。他们是些性情中人，具有北京特色。他们的性情会在一段时间内被意识形态生活所压制，但最终意识形态会迁就于这种性情。现在就是这样。但"胡同串子"这个词渐渐地就没人用了。

9. 大哥大

历史上总有一些技术的发明和应用极其短命，于是便有了一些短命的词汇，比如"大哥大"。它比"传真"一词更快地过时，比"BP机"一词更快地过时。近年来，城市里的中国人在技术更新、观念更新、知识更新等方面彻底终结了传统中国人的慢性子。其更新的速度之快把西方人也抛在了后面。当西方的普通人还在用录像带看电影的时候，中国人早就改成看碟片了，而且是廉价的盗版碟。"大哥大"是与录像带一起登陆中国大陆的。通信技术的改变当然有助于社会观念的改变。"大哥大"这个名词来自香港。为什么叫"大哥大"不得而知。"大哥大"是大哥的道具吗？是否拿着那么个笨重的黑家伙就会使一个人拥有黑帮大哥的分量？但"大哥大"不是大哥拿的，而是大哥身后的跟班们拿的，至少在内地曾经如此。"大哥"一词在内地生活中的重新使用冲撞了使用"同志"的历史时代。"大哥"和"大哥大"一时共同耀武扬威起来。香港和台湾的娱乐文化一时横扫大陆。这是70年代末和80年代前半段的事。但"大哥大"很快就被"手机"取代了。而手机迅速就普及了，普及到骑三轮车收破烂儿的人，普及到老头老太太这些与时尚无缘的人。

10. 阔气

"大款"这个词是什么时候流行开的，我已经想不起来了，但
大概是在 15 年或 20 年前吧。"大款"说的是有钱人。有钱人
如果不抠门，又有点儿爱显摆，那他当然就是个"阔气"的
主。不过"阔气"是过去的说法。现在已经很少听到人们说
谁"阔气"了。阔气的人可以分阔佬和阔少。都阔气。但阔
少所倚仗的是家里有钱，说法中勾出了点儿家族和历史感。
"大款"们到目前为止还没有被区分为"款老"和"款少"，
好像"款"这个字拒绝这种分法。有款子的人被语言安排成
"款爷"和"款婆"（大概"款婆"们讨厌自己老去，语言又
识相地生出了"款姐"和"富姐"这两个词）。有钱人按男
女性别区分，而不是按家族长幼顺序区分，是否说明了货币
伦理的变化、社会风气的变化？听起来，"款"这个字眼很
实，有点没根的感觉。所以"大款"都是第一代有钱人。"阔
气"的说法要虚一些。但也许是因为它虚，所以在一个讲实
际的年代就派不上用场了。不过，挺好一个词干吗要叫它荒
着呢？我建议我们可以死词活用，用它去形容和指称一些与
钱关系不大的事物。例如我们可以说："李白的《梦游天姥吟
留别》写得很'阔气'。"或者"王时敏的山水画画得很'阔
气'。"但这两个"阔气"都与金钱没什么关系，或者说没什
么直接的关系。"阔气"一词是可以被审美化的。当"阔气"

摆脱了金钱，它就回到了它的本意：广阔、丰腴、润滋。但愿"款"这个字眼也会有被审美化的一天。但瞧目前中国发展的态势，这种可能性很小。

11. 粉丝

全球化影响汉语的一个例子。尽管"粉丝"一词如今已经被大大地汉语化了，但其实它是个外来词。它是英语 fans 的音译，这是很多人都知道的事。但 fans 为什么没有被音译成"烦死"或"贩私"或"愤厮"，而是被译成了"粉丝"，则是可以回味的一件事。首先，在中国人的副食中原有"粉丝"这种东西，有"粉丝"这个现成的词，很大众化。将 fans 译成"粉丝"足见中国人喜欢玩闹的性格，富于幽默感。但正如"幽默"在古文里并没有 humor 的意思，"粉丝"原也不指为某人着迷的人。两个词都假装成汉语本有的词汇进入了汉语，反映了中国人在面对译文时的大中华心态。第二个有意思的地方是：fans 是 fan 的复数形式。在中文里可以说"我是她的粉丝"，在英文中却不能说 I am her fans。因此，"我是她的粉丝"的说法，是一个在英文中错误的说法进入了汉语；它的进入，不仅具有殖民主义色彩，而且具有殖民主义洋泾浜的色彩，而且这殖民主义的洋泾浜被娱乐至上的潮流强化成我们文化的核心词之一。因此，"粉丝"是一个不能回译的词。

它一旦进入中文，就只属于中文了，并且在中文里继续成长，变成"粉儿"，例如"她是你的粉儿"。"粉儿""粉丝"，是中文之中本来就应该有的词，只不过到今天这样一种文化形态中才被发明出来。

12. 忽悠

当一个人把并不著名的某某向另一个人或一群人介绍为"著名的某某"时，他这是在"忽悠"那并不著名的某某。当一个人将某一商业前景描述到天花乱坠，目的是鼓动另一个人向里面砸钱时，他这是在"忽悠"一个可能的冤大头。当一个人对另一个人甜言蜜语"我爱你"，但心中并无这份爱的时候，这个人是在"忽悠"那个小傻瓜。"忽悠"的目的，就是以不实之词创造听者的现场快感。甚至当听者说"你别忽悠我"时，这个被忽悠的人在现场也是愉快的。"忽悠"这个词好像是东北人发明的。但别处的人也并不是不能"忽悠"。这个词与"文革"时期常用的"批判"一词很像是一对："批判"中充满了夸张，其夸张的程度不亚于"忽悠"。李白也是一个爱"忽悠"的人，他说"白发三千丈"，他说"疑是银河落九天"。这造成的社会恶果是，任何一个诗人，如果不"忽悠"，就会被怀疑是否是一个诗人。历代帝王肯定也是喜欢"忽悠"和"被忽悠"的，因为帝王们喜欢说自己

"奉天承运"。永远在对帝王们进行滑稽模仿的山大王们肯定也是喜欢"忽悠"和"被忽悠"的，连宋江那样一个刀笔小吏也说自己是"替天行道"。自己"忽悠"自己，非有点豪情不可，另外也需要有那么一点愚蠢，有那么一点二百五。

13. 旅游

在做旅游生意的人眼里，"旅游"分"高端旅游"和"低端旅游"。如果不做区分，"旅游"一词天然就带有点"低端旅游"的意思。是安全的出门。是精打细算的享受生活。虽然是去开眼界，但不以真正了解目的地的历史生活为目的。是为自己。如果是参团出门，必会领到一个小白帽，并且在旅游过程中不得不时时寻找导游手中的小旗子，以免掉队。即使是出国旅游，也可能属于"低端旅游"：几十个人，在十天左右的时间里，要跑上八九个国家。这样的旅游法有点像 70 年代刚刚有些闲钱的日本人。"旅游"是和"度假""健身"等事物一起到来的。但"度假"和"健身"局限于城里的年轻白领，而"旅游"已经普及到大妈大爷们身上了。此外，它也是单位领导关心的事。好领导除了要关心自己的旅游，也要关心下属的旅游。"旅游"和"旅行"是两个不同的概念。据米沃什在《明亮事物之书》中说，出于反抗对死亡的恐惧，古代阿拉伯诗歌主要表达了四种人类的基本欲望：爱情、歌唱、流血和旅行（travel）。"旅行"是孤独的，是心向着远方的，是带有冒险因素的。是走向大地或大海，是要成为一粒尘埃或沧海一粟。

14. 东方

西方人说"东方"，中国人也说"东方"，例如"屹立于东方"，例如"东方智慧"。某些在内心有那么点文化膨胀感和经济膨胀感的人，觉得说"中国"已经不过瘾，说"东方"才过瘾。似乎"中国"已经成了"东方"的替代说法。但"东方"却是一个极其模糊的词。中国人说"东西方"时主要指中国和西方，与印度人说"东西方"时主要指印度和西方，阿拉伯人说"东西方"时主要指阿拉伯世界与西方完全一样。甚至东欧国家的人所说的"东方国家"仅指他们自己。因此，萨伊德在《东方学》中所讨论的主要是西方对西亚和阿拉伯世界的想象。尽管"东方"所指并不清晰，但这个概念无论如何都是面朝西方的。更准确地说，是西方人发明的，其潜在的政治、文化含义是西方中心论的。当中国人说"东方"时，虽然没有福泽谕吉"脱亚入欧"的意思，却有那么点越过亚洲与西方握手的意思。那么，有没有一个统一的"东方"，答案可能是：没有。因为整个亚洲不同地域之间的差异实在是太大了；亚洲之被命名为亚洲，似乎是不负责任的。而"东方"更是一个有点让人晕菜的概念。比较而言，从人种、语言、宗教、政治理念、经济理念、基本价值观等方面看，"西方"反倒是一个较完整的概念。日本诗人佐佐木干郎曾有意从语言的角度划出一个汉字文化圈，这个文化圈包括中国、日本、韩国、朝鲜、越南、新加坡等。但这个话题是中国人不太容易接过来谈的。

2006 年 8 月，2015 年

词语层（节选）

卷五

纪事与狂想

2011 年 1 月埃及纪事

见过圆明园废墟的石柱没见过卢克索神庙的石柱现在看见了。
见过两千年前的马王堆女尸没见过三千年前的拉美西斯二世
　现在依然没有看见。

拉美西斯二世的茉莉花不在 1 月开放。
茉莉花不开放，丁香花便也不开放，玫瑰花便也不开放。

拉美西斯二世没见过革命的狂欢节，
我却见证了不狂欢的革命。

1 月 25 日。开罗。
然后卢克索。然后回到开罗。

＊＊＊

卢克索神庙的石柱太粗猛，排列太密集，看不懂。常识被重塑。

好莱坞的编剧当在此幻想过外星人在外太空的军事基地。

据说每座石柱顶着五位神灵。

阿蒙神是唯一的。你真这样认为吗?

不喝水的大太阳沉入沙漠。

月照图坦卡蒙的宫殿鼓励抒情的小虫子横行。

尼罗河畔以纸莎草为形象的鬼魂只要长吟便是高声长吟。

乡村。北非。阿拉伯世界。

宣礼塔上传出的歌声孤单而非个人。

出生在金字塔附近的老人,主动做拍照模特。

他向游人要钱时热情而职业,要不到钱时他的沮丧是人性的。

* * *

开国八千年后人民在一团死水中挣得太少但总听说别人挣得
  太多。

骡马的尿臊味沿街巷飘荡。垃圾遍及旷野。

腐败的政治顾不到垃圾遍及旷野，只把厅堂收拾干净。

月工资 500 埃镑的中层官吏、月工资 150 埃镑的医生要求变革。
抱团发泄愤怒和绝望的青年互不相识。发泄了再说。

于是焚烧轮胎的黑烟升起于神庙的三面，
神庙里的诸神呛了嗓子，声称自己是外星人理应受到保护和
　　尊敬。

惴惴不安的外国人在候机厅里吸烟没人管。
飞机上担心没处落脚的罗马尼亚姑娘后来消失于慌乱的人群。

雅娜，你在哪里？

洗劫花店的暴徒中或有一位想把玫瑰花献给心上人。
你能否成为他的心上人全看你活下来的运气如何。

＊＊＊

中国人只进中餐馆，
在中餐馆稀有的开罗在要求变革的开罗也不例外。

中餐馆电视里一点点让步的老君王让到无步可让，
只好期待一个天才的悲剧作家将来把他写成另一个李尔王。

他的 1973 年：
西奈半岛的十月战争。埃及摧毁了以色列的巴列夫防线。

而在废黜他的 2011 年
开罗中餐馆饭菜的口味差到不能再差可生意照样进行。

在难民的队伍里品味革命不是请客吃饭
这已是上世纪的学问。

以巧克力充饥数次，巧克力就让人恶心。

忽然记起我走烂在长安街上的代表青春的臭胶鞋。

＊＊＊

电视中的火焰。警察绿色的装甲车。
有方向而没有头脑的石头，有头脑而没有方向的人群。

枪声可以惊散三五之众，但惊不动广大的水面。

人群如大水横贯突尼斯、埃及，然后利比亚，然后叙利亚。

历史并不收容每一天。

入夜以后，解放广场上不挪脚只喘气的帐篷被收入广角镜头。

干了再说吧不知道结局。够了。

穆巴拉克在位 31 年。够了。他还有儿子，他还有孙子。够了。

穆斯林兄弟会的头头们连夜开会创造历史。

有人得意就有人心碎，人人心碎就不让天黑。

＊＊＊

历史曾经终结在我 26 岁，现在再次终结在我 48 岁。

它以后还要终结在美国、土耳其和巴西。还要终结在火星或
　者木星。

谁能给出个像样的解读？

人民面向现在，精英面向未来，帝王面向过去。

帝王谷墓道石壁上镌刻的《亡灵书》片段美则美矣但是看不懂。

这看不懂的法老文啊如何从尼罗河泛滥的洪水抽绎出完美的
　　几何学？
如何表达符合星空秩序的政治学理念和必死的人生？

它有着被低估了的复杂性。
它如何调动黎明的颂神者也是傍晚的抗议者那人类的嘴唇？

美国人叫好时伊朗人也叫好。
群星后悔庇护独裁者时独裁者后悔默许了腐败的流行。

＊＊＊

法老的重要性全在他们死后漫长的沉默。

我和同伴说军人的坏话时一辆满载军官的小巴士从我们身旁
　　经过。

于是宵禁。
宵禁的意思是只许睡觉不许睡不着，或者不管睡得着睡不着
　　必须睡觉。

坦克车排纵队无声地进城仿佛街道上铺满了棉花。
但据我的经验，暴力的街道上本应雷声滚滚，可是不。

开罗夜色中一脸严肃的士兵英俊，廉洁，和蔼，不开枪。

他或许正是另一个年轻的穆巴拉克满怀救国理想，
难以想象自己失败的晚年。

"好男人都死在了 1973 年的西奈半岛。"努尔说。
穆斯林兄弟会的兄弟们宣誓要做好男人已经别无选择但也许
　　别人不同意。

＊＊＊

没赶上萨达特遇刺时的埃及赶上了穆巴拉克下台时的埃及。
　　总会赶上点什么。
拉美西斯二世在地下庆幸荣华富贵伴随他直到漆黑的陵寝。

军队接管了国家。
不曾被预告的新时代只好匆匆开始。

各单位里砸门找头头算账的职员一个个满腔怒火和正义。

直拖到 8 月 3 日，感到委屈的穆巴拉克躺在担架上受审。

那时他已知道他的命运好于他厌恶的上校卡扎菲；

那时他已猜到

被终结的历史会一次次重新开始。

他也许哭过一次，

也许从此患上了老年痴呆症。对世事不闻不问。

2013 年 6 月 22 日

2011 年 3 月日本纪事

谦卑的灶王爷只在登天的十五秒忽然存在。

连朵炸开的夜礼花亮瞎他的眼睛震聋他的耳朵使他高兴如俗人。

祭神如神在。神在着。硝烟就是证明。

但硝烟散处灶王爷何在？他回归日常的大地复返谦卑不通知
任何人。

而此刻，硝烟味就是金钱味。

就是金钱炸碎的气味。有钱而没有梦想的人喜欢过节。

哆嗦的狗每年除夕确证一次战争的隆隆炮声其实是喜庆的。

它不解和平年代"攻城"有什么好玩，且老选在除夕。

除夕给小孩子学习礼貌的机会：拿到红包后说谢谢，回家后
学习点钱。

孙辈笑嘻嘻可保爷爷奶奶们忘记时间流逝。

可易困的年龄到来谁也挡不住。

精力充沛的青年人打电话发短信直到昏昏欲睡。

忽然，地动山摇在东方。耸动的大地。裂开的大地。

站起来的大海，十米大浪扑向日本。

* * *

对，就是那个又想脱亚入欧又想建立大东亚共荣圈的日本，

就是那个偷袭过珍珠港而天皇制被保留下来的日本。

里氏 9.0 级地震来自宫城县以东的太平洋海域，

北纬 38.1 度，东经 142.6 度。地震深度 10 公里。

时在 3 月 11 日，当地时间 14 时 46 分，

福岛第一核电站 1 号机组爆炸，3 号机组起火。

哦，这是献给大海和人类的核泄漏。

超越恩怨吧如果你同情。哀痛吧如果你心怀远方。

趔趔科学大丈夫也有垂头丧气的时候。

算计不到的地方就是诗歌或者上帝（海因里希·伯尔如是说）。

逃跑的日本人，居然是守秩序的。
诗人和合亮一据守福岛家中　关窗写诗　做电台直播报道。

太让人揪心。

＊　＊　＊

塑造生活的漫画家请自认无能吧。
站起来的大海有如十万个奥特曼挥拳打出电视机。

黑色的海水。以垃圾打头阵。冲进田野、河道。
对于海水，一切都是垃圾或者乐高玩具，包括汽车、火车和
　飞机。

我原本不知万吨山西煤被悄悄存储于日本海底（海水湛蓝）
那心眼太多的战略储备啊现在翻上陆地。

地震，敞开这大秘密仿佛敞开的是一些鸡毛蒜皮。
仿佛赤条条的男女冲出澡堂来不及抓条毛巾。

目瞪口呆向着晃动的摩天楼、横飞的税单。

被逼到墙角的人、被逼到楼顶上的人、被逼出求救呼号的人

向天空头顶螺旋桨的钢铁天使挥动白布，

而死去的人，海水呛入肺叶和大脑，死于污泥浊水，生前爱干净。

＊＊＊

顿时的死城。被遗弃的狗侥幸活着。

灯光呢？小卖部呢？神社呢？

神社里拍巴掌的人呢？神社庭院里身穿白衣弓腰扫落叶的人呢？

鬼魂在继续扫着落叶，也许。幽静的庭院幽静继续着，庭院
　　没有了。

我到过的福岛不能再到了。

那里的帝王蟹不能再品尝了。即使帝王也不能免于污染。

那里奢侈的晚宴我见识过一次：

用毛笔手写的菜单、唐代的胖丫头。

她曾问一个诗人："宇宙中你是否能只爱我一个人？"

然后是满堂大笑，然后是……没有下文。

哦，想起富良野5月里漫天的雪花。
旅馆走廊上手挽手的一对儿，彻底沉默的一对儿，看来要自
　　杀的一对儿。

他们死在了地震之前。
而温泉里的裸女，她的乳房和阴毛现在归于虚无。

* * *

记住了一个人：
做首相前他曾头顶大斗笠遍游日本禅寺，作诗并沉思。

地震的时候他眼望天花板。
他摇摇欲坠的政府获得喘息居然是在灾难之中。

看来是个有品位的人，看来更适合陪伴松尾芭蕉在山道上小憩。
我曾错把他的名字"菅直人"读成"管直人"。

松尾芭蕉的俳句写过地震吗？
德富芦花的散文写过摇摇欲坠的政府吗？

费力的救援。与家人诀别去挽救核电站的老职工感动了全世界。
而美国军舰正在公海上掉头。

大气中的核放射物质越过大海飘到了黑龙江。

＊＊＊

1976 年唐山大地震后北京倾盆大雨。
那时我正读《封神演义》，着迷于打斗的诸神。

赤条条的男女冲出澡堂来不及抓条毛巾。
码放在楼道里的蜂窝煤拍碎在地面不让逃生的人们脚底干净。

抗震棚给了小流氓半夜偷窥的时机。

天不变道亦不变。
地震应是地变吧什么样的时代将要来临？

＊＊＊

谣言四起于浙江，传播至香港和马来西亚。

杭州一电脑公司的陈某用"渔翁"之名在网上散布消息，

建议转告家人、朋友储备食盐以抵抗核辐射。
于是抢购风潮席卷珠三角、安徽和河北。

居民们梦游入大小超市，成批量购买食盐。
后到的居民眼见空空的食盐货架改主意抢购榨菜和酱油。

又可笑又可怜的老百姓
梦醒之后嘻嘻笑着蜂拥至柜台退盐。

既不对别人抱歉也不对自己抱歉。

陕西小伙善良的公民，购入 13000 吨食盐本想赚他一笔
却亏出万元当他再卖出去。

3 月 20 日，杭州市公安局西湖分局做出决定，
依法给予陈某行政拘留十天，并处罚款 500 元。

2013 年 7 月 10 日

论限度

任何大火都有烧完的时候。

任何过去的大火都已经烧完。没烧完的火就是还没有进入过
去的火。

那么未来的火能否提前烧起来？

未来的限度何在？ 30 年后的未来？ 8000 年后的未来？

所谓"未来考古学"的说法也许是钻了语言的空子。

外星人的过去不是我们的过去。

元宇宙桶盔的生产者嵌入马克思剩余价值学说的字里行间。

未来的生日就是今天。改造今天，就是创造未来。

近未来和远未来。现实的乳突所感受到的未知之冷。

不性感的近未来逼使好莱坞给远未来定调子。

面向未来的青年们走出电影院盛赞依中世纪家族理念拍摄的
　　科幻片。

面向未来的做区块链的乐观主义青年们不一定乐意吃面向未
　　来的乐观主义的转基因食品。

当技术员们有把握面对机器人的未来，面向过去的人文学者
　　们愁容满面。啊，分裂的世界！

但怕死，这人类基本情感，贯穿理科和文科的肉身人类始终。

那么改造世界的限度何在？荀子尚未来得及讨论此一问题便
　　进入下一问题。

歌德所谓的"人造人"不是指生孩子。

千里眼、顺风耳的限度。孙悟空的限度。

人口的限度。科技的限度。进步和衰退的限度。利益绑架战争的限度。

把它们混为一谈又能怎样？

西田几多郎说：语言动物即政治动物。看来没有语言的动物政治，动物们不自知。

我说的是基本问题，例如建造巴别塔的限度。

＊＊＊

北京新建楼房的高度已经决定下来。不依云彩飘飞的高度而决定。

尘世的建筑，在满足审美要求之前必须首先满足保密规定。

规章制度盯着你的狂想。不放心你的不一定只有骂骂咧咧的爹娘。

权力的限度、万寿无疆的限度，我曾不敢讨论直到1976年我

13 岁。

在今天不值得讨论的事也许有必要碰它一下。

1976 年之后我获知刘庆棠混女人被骑手护着。革命与道德的
关系不是我想象的那样。

1969 年帝国主义黑势力开到家门口。我曾以为天下形势一片
大好：

流氓几乎销声匿迹或者流氓只在小范围活动。

防空警报高音到一定程度就听不见了。

防空洞四通八达安慰过不谙世事的我和我弟弟还有我的同
学们。

左的限度是极左。极左的限度是无法自我修复。而右的限度
是自杀。

极右的限度是历史垃圾堆。每一个打小算盘的同胞都不得不
考虑自己的历史定位。

但 1970 年我那被抓走的反革命邻居后来并没有被扫入历史垃圾堆。

垃圾堆也不是谁都容纳。不能小瞧垃圾堆的兴趣和意志。

思想的限度：向下是深渊，向上是平庸；向着远方最无保证却最安全。

思想的限度：把成语词典当成枕边书，把唐诗宋词倒背如流。

思想的限度：被自己甩出的鞭子反抽一鞭子。

依着悲剧理论并不能顺理成章地找到喜剧理论。

亚里士多德之后全世界的思想者都懒得再去构想喜剧理论，但其实是无能构想。

喜剧像一个与性感绝缘的小官僚。那些粗制滥造的电视喜剧就是证明。

无知的限度。苏格拉底对此保持沉默。或许对无知无法设定限度。

限度内的自在，多么不够正确，不够硬朗，不够诗意。

* * *

空间是我所需要的。从坐卧行走的范围可以看出你的出身、
　阶级以及教育背景。

所以关于居住面积限度的讨论应该尽快展开。

也可以顺便讨论一下时髦的生态问题。也就是生态和发展的
　矛盾状态。

发明"矛盾"这个词的口吃贵族韩非子真的不简单！

韩非子偷偷生活在北京他无法继续隐瞒。他的同学李斯活在
　哪里我不知道。

韩非子继续对比着国家与个人、纪律与自由、富足与贫困。
　不说话就不口吃。

不口吃的中江兆民说：犯盗窃罪和强盗罪的与犯欺诈罪和伪
　　造罪的人不属于同一阶级。

不讨论贫困问题的政治学算政治学吗？而对贫穷，无法设定
　　限度。

而放高利贷的限度可能是放高利贷者的死。体面的死和不体
　　面的死。

一个活着的北京每天烧掉两万吨汽油。蓝天不高兴。

汽油价格拉升食品价格。看不下去的不仅韩非子，还有申不
　　害和商鞅。

民国时代物价上涨居然不妨碍大学教授们风度翩翩，现在成
　　了文艺老年们怀旧的内容。

国民党新生活运动没能持续到共产党建国以后。不可惜也不
　　可能。

不过端端正正的蒋委员长书法虽没什么特点现在却被追捧为
　　非丑书的典范。

现在能写端端正正楷书的人都是吃饱了没事干的人和没有机
　　会接受艺术教育的人。

他们最好抱团去关心一下吃肉的限度：

都是佛教徒，藏地僧侣吃肉，汉地僧侣不吃肉。过去日本人
　　被禁止吃牛肉时改吃鲸鱼肉。

现在牛肉可以吃了，但鲸鱼肉依然照吃。

草地上的牛献身也没能帮上大海里的鲸鱼。

大自然无边无际的沉默有时终结于地震、海啸、火山爆发。
　　这是沉默的限度。

＊＊＊

而对无聊，无法设定限度。那就对积极向上设定一个限度。

对堕落是否也应该设定一个限度？魔鬼不在我们的控制范围
　　之内。

你以为天堂是为你而设的？非也。你否认地狱是为你而设的，
那可没准儿。

俗气的人间，能够免俗的只有李成、苏轼和倪瓒。俗气和恶
俗只是程度不同而已。

那么对恶俗是否也应该设定一个限度？但设定了恐怕也没用。

嚣张的限度。李白在受挫之前。

颐指气使的限度让下跪者获得喘息之机。

下跪。在某些场合是礼仪，在某些场合是站起来、跳起来的
资本。

在内心里下跪不受道德约束。没人看见也就没人笑话。

但内心里皮筋的拉伸需要一个限度。

老实人的疯狂，一根筋的疯狂，有时会遇上两根筋的设计。

于是疯狂的限度摆在面前。尼采的疯狂不是特朗普的疯狂。

疯狂和不疯狂的硬摇滚和软摇滚从未在中国生根。

那么新诗呢？不就是分行的散文吗！它也想生根？热爱古典
　　文学的大叔、小姐说：没门！

还有比胡适之、郭沫若更疯狂的人吗？不得不考虑妥协的
　　限度。

两个人一起思考就难免脸红脖子粗。思考妥协的限度时我
　　26 岁。

而爱的限度。我成年以后不得不思考的问题。现在我 59 岁。

没有爱哪来的同情！恻隐之心，孟子的说法。其限度何在，
　　孟子没说。

小猫小狗满意它们被人类驯服。它们瞧不上老鼠的穷酸样。

那么悲悯有限度吗？大慈大悲有限度吗？普度众生的宏愿以
　　众生得到普度为限度。

伤害他人的限度。奥斯威辛焚尸炉的限度。反人类罪是极限
的罪恶。

反人类罪的最小值是一个精神正常的人用铁链锁住另一个人
并宣称其精神不正常。

在反人类罪之前，所有生活方式中的野蛮都是小打小闹。

有时我们愤怒到破口大骂。那么，破口大骂的限度何在？

打人休打脸，骂人休揭短。这说法的发明者一定曾被打脸，
被揭短，而且软弱。

* * *

疼痛的限度。女人的生产、男人的痛风。

痛风并不伤害自我，但伤害自我也得有一个限度。无我的人
怎么伤害自我？

自我一不留神回到自我之前的自相矛盾的、嬉笑怒骂的自己。

不健康就遇上吃药的限度。上层次的人反对吃药。而我年迈
的父亲不吃药怎么行？

不坚定就遇上背叛的限度。革命成功以后叛徒们自我总结道：
宁肯婚姻出轨也不能信仰出轨。

"出轨"和"脱轨"是同一个意思吗？有人"出轨"而不"脱
轨"。有人正相反。

既"出轨"又"脱轨"的不是人而是人变成的妖精。不仅乌
龟可以变成妖精。

掏心掏肺的限度。睡觉。

没心没肺的限度。睡觉。

内心纠结的限度。睡觉。也许睡不着。

天亮了，年轻一代若继续读武侠小说与黑道故事则报复的限
度不存在。

好在年轻一代中的少数人开始玩滑板，玩滑雪，但另一部分
　　年轻人穿上了汉服。

太阳当头，若人人都能指点江山并对诗歌和书法评头品足则
　　普及文化势在必行。

自鸣得意的限度是：你被雷霆看中。

阿谀奉承的限度是：你看不到阿谀奉承的好处。

哈哈大笑的限度。牛皋之死。

嘿嘿冷笑的限度。岳飞之死。

调皮捣蛋的限度是：堵住先知们的嘴。

胡扯有限度吗？胡扯是反熵的吗？真理似乎无法掰开揉碎。

而小声嘀咕的限度是：只要领导小声讲话，就能暴露出小声
　　嘀咕的人。

同理：寂静暴露出生长的万物。

万物想象自己的不可或缺。大鹏鸟向庄子请教狂想的限度。

而心智的限度何在，可以去问一问无限的毕达哥拉斯。

那么幻想算思想吗？司马相如勉强给出道德讽喻也只能给出
　这么无力的一点点。

那么抒情算思想吗？给他好话：通灵者；给他坏话：装神
　弄鬼。

博闻强记的限度。博尔赫斯的博学中包含了虚构的秘密。

弥尔顿的博学中包含了博学的错误。

云的变幻似乎没有限度，就像哥德尔的数学。

智慧海的限度应该就像大海的限度是其自身。地球上的大海，
　不能再大了。

长须鲸体积的限度，它和大海的比例关系，尚无人谈论。

＊＊＊

欺骗的限度。古往今来任何欺骗都没能搞垮一个文明。

伪装的限度。打他的屁股或者冻结他的银行账户。

不伪装的限度。把他拉进一个单位或者为他成立一个单位。

欺负人的限度。开除。

犯罪的限度。让他领略虚无。

纯洁的限度。允许建设性的藏污纳垢。

撒娇的限度。禁止鸡皮疙瘩顶出来。

舒适的限度。禁止指桑骂槐，禁止出现人上人。

不靠谱的限度。禁止诗人们大红大紫。

惬意的限度。禁止小说、戏剧、电影、电视剧出现大团圆
    结局。

浅薄的限度。抢走他或她的心上人。

表演的限度。为什么自学成才的演员都是好演员？

虚伪的限度。动员夏天热死他，冬天冻死他。

小肚鸡肠的限度。开膛破肚。

坏心眼儿的限度必将被消灭于全民背诵《三字经》。

《三字经》于民族有利，不必胸怀大志去读什么《史记》
　《汉书》。

小偷逃命时奔跑的限度由体能而定。短跑运动员破纪录的限
　度由荣誉而定。

窥视的限度。取消悬崖。

窥淫的限度。堵上门和窗户。允许在大街上光屁股。

烧开水的限度。烧到壶干。

悲伤的限度。跟上一个不悲伤的人。

绝望的限度。告诉他笃信的限度、惊奇的限度、怀疑的限度、
思考的限度，让他走神。

美有限度吗？王维说有就有，王维说没有就没有。鼓吹寓教
于乐的贺拉斯说什么无所谓。

诗意人生的限度何在？死亡。

诗意人生的限度是否自命不凡的限度？让死者说话。

2021 年 10 月 4 日，2022 年 2 月 22 日

论欲望，顺便论及天堂和死亡

1.

春天野猫的嘶叫，妖得让人心碎。

守株之人等待兔子从胸中蹦走。他等着欲望消失。
这也是修炼。修炼者把欲望熬走。否则又能怎样？

相信未来的人，是相信未来人会找到平静面对欲望的方法吗？
梦想回到过去的人，是要回到过去对欲望的约束吗？

哲学家给欲望以哲学花的表述。
而犯人们在监狱里像老鼠一样学会磨牙。

2.

欲望是机器还是肌体的梦想？肌体仅指肉身吗？

显微镜下看不到肌体的欲望只能看到细胞。

肌体的饥饿里有玄机。一禾、海子都不曾写到。他们当年太
　　年轻。

我一个过来人看到：年轻的欲望经常假扮成年轻的灵魂，
而灵魂来自松果体，那欲望是否来自肉团心？

植物没有松果体和肉团心竟也有生长的欲望、受孕的欲望。

判断植物也能寻死觅活未免过分。尼采也不敢下此判断。
可植物和动物和人不属于同一个刮风下雨的王国吗？

3.

欲望来自每一个细胞吗？还是来自细胞的组合？
谁令细胞如此组合？谁令 DNA 如此深藏不露？

那么欲望是化学的产物吗？老天爷是一个化学家吗？

化学家在古代是炼丹术士，在外国是炼金术士。
几乎相当于现在中学里为高考而忙碌的化学老师。

但化学老师与炼丹术士的不同在于：

炼丹术士中有人对房中术也能侃侃而谈，因此被达官贵人们
　　需要。

偷偷地……

4.

黄色小说里的和尚们总是能干的，总是英俊的。

历史记载中鹤发童颜的道士们出入于祥云缭绕的宫廷。

只听得见白头宫女的暗叹听不见她们的嗷嗷叫。

帝制废除以后宫廷里的狐狸精只好来到民间演电影。

房中术失传了。小哥哥小姐姐们只能谈小资的恋爱。

不论恋爱中还是失恋中大声嚷嚷的人都出了名！

靠谈恋爱和谈论爱情出名的应该感谢大众的窥淫癖和政策的
　　包容。

古代明君贤臣们深知邪淫妨碍稳定。

5.

我尚未提及性病说明我坚持老实到了第 5 节。
猴痘再次传播说明世界并不老实。

有些我从未听说的故事。有些我完全不了解的时髦。
有些快乐战胜了恐惧。有些恐惧演变为政治。

性病在人群中划出阵营。
淋病、梅毒瞧不惯艾滋病。艾滋病瞧不惯猴痘出风头。

他们都干了什么？他们都干了什么？
生物实验室中的狂人动了消灭人类的念头。

6.

严肃一点！我不够严肃吗？严肃的问题是：
创造一个肌体就是创造欲望吗？

肌体是次级智力可以创造的吗？
科学狂人们以为自己在悄悄地接近天意。

次一等的科学—商业狂人们敢于蔑视莎士比亚。

欲望就是莎士比亚的 will，就是意志，就是要。
孟子轻利但并不轻色，胆大的蔑视个孟子瞧瞧！

但丁把好色鬼安排在地狱的第二层。那里乌鸦飘荡，大雁
　哀鸣。

7.

欲望不能满足时就心烦意燥，或者施行破坏，铤而走险。

或者呼天抢地，假装正义。革命，革命，革命！
但一哭二闹三上吊基本不是欲望不能满足的结果。

欲望不是装出来的更不是表演出来的。三级片拍出来是为了
　赚钱的。

那么欲望从哪里来？
性欲、权欲、利欲——哪个在前？

它们之间什么关系？

理工科的大学校长们，请小声告诉我。

8.

猩猩大王统治母猩猩像统治一个国家。哪儿来的母系社会？
雄狮统治一个家庭有时优雅安静，有时暴力呼吼到山摇地动。

不同的欲望是一个欲望吗？
不同的欲望可以相互转化吗？不同的欲望相互之间起矛盾吗？

问亚里士多德：移情是移欲吗？问拉康：欲望是"我的"吗？
当然。你的欲望你自己知道。欲望来自 自我。

狗没有 自我，拉康说。狗在镜子前发疯乱叫。
但狗知道哪个东西是 我的（或者谁是我的男朋友或者女朋友）。

自我 和 我的，是同一个来源吗？
拉康，你怎么不说话？网上有那么多人在胡言乱语。

9.

被欲望的鞭子抽打着千里走单骑的也是英雄。

费九牛二虎之力，挣脱千般苦难，扑向一具肉身，仿佛扑向
  一首诗。

然后满足或者不满足，
然后喘气，然后安静下来。一点一滴地老去。

日本人的贤者时间。一个空无安静下来。
可以在贤者时间里画画，可以像李白一样写诗或者像普希金
  一样写色情日记。

风刮着，鸟叫着。痰迹，尿迹，野草下的虫鸣。

眼看着香蕉皮生出斑点。然后滋生新的欲望。

10.

欲望是可以制造的吗？窗外的新资本主义就是这么干的。

制造欲望而不制造肌体这可能吗？

日本人的仿真娃娃给哲学、社会学、伦理学出了难题。

书架上的圣人就是控制欲望的人。

菩提树下的佛就是去掉欲望的人，就是雌雄同体之人。

用中文念佛，用洋泾浜淫乐，畅销书的秘密。

和尚们不反对。和尚们微笑着面对世界，像汪国真。

11.

欲望是可以去掉的吗？为什么要去掉欲望才可以进入天堂呢？

有人通过耍赖而进入天堂吗？没有人为了死去而耍赖。

天堂里没有欲望和欲望的对象吗？无论如何，天堂里没有肌体。

那为什么天堂里还分男人和女人呢？

大家睡在一起吗？还是雾太大，谁也遇不见谁？

谁也遇不见谁时善还存在吗？天堂的基础是善吗？

又蠢又善的天蓬元帅跑到人间来，那一定是天堂里缺点什么。

七仙女跑到人间来也证明了这一点。

地上的美女全是天上的花童，守着平庸的善，遇上花样翻新的恶。

12.

而恶也是欲望的结果吗？恶果像善果一样好吃吗？

善是一个人的欲望还是众人的共同欲望？
一个人的欲望结果为一个人的恶，而众恶等于善吗？

存在没有欲望驱动的恶吗？

艺术家的恶是欲望之恶吗？

死人如果变鬼，鬼有欲望吗？
鬼若没有欲望那它们干吗还要 情未了 或者 复仇 呢？

鬼没有欲望那么它们都是神圣的吗？
墨子明鬼是对的吗？我的雄性的老天爷！

2020 年 5 月，2022 年 5 月

梦想着灵魂飞扬的文字

1.

我藏起来的钱，终于找不到了。于是我拒绝搬家。

我手机里死者的电话号码是该删掉还是保存？

在心中的庭院，我顶着三十年前的寒风与故人争论。

2.

老鼠终于沿墙壁里的暗道来到我家。我家有剩饭菜，但不是
　　为老鼠准备的。

去年枝头的鸟雀是否今年的鸟雀没人知道。去年的鸟啼与今
　　年的鸟啼没啥区别。

我听到一千七百年前傻鸟和聪明鸟的多声部啼鸣。

3.

当祢衡被曹操谪为鼓吏，当张翰临秋风而思鲈鱼，

不要脸的人得到了幸福。不要脸的人得到幸福以后开始要脸。

我承认我有时糊涂。糊涂时忘了脸这回事。照镜子可以修补
    灵魂。

4.

另一个我决心做一个不要脸的人，就像三十年前我决心做一
    个坏人。

另一个我亢奋，疯狂，雄起，逼迫我审视无奈、无聊和无力。

另一个我被他玩着的狗熊玩死，当我变成一头狗熊围着一棵
    大树转晕。

5.

保持自我的盲目性——听起来像高调，呀呀也只好如此。

越来越大的噪声，越来越少的理解。——在乎就是屈服。

跟在我身后的人离我越来越远。我把走在前面的人跟丢了。
　停下来，喘气。

猛听见六十亿人同声喘气；猛看见三千大千世界像三千个大
　个姑娘好有趣！

6.

人过五十就不要谈论孤独了。不符合经验与身份。

没有到来的人就不要来了。戈多也不要来了。

磨剪子磨刀的师傅同时也磨炼了耐心，可是他已经不再被需
　要了。

美国人惊慌失措，中国人渐入佳境，阿猫阿狗如我也赶上了

三千年未有之大变局。

7.

从未见过号码 8888 的钞票。月亮干净的夜晚，银行内鬼乐
无穷。

数钱，土鳖的快乐。边数钱边怀旧，土鳖的大快乐。

踩进微信支付的时代，但微信支付买不下做微信支付的公司。

嬉皮中混着青年乔布斯，朋克中混着退休的马云。

8.

把竹子种在 5G 的时代？竹子壳手机、竹子壳手表：环保的
新主意。

把竹子种在别人空宅里的王徽之在今人看来是得了强迫症。

风流啊，但国家不需要。游手好闲之徒与区块链势不两立。

穿汉服的小哥哥、小姐姐们没有一个觉得自己是鬼的亲人。

9.

小混混不知所措不是因为他参见女神，而是因为他忽然面对
太多的女神。

我儿时的一本正经最终毕业于网络天堂里的荤笑话和负面
新闻。

怀旧，怀念到过的村庄：母牛下小牛，我最初的记忆。

怀旧，怀念到不是自己的时代。想见见杀虎斩蛟的周处革面
洗心。

10.

变重的身体。梦是轻的。大局就是窗外的一切。

不适应噩梦越来越少。美梦也越来越少。遂踮脚进入他人的
噩梦和美梦。

一间屋子。我走错门了吗？另一间屋子，我走错门了吗？

我屋子里的鬼魂请滚出去。岌岌可危的进化论依然在窃窃
　　私语。

11.

梦里梦外，向曾经的同道鞠躬。他再次出现是在他的遗像里。

曾经的死党，五分钟的交情，永恒的江湖。

虽然后来大家分道扬镳，但还是老哥们儿。相忘于江湖无妨
　　共享一个世界。

我也正在与自己分道扬镳。管闲事的人都去了哪里？

12.

我读到：嵇康在树下打铁。我想象：嵇康初学弹奏《广陵散》
　　时的精神贯注。

静止的空气。三千跪地的太学生。哭声。他的认真的死。大

寂静。

风过耳。老样子的青山。水又活过来。

声无哀乐：一个人，一条真理的发现。足矣。

13.

当坟墓里的王璨听见故友的驴鸣，当何晏服下五石散，

我被要求谈谈诗歌的未来。管闲事的人管到诗歌头上！

不读不懂反讽的人写的诗，可以做到。不给任何人捧场，只
　　是个想法而已。

不辨别真理和谎言的人不会玩反讽。一脸真诚的人不好欺负
　　但好欺骗。

14.

当阮籍在苏门山中长啸，当阮门宗亲与群猪共饮，

广场舞大妈们分帮分派，斗舞如街头少年，谁也不服谁。

而当年，她们也曾同振臂，同高呼。我曾几乎爱上她们中间
　　最高的嗓门。

从理想而害羞到不知羞耻。人生的高调渐渐降低。

15.

伸着兰花指，把居民楼装点成幼儿园。她们很满意。

用五颜六色的花纸和插花的酸奶瓶装点 21 世纪。她们很满意。

布告栏里防火防盗告示贴在国家政策、交通法规旁边，几乎
　　像犯上作乱。

我打算开办审美训练班的计划被领导否定。

16.

后现代主义大众文化理论解释不了大众审美，就随它去吧。

新时代的大众审美里混合着三千年市侩的高雅。但正能量总
　　不致害人。

新时代的小偷们在寻找下手的机会。

而旧时代的间谍潜伏下来，成了一脸慈祥的五保户，偶尔关
　　心国家大事。

17.

通达于人事有代谢的歌唱飘飞成往来成古今的风声。

梦想改造世界的青年们何其可爱因为他们每天早晨起床都显
　　得煞有介事。

大爷大妈们走向地平线是命运不是诗意。

一千八百年前管宁与华歆割席时他们都很年轻。

18.

老母亲信奉集体力量的结果是加入了居委会，以便遇事得个

照应。

她为即将远行的孙子翻出自己的青春照，以 1960 年代的颐和
园布景为背景。

靠勤俭节约走到今天真实不易。随大流改天换地至少能驱逐
忧郁。

现在她老了，只担心疾病。我喊"妈呀"喊的就是她。

19.

大狗蒙哥走到灌木旁拉不出屎来改撒尿。把我气笑了。

老靳每天背一段日历上的《论语》，然后将这一日撕去。令
我吃惊。

烦闷的人，站在马路边看风景。看见树枝在冬天格外抒情。

1970 年代后期第一批玩摩托的到如今已经一个不剩。

20.

手，洗两遍，才踏实；汽车，锁两遍，才离开；

但锁不需要开两遍。忽然想念起那个从不锁门的朋友。

我记得 1980 年代的一切，但假装不回忆。虽不是政协委员，
    但我顾全大局。

21.

白云和乌云翻转在天空，爱怎样怎样，谁也管不了。

白云和乌云对屋里赤条条的醉汉刘伶的丑态无动于衷。

我滴酒不沾，幸亏可以自嗨。翟姐可以作证。

邻居安静得好像不存在，除了在吵架的时候。这鼓励我无耻
    地梦想灵魂飞扬的文字。

22.

冷就让它冷死吧，热就让它热死吧。习惯了，就像习惯于周
　　身的螺丝都松了。

圣人不知寒暑还是不畏寒暑？北方的圣人在南方淋雨发霉，
　　没有一句抱怨。

我曾经在零下 39 度的小镇上来回奔跑，以免冻僵。我活了
　　下来。

23.

零下 14 度，我把汽车发动起来。上路。

红灯和绿灯这是我的生活；咒骂乱穿马路的人这是我的变质。

迎面撞来的汽车里司机睡着了。我急忙闪躲，让后面的车辆
　　与之相撞。

我停车，下车：我是车祸的见证人，就像我是时代的见证人。

24.

石崇家用蜡烛煮饭，这是有钱人作死而死期将近。

战乱，卫玠南渡，在建康被大呼小叫的男女看杀。

带着《世说新语》我登上和平的空中庭院。阳光灿烂，银河
不见。

我摘下墨镜制止那个大声说话的人：空中的诸神从不大声说
话，除非抛掷雷霆。

2019 年 1 月 23 日—2019 年 11 月 6 日

卷六

一些看法

《大河拐大弯》序

本书书名《大河拐大弯》的意思，出自我的组诗《鉴史三十三章》① 中的《观世音菩萨木像赞》。但原诗句是"河水兜大弯"，感觉改成"大河拐大弯"比较适合做书名用。虽然中国古诗中不乏"一江春水向东流""滚滚长江东逝水"之类的句子，好像中国的河流，是认定了朝东流的，但展开地图，我们就会看到，不论长江还是黄河，都是拐过大弯的。

是同一条河流，才有必要述其弯转。拐大弯，这是我对当下中国的感受（别人肯定也感受到了，但不知会否认可"拐大弯"这个词）；我甚至可以说"拐大弯"不仅仅是我对当下中国的感受——中国拐大弯，可以一直追溯至晚清。几十年，上百年的大变局，涉及经济、政治、文化、风俗等方方面面。应和着这样的变局，我们的文学，我们的诗歌，也在拐弯，我想，也是在拐大弯。它拐大弯，它才是真文学。

但这样的大弯拐起来太难了！旧文学在那儿，"五四"以来的

① 　西川论文集《大河拐大弯：一种探求可能性的诗歌思想》2012 年由北京大学出版社出版，当时西川的组诗《鉴史》只写到三十三章。本书收入《鉴史》四十五章。

新文学在那儿，国家自 1942 年形成的文艺思想以及由此演化成的文艺政策在那儿，大众的审美习惯在那儿，媒体的文学意识形态在那儿，大学里已经写好的文学教科书在那儿，外国的古典主义、浪漫主义、现代主义、后现代主义文学在那儿，外国那些能把任何问题都说得头头是道的高人们在那儿。当写作者个人加入整个文学评价体系当中，他能够活动腿脚的天地究竟有多大呢？创造出我们自己的文学究竟有无可能？

在我刚开始写作的时候，我似乎很容易找到榜样。我曾努力学习，有时读书可以通宵达旦，夜以继日。但渐渐地，我感到，那些榜样越来越是为着他们自己的自足性而存在的。这当然是一种委婉、客气的说法。记得 1980 年代末的某一天，我在王府井新华书店买到刚刚翻译出版的普鲁斯特《追忆似水年华》的第一卷《在斯万家那边》。因为对这部书期盼已久，我便迫不及待地一边走路一边读起来。多年以后我还能回忆起当时的感觉：这书写得太好了，但和我一点关系也没有！

我一点也不否认那些过往中外文学的价值。那些伟大的文学和那些不甚伟大的文学，它们为后继的文学写作提供了高度、强度、密度和力度，提供了我们不可能像白痴一样藐视的精神之场。但我们也不可能总是尾随在它们后面，假装为我们自己的时代写作。那么在今天，我自问，什么是和我有关系的文学呢？或者换一种问法，什么样的文学在我这里才是有效的呢？我不愿意说好的文学应该对时代生活有效，我更不愿意陷入一种廉价的文学反映论。我说的是对我自己有效——这里面既包括了我对自己阅读经验的反思、我对自己写作经验的检讨、我对掩藏在花样翻新五光十色五毒俱全的文学实践背后的写作者的诚实的认定，也包括了我对个人灵魂与时代灵魂之间、文学与时代生活之间、当下个人与历史众人之间的对称关系的认定。

一个地区有一个地区、一个时代有一个时代的主流文化。我已经看到了，许多所谓的成功者，是成功在顺应了所谓的主流文化。如果仅仅是顺着主流文化，我们要修成正果也许相对容易些。可为什么总会有人选择逆着主流文化而动呢？以前在文学史中我读到过这样的人物，我记住了他们的名字，但对他们的工作没有体验。如今，我似乎可以体会到他们要逆流而上的工作之艰难了。而另一种恐怕更加艰难的工作是，一个人既要顺着主流文化——为了加入历史，又要逆着主流文化——为了更好地加入历史，则可能只会发生在当下中国这样一个时代环境中。要做出选择几乎是不可能的，而我们又不得不时时面对选择，不是选择A还是B，而是选择ABAC还是BABZ，或者更复杂的东西。

我在最近的一首诗中写道："摸着石头过河可河水太深了。"

常常，在面对我们的文化生活、政治生活时，我感到左右不是。我总是无法用一句话、两句话说清楚一件事，尽管我还算有点创造格言的能力。我接受了一些东西，但抗拒着另外一些东西。在任何事情上，我都拒绝做简单的表态，因为那样太容易了。那太容易给出的态度一定有什么不妥之处。我常常感到内心混乱，但同时我又希望将事情搞清楚。我想，我内心的混乱或许同样也是别人感受到的；我想，说到底，这是价值观的混乱。我遇上了真问题。

混乱的价值观成了我们时代的家常便饭。它所导致的文化上的俗气，其规模之大，常常令我们愤怒、无奈，又无话可说。如果你不是一个较真的人，也许你的日子会好过些，但诗歌和诗歌思想，总是把我揪住在这样或那样的现场。我想说话，但经常感到语无伦次。价值观的混乱，可能跟我们对源自西方的现代性的被动接受有关。我们不是现代性的创始者，我们是应对者；而现代性，究竟是个什么东西？我们敢像印度的阿什斯·南地那样宣布"现代性是西方胜利者的玩意儿"吗？在我的混乱当中我能打捞出点什么吗？我能据此写出不同于他人的东西吗？

如何在文学中回应我们的历史大变局，如何忠实于我们的存在、对称于我们的生活，如何写出我们自己的东西，如何从一种泥沙俱下的历史进程中获得力量，如何收起自己的不适和不屑，从现实生活中，从前辈作家那里，像个吸血鬼一样吸收营养，如何才能不致浪费我们的历史经验，是我们不得不一而再，再而三地面对的问题。在我们跌跌撞撞的摸索中，也许我们真的在创造历史。

由于写诗，由于深入国内外的诗歌写作谱系、见识了别人的发现、别人的创造力所在、别人与他们所属的历史生活的关系，同时更重要的，由于我和我的同代人遇上了真问题，诗歌的、文学的、文化的、历史的、宗教的、政治的、经济的……我渐渐发现，也许有一种思想叫作诗歌思想。它不同于掩藏起个人面孔的、以逻辑为工具的、以现成概念为依靠的思想；诗歌思想建立在观察、体验和想象之上，它包容矛盾、悖论、裂罅、冲突、纠缠与妥协。矛盾修辞，既是我们的现实，也是我们的语言，也是使我们的思想不得不独特的因素。

我认为问题意识是头等重要的，我认为拥有真正问题的人是值得尊敬的。而在我们的问题意识背后，是我们要紧紧抓住我们的现实感的愿望，这种愿望中包裹着发现的快感和对自己无能的恐惧。我是一个使用语言的人，当我不能解说这个世界的时候，这个世界就是令人恐惧的；而我努力要用语言抓住一点东西，是想活得踏实一点。而我赖以抓住一点东西的语言，我可能不得不对它加以改造。在这个意义上，我想我已走出了现有的文学主义和流派观念。这时，我想我是不小心碰到了什么东西：是创造性吗？

收入本书的文章，不能说它们已经很好地回答了我内心的诸多问题。它们只是一些思想的尝试。我有点骄傲的是，我已尝试了多年。所以本书所收的文章在时间上跨度很大，最早的文章发表在 1990 年代后期。我是遵从了前辈老师的建议，将它们作为资料收入的。但书中的大多数文章都是我近年所写，有一些是正儿八经的论文，有一些是随笔。我脑子里一直有一本文学论文集的结构设想。现在这本书还没有完全达到我的设想。之所以出版它，是希望它能尽快加入一些更广阔的讨论之中去。

在整理本书的过程中，我发现我一直在做比较：中国和外国、当下和过去、诗歌与其他行当的艺术创造。在比较当中，我寻找着我的、我们的文学写作的可能性。没有人为我们准备好道路、方向指示牌，我们冒着失败的危险自己来尝试，看能走出多远。能走多远就走多远吧。这也许就是本书讨论问题的方法。在讨论问题的过程中，我力戒陈词滥调。我在书中赞扬了某些人，也批评了某些人。我向我批评的人表示感谢。对他们中的大多数人我其实是怀有敬意的。他们值得批评，说明他们自有他们的重要性。

诗歌写作是表达，理论探究其实也是表达。诗歌写作需要发现和创造力，理论探究何尝不需要发现和创造力？

诗人和运动员的区别是：在道路的尽头，也许没有人欢迎我们。

2010 年 12 月 6 日

《小主意》出版说明

　　国外（特别是西方）出版的单本诗集一般较薄，60 页左右就可出一本（也可以 80 来页）。在我了解到人家诗集的一般厚度之前，当我在一些诗人的传记或年表中发现他们一生居然出版过 40 本或 60 本诗集，我曾感到十分惊讶和不解，总是自愧创造力不如人。但实际上，在国外，诗集可以很薄。国外的小出版社有时还会出比 60 页更薄的诗集。我的由美国夏威夷 Tinfish 出版社出版的小册子《小老儿及其他诗篇》（*Yours Truly and Other Poems*）便只有 26 页，而且是汉英双语对照。在国外，如果你走进一个陌生人的家，见书架上的书大多很薄，那么你就可以肯定这家的主人一定是个诗人。诗歌读者和小说读者的区别之一在于诗歌读者一般自己也会写几行诗，而小说读者中真正抱定信念要当小说家的其实很少。

　　诗集薄，一个诗人就方便为将要写出的诗集通盘谋划——要写什么样的题材？需要怎样的结构？需要什么样的语言风格？为诗集而写和不为诗集而写，写出的东西可能有所不同。我国的诗集没有 60 来页的（见过薄的，比如李季的《王贵与李香香》、撒尼人民歌《阿诗玛》等，但一般情况并非如此）。我们写组诗、长诗，但我们大多数人的主要作品为散篇诗。这也就是说我们脑子里只有诗篇意识，缺乏诗集意识。这种情况与我们出版社的习惯性出版意识有关。编辑们觉得出本书至少应该100页吧，更好150页，最好200多页。200多页既像本"书"，其定价也可以为读者所接受。当然再厚的书恐怕就会有点问题了：出版社怕卖不动。我国的出版门槛一方面很高：出书不容易，尤其是诗集出版；另一方面又很低：种种自费出版和公私合作出版比比皆是。在这种情况下，诗人们"抓机会"出版的一般都是"诗选"，而不是"诗集"。我从前的种种诗集其实也都是诗选。美国纽约新方向出版社（New Directions）的编辑在处理我的英文诗选《蚊子志：西川诗选》（Notes on the Mosquito: Selected Poems of Xi Chuan）的作品编排上犯了难：他要我将每首诗出自哪本诗集一一标出，但我做不来，因为我从未出过他们那种意义上的单本诗集，而我在国内出版的选集和选集之间总会有所重复。

上面这些话不是可有可无的。但这类问题似乎还从未受到过批评家和出版人的注意。批评家们习惯于大处着眼：风格、思想、形式、技巧、社会环境、历史意义，当然也或者会从小处着眼：意象如何、修辞和句式如何、是否关心了小人物、是否表达了生活细节等等，但一些与写作有关的技术性问题似乎还从未入过他们的法眼。——看来这类问题只有留给写作者自己了。上手工作和不上手工作的人在面对同一事物时的自我要求会有所不同。技术性的东西作用于写作当然不仅限于出版。我相信从毛笔到钢笔到圆珠笔的更换肯定会对一个人的写作风格产生影响。从竹木简、作为书写材料的丝帛到纸张（各种纸）的更换也会影响到诗人的写作。现在我们使用电脑。电脑屏幕上准备好的"纸页"一般是 A4 纸大小。宽阔的页面会自然而然地让我把诗行的长度加长。但等到诗稿被排版到书中，纸面变小，原来在 A4 纸页上的形式感、空间感就完全被打乱，不得已的回行就出现了。从 A4 纸页转换到书籍出版时的纸页大小，对小说散文的影响可能有限，对诗歌视觉形式的影响则非常之大。但一个诗人总不能老在心中估算书籍纸页的大小吧。——诗歌写作的脆弱于此可见。

现在这里又是一本我的诗选。不过这一次是真正的诗选，是我过去将近三十年来的短诗作品的选集。我过去出版过几本诗集（或者说诗选），流传较广的是人民文学出版社出版于 1997 年的那本《西川的诗》。此次编选，《西川的诗》中的作品我舍弃了 59 首，收入了 71 首。但《西川的诗》没有为每篇作品署上写作时间。编那书时我的本意是更希望它能够呈现我的写作结构。任何有经验的作者都知道，写作者并不是以自然时间为顺序展开他的写作的。但这一次，我把时间署上，便有了一种自我追溯的意思。我既这样做，就不得不把《西川的诗》中的作品分开，分别编入本书的卷一和卷二。卷一中的另外一部分作品原本收在我的《虚构的家谱》那本诗集中，是我最早一些作品。《虚构的家谱》也出版于 1977 年，是一个朋友花钱出版的一套丛书中的一本，根本没做过发行，所以一般人也没见过。本书卷二部分还收入了我

《水渍》（2001）和《深浅》（2006）中的一些诗篇——它们终于可以合在一起了。本书的卷三部分，内容都是组诗，各单篇的篇幅都不大。而它们在写作时间上的跨度却很大，从1984年一直延续到2010年。卷四则是我2000年以来的单篇作品，其中部分作品曾经出现在我2008年出版的诗集《个人好恶》中。但这本诗集是与其他几本诗集绑在一起出版的套书，出版社基本上也没做发行。诗集出版在中国似乎总是充满遗憾。现在这本诗选，内容的编排基本上按创作年代分卷，但在各卷内部，作品的前后顺序并不完全以年代先后为准。我这样做依然是有结构上的考虑。

到目前为止，我的短诗这部分写作，本书算个总结。将来如果再出版什么我的诗选，我此前的短诗作品可以此书为标准。当然，这远不是全部的我。本诗选限于篇幅，没能包括我的长诗，也就是《大意如此》（1997）中的《汇合》部分，还有《深浅》中的那些长篇和成组的散文诗，还有诗剧，还有一些以历史为题材的诗。如果说全部的我，则还要加上我的几本散文、几本论文、随笔、对话和5本译作。

每一次整理诗选，修改都是难免的。这一次我不可避免地又对某些作品做了修改：措辞上、意象上、排行上。但修改旧作的麻烦在于，既然是旧作，就不敢改动得太多，否则就是写新诗了。所以实在无法做局部调整的作品我便只好放弃。为作品负责的反面是为自己的成长史负责。我对自己成长史的兴趣小于我对作品本身的兴趣。在某种程度上我是个悔少作的人。我敝帚自珍的感觉不算强烈。这近三十年中我经历得太多，文学观念的变化非常之巨大。而这又是一件自然的事。我们国家的变化之大也是有目共睹的。我强调写作与历史现实的对称。现在我以一个中年人的眼光看我青年时代的作品，发现哪儿哪儿都是问题。这可能有些不公平：修改旧作时，我仿佛一个经验满满的人在改着另一个年轻人的作品。有些旧作令今天的我不好意思。但因为已经谬种流传，便只好跟旧我做出一些妥协。要做到米沃什所说的"旧我新我同为一人并不使我难为情"看来尚需时日。修改也有修改的危险：你有可能把一首不太好的诗修改得更糟糕。本诗选中《广场上的落日》一首就遇到过这种情况：我曾经对该诗原稿做过改动，但在修改稿被收入《西川的诗》后，批评家陈超提出了反对意见，认为我把诗改坏了。这一次，我部分恢复了原稿的风貌，但因为是"部分"，收入本诗选的这一稿等于是第三稿。市面上、网络上，我的一些诗有多稿并存的情况，本书所收作品算是定稿。

网络上有四五首或六七首短诗的作者署的是我的名字。那些诗挺浪漫，挺激情，很正面，感觉作者很年轻，但不是我的风格，尤其不是我 1992 年改变风格以后的风格。我不知道是谁出于什么目的将那些诗署了我的名字贴到网上的。望读者明察。

2012 年 4 月 26 日

《重新注册》出版说明 ①

1. 从 1995 年 6 月我去荷兰参加第 26 届鹿特丹国际诗歌节，至今由于文学原因我受邀去过的国家有 20 来个，这其中印度我去过 4 次，英国也是 4 次，美国有 6 次，德国我去过不下 10 次。在印度、美国和德国我都有过广泛的旅行：时常一个人在路上，看人，看古迹或名胜，看风景。但是，随着我国际旅行经验的增加和年龄的增长，我越来越在乎在漫长旅行的终点我会与什么人见面：我不仅需要看风景，我也需要遇到出色的头脑。加西亚·马尔克斯曾经说过：写作对于作家最好的回报就是，一个被写作训练出来的头脑能够一眼就认出另一个被写作训练出来的头脑。我想，古人"行万里路"的说法里一定也包括了在万里路途中与他人交谈的构想。让我感到幸运的是，这十几二十年来，我在世界各地遇到过一些优秀的头脑、优秀的诗歌头脑。他们带给我启发。我成为他们的读者。

2. 也是由于国际旅行经验的增加和年龄的增长，我脑子里的

① 本文是在 2012 年民刊版《重新注册：西川译诗集》说明文字的基础上扩写、改写而成。

"世界地图"在不断地调整，日益丰富和清晰起来。在 1980 年代和 1990 年代的大部分时间里，我所认识的"国际"其实只是欧美。欧美到现在对我来说依然很重要，但恰恰是在欧美，我理解到所谓"世界"还包括东亚、中亚、南亚、小亚细亚、北非、南非、南美等许多地区——当然也少不了中国。一位南京姑娘曾经问我她是不是很"国际化"，我回答，对不起，你只是很"西化"，不是真正的"国际化"。我认为真正的国际化视野对于今日真正在乎文化创造力而不仅仅是生活方式的国人来说格外重要。"多元化"不只是一个词，至少不只是一个由"西化"派生出来的词，它也应该是一种切身感受。回望这些年我个人的阅读经验和关注点，我对自己的知识构成特别是诗歌知识构成，以及感受世界的方式所进行的调整，使我保持了"文学在路上"的精神状态。我对东欧、亚洲、非洲文学的阅读在某种程度上清洗了我从前对西方、俄罗斯、拉美文学的阅读，而推动自己这种诗歌知识、诗歌意识清洗的是我的现实感和历史感。当然，年龄的增长也是一个重要原因。2013 年土耳其伊斯坦布尔国际书展期间，我曾在伊斯坦布尔大学欧亚研究所做过一个发言，谈的就是何谓"世界地图"。本译诗集中收有一首美国诗人弗瑞斯特·甘德写给我的诗《世界地图》，他对"世界"有着与我相似的看法。他本人也是一位出色的翻译家。没有人比翻译家更能体会"世界"的多样性和复杂性。

3. 所以，读者会在这本译诗集中读到不少我转译自英语的非英美诗人的诗歌。很遗憾，我只能弄些英文。法文原是懂一点的，曾经可以大略读一读法国人写的法国文学史，也能背几首法文诗，但 1985 年大学毕业后我那趟 7 个月的远足使我把自己本不牢靠的法文扔在了大西北和黄河两岸。好在英文是一个好工具。英文告诉了我世界是什么样的——它首先告诉我世界并不只是英语世界，而是多元的。即使是在当今英语国家，来自非英语国家的移民作家其实相当活跃，他们的作品构成了英语写作中一股重要的力量。近年来我读英语国家本土诗人的作品反倒不多，除非是朋友们的或朋友们推荐的作品（这其中美国作品我读得更多一些）。此外，我还有幸在国内、国外参加过几个翻译工作坊，使我得以与外国诗人面对面地翻译他们的作品。本书中有一些作品我就是这么翻译的。例如 2010 年我曾去斯洛文尼亚参加过那里举办的"大语种—小语种诗歌翻译工作坊"，我们的工作语言是英语。我在这次活动中的工作成果被收入了本书的第一部分"托尔斯泰花园的苹果：1950—1970 年代出生诗人十家二十三首"（但这一辑中也包括了其他零散翻译）。

4. 通过翻译，我们得以走近这世界上说其他语言的人们。在最好的情况下，通过翻译，我们各自的灵魂甚至可以相互进入；我们也可以通过认识他人来更好地认识自己。但翻译行为本身从来没能够免于被质疑：会有感觉真理在握或神秘兮兮的人大声告诉我，伟大的直觉和知觉可以超越翻译。可是译者是为交流做基础工作的人，所以抱歉我们的认识就是这么脚踏实地的肤浅。会有很弗罗斯特的人说，诗歌是在翻译中丢失的东西。但据我的经验，说这种话的人几乎都是缺乏外语能力的。对弗罗斯特的看法（听说有人查遍其全集也没能找到这一说法），我想说，首先，弗罗斯特本人不做翻译；其次，翻译中丢掉的不外乎语言的音乐性、双关语、特定语言中的特定思维、特殊语境中的特殊表达等，但所谓诗歌在今天所包括的东西比这要大得多，况且好的翻译一定少不了对称于原文的本语言再造；再况且，有些即使在翻译中有所丢失的作品，似乎依然值得一读。博尔赫斯就说过：好的文学作品能够战胜粗制滥造的翻译。还有一种几乎不可思议的情况：译文胜过原作。我听说德语的莎士比亚就比原文的莎士比亚还要出色。

5. 翻译行为会触及翻译的政治。而翻译的政治必然触及语言和文化的东方与西方、南方与北方，以及性别、文化身份塑造等多方面的问题。不是只有国家主导的翻译工程才会有政治内涵，任何翻译都免不了政治，因为只要是有差异的地方就会有政治。在当下中国，翻译的政治首先涉及翻译的选择，即翻译谁不翻译谁、翻译什么不翻译什么的问题。其次，翻译行为还涉及误读——不是技术层面上的误译（误译的问题我后面会谈到）。从一种语言到另一种语言，也就是从一种文化语境到另一种文化语境。即使在纵跨古汉语和现代汉语的中国文学内部，我们也能够感受到今人对古人的普遍的误读。比如古今共用的"诗"这个字：春秋战国时代的人们说到"诗"，那一定指的是《诗经》——楚辞虽然也是诗，但却是不同于"诗"的诗。但是到汉朝人们说到"诗"的时候，就已经不非得指《诗经》了。而到今天，使用现代汉语的我们所说的"诗"已经既不一定是指《诗经》，也不一定是指汉诗、唐诗了，这也就是说，无论"孔门诗教"还是历代诗话，都不能被不假思索地、百分百地拿来套用于当代诗歌，尽管当代诗歌割不断与各类古诗的血缘联系。再举一个从外文到中文的例子：T.S.艾略特《荒原》的英文题目为 *The Waste Land*，原本有垃圾场、废墟的意思，但是在中文里，我们大多数人会倾向于把"荒原"理解成一个自然意象。类似的误读如果发生在政治、社会领域，其对历史、文明、思想的影响得有多大，大家自己可以想象。

6. 我想，翻译不仅涉及翻译的政治，它也可以作为文化、文学批评的手段来使用。比较英文的莎士比亚和翻入中文的莎士比亚，我们可以更深入地理解中文作为一个庞大的文化身体所积累的文化潜意识。比较中文的李白和翻入英文的李白，我们也许可以发现一个13世纪波斯神秘主义诗人哲拉鲁丁·鲁米意义上的李白。米沃什就曾这样干，在他编选的世界诗选《明亮事物之书》中。

7. 对翻译的理论探讨，在世界上，既不是大热门，也不是冷门。本雅明、德里达、佳亚特里·斯皮瓦克等大头脑、大学者都有专门讨论翻译的文字。但我印象中从理论高度而不是经验层面深入探讨诗歌翻译问题的工作好像还不多见。诗歌翻译是"翻译"，但又与一般人们所理解的"翻译"有所区别。对比一下诗歌翻译与小说翻译，我们就会看到不同。小说家中自己也做翻译的人不是没有，但不多。而"诗人翻译家"在全世界的诗人们中间并不鲜见。T. S. 艾略特翻译过圣-琼·佩斯，瓦雷里翻译过里尔克，帕斯捷尔纳克翻译过莎士比亚，保罗·策兰翻译过曼德尔施塔姆，庞德翻译过的东西就更多了：从意大利的卡瓦坎底到中国的李白、《诗经》《大学》《中庸》。我们国家 20 世纪以来，冯至、郭沫若、戴望舒、卞之琳、穆旦、郑敏、陈敬容、绿原等等，甚至艾青，都是"诗人翻译家"。为什么诗人中会有一些人成为"诗人翻译家"，我一时琢磨不透，这其中一定蕴含着一些深刻的、与文明有关的神秘的原因。但不管怎么说，"诗人翻译家"的存在，极而言之，为翻译这一行贡献了一种翻译的类型，即"诗人翻译"，它有别于"学术翻译"和"职业翻译"。当然在大多数情况下，这几种翻译会相互渗透，也就是说，诗人翻译也可以在准确性上向学术翻译看齐，而学术翻译也可以富含文学色彩。

8. 将过去的译诗整理一下一直是我的愿望。当孙磊先生在

2009 年上半年的某时建议我在他编辑的民刊《谁》杂志上，以专刊的形式完整发表一下我的译诗时，我立刻就答应了。但因为平日太过忙碌，所以直到 2010 年 7 月他再次向我建议时，我才真正动手整理过去的译诗。在整理的过程中，我清晰地看到了那个敞开心怀接受影响、勤奋学习热情工作的年轻的我。读者当能发现我早期的个别诗歌与个别我翻译的诗歌之间的联系。这种联系我自己都早已忘到九霄云外，可现在它们告诉我：我不是石头子儿里蹦出来的。尽管从许多年以前我便与这些译诗中的大部分渐行渐远。这本译诗集以"重新注册"为名在 2012 年非正式出版，网上限售 100 册，估计孙磊总共也就印了 500 册。2013 年，作家出版社在出版了我的诗文选集《我和我》之后，编辑李宏伟先生建议我正式出版一本译诗集。于是我又重新投入翻译和对已有翻译的整理、校对工作。我在 2012 年民刊版《重新注册》的内容基础上补译了一些我觉得国内读者有必要知道的国外诗人的作品。当然我这么做也是出于对友人的感激之心。

9. 我曾对一位记者讲："我不是专业搞翻译的，也就是说，我不以翻译大家名著为己任。"收入本译诗集的作者大概有一半是我的朋友或我认识的人。越接近于完成这本书的补充翻译、润色、编辑，我越觉得这是一本友谊之书。这其中不同的诗人及其作品会唤起我的许多回忆。例如，美国作家、翻译家艾略特·温伯格在我英文诗集的出版方面曾给予我重要的帮助。再例如 2007 年我从纽约去罗得岛州普罗维登斯的布朗大学看望诗人 C.D. 赖特和弗瑞斯特·甘德，C.D. 对我说："你正是我们等待的人。"很多，很多……2013 年我在普林斯顿大学遇到卓瑞·格雷汉姆，她说读了我的诗集她一夜没睡着。在告别的时候她对我说："这是我们漫长友谊的开始。"也是在 2013 年，在西班牙，加利西亚语诗人尤兰达·卡斯塔纽曾开车带我从柯茹尼亚去圣地亚哥，我们坐在圣地亚哥古老而美丽的街头，喝咖啡，看人，聊天，晒太阳，沉默。也是在 2013 年，印度诗人维瓦克·纳拉亚南带我去了新德里康诺特广场附近的一家诗人们时常聚会的咖啡馆，我们的话题从印度、中国、美国（他正在哈佛大学做访问学者）的诗歌一直进入印度史诗《罗摩衍那》。

10. 回到本文开头提到的 1995 年我去荷兰参加鹿特丹国际诗歌节的经历。那是我第一次出国，第一次坐飞机。诗歌节有一个翻译项目：他们选出一位国际著名诗人，由与会的其他诗人在诗歌节期间将他 / 她的诗歌翻译成各自的母语。那一年他们选中的是比利时诗人雨果·克劳斯。在英译文的帮助下，我翻译了克劳斯的两首诗（翻译过程中我曾与荷兰汉学家柯雷和当时正流亡荷兰的多多进行过讨论）。然后在克劳斯的专场上，由克劳斯朗诵弗莱芒语原文，我们朗诵各自的译文。我译的这两首诗都收在了本书中。这一次为了写克劳斯的简介，我上网查维基百科，惊讶地发现，克劳斯已在 2008 年去世了。在那次诗歌节上我见到的以

《重新注册》出版说明

色列诗人耶胡达·阿米亥、捷克诗人米罗斯拉夫·赫鲁伯，如今也已过世。——生命一茬茬离开，而诗歌留下。

11. 没有这样的道理，即我翻译了谁的诗我就受到了谁的影响。我的阅读面比这些译诗要宽得多。这是需要说明的一点。（当我在网上，在书中读到别人说我受到过这个人或那个人的影响时，我总会为论者的异想天开而忍不住自己偷着乐。）这些翻译的完成，有不少是出于机缘巧合。这种情况尤其经常发生在 1980 年代后半期到 1990 年代前半期这段时间，不过近年也偶有同样的情况发生。我很少为自己翻译（为自己，读一下就行了。当然翻译的过程也是学习的过程）。翻译它们，要么是为了完成杂志的约稿，要么是出自朋友们的建议、鼓励，甚至命令。例如巴克斯特那一组，我是在北京市委党校老木的宿舍见到了巴克斯特的诗集，并且受到了他的挑唆；例如摩温那一组，我先是在家里随口翻给前来与我告别的吕德安听，看到他的反应，并且自己也喜欢，这才决定动手翻译；例如一些女诗人的诗，是我碰巧借到了巴恩斯通父女编的《世界女诗人诗选》（好像是这个书名），又赶上陈东东为《南方诗志》约稿，就翻译了。而翻译米沃什那首《礼物》诗，是因为应《十月》杂志编辑约请在写关于他的文章时，需要引到这首诗，而自己对当时见到的几个译本都不满意，所以就只好自己动手来翻译。还有，像谢默斯·希尼的《挖掘》，我是为俄罗斯／爱尔兰艺术家瓦尔瓦拉·沙妩若（Varvara Shavro-

va）在北京的一个声音类艺术项目而译。已有译本的节奏与希尼原诗的节奏略远，没法用来朗诵表演。

12. 除非读某人的全集，我们很难仅凭读某人一两首诗就对该诗人的成就做出全面判断。对这一点，我在应北岛之请翻译加里·斯奈德的《水面波纹》一书时感觉尤其强烈。《水面波纹》是斯奈德的短诗选，尽管读者能够通过这部诗选接近斯奈德的才华与关怀，但由于其长诗《神话与文本》和《溪山无尽》到目前为止都没有中文译本，所以可以说斯奈德至今没有向我们中国诗人和诗歌读者展现其全貌。在这种情况下比照他人来估量我们自己的写作，恐怕会陷入某种偏颇。容易给人造成偏颇印象的不仅限于当代诗人，即使 18、19 世纪之交的英国大诗人威廉·布莱克，如果我们以为他仅是《天真之歌》和《经验之歌》的作者，而不知道他还写有《戴尔之书》《天堂与地狱的婚姻》《弥尔顿》《耶路撒冷》《美利坚：一个预言》等，那也会闹大笑话。我现在的这本《重新注册》只是我个人多年译诗的一个小结，如果它作为路标能够帮助读者接近某一位或某几位外国诗人的写作，那于我已经是莫大的荣幸了。

13. 本译诗集中包括了不少 1950 到 1970 年代出生的诗人们的作品。我翻译这些诗的目的，是希望将读者带入国外的诗歌现场。以往国内诗歌翻译界对国外那些已经去世或已经功成名就、七老八十的老诗人、大诗人介绍过很多，但对当下国际诗坛真正年富力强的诗人们的工作和思考，我们很多人其实了解有限。应该改变我们的诗歌阅读落后国外诗歌阅读三四十年的状况。当然会有人对我这样说不以为然；如果他们不同意我的看法，那么这些话就不是对他们说的。

14. 我以前出版过四本译著：《博尔赫斯八十忆旧》（作家出版社，2004）、《米沃什词典》（与人合译，三联书店，2004）、挪威诗人奥拉夫·H.豪格诗选《我站着，我受得了》（与人合译，作家出版社，2009）、加里·斯奈德诗选《水面波纹》（香港牛津大学出版社，2012）。凡出现在这四本书中的译诗，我原本不打算再收入本书（2012年民刊版《重新注册》就是这么做的），但现在我遵照编辑李宏伟先生的建议，将上述四部译著中的个别诗篇作为标本收入了本书。但本书所收译诗（加上上述四部译著中的其他诗篇），依然不是我在过去的20多年里所译诗歌的全部，例如我舍弃了我在1986年10月、1987年9月和10月发表在内蒙古《诗选刊》上的《当代黑非洲诗选》和《20世纪英国诗选》，以及1988年4月发表在《昆仑》杂志上的《英美战争诗抄》中的大部分译诗。收入本书的译诗是我希望保留下来的。

15. 这些译诗中的很多诗曾被收入国内出版的一些外国诗歌选本，像邹获帆编选的《世界爱情诗荟萃》（北岳文艺出版社，

1988）、王家新、沈睿编选的《当代欧美诗选》（春风文艺出版社，1989）、刘湛秋、马高明编选的《外国现代派百家诗选》（贵州人民出版社，1990）、王家新、唐晓渡编选的《外国二十世纪纯抒情诗精华》（作家出版社，1992）、张秉真、黄晋凯主编的作为"外国文学流派研究资料丛书"出版的《未来主义·超现实主义》（中国人民大学出版社，1994），梁粱、厉云编选的"20世纪外国现代战争诗精选"《我和死亡有一个约会》（解放军文艺出版社，2005。书名来自我翻译的美国20世纪早期诗人阿兰·西格的一首同题诗，本书未予收录）等。这一次重新校译，我发现我早年的翻译存在不少误译之处，很遗憾，它们已谬种流传，连网络上都是。我真不该发表这么多译诗！所以这一次凡能够找到原文的诗我都对译文进行了订正，但也有一些诗我已找不到原文了。

16. 记得是在1986年左右，我在《中国青年》杂志上读到，该编辑部正在搞一个翻译征文竞赛，要求翻译的内容为英国一战时的诗人西格夫里·萨松（Siegfried Sasoon）的一首名为《众声歌唱》（Everyone Sang）的诗。这首诗收录在1929年版的《英诗金库》（The Golden Treasury）中。更后来版本的《英诗金库》收没收这首诗我不知道。我把我的译文投过去，《中国青年》居然刊登了出来，后面还附了著名翻译家李文俊先生的评语。他批评了我的误译之处。因为我手头一时找不到那一期的《中国青年》，李先生批评的原话我已记不清了。但我还记得我把原诗中的 or-

chards（果园）误译成了"橄榄园"（把 orchard 与 olive 搞混了）。隔了些年头，一次我去中国社会科学院外文所开会，遇到了李文俊先生，他还曾对批评过我向我表示抱歉，我告诉他我已遵照他的批评将萨松的诗重新译过，发表在了《昆仑》杂志上。李先生很高兴。李先生对我的批评我会牢记一辈子。

17. 我自己的体会：造成误译的原因有多种。一般说来，外语水平不过关是第一因素（我上面提到的误译萨松诗歌的事就属于这种情况）。对原文语言层面上的误读、不理解，大概是每一位从事翻译工作的人都会碰到的事——那毕竟不是母语。但我发现，误译其实还涉及更深层的原因。随着我年龄的增长、见识的增加，我意识到在语言理解力之上的文化理解力的重要性。有时会出现这种情况：原诗字面上的含义你全懂，但你的理解依然有偏差。我曾帮助过几个人校他们的译稿，我发现问题往往出在他们的文化理解力上。重校自己的译稿我也发现了同样的情况。本译诗集中有个别诗作别的译者也译过。一般说来，我对自己的要求是，如果某诗已有中文译本，如果这译本还不算差，那就大可不必做重复翻译。但如果我做了重复翻译，那我一定有原因或有目的，我的目的之一也许是想纠正已有译文中的误译之处。翻译这活越被人纠正就会越接近完美。我随时准备聆听方家的纠正。我曾在网上看到有人指我译四元康祐的诗中，"蒲团垫子"一语有问题，因为"蒲团"就是"垫子"，重复了。我当时那样处理，是怕仅"蒲团"二字说不清楚；我的参考是："泰山"除了可以被翻译成 Mount Tai，也可以被翻译成 Taishan Mountains。后一种译法里 shan（山的拼音）和 mountains（山）也是一种重复。现在我接受网上的批评，将四元康祐"蒲团"后面的"垫子"二字删除。

18. 在重新整理这些译诗的过程中，我对自己曾经接触过这么多不同色彩、不同风格的诗歌感到惊讶（我已尽力翻译出不同诗人的不同风格）。虽然其中许多诗作不是出自我们熟悉的外国大师之手（那些人的作品应该由更专业的译者来翻译；并且我认为，大师们的作品也许我们读得太多了），但它们还是显示了诗歌的丰富性和多元化。这让我暗暗觉得，这些年来，中国国内的诗歌写作在风格的多样性方面呈现出某种退步，我们表面的多元化背后隐藏着一种骨子里的一元化或两元化。我听到过一些极端的说法，大意是现在中国的年轻诗人们已不需要再读外国诗了，因为在过去的 30 多年里我们已有一些积累，只读中国人自己写的诗就可以了。那么，这本译诗集会提醒你，这种看法无异于坐井观天。

19. 最后再说一点题外话：我自己首先是一个诗人。这些年来我的写作让一些朋友喜欢，让另一些朋友不喜欢。而不喜欢我近年写作的朋友，我猜，会怀疑我的中文语言能力。我不想为自己的中文语言能力辩护，但阅读我的译文，人们也许会发现，我所使用的中文有时松弛，有时紧促，有时华丽，有时朴素，这是我根据不同翻译对象做出的语言风格的选择。于此，读者当能猜到，我在我自己的写作中，如果使用的语言不那么华丽或曰文学，不那么紧促或曰简洁，那并不是我不会，而是我不想那么干。另外，我还碰到一种情况：曾有不同地方的不同诗人对我说，我们不像你们这么写作是因为我们对文学有不同的追求，我们对语言有不同的理解。——那么好吧，我赞成你们对文学的不同追求，但你们不该掩饰你们的问题。如果你或者你的朋友们也做翻译，我们可以在处理相同诗篇的译文上找到语言的公分母。通过比较不同译文其实是可以比较出不同的语言观和对语言把握的差别的——在这一点上谁都别想要滑头。

2010 年 8 月 23 日，2014 年 2 月 17 日

《灰烬的光芒》序

　　我身边的人都读诗,但媒体给我造成的印象是:很多人已经不再读诗了。但媒体也告诉我,有人已经发明了写诗的软件,这说明有些人还是拿写诗当回事的,否则费那么大劲设计那个软件干什么!媒体在谈到诗歌接受现状的时候,出发点往往是读者,但作为一个写作者,我要说,诗歌存在的好与坏以及它未来的可能性,责任主要在写作者身上,但媒体几乎不发表关于诗歌写作现状(而不是接受现状)的内行的讨论,而写作者,当然同时也就是诗歌读者。那么不写诗的人是否就与诗歌无关了?不是。一种有深度有广度的生活、一种有质量有意味的生活,总是与诗歌有关——当你以为你只和小说、新闻报道、电影、电视、流行音乐有关时,你依然和诗歌有关;当你挑选富于设计感的日用品时,你依然和诗歌有关。即使你觉得你的生活与诗歌无关,你也不能肯定你的下一代就与诗歌无关。

　　网络上推送的许多当代中国诗歌作品不能被简单地拿来作为理解诗歌的标本。我不得不说,一些人憎恨诗歌是被网络小编们带偏了,一些人喜欢对诗歌写作现状指手画脚是因为他们对自己1930 年代的诗歌趣味毫不怀疑,或者他们知道雪莱、拜伦、普希金、泰戈尔的大名就觉得自己了解世界诗歌，或者他们能够背诵几首、几百首唐诗宋词就觉得自己是"才子"了，或者……当然，中国古典诗歌的权威性在当代普通诗歌读者和非诗歌读者这里是毋庸置疑的。但这些人中的大多数，与其说是热爱中国古典诗歌，不如说是习惯了中国古典诗歌。而在习惯了中国古典诗歌的人们中，很多人是不读外国诗歌的。这构成了一种阅读势力，与我们的教育状况（不仅是今天的教育状况，也包括三四十年前的教育状况）有关，与主流意识形态、农业社会的审美方式、价值观、世界观有关，与非古汉语语境的古汉语尊崇有关。近年来传统文化凶猛回潮，这背后的社会因素、政治因素、经济因素值得深入探讨。所以退回诗歌阅读的问题，我感到，当下人们的阅读趣味肯定不仅仅是一个文学问题。同样，多读一点点外国诗歌，也不仅仅是个文学问题——不往远了说，不往大了说，这其中的文化问题总是有的。我本人是一个多年的世界诗歌的读者——尽管近年来我中国古书读得更多。本诗选力图将读者带入一个较为纯正的、除中国诗歌之外的诗歌世界，时间跨度是从古到今。

抱歉我这是在说大话了。一部真正的包含从古到今诗人们的世界诗选，可能得装满一座图书馆。这是我不可能实现的编辑梦想。本诗选只是薄薄的一本。编选者谦卑的希望是：一、为诗歌读者们的生活锦上添花；二、为缺乏世界诗歌常识的读者们提供一些基础知识，如果诗歌也是一门特殊知识的话。它将有助于我们了解诗歌的基本含义。如果效果好的话，它将构成我们接近诗歌之美的第一层台阶。另外，比较阅读世界诗歌与中国古典诗歌、中国现代诗歌当是一件有趣的事。

过去我们说到"世界诗歌"时，大多数人脑子里浮现的主要是西方诗歌和苏俄诗歌。即使一些诗歌读者的民族感较强，他们可怜巴巴的世界诗歌阅读经验居然也是西方中心主义的。这是没办法的事：谁让我们生在五四运动所造成的文化逻辑之中！所以，在编选这样一本诗选时，我多少希望能够对我们潜意识中的"西方中心主义"的世界诗歌趣味有所修补。所以除了那些已经高度经典化了的外国诗人的作品，本书也收入了一些对大多数人来讲相对陌生的古代东方诗人的作品，例如古代波斯的鲁米和哈菲兹、古代印度的卡比尔、古代越南的胡春香等人的作品。这些诗人在他们各自的国家都是大名鼎鼎的人物，而过去由于种种原因没能引起我国读者的重视。

还有一点必须说明：译文中的诗歌和原文中的诗歌从来不能画等号。我本人就曾经纳闷：为什么普希金名头那么大，而读中译文的普希金，却读不出他的好？普希金的中文译者中包括了翻译界的顶尖人物，但我还是不能从中译文完全理解普希金在俄语文学中的崇高地位。很遗憾我不懂俄语。我是在听了俄国诗人和懂俄语的中国译者解释之后，才理论性地理解了普希金之于俄国文学的伟大意义。这种情况也发生在中国文学与世界读者的关系中，例如，屈原是中国诗歌的源头之一，也被翻译成了许多种语言（甚至俄国诗人阿赫马托娃都参与了对屈原的翻译），但我

（几乎）不曾听说哪位外国诗人盛赞过屈原。诗歌翻译的问题除了是语言问题，也是文化问题、文学思潮与写作观念的问题、读者接受习惯的问题。一句话，这是个大问题。现在国际上，翻译学已经成了一门专门的学问。我在此就不多费唇舌了。撇开种种翻译理论，我还是要感谢各位译者的辛苦工作，有时甚至是勉为其难的工作。

限于本书篇幅，也限于作者版权和翻译版权的问题，一些我认为重要的现当代诗人的作品没能收入书中。所以坦率和遗憾地讲，这不是一本全面的世界诗选。但无论如何，这本书力图为当代中文诗歌读者提供一个基本的世界诗歌面貌。

在本书的编选过程中，果麦文化的编辑王小马做了大量工作，在此致谢。

2019 年 12 月 13 日

鸟瞰世界诗歌一千年 ①

一

我内心相对的魔鬼告诉我，公元 2000 年并无特殊之处。以这一年作为结算年，作为欢欣鼓舞或忧心忡忡的借口实出偶然。世间有许多纪历方式，古代中国使用干支纪年。犹太拉比认为世界开始于公元前 3760 年，因此 2000 年为犹太俗历 5760 年。亚细亚的希腊人从公元前 312 年开始纪年，因为塞琉古一世于是年执政，故 2000 年应为塞琉西纪年 2312 年。2000 年又是穆斯林出逃纪年的 1421 年；出逃纪年从先知穆罕默德由麦加出逃麦地那那一年算起。约在公元 1650 年，英国圣公会主教詹姆斯·厄瑟尔通过对《圣经》的反复论证得出结论：上帝在公元前 4004 年创造了世界（有点儿意思），因而 2000 年乃是基督教俗历 6004 年，我们现在使用的纪年方式，是法兰克国王、加洛林王朝的查理大帝所定。他认为应从耶稣诞生那一年开始纪年，因择定罗马历 753 年为公

---

① 本文系应《中国图书商报·书评周刊》之约而写，2000 年 1 月 18 日在该报发表时有删节。原题《谁在高歌？谁在低吟？》。

元元年。

二

但是，我内心相对的魔鬼看来已激怒了我内心的绝对之神：公元纪年一旦被确立，与公元纪年有关的世界末日的日期便似乎被同时确定下来，怀疑世界末日的必然性便是怀疑神，怀疑神的秩序、法则和伦理。据《圣经·新约·启示录》第20章，基督将在地上建立弥赛亚王国，并在世界末日审判之前统治世界一千年。这样的千年王国论向所有使用公元纪年的人做出了巨大的心理暗示，仿佛人生在世不过是为了经由死亡进入永恒。这也成为所有预言家的幻象基础。而诗人们，不论西方诗人还是东方诗人，都在不同程度上自视为记忆的载体，因而自觉拥有面向末日或面向死亡的能力和权利。一个整数千年自然不同于其他年份，末世之思从19世纪末开始便愈演愈烈，爱尔兰诗人叶芝在写于1919年的《第二次降临》一诗中悲叹道："万物崩散，中心难再维系；/世界上遍布着一派狼藉，/血污的潮水到处泛滥，/把纯真的礼俗吞噬；/优秀的人们缺乏坚定的信念，/而卑鄙之徒却狂嚣一时。"

三

对于时间终结的惶恐渗透在 20 世纪的思想、艺术和文学当中。但使我们稍稍安心的是，一个千年向另一个千年递进，在历史上已不是第一次。在第一个千年来临时，基督教世界也曾为之紧张。当时，甚至神圣罗马帝国的公牍亦使用"兹以世界末日行将来临"等语开端。信众情绪低落，恐惧，赶赴罗马的朝圣者络绎不绝。然而，那一年并未发生大的灾变，这把教会搞糊涂了。直到 15 世纪欧洲文艺复兴出现时，教会方醒转过来，指认人文主义者为"敌基督者"，先知萨蓬纳沃拉更在意大利的佛罗伦萨大肆焚烧艺术品与奢侈品。可是，人文主义者出现的时间并不符合基督教有关千年王国的预言。为此，教会只好牵强地说，《圣经》上所说的千年时光，应该解释为一年等于一年半！看来信念越笃定的人越有可能被时间逼到胡说八道的地步。

四

回溯这一千年的时光，回溯这一千年的世界诗歌，我仿佛重返一场大梦。诗歌记录下了这一千年的梦境，尽管许多诗人并不属于这公元纪历的序列。在回溯这一千年的世界诗歌时我感到困难重重：第一，我不能肯定我的识见已宽阔到足以与这一千年的时光相对称；第二，尽管我一向注意培养自己的历史概括力，但我对自己的历史概括力并不自信；第三，我所使用和我略知一二的语言极其有限，因而在很大程度上我只能依赖译文，而谈论诗歌译文与谈论诗歌原文完全是两回事；第四，个人趣味难免不影响到我对于诗人、作品的取舍，与其说我谈论的是一千年的世界诗歌，不如说这是"我的"一千年的世界诗歌。现在我已敛心静气，瞄准了这已然过去的一千年的开端。

五

那时，欧洲的社会风尚质野少文，即便是贵族也刚刚改掉使用绰号的陋习，开始使用姓氏。人民既疯狂又愚蠢。这疯狂和愚蠢又可归因于虔信。意大利翁布里亚的农民为了得到圣徒罗慕得的骨头，曾想尽办法要将圣徒杀死。那时，欧洲大陆东端的拜占庭帝国倒是热热闹闹，忙着与阿拉伯、伊朗和印度做生意。皇帝君士坦丁七世略有文采，其大著《拜占庭帝国及其邻近各国记》甫自杀青。再往东，昨天还在敬奉灶神的罗斯人由基辅大公弗拉基米尔一声令下，全部受洗，接受了基督教。比较而言，当时的亚洲文明已然灿烂得可以。在中国的交州、广州、泉州、扬州住满了叽里呱啦讲阿拉伯语的商人，而在巴格达，则专门设有售卖中国货品的市场。阿拉伯人翻译、保存下来大量古希腊著作，这些著作后来在欧洲派上了大用。在中亚细亚，伽色尼统治者马穆德的宫廷盛极一时，诗人、学者人才辈出。其北部突厥人的塞尔柱帝国的文化同样发达：欧玛尔·海亚姆，塞尔柱帝国的宝石，不仅把押韵的四行诗体（与中国的四行绝句是两码事）写到登峰造极，还制造了星座表，改进了历法。

六

公元 1000 年正是中国北宋的咸平三年。适其时，中国文化已经成熟到长出霉点，活字印刷术的发明改变了文化传播方式；国子监里的经史书版已有十余万块。庆历新政，始创太学，文人中讲究"治国平天下"的正忙于改革，讲究"修身"的则将玄学带入儒学，视"克制"高于一切。这对"克制"的要求并非踏虚而来，因为商品经济的空前发达所招致的娱乐需求，颠覆或化解了中国作为一个农业社会的发展动力。据孟元老《东京梦华录》，在北宋首都汴梁，"举目则青楼画阁，绣户珠帘……新声巧笑于柳陌花衢，按管调弦于茶坊酒肆。八荒争凑，万国咸通。集四海之珍奇，皆归市易；会寰区之异味，悉在庖厨。"（但是宋官僚黄体方又有诗句描述汴梁曰："雨后淤泥填紫陌，风前尘土障青天。"明代瞿佑在《归田诗话》中说，这是因为"街道无沟渠，又不用砖石甓，遇雨则行潦纵横；而地迫黄河，风起则尘沙蔽日，不可开目"。）这从一个侧面为我们解释了为什么像欧阳修、范仲淹、司马光这类身居高位的大文人竟然也会写下"寸寸柔肠，盈盈粉泪""酒入愁肠，化作相思泪""相见怎如不见，有情还似无情"

之类的情辞韵语。

七

中国诗歌至宋代已然老化。宋诗接续唐诗并不是宋人的福气。在高度抒情化的唐代之后，宋代诗人多少有些自卑。戴复古《论诗十绝》有言："文章随世作低昂，变尽风骚到晚唐。举世吟哦推李杜，时人不识有陈黄。"诗歌写作的困境迫使诗人们向散文、向理趣寻找生机。最能体现这种转向的莫过于苏轼。其诗以儒家道德正视人生，以玄学精神理解永恒，嬉笑怒骂，横生绝相，表达了儒家文化可能达到的精神自由。1127 年宋人南渡以后，家国之思成了诗人们无法绕过的题材。陆游诗歌心焦语直，否则承载不动巨大的历史变故。这既成就了陆游诗歌的优点，也做下了陆游诗歌的缺点。宋代诗歌的中年气象集中反映在黄庭坚"夺胎换骨""无一字无来历"的诗歌理论中。他的理论后来遭到以禅入诗的诗歌理论家严羽的反驳。两宋成就卓异的诗人尚有王安石、杨万里、范成大诸人。宋代的文化功勋主要在词。词是富庶社会闲情逸致的产物，渊源可追溯至晚唐诗歌的内心梦幻和民间乐府。宋词本服务于歌唱，服务于生活方式，因而在语言上易于接受俚俗口语，使广义的诗歌语言得以胜出传统诗歌语言习惯。也因为它服务于生活方式，在宋词滥觞之际，大官小吏皆以女性为下笔处，在中国这样一个世俗的国度，感叹与女性有关的青春之不永，成了诗人们接近生命真相的便捷之途。在宋代词人中，柳永的长调以其儿女情长、语多伤感最大限度地满足了市民阶层吃饱以后自伤自怜的精神需要。与柳永同属"婉约派"的秦观，则辞情相称，有唯美倾向，被认为是词坛的理想人物。而他的老师苏轼，作词则循另途，与南宋辛弃疾同称"豪放派"。豪放派几乎是逆时代风尚立起的写作风格，有心将艳情辞章拉回正统的诗歌写作之途。尽管宋词以书写艳情为主，但从艳情的主角女人当中却走出一位独辟门径的李清照。其词原本清丽到弱不禁风，南渡以后，词境凄苦，每作哀鸣，写出了身为女人的无力与无助之感，深入个人生存的晦暗之中。为了叙述的全面，我还应提及晏殊、周邦彦、姜夔这几位"正宗"词人，他们的清词小令向来蒙小布尔乔亚称赏。

八

文明高度发达的社会标志之一，便是艳情文艺的出现。女性成为文艺的宠儿并不意味着她们的社会身份有所改变，而是她们作为男性情欲的对象，终于可以为道德所接受。这在中国如此，在印度亦然。印度是一个宗教气氛极为浓厚的国家，而且等级森严；印度传统文化对于世人行为举止的规范几近苛酷；对于两性的防范，出于戒欲修行和维护等级秩序的考虑，比中国有过之而无不及。《摩奴法典》第二卷第 213 条："在人世间，诱使男子

491

堕落是妇女的天性，因而贤者决不可听任妇女诱惑。"第 214 条："因为在人世间，妇女不但可以使愚者，而且也可以使贤者悖离正道，使之成为爱情和肉欲的俘虏。"但是印度也是一个深不可测的国家。大约出现于公元 3 世纪的犊子《爱欲经》，在印度被公认为色情文学的最高权威，后世的诗人们争相仿效。至 12 世纪，印度色情文学再度泛滥，其中最有名者当推诗人鸠科迦的《爱欲秘密》（又称《科迦论》）和诗人胜天的《爱欲花环》。胜天系孟加拉国王勒克什曼那·森纳的宫廷诗人，系印度梵语文学的最后一位重要诗人。他除著有《爱欲花环》，另有长达一千余行的《牧童歌》赞颂黑天与牧女罗陀的爱情故事。黑天是印度宗教神话三主神（梵天、毗湿奴、湿婆）中毗湿奴的转生化身，一译克里希纳。在印度传统绘画中，他常以肤色青黑的可爱少年形象出现。诗人们则喜欢将他塑造成主持正义、反对种姓不平等的英雄。黑天化身为牧童与牧女罗陀相爱的故事，在印度被广泛世俗化为人们表达情欲的文化载体，几乎每一位诗人、画家、音乐家都有他的黑天和罗陀。至 14 世纪，用迈提里方言写作的维德亚伯迪更将黑天与罗陀的故事推向了露骨的性爱描写。像中国一样，印度在进入第二个千年时似乎也是文明过了头。文化和战乱交织在一起，使印度分裂为许多小国。新兴于阿富汗境内的讲波斯语的伽色尼王朝从 1001 年起的 26 年间入侵印度 17 次。1025 年马穆德攻陷印度西海岸的苏姆纳特，杀人 5 万，将所劫夺的财宝用 3 万匹骆驼才运回伽色尼。而这时，诗人们正沉浸于艳情之中。

九

伽色尼的马穆德足够蛮悍，可他的宫廷里却活跃着赫赫有名
的大诗人菲尔多西。俄国人车尔尼雪夫斯基将他与莎士比亚、但
丁、薄伽丘、弥尔顿相提并论，歌德、海涅、普希金都曾写诗著
文向他表示过敬仰。他耗时 30 年完成的 12 万行长诗《列王纪》
（一译《王书》），追溯了公元 651 年萨珊王朝灭亡之前波斯帝国
4600 多年间 4 个王朝 50 个国王的故事。此前伊朗从未有过大规
模的叙事诗。菲尔多西将波斯文学提高了一大步。而且，不仅如
此，他自诩"用波斯语拯救了伊朗"。这种将语言与一个民族的
命运相连接的观点有类我国明末清初顾炎武的思想。顾炎武视语
言为道德、社会、政治工具，认为只要恢复古代圣王采用的语言，
即可恢复古代理想的社会和制度。菲尔多西对伊朗的贡献由此可
见。从 10 世纪中叶鲁达基死后到 14 世纪，伊朗向世界贡献了五
位诗歌大师：菲尔多西、欧玛尔·海亚姆、内扎米、萨迪和哈菲
兹。菲尔多西之后，诗人们不再在历史叙述方面下功夫，而是将
诗笔转向抒情和训诫（伊斯兰文化好像特别需要训诫）。1857 年
英国维多利亚时代文人爱德华·菲茨杰拉德将诗人欧玛尔·海亚
姆的《柔巴依集》（一译《鲁拜集》）译成英文，遂使欧玛尔·海
亚姆名扬天下。菲茨杰拉德的《柔巴依集》英译文甚至成为英国
文学遗产的一部分。欧玛尔·海亚姆使用纯粹的、非功利的语言
颂唱美酒，感叹时光，探测虚无，否定地狱、天堂和末日，使宇

宙的奥秘通过人生的奥秘展现出来。其后，与欧玛尔·海亚姆同属塞尔柱王朝的内扎米创作了不朽的《五卷书》，其中《霍斯鲁与希琳》《蕾莉与马杰农》以及《七美人》终于代表波斯文学闯入了爱情苦涩的花园。著有《果园》和《蔷薇园》的萨迪对波斯文学的贡献则表现在对语言的创造性使用上，不少人甚至称波斯语为"萨迪的语言"。在《蔷薇园》中，他将韵文与散文相间合用，将智慧熔铸在训诫之中。他的语言自然、华美，为后世的哈菲兹开辟了道路。愤懑于尘世生活结构，追求人性解放的哈菲兹，以爱情和醇酒为诗歌主题，大量运用比喻、隐喻、双关语、谐音词，形式完美，于虚无中见智慧，于智慧中见轻盈。本来哈菲兹有可能像中国和印度诗人那样滑入艳情诗的写作，但他为艳情抹上了神秘色彩，因而不同凡响。伊朗有神秘主义的传统。伊斯兰苏菲主义（神秘主义）对伊朗文学卓有影响。而将伊朗神秘诗歌推向顶峰的则是 13 世纪的鲁米。鲁米诗歌的精神力量打动了当代美国诗人科尔曼·巴克斯。他将鲁米的诗歌译成英文，一度风靡于大西洋两岸。

十

当东方人正在进行他们非凡的文化建设时，欧洲人还不懂得激情，或者说他们错把暴力、贪婪与疯狂当成了激情。关于这一点，本文第五节已有所暗示。

1095 年 11 月教皇乌尔班二世在法国南部克勒芒召开宗教会议，决定十字军东征事宜。当军队打到安提阿咯时，欧洲人才第一次吃到甘蔗和蔗糖。十字军东征开始了，可欧洲内部依然战事不断。对立双方无不以己为善，以敌为恶，于是惩恶扬善的英雄便应运而生，于是承载民族记忆、标示道德观念的史诗便在民间传唱开来。欧洲各民族文学的开端与中国文学的开端迥然不同。中国文学开始于抒情。抒情属于个人，抒情折射文明。而西方文学开始于史诗。史诗从本质上说属于民族性的匿名创作，是野蛮人的产物。用古英语写成的史诗《贝奥武夫》的最早抄本见于 10 世纪，但史诗所叙故事早在 5、6 世纪即已流传于北欧日耳曼民族中。该史诗诗风强悍、诗律强劲，色调豪壮而忧郁。进入第二个千年以后，法国产生了《罗兰之歌》，西班牙产生了《熙德之歌》，德国产生了《尼贝龙根之歌》。这三部作品均可称作"讨恶之作"，诗中勇士的忠君和勇敢后来发展为骑士精神。

十一

不过，民族史诗实为一种介乎诗歌与小说之间的东西。在中世纪欧洲真正具有近代意义的诗歌作品，出自一些被称作"哥利亚德激进派"的知识分子之手。西欧第一所大学博洛尼亚大学于 11 世纪末形成在意大利。12 世纪上半叶，巴黎大学形成。到 12 世纪晚期，英国出现了牛津大学。中世纪的大学生乃是一特殊阶层，他们被特许不受任何国王或皇帝的法律制裁。所谓的"哥利亚德激进派"便是由一些流浪汉大学生构成的。他们主要聚集在巴黎。他们反对僧侣，反对贵族，甚至也反对农民（在任何国家的任何时代，农民在文化上总是与贵族、僧侣站在一边，尽管他们之间存在着压迫与被压迫的关系）；与此同时，他们又浮浪于酒色之间。他们的诗歌作品后来被收集在 *Carmina Burana* 一书中。我们可以把这些作品视作人文主义的先声。预示了后来人文主义风行的还有一部名为《玫瑰传奇》的法国骑士诗。该作品第一部的作者是吉约姆·德·洛利斯。洛利斯死后，由让·德·墨恩（又名让·克比奈）续写出第二部。但这第二部的精神旨趣完全不同于第一部。第一部表达的还是骑士阶层优雅的爱情理想，第二部则在神秘主义气氛中讽世，渎神，颂赞繁殖之力，召唤毫无约束的性行为。欧洲人为这部骑士诗（特别是第二部）争论了两个世纪。因为它肉感得过分，故有好事者力图将之道德化，认为诗中呼唤爱情的夜莺意指传道者的声音，而玫瑰（象征贵族妇女或女性性器）意指耶稣。

十二

耶稣基督的敌人——魔鬼——人文主义者，他们的危险在 15 世纪被教会过分夸大了。一般教会中人以人文主义者的出现指认世界末日行将来临（这已成为西方文化贯彻始终、时隐时现的思想主题之一）。但是，实际上，人文主义者与基督教的关系却是万缕千丝，就像魔鬼必须为上帝的存在做辩护（否则他自己便不存在），人文主义者怎么可能将神本知识谱系一脚踢开？人文主义诗人、艺术家与罗马教廷，包括与教皇本人的私人关系姑且不论，单从人文主义者的精神旨趣上说，就能看出他们实际上并非如某些教会人士所认为的那样可怕。例如，作为文艺复兴重要文化特征的对于古希腊罗马文化的热忱，实际上始自中世纪。又例如，人本主义者以人本反对神本当然要奉让·德·墨恩为先驱。但这都还是枝节小事。关于文艺复兴的先驱、人类最伟大的诗人、思想者但丁，英国19世纪作家卡莱尔就曾指出，与其说《神曲》是但丁的作品，不如说"它属于十个基督教世纪"。在但丁安排他的九层地狱时，完全袭用了他那个时代教会经院哲学对于道德层次的区分。而大多数人所能欣赏、所能理解、所能抵达的也仅仅是《神曲》中的《地狱篇》。然而但丁之所以伟大，不仅在于他使用意大利语而不是拉丁文将他所处的时代置诸一场大梦，不仅在于他以在路上的灵魂空前绝后地扩充了在路上的肉体（如俄底修斯），更在于他以其思想之力、灵魂之力、感受之力、想象之力，将其语言雄健地推向了帝座身边，这是人类历史上，至少在语言具有攀升之力的西方世界中（中文不具有攀升之力，它适于顿悟），任何人都不敢想更不敢做的事。或许没有上帝，——但没有更好，一种精神的终极虚设可能比终极实在更有趣。从但丁身上，我们也能更全面更准确地看出，相对于广泛的野蛮（这种野蛮促成了近代西方对于自由的尊重），基督教思想确有其不可替代的光辉。

十三

当然，到 14 世纪，更准确地说到 15 世纪，新的时代的确已经来临。然而，与一般中国出版的文学史教科书对人文主义的评价相反，相对于中世纪经院哲学中的亚里士多德—阿奎那理性主义，人文主义是反理性的。此外，人文主义者一般脱离大众，大众追随的反倒是萨蓬纳沃拉那样的指斥时代堕落、预言末日来临的先知或伪先知。意大利第一位人文主义者当推彼特拉克。在意大利境外，他的同时代人并不把他看作一位写作十四行诗或八行诗的诗人，而是把他当作道德哲学家或基督徒式的西塞罗。这一事实提醒我们，所谓"文艺复兴式的巨人"意味多多。彼特拉克书写世俗情感，但由于残酷的机缘巧合，由于所爱之人的死亡，他将爱情与死亡衔连一处，将痛苦的爱情带至形而上的高度。由彼特拉克开创的诗歌局面，至文艺复兴晚期，在意大利，由阿里奥斯托和塔索接手。前者著有《疯狂的奥兰多》，崇尚肉欲，赞美虚浮的人生乐趣；后者著有《被解放的耶路撒冷》，悲怆伤感，语言庄重，透露出作者的人文思想与经院哲学的冲突。彼特拉克尝言，在意大利之外没有演说家也没有诗人。这说明彼特拉克未曾料到人文主义会如一道闪电划过整个欧洲的上空。在法国，曾经持刀杀人的惯偷维庸通过他的《小遗嘱集》和《大遗嘱集》最早传达出颓废与玩世的情怀。在英国，乔叟以英格兰南部方言写成清新、喜悦的叙事诗《坎特伯雷故事集》，并由此开创了近代英语。乔叟之后，仿佛一个奇迹，英格兰诞生了一位被美国当代理论家哈罗德·布鲁姆称作"没有精神父亲"，不与任何人打招呼就"昂首走进了万神殿"的伟人。这就是莎士比亚。如果说但丁拥有深度和高度，那么莎士比亚则拥有广度或自由的无向度。他是自然的天才，虽然并不抱持严肃的理想，但他偏要在悲剧、喜剧、历史剧、传奇剧、十四行诗等各个领域拔得头筹。他有着对于俚俗和血腥的嗜好。他一反英国人的沉实、含蓄，说起话来滔滔不绝，包罗万象，时而简洁锋利，时而婆婆妈妈。在他极富变化的素体诗中，他能够同时驾驭思辨和咏叹。他对人性的理解已经透彻到这样一种地步：刚才还在充满快感地高谈阔论人这种伟大的精灵，转眼之间，他又在以更大的快感赞美女人的大腿，也就是说，在赞美人类和赞美女人的大腿之间他略无隔阂。也许从骨子里他就认为这实际上是一回事。他具有罕见的综合创造力：如果要弥尔顿处理善恶题材，弥尔顿会为善恶各写一首诗，而莎士比亚会将这两者处理在一首诗中。在他那一系列有时用诗有时用散文写出的不朽剧作中，《罗密欧与朱丽叶》《哈姆雷特》《奥赛罗》《李尔王》《麦克白斯》《暴风雨》等等，莎士比亚写出了比历史人物还要真实的人物，而且连这些人物的不真实之处也令人津津乐道。

十四

　　莎士比亚生活的时代又称伊丽莎白时代。女王伊丽莎白一世
驾崩以后，英国继位的詹姆斯王本来略无建树。他之被载入史
册，完全是由于在他当政时英国出版了两本书。一本即《第一对
开本》，另一本便是被称作"詹姆斯王钦订本"的《圣经》。我之
在此提及《圣经》，一者希伯来《圣经》为韵文，二者据传莎士
比亚与本·琼生等诗人参与了《圣经》英译文的润饰工作。这部
英译本《圣经》刊行于1611年，语言朴素，辞势恢宏，对英语
语言和英语文学影响巨大。另一部在西方世界中影响卓异的《圣
经》译本出自德国宗教改革家马丁·路德之手。他用撒克逊官方
语言和图林根地方方言译成的《圣经》促进了德语作为德意志人
民的共同语言。这部德译《圣经》刊行于1534年。此后的新教说
教、教会唱诗，以及诗歌和戏剧写作均使用这种语言，连路德的
敌人也使用这种语言。路德之胜任《圣经》的翻译工作，不仅在
于他的宗教热忱、道德热忱与政治热忱，还在于他本人也是一位
诗人。德译、英译以及其他译本的《圣经》相继出现，大大改变
了欧洲人的思维方式，使得不谙希伯来语、希腊语和拉丁文的普
通欧洲人得以凭借自我直接猜想上帝。但这个问题已属于思想史
的范畴，我就此将话题打住。

十五

在 15、16 世纪，末日并没有降临世界。星移斗转，大河奔流，但东西方文明的对比却发生了变化：曾经野蛮的人向往着文质彬彬，而文质彬彬的人已经不堪记忆之重。有时我想：也许人们所说的"末日"并不指时间的突然终结，而是指一个历史过程，一种历史趋势，由上而下，由辉煌而黯淡，而作用于这种趋势的，除了记忆还是记忆。在有记忆的地方没有自由，只有娱乐；而娱乐通常被误认为自由。以印度为例，便是如此：当欧洲人迎来了他们的文艺复兴，当人文主义像春雨撒向街道和田畴，印度人依然在歌唱黑天和罗陀。15 世纪末 16 世纪初的阿格拉盲诗人苏尔达斯以五千首诗架起他的《苏尔诗海》，这些用婆罗吉语和其他方言写成的有关黑天和罗陀的诗歌，轻松、活泼，富于民间性，但这些诗里没有自由，只有娱乐。16、17 世纪之交的印度诗人杜勒西达斯（一译多罗悉陀沙）用印地语的阿沃提方言将梵语史诗《罗摩衍那》改写成长篇叙事诗《罗摩功行录》，再一次显示出记忆之重。

十六

如果说印度人的精神领域是被庞大的宗教体系所占领，那么中国人的精神领域则是被漫长的历史所占领。不过，从 1279 年至

1368 年，中国社会中承载记忆的汉族文人被横刀跃马的蒙古人赶向了权力阶层的边缘或之外。这样，中国的文化精英不得不走向民间。本文第六节曾述及宋代娱乐型的社会风貌，彼时京城瓦肆（南宋临安更甚）已是小唱、般杂剧、杖头傀儡、悬丝傀儡、药发傀儡、杂技、毬杖踢弄、讲史、小儿相扑、杂剧等铺天盖地。到元代，这正好成了文人们的天堂。于是艳情的宋词一变而为市民们的元曲，文人们拉起胡琴，打起响板，甚至吊起嗓子，在观众的叫好声中，他们的文化记忆暂时意外地减轻了许多。关汉卿、王实甫、马致远等均以杂剧知名，并且也是写散曲的好手。在套数《吕南·一枝花·不伏老》中关汉卿唱道："我是个蒸不烂、煮不熟、捶不匾、炒不爆、响当当一粒铜豌豆。"这种精神面貌已远非温文尔雅的中国传统文人的精神面貌。这其中有了经验导致的玩世，有了大众欢迎的噱头。但是蒙古人坐龙廷只有 89 年的时间，江山一日改姓朱，文化记忆便迫不及待地掩杀回来。朱熹理学变成了官学，科举文章钦定为八股。明代有大剧作家、大小说家、大画家、大思想家，就是没有大诗人。只有高启，称得上半个大诗人。而李梦阳等人倡言"文必秦汉，诗必盛唐"，虽是针对虚浮的台阁体有感而发，到底不是面向未来的心态。为了重返圣人之道，寻找源头活水，王阳明开讲"正心诚意"，李贽力行"童心"之说，但对明代诗坛均无撼动。只是到了清代，王士禛高标"神韵"，算是给诗坛吹入一口清气，但其诗有借说法得身价之嫌，查慎行没有说法，其诗状物写景尚算工细，但创造力不够，可能也正是因此他没有说法。中国诗歌至此已败落到只能状物写景的地步，其实可哀。在清代诗人中颇值得称道的唯有纳兰性德，其辞章文字承载的虽是汉族记忆，但他以此种文字向亡妻幽魂说话，因此成就了某种语言的直接性。有人谓之"韵淡疑仙，思幽近鬼"，他写出了一个贵族青年、一个满族贵族青年的哀伤。

十七

17 世纪的东方诗坛虽是庸人称大，倒也不是毫无亮点。前述纳兰性德是一例，日本的松尾芭蕉又是一例。他们二人分享过同一颗太阳、同一颗月亮，只是他们各自不知道。芭蕉以他幽雅闲寂的俳句结束了此前日本已持续两百年之久的滑稽诙谐混日子的俳句写作。18 世纪唯美的谷口芜村，18、19 世纪之交的愤世的小林一茶，以及再后来的正冈子规、高滨虚子、河东碧梧桐等俳人莫不尊芭蕉为"俳圣"。

十八

当中国人正忙于将文章押入"八股"的囚笼时，多么奇怪，法国人也正在忙着将他们戏剧的马头按入"三一律"的水槽（指一部戏剧应只有一个情节，发生在一个地点的一天之内）。看来，世界上的君主都有形式癖，尽管他们各自的历史角色不同，例如，太阳王路易十四意欲效法古罗马的政治权威，把法国带入更强大的专制政体，而中国的皇帝则是要阻止历史进程的下滑。形式是秩序的体现，是对权力的效忠。而他们所认定的形式又都颇为奇怪地建立在对于传统文化的误读之上，即八股并非此前中国文章的作法，而古希腊罗马戏剧中并不存在三一律。但是不管怎么说，正如中国皇帝需要八股，法国君主政权对于形式问题当然也不能坐视不管。所以，当高乃依的《熙德》于1636年在巴黎上演之后，法兰西学士院在黎世留的示意下对它进行了指责，理由是《熙德》不合三一律。根据同样的理由，法国人也拒斥莎士比亚的"野蛮"。"文明"就这样进入了法兰西的宫廷（法国宫廷文化可追溯至16世纪"七星诗派"的龙沙）。这一时期的法国文学被称作古典主义文学，代表人物有戏剧家高乃依、莫里哀和拉辛。紧随古典主义之后的巴洛克艺术，将古典主义诗句的严整、铿锵、绚烂、崇高发展向繁复。依然是形式主义。古典主义和巴洛克不仅存在于法国，它成为当时欧洲文学艺术的主导特色。西班牙诗人贡戈拉便把形式主义推向了夸饰和雕琢，他称戴在女孩子头发与脸蛋之间的花环为"在黄金与白雪之间"筑起的"一道边疆"。贡戈拉的诗歌衬托出剧作家维加的自然魅力，以及16世纪修士路易斯·德·莱昂诗歌中气势宏伟的神秘主义。

十九

　　君主专制确保了君王的胡作非为，在英格兰，它遇到了《圣经》的抵抗，我的意思是说，在英国资产阶级革命过程中，清教徒们为了"把自己的热情保持在伟大历史悲剧的高度上"（马克思语），大量借用了《圣经》中的词句。他们再次想起了"末世论"。革命派中的"第五王国派"认为，亚述—巴比伦帝国、波斯帝国和希腊帝国均因偶像崇拜而灭亡，神圣罗马帝国也已接近末日，"第五王国"即"基督千年王国"即将降临人间。在千年王国到来之前，基督的圣徒（即清教徒）应当代表基督进行统治。这样的激情，这样的幻想，这样的革命，以及这一切最终的失败结果，把弥尔顿推向了他的史诗《失乐园》《复乐园》和悲剧《力士参孙》。1649 年英王查理一世被处死那一年，他被任命为国务会议的外文秘书。操劳过度使他双目失明，时年 43 岁，1660 年查理二世复辟王政，他回到家中，完全沉浸于激情奔涌的梦幻世界，并由人笔录出他黄钟大吕的诗句"关于人类的不服从……"他把撒旦正面处理为反抗的英雄，由此开创了西方文学史上的"撒旦颂系列"，歌德的《浮士德》、莱蒙托夫的《恶魔》、法朗士的《天使的反叛》、卡尔杜齐的《撒旦颂》、布尔加科夫的《大师与玛格丽特》；而像雪莱、拜伦这样的诗人生前均被称为"撒旦派"诗人。弥尔顿诗风有拉丁式的高昂壮丽，他喜用大词、僻词，将回忆、独白、感叹、吁请融入大叙事。他反对用韵："用韵是野蛮时代的发明，为的是挽救卑劣的内容和蹩脚的格律。"他的诗歌到 20 世纪受到 T. S. 艾略特的贬损。艾略特努力抬高 16、17 世纪之交英国的"玄学派"诗人约翰·堂恩的身价，指责弥尔顿"感觉脱节""缺乏视觉想象力""毁了英语"。但是，弥尔顿也受到 18、19 世纪之交的布莱克、华兹华斯等英国诗人以及我们在前文中提到的美国理论家哈罗德·布鲁姆的崇敬。

二十

1789 年 7 月 14 日法国巴黎的市民象征性地攻占了巴士底狱，8 月 26 日，制宪会议通过《人权宣言》，国王败走，法国大革命就算成功了。这事激动得威廉·布莱克，一位温和的、名不见经传的伦敦小画匠手舞足蹈。不过，布莱克实际上既不热爱作为大革命思想基础的启蒙主义，也仇视英国本土以牛顿、洛克为代表的机械认识论；法国大革命只是在他离经叛道的激情幻觉的屏幕上展开，他以纯净明快、韵律强大的语言写下他的《先知书》（其中包括《天真之歌与经验之歌》《天堂与地狱的婚姻》《塞尔之书》《欧罗巴：一个预言》《美利坚：一个预言》《阿尔比恩女儿们的梦幻》《由理生之书》《伐拉，或四天神》《耶路撒冷》等），他探索了世界的神性与兽性的可怕的对称，他指出理智源于大脑，而生命能量源于心灵，他以撒旦式的幻觉建构出一个庞大、复杂的象征体系，他像一个神圣的疯子预言出上帝的退场，预言出天堂与地狱的结合。萧伯纳指出，巴特勒、王尔德和尼采，都是不自觉的布莱克主义者，他开辟了浪漫主义和象征主义。他那些以巨人、天使、飞翔、着火为题材的版画也被视作现代主义绘画的最早光亮。最早发现布莱克价值的是一代浪漫主义领袖、英国"湖畔派"诗人威廉·华兹华斯。他以自然的语言、自然流露的情感、自然的主题改变了英语诗歌的进程。他和他的朋友柯勒律治认为，诗歌是一切知识的开始和终结，诗歌不是要表达局部真理，而是要表达全部真理。华兹华斯的重要作品包括《丁登寺旁》《序曲》及众多短诗。他以自传长诗《序曲》攀上了英语写作的高峰。这部长诗内容丰厚，思想博大，同时充满内向的激情。这是典型的英语诗歌，即使在最华彩处，依然从容不迫。可能正是这种从容不迫激怒了"撒旦派"的雪莱和拜伦。雪莱和雪莱的诗歌都具有纯洁到疯狂，疯狂到邪恶的品质。这个仇恨平庸的美少年，一方面自诩为无神论者，另一方面又信服柏拉图的"迷狂"和"沉醉"。他以"立法者"的身份降生，也以"立法者"的身份死去。从生活方式上看，拜伦与雪莱不相上下。拜伦在他的诗歌中塑造了一个"拜伦式的英雄"，这样的英雄仇恨其邻人却贪心其邻人的老婆。或许比拜伦更值得一提的是尚未来得及成为大师便在 26 岁死去的济慈，一个唯美的人。他不像雪莱、拜伦充满政治狂热，他注意到诗人的处境、诗意的多面性、经验的复杂和内在的矛盾、语言的限制力与可能性，以及敏感的增进对于社会文化的作用。

英国浪漫主义诗歌气冲斗牛，但浪漫主义作为一种理论却诞生在法国，是法国的大革命震碎了思想、情感的硬糕点。不过，法国浪漫主义者最初却惊慌失措地站在了革命的对立面上，直到雨果写出他粗枝大叶的诗歌。倒是另一个思维方式中少一些汁水的德意志民族，在这一时期取得了崇高的诗歌成就。然而，同样有趣，尽管德意志民族将浪漫主义"狂飙突进"化，其最高成就却是以反浪漫主义的古典主义面貌彪炳于世的。歌德以他那份量过重，根本不可能上演的诗剧《浮士德》，与但丁、莎士比亚平起平坐。他从《圣经·约伯记》、民间传说、英国天才克利斯托弗·马洛的《浮士德博士的悲剧》以及德国批评家莱辛那里，获得灵感和启迪，通过浮士德与魔鬼靡菲斯特的东游西逛，歌德总结了自文艺复兴到他那个时代欧洲 300 年间的精神、文化历程。他像浮士德一样思想复杂，内心矛盾，同时所谋远大；他像靡菲斯特一样具有否定的精神，看出"凡物有成必有毁"。他深入虚无之中，但又以道德之力反对辩证法。在抒情短诗的写作方面他同样不同凡响。冯至等人在他们编著的《德国文学简史》中曾将歌德的《游子夜歌》与李白的《静夜思》相比，这看来是对歌德的褒奖，实则是对歌德的贬低。《静夜思》有类乘兴口占，而歌德却运用巨大的静力（而不是爆发力）预言了自己的死亡："群山一片沉寂，树梢微风敛迹，林中百鸟缄默，稍待你也安息。"在魏玛，歌德和席勒在推动古典主义文学写作方面志同道合，但差别依然明显：歌德生活在感觉中，而席勒生活在概念中；歌德是位半神，而席勒是位痛苦的英雄。可能唯其痛苦，席勒对全人类乃有至高的祝愿。浪漫的时代必是理想的时代，这时谁提问，谁就不朽。几乎是被席勒的理想塑造而成的荷尔德林把席勒本人吓了一跳。荷尔德林问道："在一个贫乏的年代，诗人何为？"人们应当怎样"诗意地栖居于大地"？他感受到了贫乏，他感受到了生存的狭窄，所以他决定飞翔，他要成为古希腊众神世界的一部分。现在看来，他做到了。在今天，他的德语比海涅那已然相当完美的德语赢得了更大的尊敬。

二十二

1607 年当首批英国人横渡大西洋抵达现今美国弗吉尼亚的詹姆士河口时，他们转身称欧洲为"旧大陆"。相对于亚洲大陆，欧洲大陆并不算"旧"；但对欧洲人来讲，它是有些"旧"了；而当时"旧大陆"最"旧"的一部分恐怕非俄罗斯莫属。俄罗斯之"旧"主要在于其文化的荒蛮和经济的落后。俄国到 17 世纪才有第一部史诗《伊戈尔远征记》，尽管此前该史诗已在民间传唱了几个世纪。但是，正如捷克教育家夸美纽斯所说："瞧那些野蛮人，他们比上帝还富有创造力。"到 19 世纪，俄国文学便已是群星灿烂，而冲在最前面的大天使便是普希金。他写过太多的诗，睡过太多的女人，太热爱自由，最终死得太不平凡。但这一切都还不足以使他永垂不朽，真正使他永垂不朽的是他把粗陋的俄语变成了一种丰富的、有光泽的文学语言，使得莱蒙托夫、索洛维约夫、陀思妥耶夫斯基、托尔斯泰得以展开工作。比较普希金与莱蒙托夫的诗歌，普希金的诗歌高贵、柔情、馥郁，而莱蒙托夫的诗歌更平民化，更精神化，并且忧郁而苦涩。当普希金已经变成一种文学知识的时候，莱蒙托夫依然打动我们。我们需要来自"旧大陆"的最"旧"的打动。

二十三

这时，在新大陆，在南美洲的阿根廷，何塞·埃尔南德斯正在为邦巴草原上的高乔人创作史诗《马丁·菲耶罗》，这几乎是人类用韵文书写民族史诗或英雄史诗的最后一次尝试，所幸他成功了。而在北美洲，沃尔特·惠特曼也在写着他的史诗《草叶集》。但《草叶集》与传统史诗毫无共同之处：首先，这不是一部叙述个别英雄丰功伟绩的叙事诗，而是一部民主的有关众人的抒情之作；其次，尽管惠特曼在诗中写到"惠特曼"，但那却是三位一体的"惠特曼"，即作为英雄的"惠特曼"，作为大众的"惠特曼"和作为诗人的"惠特曼"；最后，惠特曼使用粗暴的方言土语探索了肉体的迷宫，这是传统史诗从未做过的事。所以这真是一部新大陆的新作品，它塑造了20世纪诗人们的诗歌观念。

美国另一位改造了世界诗歌的人是埃德加·爱伦·坡。坡的幽冷诡秘正符合现代人的审美趣味，而且他耸人听闻的作诗法（先有观念再依观念摸索出诗歌），对喜好走小路的诗人们确有智力上的诱惑。他诗歌的缺点是，韵律顺滑到像抹了发蜡，过分油光可鉴了。等到现代主义在世界上大行其道以后，美国 19 世纪封闭、幽深、高敏感的艾米莉·狄金森开始与惠特曼并驾齐驱。生前无人知晓的她怎么也不会想到，自己成了最早的现代主义者之一。

二十四

20 世纪不同于以往任何一个世纪。科学技术的理性累积改变了世人的时间观，使得非理性有了速度的土壤。这样，传统哲学和伦理学便面临着危机，而哲学对于本体论的放弃标志着上帝的退场（诚如布莱克所预言的那样）。起自文艺复兴的人本终于战胜了神本，但这也成了人本终场的时刻。恰逢公元纪历转向第二个千年的终结，末世论便再度荡漾开来。但末世论的此次荡漾不同于历史上的任何一次荡漾：在此次的末世论中没有了上帝，这比有上帝的末世论更加可怕。在西方，它激发出虚无，在东方（指政治地缘上的东方，下同），它掀起了革命。虚无加革命，一右一左把死亡拖向大地的中央。死亡的激情迎来了战争，诗人成了念诵咒语的人：Shantih Shantih Shantih。这是某一优波尼沙士经文的正式结语，意为"出人意外的平安"。T. S. 艾略特以此结束了他颠三倒四的长诗《荒原》。可是，再念诵一遍 Shantih，它的发音像不像中文的"上帝"？ 西方文明就此崩溃了吗？不知道，但西方文明优雅的艺术形式却首先崩溃了。形式的崩溃意味着魔鬼的解放，意味着诗歌不得不向内而不是向外寻找其存在的理由。20 世纪的西方诗歌因此既五彩斑斓又晦涩费解。

二十五

尽管 20 世纪西方诗人各有各的说法——象征主义、意象派、未来派、表现主义、达达主义、超现实主义、新浪漫主义、新现实主义、自白派、垮掉派、纽约派、运动派、具体诗、反诗歌、新形式主义、极少主义、语言诗等等——但我们完全可以不为这些先锋派的说法所动。20 世纪 80 年代中期，我国在媒体上春光乍泄或狰狞闪转的青年诗歌流派曾多达 88 个。可到如今，荷戟独彷徨者又有几人？ 我个人对构成意义的诗人抱有如下信念：一、他必有创造力（主要指文化推进力）；二、他必敏感于语言作为一种艺术；三、他必懂得向无意义处寻找意义，向有意义处寻找无意义；四、他的作品必使我们有再生之感；五、他饱含敌意的固执己见必与他开阔的视野成正比；六、如果他疯狂，他必神秘，否则他的疯狂没有意义；七、如果他反文化，他必以一边缘知识体系反对主流知识体系，否则他的反文化没有意义。把持住上述信念，我们便可以依循两条线索分辨出三类诗人：强调直

觉的诗人，强调智性的诗人，以及平衡了直觉与智性的诗人。会
有这种情况发生：同属于一个诗歌流派的诗人会在写作品质上拉
开距离。例如马拉美与兰波虽同属象征主义，但显然前者倾向于
智性而后者仰赖直觉。在我将要提及的现代西方诗人中（包括拉
丁美洲诗人），平衡了直觉与智性的诗人有法国的波德莱尔、爱
尔兰的叶芝、美国的庞德、奥地利的里尔克、阿根廷的博尔赫斯、
墨西哥的帕斯；以智性见长的诗人有法国的马拉美、英国的艾略
特、美国的史蒂文斯；而挥霍直觉的诗人是法国的兰波、奥地利
的特拉克尔、西班牙的加西亚·洛尔迦、智利的聂鲁达和美国的
威廉·卡洛斯·威廉斯。我这样将以上诗人归类是为了让读者一
目了然。他们每一个人都没这么简单。我在下一节谈论他们自然
也不会依循这个顺序。

二十六

我要首先谈到的是波德莱尔，因为从"反常"的波德莱尔开
始，现代主义诗歌就算正式登台了。波德莱尔的写作紧接雨果
而展开。但他走到了雨果的反面，或者说走到了浪漫主义的反
面，或者说走到了正面价值的反面。波德莱尔并没有把自己撒旦
化——那是崇高心力反抗平庸秩序的关键。他发现平庸秩序并不
值得反抗，因而他把自己现代化了；他盲目地游荡于时间现在的
肉欲之途，并从一切负面事物中发现了颤抖的快乐。对于后来的

马拉美，波德莱尔不会喜欢他的洁癖，但马拉美乐于引波德莱尔为同道，是由于他由"厌倦"而生的"逃遁"企望正与波德莱尔的"游荡"差可映衬。马拉美诗艺精细，精细到将诗歌四周的空气抽光，这妨碍了他的创造力。论创造力兰波大于马拉美。瓦雷里对兰波的评价是："歌德毕生追求的东西兰波靠直觉就抓住了。"但正因为如此，兰波的创造力不可能持久（16 岁到 19 岁）。他像天上的礼花，只在瞬间将清爽的童年挥洒到极限。与上述三位同属象征主义的爱尔兰诗人叶芝则将心智向社会历史与神秘玄学敞开。他将个人生活投入历史，又将历史打造为幻象。在越过了唯美的门槛之后，他的语言变得硬朗、老练又透明；他的贵族化的内省气质在民间化的戏剧因素调剂下变得色情起来，从而废除了绅士淑女的"乔治亚诗歌"。奥登对叶芝的评价是：他终于活成了"泥土的贵宾"。在 20 世纪的西方诗人中，T. S. 艾略特无疑影响最大。说来奇怪，他又是这些人中最保守的一位：反民主、反人文主义、反浪漫主义、反犹太主义。对他来说，诗是"对于个人情感的逃避"，这似乎"客观对应"了他诗中那些无精打采的人物。他发表于 1922 年的长诗《荒原》，通过堆砌场景片段和引文，对称了一次大战后西方世界普遍存在的精神凄凉和社会混乱。在他后期发表的《四个四重奏》中，他进一步表达了他忧心忡忡的哲学思想和基督教社会主义。艾略特的优点之一是，即使在他最枯燥乏味的诗歌段落他也能保持住语言的弹跳力。通过研究艾略特的方法，我们可以穷尽艾略特，可他的老朋友，他某种意义上的老师庞德，我们却无法穷尽。庞德是一个"渊博到可怕的人"（威廉斯语），但不同于艾略特，他从来不是个学院派。他热情洋溢，观念常新，在道德上信服中国的儒家思想，并煞有介事地找到一种混乱的经济学做支撑。在其欲与《神曲》一争高低的《诗章》中，庞德将个人际遇、历史事件、引文和杜撰之语横肆拼贴，使病态的文明受到创造力的切割和重塑。本质上说庞德是一位抒情诗人。在他最清晰的时刻，其语言喷薄而出。而他最令人不可思议之处在于他把英语变成了他自己的语言。庞德的大学同学威廉·卡洛斯·威廉斯是使现代主义美国本土化的代表。他使用精细的口语实践了他"客观"的原则。而他心仪的华莱士·史蒂文斯诗风既简洁又富于暗示，诗艺高超到不合时宜。他反复冥想"秩序"和"上帝观念"的去向，并以巨大的勇气说出："作诗即是诗歌的主题。"若论思想的深度和广度及其所含有的现代性焦虑，更老一点儿的里尔克的作品或许更值得我们驻足。里尔克早年诗艺平平，中年以后心中耸立起"阿波罗神殿"。他诗风忧郁、敏感、内向又广大，将冥想和祈祷投向少女、天使和自然。他像艾略特一样关心基督教，但他所关心的是基督教个人主义，而这种关心导致他对于圣子和圣子世界的摈斥，于是存在变成了刻骨铭心的事。"愿我有朝一日，在严酷的认识的终端，向赞许的天使高歌大捷和荣耀。"在《杜依诺哀歌》和《致奥尔甫斯的十四行诗》中，里尔克承认了一个独在的、以死亡为核心向外扩展的此岸世界，他最终抵达的是空间的而不是时间的永恒之境。20世纪的西方诗歌是在反浪漫主义的背景中建立和壮大起来的。尽管浪漫主义与抒情是两回事，但传统抒情手段毕竟受到了质疑。这时新的抒情方式借特拉克尔和加西亚·洛尔迦得到确立。特拉克尔的抒情极具个人色彩：幽暗、尖锐、神经质，受到乱伦意识的骚扰，处于崩溃和疯狂的边缘。加西亚·洛尔迦的富于安达露西亚民谣韵律的、表现欲极强的诗歌则明亮、跳跃，属民族化抒情。20世纪的拉丁美洲诗歌通常被看作西方现代主义诗歌的一部分。在此我们仅以三位诗人为例，他们分别获得了独特的处理事物的能力。聂鲁达知道怎样处理风景，他甚至把历史也作为风景来处理；博尔赫斯则把时间和历史处理为梦境，他写出了梦的迷宫；我本不喜欢帕斯，可能是由于中译文的缘故，但后来在读到莱维托夫和厄普代克的英译文后（抱歉我不懂西班牙语），我意识到我的愚蠢：帕斯有处理思想的能力。

二十七

正如本文在第二十四节中所提到的那样，末世论在西方激发出虚无，在东方掀起了革命。俄国的十月革命大大改变了历史的进程，同时在文化领域，它使得俄国的现代主义者既成为西方意义上的异端，也成为革命意义上的异端。俄国一向存在着两个首都：莫斯科和彼得堡。十月革命的胜利要求每一位俄国诗人在精神上做出选择：选择莫斯科还是选择彼得堡。那些选择了莫斯科的人顺理成章地大红大紫，那些选择了彼得堡的人（非指选择居住在彼得堡）则活成了"苦难的化身"（阿赫玛托娃语），这使得后一类诗人的作品获得了巨大的道德感召力，这种道德感召力不仅来自他们对生存所抱持的信念，也来自他们对于传统的诗行、诗节、音步、韵式，以及修辞、语速、象征、想象等所抱持的信念。布罗茨基在评价阿赫玛托娃时称她不怕使用传统形式和写别人写过的题材。而形式的严整对于曼德尔施塔姆来说已经成了一种信仰。从某种意义上说，阿赫玛托娃、曼德尔施塔姆、茨维塔耶娃、帕斯捷尔纳克和后来流亡美国的布罗茨基都是古典主义者。阿赫玛托娃的诗歌将东正教祷文与情欲、禁欲、犯罪和救赎混合在一起，从对作为女性的个人内心世界的书写转向对于人类命运的探究和对尊严与创造力的维护。她的《安魂曲》和《没有主人公的歌》与历史的大变故和个人深重的苦难岁月相对称。曼德尔施塔姆天性不屈不挠，在恶劣到极点的环境中，他跳荡的想象力一直铺展向但丁和古希腊世界。茨维塔耶娃认为："文学是靠激情、力量、活力和偏爱来推动的。"她的诗歌具有简洁有力的韵脚和暴雨般的节奏。帕斯捷尔纳克则成就了一种容纳世界的艺术，在他的诗歌里充满偶然和运动。他深入存在中的个人正义等问题，以个人之力承当了历史重负。……面对如此辉煌而无用的人类精神成就，我们最好默然领受，而我却说了这么多！

二十八

　　到 19 世纪末，即使世间没有末世论，亚洲也到了它的末世。这一方面可归咎于来自西方的殖民掠夺，另一方面也要归咎于亚洲自身肌体固有的疾病。但是面对末世，亚洲人不愧拥有古老的文化：古老的轮回说终于在历史时间中派上了用场。不过，轮回说在救了某些人的同时又害了另一些人。在辜鸿铭、梁漱溟等人看来，现在轮到亚洲人以自己的文化去拯救身陷末世的西方人了！这种奇思妙想既存在于中国也存在于印度。在中国，它主要存在于自得其乐的圣道传人中间；而在印度，它却几乎是思想家、艺术家、诗人、社会活动家的共识，这其中包括泰戈尔。西方人乐于聆听东方贤哲所发出的声音，不管这声音有无道理，它既来自远方的异国，便相当悦耳。于是在 1913 年，泰戈尔获得了诺贝尔文学奖。泰戈尔的确是代表印度获此殊荣，因为他身后站着罗摩克里希纳、辨喜和阿罗颇多·高士，而当时印度社会的凋敝与混乱不亚于当时中国社会的凋敝与混乱。救不了自己的人，带着智慧与尊严去了别人的村庄，大概还是能拯救几个从本庄投胎转世去那里的人（这种逻辑并不奇怪：冠军的老师可不一定是冠军）。相比之下，19 世纪末 20 世纪初的中国人要焦虑得多，轮回说造就了梁启超的"少年中国"，促成了郭沫若的"凤凰涅槃"。而劳苦大众从《国际歌》听出了历史思想意义上的或别尔嘉耶夫意义上的末世论："这是最后的斗争，团结起来到明天，英特纳雄耐尔就一定要实现。"

二十九

　　所以 20 世纪初中国人的思想里混合着末世论与轮回说。这一西一东一论一说给青年带来了希望。而怀抱这种希望的文学青年，正如我在另一篇文章中所谈到的那样，"从个人主义的对于美的热爱出发，进入对于黑暗现实的批判和对自身使命感的抒发，继而投身于革命化写作，继而受制于集体主义写作原则，继而放任写作的意识形态化，继而丧失用以安身立命的创造力"。因此五四运动的意义，不在于它造就了多少位伟大的作家与诗人，而在于它为青年带来了希望。构成文学的因素有很多，对于文学，有时绝望反比希望的意义更大。因此我们也就毫不奇怪为什么 20 世纪中国文坛是文学青年而不是真正意义上的作家、诗人的天下。不过，人群里总有人发出异声，而鲁迅的声音在其中是最独特的。在世人眼中，鲁迅是一位小说家和杂文作家，但我要说，最核心的鲁迅却是保存在他的散文诗集《野草》之中。这是一部黑暗的，浮动着幽影和鬼魅的作品。鲁迅挣扎的没有方向的灵魂和他抱巨石以下沉的历史意识在这部作品中被象征性地展现开来。在中国 20 世纪的作家、诗人中，鲁迅是唯一一位拥有魔鬼的人，这不仅是因为他在早年写有《摩罗诗力说》，也是因为他对社会人生拥有伟大的洞察力，同时他又对自己的绝望保持了诚实；其结果是他写出了一大片敌意耸动的阴影。他比他的同辈更了解文学，他比他的后辈更了解中国。在鲁迅的同辈和后辈人中，我还应该为读者开列下这样一个诗人的名单：郭沫若、徐志摩、闻一多、冯至、戴望舒、艾青、穆旦、卞之琳（还有谁？一下子想不起来）。这其中，郭沫若把中国诗歌从写写车夫、蝴蝶的水平一下子带上了泛神论的天空。而冯至和穆旦则结合了诗与思，在艰难的岁月中深入民族的矿脉和个人的存在当中。此外，他们二人还在一生中保持了较高的艺术水准，这是文学良知的体现。

三十

在写完第二十九节之后，我心生一种渡过重洋之感，以前我还从未这样大规模地（又是在如此之短的篇幅内）回顾过东方与西方的诗歌。我知道我漏掉了许多人，有些是出于故意，有些是由于我力有不逮。不过，在漏掉了那么多人之后，我还不想漏掉我所身处的时代。因为一来，我们感受和创造时代正如往昔之人感受和创造他们的时代，这也正是他们之于我们的意义；二来我对往昔诗人业绩的陈述，多少依赖时代环境所提供的文学视野和审美倾向。从 20 世纪中叶我国正式采用公元纪历方式，我们再也不能否定自己是世界文化的一部分或共有时间的一部分，无论这是好还是坏。二战以后，西方进入福利社会，东方进入公有制社会。冷战在西方所造就的文化左派与在东方所造就的文化右派形成了绝妙的对称。这就好像上帝（他不是已经退场了吗？）在一个象棋盘上的界河两边同时下出两盘棋，在右半边棋盘上活跃着美国的罗伯特·洛威尔、希尔维亚·普拉斯、金斯伯格、阿胥伯莱、法国的博纳富瓦、米修、德国的策兰、爱尔兰的希内、比利时的雨果·克劳斯、荷兰的吕瑟贝尔、以色列的耶胡达·阿米亥。在左半边棋盘上活跃着波兰的米沃什、赫伯特、申博尔斯卡、捷克的塞弗尔特、赫鲁伯、南斯拉夫的波帕、俄国的布罗茨基。界河两边的诗人们有时在界河上相会，但不是为了厮杀，而是为了握手。新中国真正意义上的诗人是"文化大革命"以后涌上诗歌地平线的。老诗人中牛汉的诗歌获得了噩梦意识，郑敏的诗歌获得了面向死亡的语言资格，昌耀的诗歌写出了行走于荒凉之境的饱满的灵魂。1979年朦胧诗出道，改变了一代人的诗歌观念。在北岛、杨炼、多多之后，更年轻的一代开始呼风唤雨。这是一些有缺点有偏见的人，但这些人的缺点和偏见与他们的优点和真知灼见汇合在一起形成了当代中国诗歌的乐音和噪音。这些人中我所喜欢的诗人都是我的朋友，其中海子与骆一禾均逝世于1989年。行文至此，我想我对诗歌，已表达了足够的激情，对历史，已表达了足够的敬意。

1999 年 12 月 22 日

汉语作为有邻语言 ①

一

汉语作为一种孤立的语言，和它作为一种与其他语言接壤的语言，对我们的意义可能不太一样。以中原为发祥地的古汉语在佛教文献被大规模译介到汉语中之前，几乎没有邻居。说"几乎"，是因为它有一些小邻居。刘向《说苑·善说》里记录过一首《越人歌》："滥兮抃草滥予昌枑泽予昌州州鍖州焉乎秦胥胥缦予乎昭澶秦逾渗惿随何湖。"——这是汉语文献中记载的最早的鸟语歌。翻译成汉语是这样的："今夕何夕兮？搴洲中流（又作：搴舟中流）。今日何日兮？得与王子同舟。蒙羞被好兮，不訾诟耻。心几玩（同顽）而不绝兮，得知王子。山有木兮木有枝，心悦君兮君不知。"文献中还记载过一些非汉族的歌词，如《史记·匈奴传》索隐引《西河旧事》载《匈奴歌》："亡我祁连山，使我六畜不蕃息。失我焉支山，使我嫁妇无颜色。"（《乐府诗集》

---

① 根据 2007 年 4 月在纽约哥伦比亚大学诗歌翻译座谈会上的发言整理和扩写。

和《括地志》另录有两种异文）《后汉书·南蛮西南夷列传》连汉字记音带译文记有《远夷乐德歌》《远夷慕德歌》《远夷怀德歌》。南北朝时北朝的《敕勒川》很有名，但其歌唱者斛律金究竟唱的是敕勒语、鲜卑语，还是突厥语，没人说清楚过[①]。这些异族诗歌虽然见载于汉语文献，但对汉语诗歌的写作说不上构成过影响。印度佛经的翻译对汉语来说是一件大事。它影响到汉语诗歌写作的主题。即使如曹操《短歌行》"对酒当歌，人生几何？譬如朝露，去日苦多"这样十足的汉语诗歌，也或许受到过《六度集经》的影响。《六度集经》中说："犹如朝露，滴在草上，日出则消，暂有不久，如是人命如朝露。"（康僧会译）在声律方面，没有对梵文的认识，汉语就建立不起"四声论"，无由认识声母和韵母，摸索不出反切法，中国古代诗歌就建立不起它的音律制度[②]。中国古代诗人中是有人懂梵文的，据说谢灵运就是一个。但佛教进入中国以后被大大地中国化也是不争的事实。没听说过"全盘梵化"的说法。由此可见古汉语强大的自足性。蒙古人和满族人都曾统治过中国，但他们的语言与其说影响过汉语，倒不如说是汉语对它们的影响更大。蒙古人看来是忧心汉语对自己的影响，所以在西藏人的帮助下发明了八思巴文，但最终八思巴文还是死掉了。

　　汉语真正落座于邻里之间，是在 1919 年五四运动以后，也

---

①　所引材料参见马祖毅《中国翻译简史》，中国对外翻译出版公司，2004 年版。

②　参见普慧《南朝佛教与文学》，中华书局，2002 年版，第 143—174 页。

就是当古汉语成为现代汉语之后。古汉语的书面语和口头语本来是平行存在的。读唐代王梵志的诗歌，能够感受到汉语口语之根所扎之深之远。口语（记录于书面即白话）是每一个人的语言，不只限用于僧人和老百姓。《朱子语类》的宋代白话离我们今天的语言其实不远。《朱子语类》是朱熹的课徒实录。那么大个思想家说的却是和我们相似的语言，是件有趣的事。但一旦朱熹写起文章，便又回到了正儿八经的书面古汉语。由此可知，古汉语是一种多么庄重、多么隆重的语言。这种隆重的书面语言虽然也有其自身的演进轨迹，但形态大致是稳定的，它保证了中国古代的道统、法统和学统的千年不易。尽管历史上也出现过以庄重的书面古汉语书写不那么庄重，甚至很不庄重的东西，如色情小说《如意君传》等，但小说，毕竟是起源于瓦肆勾栏的东西，天然地以白话作为自己的语言，然后白话被改造成了现代汉语。现代汉语和白话的区别在于，白话面向书面古汉语，而现代汉语并不面向书面古汉语。它从白话文出发，接受了外国语言的影响。在词汇方面，日语的影响不可小觑[1]；在句法方面，西方语言，特别是英语，在现代汉语中留下了痕迹。从清朝末年开始，面对西方的坚船利炮，中国人痛心疾首地意识到了汉语其实是一种有邻语言。既然是有邻语言，翻译的重要性便凸显出来。有了翻译，才能"参西法以救中国"（梁启超《论译书》）。但翻译工作一旦铺

---

[1] 参见《汉语外来词词典》，上海辞书出版社，1984年版。

开，汉语就不可能不受到西方语言的影响。胡以鲁在《论译名》一文中说："社会不能孤立；言语又为交际之要具；自非老死不相往还，如昔之爱斯几摩人者，其国语必不免外语之侵入。"① 而使汉语接受西方语言的影响，从而达到改造汉语的目的，在某些人那里是有意为之。1931 年 12 月，瞿秋白在写给鲁迅的一封信中说："翻译——除能够介绍原本的内容给中国读者之外——还有一个很重要的作用：就是帮助我们创造出新的中国的现代言语。中国的言语（文字）是那么贫乏……一切表现细腻的分别和复杂的关系的形容词、动词、前置词，几乎没有。宗法封建的中世纪余孽，还紧紧地束缚着中国人的活的言语，（不但工农群众！）这种情形之下，创造新的言语是非常重大的任务。"②

从林纾的汉语到如今的现代汉语，汉语的包容力在翻译的催化下，已经大大扩展了。汉语的包容力、表现力又反过来作用于翻译，使得不少外国原本译不好和不能译的东西，终于能够顺利地进入汉语。这是当初林纾以桐城派古文翻译西书时所不能想象的。从某种意义上说，正是在翻译的催化下，汉语才获得了它的"现代性"，才成其为现代汉语。诗人欧阳江河坚持将现代汉语称为"中文"，以区别于"汉语"或"古汉语"，其意在强调汉语的

---

① 《翻译通讯》编辑部编：《翻译研究论文集 1894—1948》，外语教学与研究出版社，1984 年版，第 21 页。

② 《翻译通讯》编辑部编：《翻译研究论文集 1894—1948》，外语教学与研究出版社，1984 年版，第 216 页。另见鲁迅《二心集》。

现代性，似乎不无不可。但是，一旦这样来理解我们如今使用的汉语，马上就会出现一个问题：经过九十年的使用，其间被有意无意地改造，汉语是否正在丧失其"汉语性"？已经有不少人在指责当代文学，特别是当代诗歌中的一部分语言实践，正在偏离汉语性。在此，我们可以简单回顾一下现代汉语的发展历程，它基本上是沿着这样一条轨道发展下来的：白话文→个人化的、带有欧化色彩的现代汉语→集体主义的现代汉语→意识形态化的现代汉语。在此之后，为了摆脱意识形态化的现代汉语，作家们把汉语带向了三个方向：（1）回到纯洁的现代汉语；（2）回到方言；（3）寻找和使用身体性语言。其中，回到方言，是与欧化现代汉语的反向动作，其可能性之一是回到白话文；而回到纯洁的现代汉语和使用身体性语言，都有可能与翻译撇不清关系。这就需要估量一下现代汉语到底在多大程度上已经欧化。而要回答这样的问题，必须首先面对汉语有无"汉语性"的问题。如果有，汉语的特性在哪里？古人没有自问过这样的问题，因为古汉语几乎没有邻居。它不需要一个语言的他者来帮助自己认识自己。具有讽刺意义的是，谋求汉语的本土化（一些人正在这样做）是一个充满现代性的问题。李白和杜甫从来没有追求过本土化。

那么现代汉语究竟是怎样一种语言呢？我想从我个人的一次切身体验谈起：1996年10月，在加拿大中部的的萨斯喀彻温省，由于一个偶然的机会，我住到过一个修道院里。修道院里的修道士们要唱圣诗。他们穿着黑袍子唱圣诗的情景，我以前只在小说里读到过。我当时混在他们中间，和他们一起唱。我并不是基督徒，但是我对宗教仪式感兴趣。在唱的过程中，我有了一个体验，就是我在英语当中能走到的地方，是我无论用古汉语、白话文，还是现代汉语都无法走到的。我估计用拉丁文，我能在朝向上帝的道路上走得更远；用希腊文还要远些；而用希伯来文我几乎可以走到上帝的身边（这里没有对使用现代汉语的中国基督徒的质疑，他们必有他们的办法，是我不具备的）。这件事使我联想到太平天国。洪秀全称上帝为"天父"，称耶稣为"天兄"，自己则是耶稣的弟弟。这大概部分是由于他说汉语的缘故。杨秀清装神弄鬼，口吐白沫，假传天兄圣旨责打洪秀全，这大概完全是因为他说汉语。有关太平天国的种种荒唐、愚昧、悖理、野蛮与残酷，学者们如今已经多有揭露[①]，在此姑且不谈。但我迄今未见到任何人尝试从语言学的角度讨论太平天国的话语形态。与其说太平天国离基督教近一些，不如说它离白莲教、罗教在组织形式、行为方式和政治梦想上更近一些。任何一种语言都无时无刻不携带着与本语言共生在一起的文化记忆。这甚至是我们观察当今世界的一种角度。现代阐释学有一套理论，认为非希伯来语信众往往透过自己的语言来猜想《圣经》的本意，来猜想上帝，而希伯来语信众可以根据自己的语言来接近上帝，因为可以说，希伯来文《圣经》就是上帝本身。这样，在希伯来文《圣经》的读者当

527

汉语作为有邻语言

---

① 参见潘旭澜《太平杂说》，百花文艺出版社，2000年版。

中，上帝观念就成了一个复数，因为每一个人都可以读出自己的
上帝。而那些不使用希伯来文的《圣经》读者，为了接近那唯一
的上帝起见，不得不提防手中的《圣经》译文，不得不小心推理，
小心求证，以免被《圣经》译文牵离正确的解读轨道。这一现象
在思想史的意义上极有意味。所以有学者指出，当今世界所谓的
多元文化、后现代主义，其实属于希伯来文化模式，而不是希腊
式的逻各斯中心主义①。我似乎有点跑题，但这种跑题是必需的。
我的意思是要指出，不同语言可能会指向不同的真理观。

回来分析一下我自己在那座修道院里用英语唱圣诗的感受。
一旦我将汉语和英语这两种语言并置在一起，两种语言的不同便
显现出来。英语的一些基本因素（其他西方语言类似），比如它
的复句结构、逻辑结构，在古汉语里是不存在的，而现代汉语中
的复句结构，恰恰是西方语言影响的结果。中文从古汉语到现
在，讲究的是短句子。现代汉语的句子虽然有所增长，但依然不
能达到查尔斯·狄更斯那样的句子长度。在长句子中，词汇本身
构成一种层层递进、螺旋上升或下降或推进的态势。这样的语言
态势恰好能够满足语言的逻各斯指向，或上帝指向。或者说，以
逻各斯或上帝为终极目的地的语言只能是拼音语言。这是一种非
遵从逻辑不可的语言，非遵从理性不可的语言，非遵从其内在制
度的语言，这是一种自我限定的语言。人们一般认为信仰是非理

---

① 关于此一问题的论述线索，可见刘意青《〈圣经〉的文学阐释》，北京大学出
版社，2004 年版，第 9 页。

性的，的确如此。但这里所说的信仰指的是信仰的前提。洛克曾经这样谈到贝克莱：如果你不取消贝克莱的前提，你就无法驳倒贝克莱。也就是说，你用贝克莱逻辑严密的方法是无法驳倒逻辑严密的贝克莱的。上帝信仰属于非理性，但在基督教上帝信仰的最高处，托马斯·阿奎纳那高密度、大质量、超级缜密的理性被当作"神迹"来颂扬。这种逻辑语言激发出来的反叛——反逻辑、反理性——其实是它的内部需要。这不是汉语的形态，也不是汉语的问题。汉语是短句子，这可能与汉字是象形文字、起源于符号书写有关。从符号记事到书写记事，规定了汉语的书写形态，而它最早的诗歌形态以四言为主。它散文中最华丽、最形式主义的书写形态是四六骈文。短句子就是这么来的。在现代汉语中有人尝试长句子，比如高行健，但那不是成功的长句子（但高行健以其失败的长句子容纳了短句子不能容纳的思想，则是另一个问题）。在汉语行文中，每句话字数上的自然限制，逼迫出它的跳跃性，而这种跳跃性最后呈现出来的东西是顿悟式的。英语和其他西方语言通过逻辑形态达到言说的目的和事物的真相，汉语则通过跳跃发散言说的目的和触及事物的真相。从这个意义上说，汉语短句子所呈现出的真理观和英文（以及其他西方语言）的长句子（至少是过去的长句子）所呈现出的真理观是不一样的。现代汉语由于受到西方语言的影响，其真理观与古汉语比起来，多少已经有些模糊，但由于它依然是以汉字作为书写媒介，所以它依然不同于西方语言。语言不一样，文化就不一样。

在中国国内，汉语性的问题并不特别突出，但在有邻语言的场域里，这个问题就会被提出来。诗人翟永明谈到过从国外回到国内后大读古诗的经验。这不是她一个人的经验。很多人是在另外一个语言、文化环境里意识到他是一个说汉语的中国人的。他的身份感就是这样形成的。不管你要不要，你的文化身份始终存在在你的身上。你有这个身份感是因为你生活在邻居当中。

二

从古汉语到现代汉语，力图改造汉语的努力一直在持续。以官话和合本《圣经》为例，它所使用的既不是古汉语，也不是我们现在所谓的现代汉语，它是介乎两者之间的一种特殊的语言，一种人工语言。这倒符合《圣经》的身份——那是上帝的语言，或上帝授意的语言。渐渐地，现代汉语与古汉语拉开了距离：古汉语以字为基本语义单位，现代汉语以词为基本语义单位。从字到词，汉语的编织肌理、节奏、音乐发生了变化，汉语的言说重心发生了变化，汉语的句子结构、汉语所面对的世界和生活，与汉语所表达的世界和生活，以及它能够向什么样的世界和生活敞开，都发生了变化。古汉语是农业社会的产物，准确地说是农业社会精英阶层的语言，而现代汉语不得不在面对农业社会的同时，面对工业社会、民主化、都市化、全球化、信息化，并且时常要自我提醒不能与大众生活相睽违。现代汉语不可能简单地回到古汉语，说白了，它变成了古汉语的"外语"。尽管由于语言的血缘关系，从现代汉语回到古汉语，比从现代汉语进入西方语言要容易一些，但毕竟，现代汉语可以被拿出来，既充任古汉语的邻居，又充任西方语言的邻居，即使是一个略微孱弱的邻居。比起古汉语来可能尤其如此。狭隘的文化守成主义者们肯定不能同意我的看法：怎么能将现代汉语同古汉语割裂开来呢？我也想说，不能。但将古汉语翻译成现代汉语时所遇到的问题之多，之难，一点不亚于将英语或其他语言翻译成现代汉语时所遇到的问题。在翻译诗歌时尤其如此。

数年前在首都师范大学的一次有关古典诗学与现代诗歌写作的讨论会上，我曾拿出一本书，把其中的一段诗歌读给大家听：

> 人生各有各欢喜啊，
> 我独好洁爱芬芳。
> 粉身碎骨也不变样啊，
> 谁能摧毁我的希望！

读完以后我问大家：你们觉得这段诗写得怎样？与会者无不认为这是一段糟糕的诗，只是表表决心，连点儿形象因素都没有，连点儿语言魅力都没有，怎么能跟古诗的优美、洗练相比呢？而且第一二行的节奏读来就像快板书，滑稽。等他们说完之后我亮出了底牌：这是《离骚》中"民生各有所乐兮，余独好修以为常。虽体解吾犹未变兮，岂余心之可惩"这四句诗的现代汉语译文①。译者是萧兵先生，写过厚厚一大册《楚辞的文化破译》。他以文化人类学的方式解读《楚辞》，多有创见。他对《楚辞》的研究不可谓不深，是个行家，但他的现代汉语译文显然是失败的，不能满足现代汉语诗歌读者对诗歌的需要。其他译文好一些吗？陈子展先生的译文是：

> 人生各有他的乐趣啊，
>
> 我偏爱着美洁以为常。
>
> 纵使粉身碎骨我还不会改变啊。
>
> 难道我的良心就可以被惩变样？ ②

比较起来，萧兵的译文似乎更简练些，而且还算意译呢。无论是萧兵还是陈子展，都在译文中押了韵，但韵脚并不能保证他们的译文就是诗歌。可见，良好的古汉语修养并不能保证他们写出出色的现代汉语诗歌。这问题出在谁身上呢？是屈原的诗写得本来就不好（没人敢这么认为）？还是萧兵、陈子展对自己的现代汉语能力过分自信？还是现代汉语就无法被用作诗歌语言？当然，这是屈原诗歌中不太重要的一段，但为什么在古汉语中还算说得过去的一段诗，进入现代汉语之后就变成了一堆垃圾？可能

---

① 萧兵译注：《楚辞全译》，江苏古籍出版社，1998 年版，第 7 页。

② 陈子展：《楚辞直解》，江苏古籍出版社，1988 年版，第 52 页。

的解释是：诗歌无法翻译。但我们依然看到过一些还算出彩的外国诗歌的现代汉语翻译。如果现代汉语不能译古诗，那它也就无法译外国诗，所以问题不在现代汉语上。有人说古诗不需要翻译，不过恐怕有些地方还是需要翻译的，比如杜甫说"香稻啄余鹦鹉粒，碧梧栖老凤凰枝"，这是什么意思？现代人弄不清楚这是什么意思。如果我们试着把它翻成现代汉语，我们或许也就使得现代汉语获得了一种古汉语的力量。一般而言，古诗在古汉语语境中成立，在现代汉语中不成立。古诗今译，在中国，到目前为止，我没有看到任何成功的例子。这部分导致了我们对于古代诗歌的神圣化。现代汉语和古汉语是同一种语言吗？是同一种结构吗？或者它们的魅力是在同一个地方吗？

杜甫的《春望》："国破山河在，城春草木深。感时花溅泪，恨别鸟惊心。烽火连三月，家书抵万金。白头搔更短，浑欲不胜簪。"墨西哥诗人奥克塔维奥·帕斯的西班牙语译文翻回中文是这样的：

> 帝国已然破败，唯有山河在，
> 三月的绿色海洋，覆盖了街道和广场。

> 艰难时事，泪洒花间，
> 天上的飞鸟盘旋着人世的别情。

塔楼与垛堞倾诉着火的言语，

家人的书信堪抵万金。

搔首时，才觉细细的别针

别不住稀疏的白发。①

　　这首译文中的个别句子我在别处讲到翻译时也曾提到过。从
回译成现代汉语的这首诗看，它大致维护了诗歌的可感性——不
只是意象的可感性，而且还有思维的可感性，有些地方还有所发
明，如第二行"三月的绿色海洋，覆盖了街道和广场"。如果只
是从原诗句词对词地对译过来，把"城春草木深"译成"城市的
春天，草木繁茂"，那就又生产出了一行垃圾。"城春草木深"成
立，"城市的春天，草木繁茂"不成立。我们可以指出帕斯的不
准确："春"为什么一定就是"三月"呢？中国古代有现代意义上
的"广场"吗？——这可能涉及中国古代城市观念与西方文化城
市观念的不同（墨西哥虽是拉美国家，但在文化上可归入西方文
化）。但这些问题都不妨碍帕斯的翻译是一种获得了现代性的翻
译。"三月"比"春"更准确，同时"三月"也是后句"烽火连
三月"中"三月"的挪用。"街道和广场"比"城"更具现代可感
性。即使我们在这里读到的是一首经过双重翻译的杜甫诗，杜甫

---

① 　宋柏年主编：《中国古典文学在国外》，北京语言学院出版社，1994年版，第
173页。

依然被唤醒了。还是在这一行，帕斯把"草木"变成了"绿色的海洋"——多不靠谱，却多有意思！他没有把"深"翻成一个对等的形容词或一个动词，事实上"深"字在现代汉语中也没法被翻成动词。他使用的不对等的对等词是"覆盖"。似乎是由于这个"覆盖"，整个翻译句子的结构就和原句不一样了，翻译句子在当代意义上就变得有效了。对比一下，中国学者沙灵娜在《唐诗三百首全译》中将这一行翻译为："春天来临，只见林木莽莽，／杂草丛生，荒城一片空寂。"① 要说沙灵娜的翻译比帕斯的翻译准确百倍，而且沙灵娜使用的是20世纪上半叶中国新诗的语调，但她的翻译对于已经推进到今天的现代汉诗写作依然构不成意义。帕斯译文的其他几处同样可圈可点："感时花溅泪"，可以解释成人流泪，也可以解释成花流泪，帕斯把它"发明"成"泪洒花间"。沙灵娜译法是："忧念时局，看见繁花烂漫，／反令我泪下沾襟"——太笨重了，而且是文学辞令上的陈词滥调。后面一行"天上的飞鸟盘旋着人世的别情"，沙灵娜译："怨恨离别，听到春鸟和鸣，只觉得心悸魂惊。"沙灵娜译文的问题出在，她太文学了，太想把杜甫译成一个现代诗人，于是就把他译成了一个1940年代的诗人。她别无选择，因为她手里掌握的、理解的只有1940年代的语言工具。这也恰恰是一般诗歌读者所能理解的现代汉语诗歌的标准语言套路。所以如果他们读到帕斯译文"塔楼与垛堞倾诉

① 沙灵娜译诗、何年注释、陈敬容校订：《唐诗三百首全译》，贵州人民出版社，1993年版，第206—207页。

着火的语言"，蠢的会愤怒，机灵的会惊讶，因为帕斯直把杜甫变成了一位超现实主义诗人（尽管超现实主义诞生在第一次世界大战后，更早，但在中国诗歌界的大面积传播要等到 1980 年代，而非专业读者有可能到今天依然不清楚诗歌中的超现实主义究属何意）。杜诗最后两句帕斯的译法是："搔首时，才觉细细的别针 / 别不住稀疏的白发"，这样的译法简直可以让我们笑出声来。对不起，让我说句实话：杜甫以沙灵娜式的翻译（如果外国翻译家也这样翻杜甫），不可能获得世界性的尊敬。只有靠着帕斯这样的翻译，杜甫才在今天成其为一位伟大的诗人。帕斯的西班牙语译文回译成中文，魅力不减，这在建设现代汉语方面给了我们不少启示。如果我们对此心存疑问，我们可以自问一下，帕斯的杜甫是西班牙语诗人吗？如果你读过一些现当代西班牙语（西班牙和拉丁美洲）诗歌，你就知道，即使在西班牙语里，杜甫依然是一位中国诗人。帕斯并没有有意识地寻找汉语性，但汉语性在这里不可磨灭。与此同时，杜甫经过这样的翻译获得了现代性，并与世界文化声气相通。

古汉语和现代汉语之间的断裂程度之大是非汉语作家们不能想象的。在西方语言中，以英语为例，英语也可以区分为三个时期：从 5 世纪到 12 世纪的古英语时期、从 12 世纪到 15 世纪的中古英语时期、从 15 世纪到今天的近代英语时期。其中近代英语从乔叟开端，600 多年来，又经历了种种变化。与之相比，我们的现代汉语 90 年的历程过于短暂（而在这么短的时间里居然业已形成一套套陈词滥调），尽管我们语言资源的历史比英语长得太多。于是，语言和语言的不同处境便显现出来。一个英语作家到今天依然可以写作十四行诗，无论他有多现代，多后现代，但在现代汉语里已经不能再写绝句、律诗了，勉强写出的其实离顺口溜和打油诗不远。如前所述，现代汉语的基本语义单位、修辞方式、句法、节奏、音乐性都和古汉语拉开了距离。在这种情况下，如果现代汉语能够充分意识到自己作为有邻语言的身份，从古汉语和外语（不仅限于西方语言）引入创造力（而不仅仅是文化修养），那么现代汉语就有可能获得空前的可能性。这说起来有点像老生常谈，但我所关心的是具体的作为。我们说过太多要继承传统的废话和吸收各民族文化滋养的废话，但我们真正做出的工作少得可怜。在所有应该做的工作中，中国古典文献的现代汉语转换（而不仅仅是所谓的翻译）的缺失尤其引人注目。相比之下，W.B. 叶芝得到过他的前辈斯坦底什·奥格雷第用茁壮的现代英语重写古爱尔兰英雄传说的鼓舞。谢默斯·希尼，重新翻译了古英语的《贝奥武甫》。西方现代作家对于古代作家的续写和仿写更是一直在持续：比如希腊诗人、小说家卡赞扎基斯从荷马中断的地方起步，续写了史诗《俄底修纪》；意大利诗人和电影导演帕佐利尼改写过但丁的《神曲》章节；英国人米歇尔·霍夫曼（Micheal Hofman）和詹姆斯·拉斯顿（James Lasdun）邀请了40 位英语诗人仿写奥维德，并在 1996 年出版了《仿奥维德：新变形记》（*After Ovid: New Metamorphoses*）一书。而这样的工作，中国作家和学者还没有做过。中国古代文学要求获得现代汉语的有效转换。现代汉语也要求对于世界文学的有效转换。这是众人的工作，这是现代汉语范围内大家都需要的语言可能性。在语言实践中，有效翻译、有效阐释、有效转换，三者是一者，而我们时代的创造力必须参与其中。

2008 年 2 月 4 日

附录：西川创作活动年表

1963 年

3月　出生于江苏省徐州市袁桥医院（今徐州市妇幼保健院）。父山东省临沂市东乡人，青藜堂刘姓，母山东省东平县鄱城人，徐姓。时父在北京海军航空兵当兵，母为纺织厂女工。随母亲居住在徐州市民主路（今民主北路）54 号院（今不存）。

1966 年

"文化大革命"开始。

春　随母亲自徐州回泰安鄱城老家。最初的记忆：在牛棚里看到母牛产小牛。

11 月底　随母及弟与大串联红卫兵同乘一列火车自徐州北上到京。火车行一天一夜，据母亲回忆，我们一路上曾得到一位姓康的红卫兵的照顾。

1969 年

11 月　与弟被疏散回徐州，与外祖父、外祖母生活在一起。

1970 年

4 月 24 日晚　在徐州街头望见中国第一颗人造卫星穿过星空。
5 月　被母亲接回北京。

1971 年

2 月　入读北京市海淀区羊坊店街道七一小学（七一小学系海军
司令部大院内海军子弟学校）。语文课学习写"毛主席万岁"。
9 月 13 日　林彪在蒙古国温都尔汗机毁人亡。

1974 年

2 月　考入北京外国语学院附属外国语学校，上小学四年级，学
习英语。这是一所住宿制学校，是当时北京所剩无几的尚能维持
教学秩序的学校。但学校里也办着养猪小组，学生逢三夏、秋收，
也得去学校附近的农村（厂洼大队）劳动。是为"学农"。
6 月　"批林批孔"运动开始以后，得以读到作为批判材料的《三

字经》。"评法批儒"运动展开以后，得以接触到一些有关所谓法家的历史资料。

1975 年

8 月　批《水浒》开始，得以读到作为批判材料印行的《水浒传》，入迷。

11 月　"反击右倾翻案风"。在北京西四北小学学生政治儿歌的带动下，北京市所有小学生都写起政治儿歌。在学校的全体师生大会上朗读过自己写的政治儿歌。

1976 年

开始画国画，学写古体诗。

在学校校办工厂学会开机床（切割金属零件）；在学校附近（北京市海淀区魏公村）的豆制品加工厂帮助工人翻豆饼、炸豆腐。是为"学工"。

4 月 5 日　天安门"四五"运动。

7 月　唐山大地震。暑假。搬入海军大院大操场抗震棚，书包里带着《水浒传》《三国演义》《红楼梦》《西游记》《封神演义》《镜花缘》，已然成为一个书虫。

9 月 9 日　毛泽东去世。作为小学生代表参加天安门广场百万人追悼大会。

10 月 "文化大革命"结束。

1978 年

在海淀区少年宫、北京市少年宫学画。

10 月 西单民主墙出现。

1980 年

给《诗刊》投寄古体诗,无回音。

3 月 始与中国古典文学学者、中国社会科学院研究员陈友琴先
生交往。

12 月 第一次区县级人民代表选举。在北京外国语学院聆听候选
人选举辩论。

1981 年

2 月 外语教学与研究出版社出版林三松(外语附校语文教师)
等著《作文指导》,内收西川中学作文 2 篇,作为范文(署本名)。

8 月 返徐州探亲,途中登泰山。

9 月 入北京大学西语系英文专业(英文专业至 1984 年独立为英

文系）。在北大图书馆开架阅览室第一次读到中译本《圣经》。文学兴趣由中国古典文学转向中国现代文学和外国文学。

1982 年

大量阅读西方古典文学作品。

5 月　与四位同学合出手刻蜡纸油印诗集《五色石》，使用"西川"作为笔名。

8 月　用勤工俭学的收入独自旅行至河北北戴河、山海关、秦皇岛，第一次看见大海，第一次露宿街头。

9 月　《五色石》五同学再出手刻蜡纸油印诗集《早秋》。由西川手刻蜡纸。

10 月　入北大美术社。

10 月　入北大五四文学社，结识诗人骆一禾。接触到北岛等人所编民刊《今天》。有作品选入文学社社刊《大学生文学作品选》。

1983 年

春　结识诗人海子。

9 月　接手编辑西语系油印学生文学刊物《缪斯》。

10 月　与《五色石》同学一起结识校外诗人镂克等，出打字复印《诗歌交流资料》第 1 期。

12 月 　出《诗歌交流资料》第 2 期。

1984 年

1 月 　镂克等油印《朔漠》第 1 期，刊西川诗 1 首。

4 月 　参加北大第二届未名湖诗歌朗诵会，因朗诵《秋声》获创作一等奖、朗诵二等奖。

4 月 　《朔漠》出第 2 期，刊西川诗 1 首。

10 月 　北大五四文学社为西川油印诗歌专辑《星柏之路》。

11 月 　参加未名湖第三届诗歌朗诵会，因朗诵《人说……》获创作一等奖、朗诵二等奖。

12 月 　在英文系"奈达翻译竞赛"中因翻译爱默生《论诗人》获三等奖（奈达系美国著名翻译理论家）。

1985 年

向国内文学刊物大量投稿，多被退回。

春 　北京大学五四文学社内部出版老木编《新诗潮诗集》（两卷本），内收西川诗 2 首。

3—4 月 　在北大创作长诗《雨季》。

6 月 　在《广西文学》月刊发表诗歌《鸽子》，并获该杂志举办的"大学生文学创作评比"诗歌第一名。

6月　自北大英文系毕业后随北大"智力支甘服务团"赴甘肃兰州、酒泉（帮助当地培训英语师资一个月）、嘉峪关、敦煌，后回兰州集合，旋与同学结伴旅次青海西宁、哈尔盖。8月返京后到新华社国际部报到，随即作为新华社实习记者赴山西太原，并以太原为中心，先后旅及五台、运城、永济、芮城、风陵渡、吕梁、大同、陕西米脂、绥德、河南洛阳、登封、嵩山、巩县（今巩义）、内蒙古呼和浩特、包头、阿腾席连、霍洛苏木、四川成都等地。次年1月返回北京。

8月　余刚、梁晓明在杭州编辑油印《十种感觉》，内收西川诗5首。

8月　上海民刊《大陆》创刊，刊出西川诗1首。

冬　贝岭、孟浪编辑油印《当代中国诗歌七十五首》，内收西川诗1首。

1986 年

2月　在《诗神》月刊发表诗歌《在哈尔盖仰望星空》。

6月　与北大同学、诗人海子合出油印诗集《麦地之瓮》。费用由西川承担。海子负责找誊印社。

7月　利用单位复印机自印小诗集《过渡》。

8月　在《中国》月刊发表诗2首。

8月　在《山西文学》月刊发表组诗《水上的祈祷》。

9月　参加《诗歌报》与《深圳青年报》联合举办的"中国现代主义诗歌大展"。

10月　在《诗选刊》发表译作《当代黑非洲诗选》。

12月　在《黄河》季刊发表《我居住的城市》（诗6首）。

1987年

1月　在《十月》双月刊发表长诗《雨季》，由北大同学、《十月》编辑、诗人骆一禾作按语。

3月　在《诗刊》发表诗4首。

6月　春风文艺出版社出版唐晓渡、王家新编《中国当代实验诗选》，内收西川诗4首。

8月　与陈东东、欧阳江河、简宁等在北戴河参加诗刊社举办的第七届"青春诗会"。会后独自旅行至辽宁沈阳、大连、旅顺口。

9—10月　《诗选刊》分两期发表所译《20世纪英国诗选》。

11月　在《诗刊》发表《挽歌》。

1988年

4月　在《昆仑》双月刊发表所译《英美战争诗抄》。

7月　参加杨炼、芒克组织的北京"幸存者"诗人俱乐部的活动。

8月　译毕《博尔赫斯八十忆旧》（*Borges at Eighty: Conversa-*

tions，初译稿，据美国印第安纳大学出版社 1982 年版，威利斯·巴恩斯通 Willis Barnstone 编）。

9 月　在《花城》双月刊发表组诗《黄金海岸》。

9 月　因《雨季》获第三届"十月文学奖"。

秋　与陈东东、老木等创办小诗刊《倾向》。刊名为西川所取。编务主要由陈东东在上海负责。

1989 年

1 月　在《世界文学》发表随笔《庞德点滴》。

3 月 26 日　海子自杀。

5 月 31 日　骆一禾去世。

8 月　河北人民出版社出版陈超著《中国探索诗鉴赏辞典》，内收西川诗 6 首。

1990 年

春　《倾向》印行海子、骆一禾周年纪念专号。

8 月　在《花城》发表《七个夜晚》（诗 7 首），同期发表骆一禾《遗赠》（长诗 2 首）、海子《最后的诗篇》（诗 10 首）。

9 月　肖开愚、孙文波编《反对》总第 9 期刊出西川专辑。

10 月　在西安，登华山。

1991 年

1 月　在《人民文学》月刊发表《幻象》(诗 4 首)。

1 月　在《中外文学》月刊发表所译《埃兹拉·庞德早期诗选》。

2 月　安徽文艺出版社出版由牛汉、蔡其矫主编的《东方金字塔——中国青年诗人十三家》,内收西川诗 16 首。

夏　《倾向》印行第 3 期,刊出西川诗 7 首。其后被迫停刊。

9 月　北大校友、诗人戈麦自杀。

10 月　中国文联出版公司出版西川诗集《中国的玫瑰》(半自费出版。一本没有必要存在的诗集),印数 300 册。

冬　与唐晓渡、林莽、邹静之共同编辑《现代汉诗》(1991 年冬季卷),该卷刊有西川随笔《悲剧真理》(本文在收入随笔集《让蒙面人说话》时更名为《悲剧臆说》)。

1992 年

1 月　在《外国文学》月刊发表所译新西兰诗人詹姆斯·K.巴克斯特《秋之书》。

5 月　在《人民文学》发表诗作《十二只天鹅》《旷野一日》《房屋》《一个人老了》。

7 月　与唐晓渡、俞心焦等旅次湖北襄樊,后独自自宜昌乘船过三峡至奉节。

8月　在《北京文学》月刊发表《预感及其他》(诗7首)，同期发表海子《村庄》(诗7首)、骆一禾《亚洲的灯笼》(诗5首)。

9月　周伦佑主编《非非》复刊号，刊有西川《致敬》中的几个章节。

秋　北大同学、诗友张凤华在深圳自杀。

11月　在《读书》杂志发表随笔《乌托邦札记》。

12月　肖开愚、孙文波编《九十年代》首刊《致敬》全文。

12月　因长诗《远游》获"《上海文学》奖"(1990—1991)。

1993年

6月　由新华社调入中央美术学院。

8月　在四川江油。访青莲乡李白故里。

8月　四川教育出版社出版万夏、潇潇编《后朦胧诗全集》，内收西川诗40首。

夏　《南方诗志》刊载所译《九国九位女诗人的九首诗》。

10月　在河北邯郸。

10月14日　《远东经济评论》发表马泰·米哈拉克(Matei Mihalca)就海子对西川的访谈。

12月　上海文艺出版社出版《当代青年诗人十家》，内收西川诗18首。

1994 年

1 月　在《花城》发表长诗《致敬》。

2 月　在《西藏文学》月刊发表《哈德门笔记》（诗 6 首）。

2 月　在《人民文学》发表《虚构的家谱》（诗 5 首）。

5 月　在《东方》月刊发表文章《当代诗人只能独自前行》。

6 月　美国威斯利安大学出版社出版由托尼·巴恩斯通（Tony Barnstone）等人翻译的当代中国诗选《风暴之后》（*Out of the Howling Storm*），内收西川诗 6 首。

7 月　成都科技大学出版社出版由沙光等主编的《中国诗选》，内收西川组诗《近景和远景》。

7 月　获第二届"现代汉诗奖"。

8 月　河南森子编《阵地》刊出西川诗 5 首。

10 月　获"《人民文学》奖"。

12 月　在《大家》双月刊发表长诗《芳名》（其中诗行后由作曲家郭文景谱入其无伴奏合唱《大地回声》，2001 年在荷兰首演）。

1995 年

4 月　人民文学出版社出版由西川编辑整理的《海子的诗》。

4 月　在《作家》月刊发表《时间：1990—1994》（诗 9 首）。

6 月　受邀赴荷兰参加第二十六届鹿特丹国际诗歌节（Poetry In-

ternational Rotterdam），初访莱顿，后赴比利时根特、布鲁塞尔做私人访问。

12 月　在《山花》月刊发表论文《诗学中的九个问题》。

1996 年

1 月　获"《山花》理论奖"。

1 月　在《大家》发表《另一个我的一生》（诗 8 首）。

1 月　在《人民文学》发表长诗《造访》。

1 月　比利时弗莱芒语杂志 *Poeziekrant* 发表万伊歌（Iege Vanwalle）译西川诗 6 首。

4 月　在浙江宁波。

6 月　荷兰《向导》（*De Gids*）杂志发表柯雷（Maghiel van Crevel）荷译《致敬》。

7 月　在日本《中国研究》总第 16 期发表论文《从马可·波罗未尝旅及中国说起》。

7 月　在四川成都、大邑、都江堰参加西岭雪山诗会。与诗人昌耀的唯一一次见面。

8 月　在北戴河。

10 月　英国《泰晤士报文学副刊》（*Times Literary Supplement*）发表蒋凯利（John Cayley）英译西川诗《预感》。

11 月　在加拿大诗人蒂姆·柳本（Tim Lilburn）的帮助下，作为加拿大外交部"外国艺术家访问计划"和萨斯卡钦温省作家行会的客人，访问萨斯卡通、里贾纳、卡尔加里。

1997 年

1 月　在由贺照田主编的《学术思想评论》第 1 辑上发表论文《生存处境和写作处境》。

2 月　上海三联书店出版西川编《海子诗全编》。

3 月　改革出版社出版西川诗集《隐秘的汇合》。

3 月　日本《诗与思想》杂志发表秋吉久纪夫译西川诗 3 首。

5 月　中国和平出版社出版西川诗集《虚构的家谱》。

7 月　人民文学出版社出版《西川诗选》（后更名为《西川的诗》于 1999 年重新出版）。

8 月　湖南文艺出版社出版西川诗集《大意如此》。其中收入此前未曾发表过的长诗《厄运》。

8 月　上海东方出版中心出版西川随笔集《让蒙面人说话》。

10—12 月　获联合国教科文组织阿奇伯格艺术家奖修金（Unes-co-Aschberg Bursaries for Artists）赴印度，居新德里南郊灵修园（Sanskriti Kendra），并在三个月中先后旅及阿格拉、马杜赖、章西、卡杰拉霍、瓦拉纳西、乌代普尔等地。

11 月　应邀从新德里启程赴法国巴黎参加第四届瓦尔德玛涅国际诗歌节（Biennale Internationale des Poetes en Val-de-Marne, Paris）。

旋返印度。

12 月底　回国。

1998 年

1 月　在《北京文学》发表散文《生命的故事》。

5 月　在《天涯》月刊发表随笔《难以描述的旅行》。

9 月　在北京大学加西亚·洛尔迦 100 周年诞辰纪念会上发表演讲《加西亚·洛尔迦的魅力》。

10 月　在济南。

11 月　在大连。

1999 年

1 月　在《湖南文学》月刊发表《必要的激进，必要的虚无》（诗7 首）及简宁对西川的访谈。

2 月　荷兰导演布里吉特·希兰纽斯（Bridget Hillenius）率摄制组来华拍摄纪录片《中国诗人》（芒克、于坚、西川）。

2 月　获第三届"爱文文学奖"。

春　香港中文大学《译丛》（Renditions）发表《致敬》英译文（柯雷译）。

4 月　在《山花》发表长诗《鹰的话语》。

4月　参加盘峰诗会。

5月　西班牙《虚构》(*Ficiones*) 杂志刊出西川诗 2 首。

6月　荷兰 *Armada* 杂志发表柯雷译《厄运》。

6月　在河南王屋山。

秋　荷兰 *Raster* 杂志总第 88 期发表柯雷译《鹰的话语》。

12月　在有 123 个国家的 2500 份论文参加的德国魏玛全球论文竞赛中，以《通过解放过去而解放未来》获第七名。论文德译文发表于《写作国际》(*Lettre International*) 杂志，另有英译文、保加利亚语译文和韩语译文。

2000 年

1月　应《中国图书商报·书评周刊》之约，在该报发表长文《谁在高歌？谁在低吟？》，总结 1000 年来的世界诗歌。此文后由台湾《联合文学》转载 (6 月号)。

1月、4月　两随电影导演贾樟柯《站台》剧组赴山西汾阳，在剧中扮演县文工团团长。

6月　受德国联邦文化基金会邀请赴德国进行为期三个月的学术研究，居柏林南部之 Kunstlerhaus Schloss Wiepersdorf，期间旅及波茨坦、魏玛、维登堡、莱比锡、图宾根、海德堡、科隆，并再访荷兰莱顿。

9月　在《人民文学》发表散文《想象我居住的城市》。

12月初　在海口。

12月底　再赴德国做私人访问，居慕尼黑南部之达豪。

2001年

1月　遍游巴伐利亚及奥地利萨尔茨堡，登阿尔卑斯山楚格峰。春节在柏林，后旅及意大利罗马、佛罗伦萨、威尼斯，2月返京。

1月　在《当代》双月刊发表长诗《景色》。

1月　在商务印书馆《中国学术》季刊发表文章《抹不去的焦虑》。

3月　广西教育出版社出版西川评著《外国文学名作导读本·诗歌卷》。

4月　天津百花文艺出版社出版西川散文集《水渍》。

4月底　赴巴西圣保罗参加由"建立负责、多元、团结之世界——世界大同盟"（Aliança por um Mundo Responsável, Plural e Solidário）召开的艺术家、知识分子大会。会后赴里约热内卢。在里约完成观念诗剧《我的天》（本剧系应上海电影集团公司约请而写）。5月中旬返京。

6月　印度孟买《绅士》（Gentleman）杂志发表《致敬》英译文。

9月—次年4月　主持《今日艺术》月刊《今日诗歌》专栏，每月一篇连续发表了《诗人怎样活命》《民刊：中国诗歌小传统》《从 Poetess 到 Woman Poet》《诗歌汉译英》等短文。

9月　获第二届鲁迅文学奖。游绍兴、杭州。

10月　在浙江湖州。

11月　在《山花》发表随笔《解读巴别塔》。

12月　任北京中山音乐堂大型诗歌朗诵会总撰稿人。

2002 年

4月　在上海。

8月　完成游记散文《游荡与闲谈》。

8—12月　获美国弗里曼基金会（Freeman Foundation）奖修金，与小说家李锐、蒋韵、戏剧导演孟京辉等同赴美国艾奥瓦大学参加"国际写作计划"。期间先后在艾奥瓦大学、艾奥瓦州立大学、纽约大学、哥伦比亚大学、耶鲁大学、芝加哥大学、伯洛伊特学院、马卡拉斯特学院、康涅狄格学院、布朗大学、马萨诸塞大学朗诵、演讲和座谈，并参加芝加哥人文艺术节。长诗《鹰的话语》曾由纽约戏剧车间演出。

11月　意大利《诗刊》（*Poesia*）杂志头条发表万宝兰（Paola Vanzo）翻译的西川《致敬》和于坚的诗歌。

12月　《大家》刊出《游荡与闲谈》卷一。

2003 年

1 月　《大家》刊出《游荡与闲谈》卷二、卷三。

2 月　在《长城》双月刊发表论文《通过解放过去而解放未来》。

5 月　译毕《米沃什词典》(*Milosz's ABC's*) 前半部 (初稿)(后半部由北塔翻译。据 Madeline G. Levine 英译文转译，Farar, Straus and Giroux 出版社，2001 年版)。

5 月　在武汉。

8 月　在河南西峡。

9 月　在上海。

9 月　《今天》总第 62 期发表西川与张旭东对话录《中国当代诗歌的伦理政治》。

11 月初　在深圳。

11 月底　参与北京首届国际 DV 论坛作品评奖工作。

11 月　美国 David R.Godine 出版社出版由 Bascove 编辑和插图的 *Where Books Fall Open: A Reader's Anthology of Wit & Passion* 平装本，内收王屏译西川诗《书籍》。该书精装本出版于 2001 年。

秋　美国《塞涅卡评论》(*Seneca Review*) 发表柯雷英译《鹰的话语》。

12 月　获第九届"庄重文文学奖"。

2004 年

1 月　作家出版社出版西川译《博尔赫斯八十忆旧》。

1 月　上海书店出版社出版西川《游荡与闲谈：一个中国人的印度之行》。

1 月　德国 Prejekt Verlag 出版社出版由 Brigitte Hohenrieder 与何致瀚（Peter Hoffman）翻译的西川诗集《鹰的话语》（*Xi Chuan: Die Diskurse des Adlers*）。

1 月　在《山花》发表《现实感》（诗 9 首）。

1 月　在《十月》发表论文《米沃什的另一个欧洲》。

3 月　在浙江金华。

4 月　法国 Circe 出版社出版由尚德兰（Chantal Chen-Andro）与 Martine Vallette-Hemery 翻译的中国新诗选 *Ciel en Fuite*，内收西川诗 7 首。

4 月　赴丹麦哥本哈根、奥胡斯参加丹中诗歌节。丹麦 Arena 出版社出版新中国诗选 *Nye Kinesiske Digte*，内收莱内·拜克（Lene S. Bech）译《鹰的话语》。

6 月　三联书店出版西川、北塔译《米沃什词典》。

6 月　获首届"《新诗界》国际诗歌奖·启明星奖"。

8 月　在中国诗歌学会和中坤投资集团的组织下，旅及新疆乌鲁木齐、库车、拜城、阿克苏、温宿、巴楚、阿图什、慕士塔格峰下卡拉库里湖、苏巴什大阪、塔什库尔干、奥依塔克、喀什、英吉沙、莎车、和田等地，获睹天山和昆仑山的伟大。

9 月　获首届"明天·额尔古纳中国诗歌双年奖·艺术贡献奖"。旅及海拉尔、额尔古纳等地。

9 月　受邀赴德国柏林参加第四届柏林国际文学节。

10 月　与作曲家郭文景同赴香港。郭文景根据西川长诗《远游》谱写的管弦乐作品由香港管弦乐团在香港文化中心音乐厅首演。指挥：艾度·迪华特（Edo de Waart）。西川顺访香港大学并做诗歌朗诵，梁秉钧（也斯）主持。

11 月　香港《亚洲周刊》第 18 卷 47 期刊登谢晓阳对西川的专访《朦胧诗人的精神远游》。

11 月底—12 月初　参加中央美术学院、澳大利亚新南威尔士美术学院、英国格拉斯哥大学美术学院和广西艺术学院共同组织的"写意漓江"活动，旅及桂林、阳朔、三江、临溪、南宁等地。

2005 年

3 月　获德国联邦文化基金会"北京现场"项目基金。此项目由 7 位（组）德国艺术家与 3 位（组）中国艺术家共同完成。西川负责调查北京的宗教建筑。西川为此赴德国柏林参加培训。

4 月　参加广州第二届珠江国际诗歌节。

6 月　赴山东龙口万松浦书院参加中英诗人翻译项目的前半程活动。

6月　在第五十一届意大利威尼斯双年展上，意大利艺术家马可·罗泰利（Marco Mereo Rotelli）展出大型装置作品《诗歌之岛》。该作品使用了12首诗歌，包括西川的《把羊群赶下大海》意大利语译文。其他诗人还有：叙利亚的阿多尼斯、尼日利亚的洛里·奥帕卡、法国的伊夫·博纳富瓦、波兰的塔杜施·鲁热维奇、英国的查尔斯·汤姆林森等。

7—10月　正式参加"北京现场"项目的实地调查，走访北京的佛教、道教、伊斯兰教、天主教、基督教等宗教场所二十余处。

7月　赴成都参加由翟永明组织的"世纪城·首届成都国际诗歌节"，但该活动在开始之前被取消。

7月　原拟赴委内瑞拉加拉加斯参加第二届世界诗歌节，临行前取消出访。但诗歌节的出版物 II Festival mundial de poesia 依然发表了由 Wilfredo Carrizales 翻译的《鹰的话语》《厄运》和《致敬》的片段。

7月　湖南新创刊杂志《文学界》刊出西川专辑，内容包括作品《小老儿》《南疆笔记》《命中注定的迟到者》、三封书信、《答谭克修问》，以及日本学者佐藤普美子的论文《"沉默"的探究者：西川诗试论》。

8月　参加清华大学举办的"比较现代主义：帝国、美学与历史"国际学术研讨会。

9月底　与唐晓渡、张炜、周瓒同赴英国，会合杨炼，参加中英诗人翻译项目在苏格兰湾园艺术中心（Cove Park）进行的后半程活动，旅及爱丁堡、伦敦。

10月底　作品《最后的迷信》(手稿、宗教建筑摄影、宗教招贴画共50幅)参加"北京现场"项目在北京大山子798艺术区0工场画廊举办的"无形的城市"展览。该项目在北京的活动结束。

11月8日　北京《新京报》刊出西川诗10首。

11月　赴湖南长沙参加"居住改变中国"城市建筑研讨会。

2006年

1月　在简宁嘉孚随图书公司的策划下，由中国和平出版社出版《深浅：西川诗文录》。

2月初　在黑龙江哈尔滨，旋赴云南大理。

3月　受邀赴德国参加由柏林世界文化宫组织的名为"文化记忆"的国际研讨会。在会上做了题为《文化记忆与虚假的文化记忆》的发言。该发言后发表于《作家》杂志2006年第7期。

5月　与骆英、唐晓渡以中坤帕米尔文学工作室的名义同访日本。旅及东京、札幌、富良野、大阪、伊势、京都等地，与日本诗歌界广泛接触，为中日诗歌界进一步的民间交流做准备。

5月　导演孟京辉根据西川数部组诗改编的实验戏剧《镜花水月》由中国国家话剧院出品，在北京东方先锋剧场公演，连演10场。

7月　西班牙塞万提斯学院在北京成立。出席有西班牙费利佩王储和莱蒂齐亚王妃莅临的小型开幕仪式；参加该学院组织的安东尼奥·马查多研讨会，在会上发言。

8月1日　受美国奇维特拉基金会（Civitella Ranieri Foundation）邀请赴意大利翁布里亚翁拜提镇附近的奇维特拉拉涅利中心（Civitella Ranieri Center），居6星期，期间旅及佩鲁甲、阿西西、锡耶纳、圣瑟珀罗科、波罗尼亚、蒙托内，并重访罗马、佛罗伦萨、威尼斯（利豆岛）。9月9日返京。

9月　由中坤帕米尔文学工作室组织的2006帕米尔诗歌之旅启动。来自9个国家的24位诗人、翻译家先在北京西苑饭店、北京大学举行研讨会和诗歌朗诵会，然后赴新疆南疆，旅及喀什、卡拉库里湖、奥依塔克、阿图什、乌恰、莎车、乌鲁木齐等地。

11月　由帕米尔文学工作室与日本思潮社组织的中日当代诗歌对话活动的上半段活动，在北京新世纪饭店举行，并在北京外国语大学和首都师范大学举行了公开对话。期间中日诗人就一些问题进行了深入的讨论。

11月　在北京大学做讲座，演讲题目《中国古典诗歌的英文呈现》。

12月　与崔卫平、欧阳江河、汪晖、李陀等同赴山西汾阳，参加贾樟柯在威尼斯电影节上获得金狮奖的影片《三峡好人》的首映式，并在汾阳中学就该片举行座谈。座谈内容发表于2007年2月号《读书》杂志。

12月　在北京中国社会科学院参加由《文明》杂志和中国传播学会主办的首届"文明论坛"，主持小组会议，并做了题为《东方与西方，东方与东方》的发言。

12月　北京电影出版社出版原北京外国语学院附属外国语学校校友纪念文集，以西川文章题目《天上的学校》为书名。

澳大利亚 Wild Peony 出版社出版陶乃侃与 Tony Prince 翻译的《八位当代中国诗人》（*Eight Contemporary Chinese Poets*）一书，内收西川诗 13 首。

德国科隆 Verlag der Buchhandlung Walther Konig 出版社出版由格雷格·杨森（Gregor Jansen）主编的《北京现场》（*Totalstadt. Beijing Case*）一书。该书以德、英两种文字发表西川为 2005 年"北京现场"项目所写的有关北京宗教建筑的调查报告《北京：最后的迷信》（未完成）。

2007 年

1月　广西师范大学出版社出版由西川作序的伊朗电影导演阿巴斯·基阿鲁斯达米诗集中译本《随风而行》。译者：李宏宇。

1月　《读书》杂志发表西川文章《米沃什的错位》。

1月　《人民文学》杂志发表西川诗文《鉴史八章》。

1月　在孙磊编辑的民刊《谁》（第 3 期）上发表《词汇：它们的历史、它们的处境、它们的尴尬》。

1月　赴美国纽约大学东亚系任附属访问教授，教授课程为"翻译中的 20 世纪中国文学"（20th Century Chinese Literature in Translation）。此次任教系由该校张旭东教授邀请。期间曾在布朗大学、耶鲁大学朗诵和座谈，并再次旅及芝加哥。5月底回国。

5月　在网络版《今天》发表文章《从英译文看中文诗、东欧诗和日本诗》。

5—11月　准备教育部来中央美术学院评估。

10月　与小说家李锐共赴美国艾奥瓦大学参加国际写作项目创立40周年庆典，与李锐、痖弦、郑愁予一同朗诵，聂华苓主持。

10月　《镜花水月》剧组赴墨西哥瓜纳华托参加第三十五届塞万提斯国际艺术节。演出获得巨大成功。西川因身在美国，未与同行。

10月　赴安徽黄山宏村参加由帕米尔学院和英格兰艺术协会共同组织的黄山诗歌节中外诗人对话活动，外国诗人分别来自英国、美国、新西兰、尼日利亚。与杨炼就中国古典诗歌对当代诗歌在形式方面的压力展开对话。

10月　参加墨西哥驻华使馆在北京塞万提斯学院组织召开的"奥克塔维奥·帕斯与东方传统"国际研讨会，在会上发言，谈帕斯的诗意思想。

11月　在中坤集团的财政支持下，帕米尔文化艺术研究院成立，唐晓渡任院长，西川、欧阳江河任副院长，并在中山公园音乐堂颁发第一届中坤国际诗歌奖。

11月　帕米尔文化艺术研究院创刊《当代国际诗坛》，唐晓渡、西川任主编。

11月底—12月上旬　赴日本参加中日诗歌对话下半程的活动。

参与活动的日本诗人包括谷川俊太郎、高桥睦郎、佐佐木干郎、野村喜和夫、平田俊子、和合亮一等。

11月 上海《东方早报》颁发2007文化中国年度人物大奖，诗人宇向获诗歌奖。西川任此次活动顾问，但因身在日本未参加在上海的颁奖仪式。

美国哥伦比亚大学出版社出版由刘绍铭（Joseph S.M. Lau）与葛浩文（Howard Goldblatt）合编的《哥伦比亚大学版现代中国文学选集》（*The Columbia Anthology of Modern Chinese Literature*）第二版，内收柯雷英译西川诗《致敬》，但将之编入随笔部分。

2008 年

1月 作家出版社出版西川诗集《个人好恶》。

1月 《上海文学》发表西川特辑，刊出《鉴史三十三章》中的7章。

1月 《镜花水月》剧组赴上海，在上海话剧中心演出。首演之后，孟京辉、西川与观众座谈交流。

1月 伊朗电影导演阿巴斯·基阿鲁斯达米来京。西川参加欢迎仪式及座谈会。

2月 在《今天》2008年春季号诗歌理论专辑发表论文《诗人观念与诗歌观念的历史性落差》。同期还发表了西川对艺术家徐冰的访谈《访谈徐冰：有益的电脑病毒》。

3月 《山花》发表西川对艺术家苍鑫的访谈《对话：远景中的艺术》。此对话系为配合今日美术馆和798墨画廊举办的"苍鑫神话"展览而做。

3月 为艺术家吴啸海在北京现在画廊举办的"看得见人的风景"展览写下文章《不。是真的吗？》，该文作为序言刊载于展览画册。

4月 美国《亚特兰大评论》春／夏季号出版中国诗歌专号，编者美国诗人乔治·欧康奈尔，内收西川诗3首。译者欧康奈尔与史春波。

4月 《上海诗人》第2期发表西川诗5首。

4月 北京三尚画廊举办沈忱画展，展览副标题"与北岛、李陀、刘禾、西川对话"。此对话实为2007年在纽约的一场私人谈话，谈话内容由西川整理。该对话收入展览画册。

5月 北京C5画廊展出梁硕作品，为展览写下《归零，归我》一文，收入展览画册。此文并刊载于台湾《典藏·今艺术》杂志5月号和上海《艺术当代》6月号。

5月 北京大学成立110周年校庆，日本东京艺术大学学生在北大百年讲堂献演诗乐交响，其中一个节目，由8位演员以音乐和吟诵的方式演绎西川的诗《深深的沉默》，作曲：小田朋美。

5月 挪威汉学家哈罗德·勃克曼（Harald Bøckman）来京与西川一起翻译挪威诗人奥拉夫·H.豪格（Olav H.Hauge）的诗选《我站着，我受得了》。

5月 赴希腊帕罗斯岛参加由美国国务院资助、艾奥瓦大学组织的国际作家会议。会议主题"家园／土地"。西川会议英文发言：《在矛盾修辞的阴影下》（*In the Shadow of Oxymoron*）。会议以中、英、希三种文字有限印刷西川诗《阴影》75份，分发与会作家并作为礼物赠送当地政要。会后西川旅及雅典。

5月 北京天安时间当代艺术中心举办"我们在哪儿"艺术展，为该展览写下《我们在哪里·展览的责任》一文，收入展览画册。

6月 赴英国伦敦和加蒂夫参加由英格兰艺术协会和帕米尔文化艺术研究院共同组织的黄山诗歌节英国段的活动。在伦敦皇家南岸中心伊丽莎白女王大厅朗诵。

6月 自英国回到北京后接受加拿大广播公司（CBC）Writers & Company 节目王牌主持人艾莉诺·沃乞泰尔（Eleanor Wachtel）采访。本采访的书面文稿发表于加拿大文学杂志《粮》（*Grain*）2009年秋季第37卷第1期。

6月 在北京理工大学参加中国首届埃兹拉·庞德学术研讨会。

7月 赴香港参加由《今天》杂志组织的知识分子沙龙。

9月14日 挪威日报（*Dagbladet*）刊登该报记者 Inger Bentzrud 就勃克曼与西川合译挪威诗人豪格作品之事对西川所作的专访。

9月底—10月上旬 与欧阳江河、唐晓渡共赴德国参加第八届柏林国际文学节。西川系第2次参加该文学节。在沃尔夫冈·顾彬（Wolfgang Kubin）的安排下，先后旅及哥廷根、柏林、波恩、慕尼黑，之后访问奥地利维也纳。在不同地方进行朗诵和座谈。

10月　在北京师范大学参加由该校与美国俄克拉荷马大学《今日世界文学》杂志举办的"当代世界文学与中国"学术研讨会。

10月　由帕米尔文化艺术研究院组织的帕米尔文化周在北京举行。其中，2008帕米尔诗歌之旅的组织工作由西川负责，并率与会诗人（中国诗人欧阳江河、于坚、王家新、蓝蓝、宋琳，美国诗人罗伯特·哈斯 Robert Hass、布兰达·希尔曼 Brenda Hillman、安妮·沃德曼 Anne Waldman、容·佩吉特 Ron Padgett，加拿大诗人蒂姆·柳本，斯洛文尼亚诗人托马什·沙拉门 Tomaž Šalamun，西班牙诗人胡安·卡洛斯·梅斯特雷 Juan Carlos Mestre）及翻译人员赴安徽黟县，旅及碧山、南屏、宏村，后上黄山，抵始信峰。会议主题：如何回应现实？归京后在中国国家图书馆主持帕米尔文化周开幕式。

10月　《当代国际诗坛》第2期出版，内刊西川论文《汉语作为有邻语言》。

10月　帕米尔文化艺术研究院改为项目制。西川基本退出该项事务。

11月　在北京798尤伦斯画廊参加歌德学院举办的有关"当代批评是否消失"座谈会。

11月　接受奥地利艺术家 Sylvia Eckermann 和 Gerald Nestler 就乌托邦问题进行的录像采访。

12月　赴香港参加《今天》杂志创刊30周年庆祝活动。在香港中文大学朗诵。

12月4日　在《北京青年周刊》发表讨论孟京辉实验戏剧的随笔《先锋回头》。

12月　在《江汉大学学报·人文科学版》第6期发表论文《从素朴到丰富：潞潞的短诗》。

12月　赴深圳参加曾力摄影作品展开幕式及研讨会。

12月　武汉出版社出版的《汉诗》第4期刊出西川专辑《交叉跑动》，发表演讲文章《一堂课：关于当代文化的几个基本词》，诗歌《大国》《书于汶川大地震后一个月》《拉萨之于我》，所译澳大利亚罗伯特·格雷（Robert Gray）诗《在南中国广西省的群山之间》、美国施家彰（Arthur Sze）诗《反转片》。

美国诺顿出版社出版由蒂娜·张（Tina Chang）、娜塔莉·罕道尔（Nathalie Handal）、拉威·山卡尔（Ravi Shankar）编选的东方诗选《新世纪的语言》（*Language for a New Century*），收入西川作品。

2009 年

1月　长江文艺出版社出版沉河编《中国21世纪初实力诗人诗选》，内收西川《鉴史》组诗中的5首。

2月　与北岛、李陀、欧阳江河、翟永明、韩少功、格非等共赴印度参加由《今天》杂志与印度网络文学杂志《准岛屿》（*Almost Island*）组织的第一届中印作家对话活动。旅及新德里、马杜赖、阿格拉、锡克里，在新德里印度国际中心朗诵。

2月　作家出版社出版勃克曼、西川、刘白沙译挪威诗人奥拉夫·H. 豪格诗选《我站着，我受得了》。在北京麻鸟剧场举行首发式，挪威驻华大使司文出席，挪威艺术家芸妮·达尔（Juni Dahr）等表演了音乐剧《你好，豪格》。

3月　参加北京书虫国际文学节，在书虫酒吧与美国音乐家布鲁斯·格莱默（Bruce Gremo）合作举行西川诗歌的专场英文朗诵。

3月　赴德国参加莱比锡书展，为10月份法兰克福书展中国主题展预热。西川应邀出任由德国、奥地利、瑞士文学之家联盟（Literaturhaus.net）主办的"诗意城市2009"（Poesie in die Stadt, 2009）中国当代诗歌海报展策展人。该项目系为配合10月份的法兰克福书展而举办，由博世基金会（Robert Bosch Foundation）与德法合资 Arte 电视台等机构支持举办。西川在莱比锡书展现场的 Arte 讲坛，与组织者弗莱娜·诺特（Verena Nolte）及翻译马海默（Marc Hermann）进行对谈。

3月　作家出版社重新出版西川编《海子诗全编》，内容有所增补，更名为《海子诗全集》。

3月　赴安徽怀宁海子家乡参加由怀宁县委宣传部组织的海子辞世20周年纪念活动。

3月　《人民文学》杂志发表诗作《一条迟写了二十二年的新闻报道》。

3月　与到访的阿拉伯诗人阿多尼斯在北京老故事餐吧见面。

4月　《星星》诗歌理论半月刊发表文章《中年自述：愤怒的理由》。

4月　在北京塞万提斯学院主持到访的阿根廷诗人、2007年西班牙塞万提斯奖获得者胡安·赫尔曼（Juan Gelman）的诗歌朗诵会。

5月　美国《波士顿评论》第34卷第3期发表施家彰翻译的西川诗《题王希孟青绿山水长卷〈千里江山图〉》。

5月　应邀作为顾问参加由美国艾奥瓦大学国际写作项目与中国作家协会组织并得到美国国务院资助的中美少数民族作家名为"文化探寻"的对话交流活动（上半程），为此赴敦煌与西安（该项目的下半程活动于10月份在美国继续举行，西川因届时身在加拿大未参加）。

5月　应美国哥伦比亚大学刘禾教授邀请，参加在北京举行的美国"哥伦比亚大学与中国60年"研讨会，会上英文演讲《哥伦比亚大学学生社团新月社对泰戈尔的态度》（*Attitudes towards Tagore from a Columbia University Students' Literary Society*）。主持人为哥大副校长尼古拉斯·德克斯（Nicholas Dirks）。

6月　在北京万圣书园与其他9位诗人、作家一起接受6个国家多个新闻媒体的联合采访。此亦为法兰克福书展的预热活动（但西川因10月份身在加拿大，并未参加法兰克福书展）。

6月底—7月中旬　赴德国、奥地利进行"诗意城市2009"项目巡回介绍和朗诵，旅及柏林、罗斯托克、斯图加特、汉堡、慕尼黑、萨尔茨堡、格拉茨。除这些城市外，"诗意城市"活动还举办于法兰克福、科隆、莱比锡、苏黎世等城市。活动时间为7、8两个月，个别城市持续到9月中旬。此活动另出版有德语有声读物《挡风玻璃上的蝴蝶》，于法兰克福书展期间上市。活动总耗资约300

万欧元。

6月　意大利 Crocetti Editore 出版社出版由万宝兰编选和与他人合译的意大利与中国诗人意汉双语对照本诗选《东西方之间》（*Tra Oriente e Occidente*），中国诗人 5 位：于坚、西川、尹丽川、欧阳江河、翟永明。

7月　《南方文坛》第 4 期发表西川 3 月份在安徽怀宁海子诗歌研讨会上的发言《海子诗歌的来源与成就》。

8月初　赴青海西宁参加第二届青海湖国际诗歌节。

9月　德国 Weidle Verlag 出版社出版由唐晓渡与顾彬编辑、顾彬与高虹翻译的中国当代诗选 *Alles versteht sich auf Verrat*，内收西川诗 15 首。

9月　德国 Flyfast Records 公司出版西川编、Marc Hermann 和 Raffael Keller 翻译的中国当代诗选《挡风玻璃上的蝴蝶》（*Schmetterlinge auf der Windschutzscheibe*）有声读物，朗诵者均为德国著名舞台演员。

9月　赴加拿大维多利亚大学艺术学院写作系任奥莱恩访问艺术家（Orion Visiting Artist）。在该系讲授"翻译中的 20 世纪中国文学"。

10月　参加第二十二届温哥华国际作家读者节。与英国桂冠诗人卡洛·安·达菲（Carol Ann Duffy）和美国诗人、麦克阿瑟天才奖获得者海瑟·麦休（Heather McHugh）等同台朗诵。

10月　《诗林》第 5 期发表西川与徐钺对话《骆一禾、海子、我自己以及一些更广阔的东西》。

10 月 《今天》秋季号总第 86 期中印作家对话专辑发表西川《印度：千百个话题——读阿什斯·南地与拉敏·贾罕拜格娄对话录〈谈印度〉》。

10 月 加拿大文学杂志《粮》发表王屏译西川《厄运》全文，并配发了诗人蒂姆·柳本介绍西川的文字和 CBC 文学节目主持人艾莉诺·沃乞泰尔对西川采访的书面文字。

11 月 自加拿大启程赴瑞典斯德哥尔摩参加由李笠翻译的瑞典文本西川诗集《面孔与历史》(*Ansikte och Historia*) 的发行推广活动。该书由 Wahlström & Widstrand 出版社为纪念该社成立 60 周年作为 10 本"世界诗人丛书"中的头两本之一而出版。与同时出版诗集《迁徙》的墨西哥女诗人格洛丽娅·戈维茨（Gloria Gervitz）一起，在斯德哥尔摩文化宫国际作家舞台朗诵，并顺访斯德哥尔摩大学，在孔子学院座谈。旋返加拿大。

11 月 在维多利亚 Open Space 画廊举行加拿大之行告别朗诵会。

12 月 回国。

12 月 北京大学出版社出版的《新诗评论》2009 年第 2 辑发表论文《中国现代诗人与诺斯替、喀吧拉、浪漫主义、布鲁姆》。

12 月 在北京老故事餐吧参加纪念骆一禾的活动。

2010 年

1 月 《星星》诗歌理论半月刊附属《诗歌 EMS》周刊出版西川新

作快递《够一梦》（诗 18 首）。

1 月 《诗歌月报》上半月刊发表西川诗 9 首。

2 月 德国 *Orientierungen* 杂志（顾彬主编）第 1 期发表高虹与顾彬译西川《现实感》《南疆笔记》等组诗，同期发表瑞士 Babara Jenni 论西川与艺术家邱志杰作品中的"荒诞"因素的论文。

2 月 美国华盛顿特区年度"时光之影"邻里合作项目（Time Shadows Neighborhood Collaboration）以中、英、德三种文字印刷西川早期诗歌《雪》作为活动海报之一张贴于华盛顿的一些街巷。西川在北京为华盛顿现场朗诵会电话朗诵。

3 月 美国 ECCO 出版社出版由伊利亚·卡敏斯基（Ilya Kaminsky）和苏珊·哈里斯（Susan Harris）主编的《ECCO 版世界诗选》（*The Ecco Anthology of International Poetry*），收有施家彰译西川诗《题王希孟青绿山水长卷〈千里江山图〉》。

3 月 美国三一大学（Trinity University）出版社出版由施家彰编选的《中国作家论写作》（*Chinese Writers on Writing*）一书，内收西川论文《汉语作为有邻语言》的英译文，译者柯夏智（Lucas Klein）。

3 月 应英国驻华使馆文化处之邀赴伦敦，在南岸中心参加由英国文化协会与南岸中心共同举办的"中国研讨会"（China Symposium），在会上发言谈自己作为一个作家在中国生活与写作的经验并朗诵。该研讨会系为 2012 年伦敦书展中国主题展做准备。

3 月 《青海湖》杂志"昌耀纪念专号"发表西川论文《昌耀诗的

相反相成和两个偏离》。

5月 《诗刊》上半月刊发表西川诗5首。

5月 在北京参加由《今天》、清华大学组织的第二届中印作家对话活动。

5月底6月初 赴斯洛文尼亚的塞扎纳（Sezana）参加由该国文学中心组织的诗歌翻译项目（另有俄罗斯、印度、日本、西班牙、马耳他、斯洛文尼亚诗人参加），并参加第十七届卢布雅那文学音乐节，遇北岛和日本女诗人白石嘉寿子。

6月 美国《信徒》（Believer）杂志第8卷第5期发表王屏与亚历克斯·莱蒙（Alex Lemon）译西川诗3首和美国桂冠诗人罗伯特·哈斯文章《两诗人》，谈及于坚与西川。

6月 《诗选刊》（下半月刊）《人物》栏发表西川专辑。

7月 美国俄克拉荷马大学创刊英文版《今日中国文学》杂志（夏季号，第1卷第1期），内收柯夏智译西川诗4首。

7月 美国《双行》（Two Lines: world Writing in Translation）杂志第17期发表柯夏智译西川诗2首。

7月 旅及湖南长沙、凤凰、洪江。

7月 《钟山》第4期发表马铃薯兄弟对西川的书面采访《应该学会欣赏思想之美》。

8月 旅及河北承德。

9月 西班牙报纸《今日加利西亚》（Galicia Hoxe）发表尤兰达·卡斯塔纽（Yolanda Castaño）译西川诗《蚊子志》与《题王希

孟青绿山水长卷〈千里江山图〉》。

9月　第十七届北京国际图书博览会期间在猜火车餐吧举行与读者的见面会。

9月　参与策划第六届北京宋庄艺术节中的诗歌朗诵会并朗诵。

9月　在北京书虫酒吧参加由柏林国际文学节组织的"世界和平日"全球作家24小时在线不间断朗诵活动。

9月　《钟山》第5期公布由12位批评家投票选出的1979—2009中国十大诗人名单。西川名列第二。第一名为北岛。

9月　赴深圳为星期五晚八点活动举办讲座，并在深圳大学演讲。

10月　英国 *Glass* 杂志秋季号发表 Samantha Leese 等人采访北岛、梁秉均、于坚、西川的文章 *Shadows of Rebellion*。

10月　在瑞典驻华使馆参加欢迎瑞典女王储和王子的活动。

10月中旬—11月中旬　赴香港浸会大学参加国际作家工作坊。本期工作坊的主题为地中海作家的写作，作家来自土耳其、叙利亚、埃及、法国、意大利、西班牙，同时受邀的还有中国台湾作家。期间与各国作家一起访问北京师范大学与浸会大学在珠海合办的联合学院。亦曾参加在深圳举办的第三届广东诗歌节暨第一届深圳诗歌节。

11月　赴南京参加由江苏省作家协会、凤凰出版传媒集团与南京大学中国现代文学研究中心联合举办的第二届"中国当代文学·南京论坛"。

12月　应复旦大学、复兴基金会之邀在上海市图书馆演讲"我的诗歌革命"。

2011 年

1月　受中国图书进出口公司之邀与余华、阿来等赴埃及参加第四十三届开罗国际书展，得睹苏伊士运河，旅及卢克索，因遇埃及革命取消亚历山大之行，取道土耳其伊斯坦布尔提前回国。

1月　潘洗尘等主编《读诗》杂志第1卷创刊号发表西川《真理辩论会》等11首诗。

2月　黄礼孩主编《诗歌与人》总第25期《诗人批评家诗选》收入西川诗14首。

3月　在北京参加由书虫酒吧组织的书虫国际文学节，在开幕式上朗诵，并与美国音乐家布鲁斯·格莱默再次合作做专场英文朗诵。

4月　赴安徽池州参加"三月三"诗歌节。游牯牛降，上九华山。

4月　参加北京大学诗歌节，在开幕式上讲读波兰诗人日比格涅夫·赫伯特（Zbigniew Herbert）的诗歌。

4月　由商务印书馆出版的清华大学国学院院刊《中国学术》总第28辑发表西川论文《穆旦问题》。

5月　《当代国际诗坛》第5辑由作家出版社出版，刊出西川译新西兰詹姆斯·K.巴克斯特、美国 W. S. 默温和施家彰的诗歌。

5月　《诗刊》上半月刊发表西川译外国青年诗人作品10首，总题目为《托尔斯泰花园的苹果》。题目来自西班牙女诗人尤兰达·卡斯塔纽的同题诗。

5月　赴浙江永嘉参加《诗刊》举办的名为"青春回眸"的会议，在开幕式上发言；旋赴金华，在上海财经大学浙江学院做名为"诗歌写作与时代生活"的讲座；之后赴上海，作为复旦大学光华诗歌奖的评委会主席出席该奖项的颁奖仪式，并为复旦中文系写作学硕士班做题为"中外诗歌文化之异同"的讲座。

6月　美国网络杂志 Cerise Press（第3卷，第7期），*Poems and Poetics*（6月号），*Alligatorzine* 等发表一系列由柯夏智翻译的西川诗。

6月　获上海《东方早报》"文化中国十年人物大奖2001—2011"，赴上海参加颁奖仪式。

8月　赴青海西宁参加第三届青海湖国际诗歌节。旅及贵德。

8月　《天南》杂志第3期发表西川《走过湘西洪江古商城。2010年7月》和《下午》两首诗的原文和英译文。译者欧康奈尔和史春波。

8月　《当代作家评论》第4期刊出西川专辑。以西川为封面人物，发表西川论文《传统在此时此刻》、西川与马铃薯兄弟对话《保持一个艺术家的吸血鬼般的开放性》、德国汉学家何致瀚论文《散文作为诗歌的形式：试论西川》，以及西川旧诗《致敬》等。《传统在此时此刻》一文旋即被上海《社会科学报》在9月8日删节转载。

8月　德国史泰德（Steidl）出版社出版由德国艺术学院、歌德学院组织，由 Hans-Georg Knopp 与 Johannes Odenthal 主编的《立场·中国》一书。内收高虹对西川的访谈，以及高虹与顾彬翻译的《皮肤颂》一诗。

8月　韩国韩英双语杂志《亚细亚》季刊第6卷第3期发表西川随笔《想象我居住的城市》和3首诗。韩文译者金泰成。

9月　在北京猜火车酒吧与王家新、颜峻、拉姆赛·纳瑟（Ramsey Nasr，荷兰桂冠诗人）、安娜·英奎斯特（Anna Enquist）等一起朗诵。该朗诵会以"诗歌、社会、青年"为主题，系以荷兰为主宾国的北京国际图书博览会的活动项目之一。

9月　《诗刊》发表西川诗《题王希孟青绿山水长卷〈千里江山图〉》《夸父逐日新解》《一个写字的人》《慎子》等作品。

9月　美国夏威夷Tinfish出版社出版汉英对照西川诗歌小册子《小老儿及其他诗篇》（*Yours Truly & Other poems*）。译者柯夏智。

9月底—10月中旬　因美国铜峡出版社（Copper Canyon）出版由王清平编选、李春琳（Sylvia Li-chun Lin）和葛浩文（Howard Goldblatt）任译文编辑的《推开窗：中国当代诗选》（*Push Open the Window: Contemporary Poetry from China*），与女诗人周瓒一起受邀赴西雅图、波特汤森、芝加哥、艾奥瓦、纽约、华盛顿为该书做宣传，进行巡回朗诵。朗诵地点包括西雅图艺术馆、芝加哥诗歌基金会、纽约曼哈顿92街Y安特伯格诗歌中心、华盛顿国会图书馆等。在西雅图接受美国诗人保罗·纳尔逊（Paul Nelson）为KBCS广播电台所做的访谈，在纽约接受美国国家艺术基金会（National Endowment for the Arts）的访谈，在华盛顿接受英国 BBC 视频采访。

11 月　赴香港参加由北岛组织的第二届香港国际诗歌之夜。香港中文大学出版社为每位参加活动的诗人出版一册汉英对照小诗集，西川册名为《墙角之歌》（*A Song of Corner*），译者柯夏智。

11 月　赴挪威参加由奥斯陆文学之家（Litteraturhuset）举办的"中国周"活动。

11 月　韩国野鹰出版社出版由金泰万翻译的中国当代八人诗选《帕米尔之夜》，内收西川包括《小老儿》在内的 10 首诗。

12 月　赴印度孟买参加第三届中印作家对话，之后旅及奥兰伽巴德（Aurangabad），得睹阿罗拉洞窟（Elora Caves）和阿旃陀洞窟（Ajanta Caves）。

阿根廷 GOG Y MAGOG 出版社出版由 Migel Angel Petrecca 翻译和编选的《精神国度：100 首当代中国诗》（*Un pais mental: 100 poemas chinos contemporaneos*），内收西川诗 14 首。

西班牙 Cies 出版社出版由 Yolanda Castaño 翻译、编辑的加利西亚语诗选 *Babelia en Galego*，内收西川诗 6 首。

斯洛文尼亚 Center za slovensko knjizevnost 出版由 Špela Oberstar 编选及与他人合作翻译的《当代中国诗选》（*Sodobna kitajska poezija*），内收西川诗 6 首。

2012 年

1 月　以论文《传统在此时此刻》获2011年度《当代作家评论》奖。

1 月　赴美国西雅图参加现代语言协会（Modern Language Association，MLA）年会，与华盛顿州立大学陆敬思（Christopher Lupke）副教授举行专场座谈，并在西雅图公立图书馆举行个人朗诵会。访问西雅图太平洋路德大学和位于坡曼的华盛顿州立大学，朗诵并座谈。

1 月　印度网刊《准岛屿》第7期发表西川用英文撰写的文章《风格作为一种奖赏》（Style Comes as an Award），以及柯夏智译西川散文诗《唐朝所没有的》。

2 月　美国纽约《巴黎评论》网刊（The Paris Review Daily）发表艺术家马泰奥·佩里考利（Matteo Pericoli）根据西川摄影所绘西川工作室窗外景色，并配以西川用英文所写的说明文字。

2 月　由孙磊主编的民刊《谁》第十辑以专刊的形式发表西川译诗选《重新注册》。

3 月　香港牛津大学出版社出版西川译美国诗人加里·斯奈德英汉双语对照诗选《水面波纹》，西川为此于 3 月底到 4 月初赴香港中文大学主持斯奈德研讨班。

4 月　美国纽约新方向出版社出版柯夏智翻译的《蚊子志：西川诗选》（Notes on the Mosquito: Selected Poems /Xi Chuan）。柯夏智系由美国诗人、随笔作家、翻译家艾略特·温伯格（Eliot Wein-

berger）推荐。

4月　英国血斧出版社（Bloodaxe）出版杨炼、秦晓宇与 W. N. 赫伯特（W. N. Herbert）、布莱恩·霍尔顿（Brian Holton）编选的《玉梯：中国当代诗选》（*Jade Ladder: Contemporary Chinese Poetry*）。内收西川诗 7 首。

4月　《今天》杂志春季号"飘风特辑"发表西川组诗《万寿》17 首。

4月　应中国图书进出口公司与英国文化协会之邀赴英国参加伦敦书展。在展览现场，《伦敦书评》书店与韩东、杨炼、W. N. 赫伯特、帕斯卡尔·佩蒂特（Pascale Petit）、汉学家贺麦晓（Michel Hockx）等举办对谈、朗诵等活动。访问伦敦大学亚非学院和纽卡斯尔大学。

5月　应《艺术世界》杂志之邀赴上海，在"挪威森林"活动上介绍奥拉夫·H. 豪格与中国古代诗歌的关系。接受《艺术世界》采访。采访以《从一个封闭的人走向一个敞开的人》为题目发表于该刊 7 月号。

5月　深圳《飞地》杂志创刊，发表西川诗作 7 首及所译加里·斯奈德新诗《夜晚故事》及其诗选《水面波纹》译者序。

6月　陕西《延河》杂志下半月刊发表吕布布对西川的访谈《作为读者，作为译者》。

7月　北京文艺网国际华文诗歌奖启动仪式及新闻发布会举行。此事由杨炼发起。西川任七位评委之一。

7月　北京大学出版社出版西川论文集《大河拐大弯：一种探求

可能性的诗歌思想》。

8月　赴英国爱丁堡参加世界作家大会。该会议带有对 1962 年爱丁堡世界作家大会 50 周年的纪念性质，世界 50 位作家与会讨论五个问题：1. 文学要不要政治化；2. 风格与内容；3. 是否存在一种"民族文学"；4. 今日审查；5. 小说的未来。该会议属爱丁堡国际图书节一部分。西川在会议上就多个议题发言。英国《卫报》在对会议的报道中引用了西川的观点。会后西川与家人赴伦敦做私人访问。

9月　与苏格兰诗人罗宾·罗伯特森（Robin Robertson）在北京三联书店举行对话朗诵会。该活动由英国文化协会举办。

9月　在石家庄一日。

9月　赴杭州参加运河文化研讨会及中日诗人对话活动。日本作家包括高桥睦郎、平田俊子和多和田叶子等。

9月　美国出版由丹尼尔·罗莱斯（Daniel Lawless）主编的 *The Plume Anthology of Poetry*，内收西川诗。

10月　再赴杭州参加"相约西湖"活动的朗诵。西川为这次活动专门写有《三座小石塔，或三潭印月》一诗。

10月　将位于北京望京西园三区 320 楼的使用了十余年的工作室搬至小营。约 200 纸箱书籍、资料、收藏品装运至学校、小营、北纬、花园等地。

10月　克罗地亚推迟出版的 *Quorum* 杂志（2011 年 5—6 期合刊）发表诗人米罗斯拉夫·科林（Miroslav Kirin）从柯夏智英译文转

译的西川诗 28 首。

10月　长江文艺出版社出版的《汉诗》2012年第3期（总第19期，本期取名"呈堂证供"）发表西川专辑诗21首。后附荣光启解读文章《创造力的合唱》。

10月　邀请澳大利亚卢卡·莱森（Luka Lesson）、澳大利亚/马来西亚奥马尔·穆萨（Omar Musa）、波兰博丹·皮亚塞茨基（Bohdan Piasecki）到中央美术学院举行"现场诗歌"（Slam Poetry）表演。

10月底11月初　在香港城市大学参加有关柯夏智译西川诗选《蚊子志》的书评报告会。主题报告人为美国华盛顿州立大学的陆敬思副教授。

11月　由孟京辉导演、在西川诗作基础上创作的实验戏剧《镜花水月》在德国柏林"中国之秋"系列活动中上演于柏林冷库房（Kühlhaus Berlin）。

11月　赴深圳，在"第一朗读者"活动上做专场朗诵。

11月　《读书》杂志发表姜涛文章《诗歌想象力与历史想象力——读西川〈万寿〉》。

12月　赴上海金泽参加由《今天》杂志举办的"飘风沙龙"活动。参加者：北岛、甘琪、李陀、汪晖、韩少功、格非、欧阳江河、翟永明、徐冰、鲍昆、西川。

12月　美国俄克拉荷马大学《今日世界文学》评出2012年美国出版的75本值得注意的翻译作品，其中4本译自亚洲，这其中中国书籍 2 本,《蚊子志:西川诗选》居其一。

2013 年

1月 《山花》杂志第 1 期发表《鉴史十四章》。

1月 《中国诗歌》杂志第 1 期发表西川诗歌专辑。

1月 重庆大学出版社出版西川诗集《够一梦》。

1月 美国新墨西哥州 *Malpis Review* 杂志 2012—2013 冬季号(第 3 卷,第 3 期)再次发表由施家彰翻译的西川诗《题王希孟青绿山水长卷〈千里江山图〉》。

2月 美国新方向出版社出版由杨君磊(Jeffrey Yang)编选的诗歌选集《悲伤时刻:悼念诗篇》(*Time of Grief: Mourning Poems*),收入西川诗作《暮色》。译者柯夏智。

3月 赴波士顿参加美国作家与写作项目协会(Association of Writers and Writing Programs,AWP)的年会,并应王德威教授邀请与译者柯夏智一起在哈佛大学朗诵,之后在哈佛图书馆诗歌中心 Woodberry Room 做朗诵录音。后赴佛蒙特州米德贝利学院(Middleburry College)朗诵、座谈。再之后应普林斯顿大学 Mathey College 邀请与英文系学生座谈英文《蚊子志》一书。该书被选作英文写作专业学生本学期 12 本必读书之一。再之后在纽约大学"中国屋"举行朗诵会。最后再赴普林斯顿大学参加普林斯顿国际诗歌节。诗歌获得卓瑞·格雷汉姆（Jorie Graham）和保罗·默杜恩（Paul Muldoon）的好评。

3月　《藏画导刊》（总第 75 期）刊出杨公拓对西川的长篇访谈《当代水墨画中的矛盾与问题：从宋画谈起》。此访谈后由黄礼孩主编的《中西诗歌》杂志转载。

4月8日　在北京前门米氏西餐厅（Capital M）与到访的芬兰总统夫人、诗人基妮·豪吉欧（Jenni Haukio）见面。

4月　赴扬州参加第一届国际诗人瘦西湖虹桥修禊。参加的诗人包括杨炼、唐晓渡、于坚、翟永明、姜涛、杨小滨，英国肖恩·奥布莱恩（Sean O'Brien）、泼丽·克拉克（Polly Clark），德国乔其姆·萨托留斯（Joachim Sartorius）等。之后随众诗人转南京艺术学院参加研讨活动。在去程从北京赴镇江的火车上从柯夏智电邮得知《蚊子志》一书进入美国 2013 年最佳翻译图书奖（BTBA）决选名单。进入决选的诗集共 6 部，选自 340 部翻译作品。

5月22日　应捷克驻华大使利博尔之邀，在捷克驻华使馆与捷克摄影家扬·索戴克（Jan Saudek）见面。

5月　赴成都参加蓝顶艺术论坛。与欧阳江河同游杜甫草堂。

6月　赴南京参加由南京大学、南京师范大学、《当代作家评论》杂志等主办的"跨文化视阈中的当代华语文学"学术研讨会。

6月　端午节（12 日）前夕腾讯网播出对西川的视频访谈《默诵屈原的诗是对他最好的纪念》。

6月　在北京香山卧佛寺参加由《今天》杂志举办的"飘风沙

龙"。活动之一为西川讲课《北宋山水画趣味的形成与变异》。

7月　由孟京辉导演、在西川诗作基础上创作的实验戏剧《镜花水月》在第六十七届法国阿维尼翁戏剧节上上演于戈洛维纳剧院（Theatre Golovine）。

9月　赴德国威斯特法伦州多特蒙德，在"法亚基人讨论会"（Phaiakians-Discussions）活动上与德国电视三台主持人 Tina Mendelsohn 对谈。该讨论会创办者、小说家伯克哈德·斯本嫩（Burkhard Spinnen）亦参与讨论。该活动是"威斯特法伦文学世界"（Literaturland westfalen）系列文学项目的一部分。之后赴杜塞尔多夫，与正在德国旅行的黄怒波见面并做录音对谈。在歌德博物馆见到歌德《浮士德》手稿和贝多芬手稿。

9月　作为评委参与首届北京文艺网国际华文诗歌奖的评奖活动，并在北京大学主持了颁奖仪式。

9月底10月上旬　赴西班牙参加卡斯蒂利亚地区塞戈维亚海伊国际文学艺术节（Hay Festival Segovia），之后转赴安达卢西亚地区哥尔多巴参加环宇诗歌节（Cosmospoética: Poetas del Mundo en Córdoba），之后在马德里中国文化中心朗诵，之后赴比尔堡朗诵，主持人为巴斯克语小说家贝纳尔多·阿查加（Bernardo Atxaga），之后赴柯如尼亚朗诵，主持人为加利西亚语女诗人尤兰达·卡斯塔纽。整个西班牙文学旅行由西班牙文学代理人大卫·洛佩兹（David Lopez）前后安排。

10月　柯夏智因翻译《蚊子志：西川诗选》获得美国文学翻译

家协会（ALTA）颁发的卢希恩·斯泰克亚洲翻译奖（Lucien Stryk Asian Translation Prize）。该消息由美国译协在印第安纳州布鲁明顿的译协年会上公布。此奖项系美国译协每年颁发的两项大奖之一。

10月　由于向上海图书馆捐赠手稿，与欧阳江河一起赴上海参加手稿捐赠仪式，并在民生现代美术馆做专场朗诵。

10月　作家出版社出版《我和我：西川集1985—2012》。

10月　赴云南昆明参加由诗人于坚组织的首届西南联大国际诗歌节，并在其创办的《诗与思》杂志上发表组诗《五次写到童年》。

10月底11月初　受中国图书进出口公司邀请赴土耳其参加第三十二届伊斯坦布尔国际书展。中国为主宾国。在海峡大学（Bogazici Universitesi）南校区红色沙龙（Ozger Amas Salonu）与土耳其诗人、剧作家穆拉特罕·穆恩干（Murathan Mungan）对谈，在伊斯坦布尔大学欧亚研究所发言谈"真正的世界地图"。之后旅及伊兹密尔小镇塞尔丘克（Selcuk）参观希腊罗马古城遗迹以弗所（Ephesus）。之后参观代尼兹利（Denizli）市温泉胜地棉花堡（Pamukkale，其罗马时代城市名称Hierapolis）。之后参观安塔利亚古罗马剧场The Theatre of Aspendos，以及面向地中海的古希腊阿波罗神庙遗址。

11月　与爱尔兰女诗人海伦·温（Helen Wing）在北京前门米氏西餐厅举行作品英文朗诵会。

11月30日　国际笔会在莫斯科非小说图书节上宣布2014年度国际笔会新声奖（New Voices Award）评委名单：西川、姬兰·德赛

（Kiran Desai，印度）、阿尔贝托·曼古埃尔（Alberto Manguel，阿根廷 / 加拿大）、阿莱桑德雷·泼斯泰尔（Alexandre Postel，法国）和卡米拉·沙姆希（Kamila Shamsie，巴基斯坦 / 英国）。

12 月　与欧阳江河一起赴山西太原讲座。

12 月 11 日　《中华读书报·书评周刊·文学》发表舒晋瑜对西川访谈《我的诗歌越来越直截了当》。

12 月　赴印度新德里参加第七届《准岛屿》对话。参加对话者包括印度思想家、作家和诗人阿什斯·南地、莎米沙·莫汉提（Sharmistha Mohanty）、维瓦克·纳拉亚南（Vivek Narayanan）、阿尔温德·梅特赫罗特拉（Arvind Krishna Mehrotra）、匈牙利小说家克拉斯诺霍尔卡伊·拉斯洛（László Krasznahorkai）等。

2014 年

1 月　江苏文艺出版社出版西川 30 年诗作选集《小主意》。

3 月　参与俄罗斯 / 爱尔兰女艺术家 Varvara Shavrova 在北京国贸三期工地实施的"挖掘"艺术项目。西川为此专门翻译了爱尔兰诗人谢默斯·希尼的诗作《挖掘》与《贝尔德格》。共同参与此项目的还有英国诗人 Helen Wing 和俄罗斯画家兼翻译家 Valeriy Rudenko。

3 月　参加北京老书虫国际文学节，与冰岛 Sjòn、苏格兰 Liz Lechhead、美国 David Sullivan 一起举办朗诵会。

3月　在北京朝阳大悦城单向街书店与北塔一起为广西师范大学出版社重新出版的《米沃什词典》一书举行座谈。

3月　《诗刊》上半月刊发表西川诗作《醒在南京》。

4月　在首都师范大学与斯洛文尼亚诗人 Aleš Šteger 见面。

4月　凤凰网文化频道播出《春天读诗》节目。西川在其中朗读1980年代旧作《明媚的时刻》。

4月　接受凤凰卫视许戈辉主持的《名人面对面》节目专访。

4月　赴河南沁阳参加第二届神农山诗会，访李商隐墓。

4月　江苏文艺出版社出版由西川选编的《骆一禾海子兄弟诗抄》。

4月　《今天》春季号（总104期）发表西川诗作《潘家园旧货市场玄思录》。

5月　《星星》诗刊发表《潘家园旧货市场玄思录》（节选）。

5月　《芭莎艺术》杂志发表艺术家徐冰与西川的对谈《中国该上场了》。

5月　赴丹麦参加哥本哈根国际文学节。

5月　获"屈原诗歌奖·金奖"，但西川并未赴湖北宜昌领奖。

6月　中央电视台经济频道播出周翼虎等导演的六集传记文献纪录片《屈原》，内有西川谈屈原内容。

6月　邀请美国汉学家、翻译家、旅行家、流浪汉、世外高人 Bill Porter（Red Pine）到中央美术学院美术馆举办讲座："活着，舞蹈着，翻译着"。

6月　《美术向导》杂志2014年第1期发表尹吉男、李军、西川三人谈《从"艺术终结论"谈起》。

6月　开始为国际笔会"新声奖"工作。阅读参评稿件。稿件多来自中亚如吉尔吉斯斯坦，南亚如印度，西亚如土耳其，东欧如斯洛文尼亚、罗马尼亚、塞尔维亚，以及非洲国家。中国没有人参评。此工作持续到7月20日。

7月　赴上海参加由张旭东在喜马拉雅美术馆主持的喜马拉雅文化论坛，论坛主题："中国后现代"。西川发言题目为《被动的现代与主动的后现代》，但发言本身与此题目关系不大。主要谈到中国革命的内在矛盾以及由此引发的矛盾修辞。

7月　赴四川绵阳参加第四届中国诗歌节。活动很官方，极无聊，但借此机会走访了北川2008年大地震遗址并重访江油李白故里。

7月　中央美术学院《大学与美术馆》杂志总第五期发表学生夏天眉、刘希言对西川的访谈《讲出你自己》。此访谈后被改名为《西川：文化传承意识与消费时代艺术家的选择》和《西川：美术学院需要怎样的人文课程》在网络和微信上广泛传播。

8月　旅日歌手程璧在北京望京单向街书店做音乐碟首发式，碟中收有程璧作曲并演唱的西川诗《夜鸟》。

8月　赴宁夏银川参加由银川电视台主办的诗歌朗诵活动。该电视台后制作了纪录片《西川：瞬间的人格魅力》。在一处房地产做讲座《传统之我见》。参观西夏王陵。

8月　凤凰卫视《名人面对面》栏目播出许戈辉对西川的专访。

8月　参加中国图书进出口公司组织的北京国际书展（BIBF），

先后在三联书店和新国展与俄罗斯诗人 Maxim Amelin 和土耳其女诗人 Gonca Ozman 举行对谈。

9月　邀请美国亚洲艺术史专家、耶鲁大学艺术馆和西雅图艺术博物馆前馆长、敦煌基金会主席、比尔·盖茨继母米米·盖茨（Mimi Gates）在中央美术学院美术馆学术报告厅做讲座"敦煌石窟：问题思考"（The Buddhist Caves of Dunhuang：Questions for Thought）。

9月　通过 Skype 参加纽约大学东亚系学生 Jennifer Dorothy Lee 的论文答辩会。她的博士论文题目 The Aesthetics of Anxiety: Post-Mao Experimentalists，1976—1982。

9月　参加飘风沙龙在北京举行的有关韩少功《革命后记》的讨论会。

9月　为小说家张洁的画展撰写前言。

9月　接受作家网访谈，并代作家网对正在中国访问的西班牙加里西亚语女诗人尤兰达·卡斯塔纽做访谈。

9月　参加首都师范大学第三届北京国际诗会，与会外国诗人包括美国托尼·巴恩斯通，西班牙尤兰达·卡斯塔纽，斯洛文尼亚 Brane Mozetic，伊朗/美国 Sholeh Wolpe，南非 Zolami Mkiva 等。

9月　参加黄怒波在北京门头沟灵岳寺举行的雅集活动。

9月　参加《三联生活周刊》在北京 798 尤伦斯当代艺术中心举办的第二届"思想广场"，演讲题目为《汉语·思想·战国诸子》。

9月　赴杭州参加第三届大运河诗歌节暨世界诗歌翻译论坛，担任学术主持。本论坛由西川 2012 年倡议举办。广西师范大学出版社配合论坛出版了江弱水主编的《桥：当代名家译诗译论集》。

9 月　瑞士欧洲研究生院教授朱迪斯·巴尔索（Judith Balso）著《诗歌的确证》英译本 *Affirmation of Poetry* 由美国明尼阿波利斯 Univocal 出版社出版。书中讨论了七个人的写作：美国的华莱士·史蒂文斯（Wallace Stevens）、中国的西川、苏联的根纳迪·艾吉（Gennadiy Aygi）、俄国的曼德尔施塔姆（Osip Mandelstam）、阿尔贝托·凯尔罗（Alberto Caiero，葡萄牙诗人佩索阿虚构的诗人，也就是佩索阿的自我之一）、意大利的帕佐理尼（Pier Paolo Pasolini）、西班牙的华科莫·雷奥帕尔迪（Giacomo Leopardi，19 世纪）。作者讨论了诗歌的思想品质。

10 月　卸任中央美术学院人文学院副院长职务。西川任此职 10 年。中间数次提出辞职。

10 月底 11 月初　赴塞尔维亚贝尔格莱德参加国际书展。顺访诺维萨德。

11 月 1 日　在贝尔格莱德接到陈超在石家庄跳楼自杀的消息。归国后旋赴石家庄吊唁。

11 月　美国纽约企鹅丛书出版艺术家马泰奥·佩里考利绘制的世界作家的书房视野，书名《面向世界的窗户：50 位作家，50 个视野》（*Windows on the World: 50 Writers, 50 Views*）。书中收入西川书房的窗景和西川英文自述。该图与文原发表于《巴黎评论》网刊。

11 月　赴重庆四川美术学院参加川美学术周，演讲并参加讨论会。演讲题目为《当代中国文学的国际呈现》。参观大足石刻的北山石窟和宝顶石窟。

11 月　北京师范大学国际写作中心举行西川出任为期 5 个月的驻校诗人入校仪式，并举办题为"向着无边的诗与思想之路"的西川创作 30 年研讨会。

12 月　广西师范大学出版社将原由作家出版社在 2004 年出版的西川所译《博尔赫斯八十忆旧》更名为《博尔赫斯谈话录》重新出版。为配合宣传该书出版，12 日，西川应北京大学未名讲坛邀请做讲座"向博尔赫斯提问"。

12 月　赴上海参加由北京当代艺术基金会和上海当代艺术博物馆举办的"中印文化连线"专题论坛，在论坛上就中印文学交流及可能性发言。

12 月　西川与欧阳江河在北京老故事餐吧举办联合朗诵会。这是北京师范大学国际写作中心组织的活动。

12 月　赴湖南长沙望城区参加《十月》杂志举办的"十月诗会"。

12 月　印度《准岛屿》网刊第 11 期发表西川 2013 年 12 月在新德里参加第 7 届《准岛屿》对话时的谈话 *Doubting Yourself and the World at Once*。

2015 年

1 月　陕西卫视《开坛》播出。

2 月　《上海文学》杂志发表西川诗作《开花》。

2 月　应中国图书进出口公司邀请赴白俄罗斯明斯克参加国际书展。白俄罗斯冰天雪地。恰逢乌克兰、俄罗斯、德国、法国关于乌克兰东部停火的四方会谈在同一时间举行。参观明斯克二战时的斯大林防线遗址，意识到战争记忆对苏联地区生活和社会组织形态的塑造和对中国战争记忆的强化。

2 月　自明斯克归京过春节，初五赴美国纽约参加哥伦比亚大学纽约文化沙龙座谈，在圣约翰大教堂参加朗诵会，用英文朗诵柯夏智刚刚译好的《开花》一诗，震撼全场，逼迫后续朗诵的美国语言派诗人查尔斯·伯恩斯坦（Charles Bernstein）临时改换朗诵内容。此活动主要为配合徐冰《凤凰》装置在纽约圣约翰大教堂的展览而举办。参加活动的诗人包括北岛、欧阳江河、翟永明、周瓒、西川和 5 位美国诗人。活动的推动组织者为哥大教授刘禾。

3 月　在北京师范大学国际写作中心为加拿大皇家学院院士、诗人、老友蒂姆·柳本主持讲座。他的讲座题目："本体论的孤独与隐喻的慰藉"。

3 月　赴澳门参加"隽文不朽"国际文学节。访澳门大学。

3 月　作家出版社出版西川译诗集《重新注册》。

4 月　出任中央美术学院图书馆馆长。

4月　在北京师范大学举办名为"从写作的角度试谈中国想象之基本问题"的讲座。

4月　赴河北石家庄参加陈超骨灰的归葬仪式。陈超墓为西川设计。墓体正面由唐晓渡书写"陈超之墓"，墓体两侧和背面为欧阳江河、于坚、唐晓渡书写的陈超诗句和文句。

5月　赴武汉，在湖北美术馆"听涛讲坛"谈"如何想象中国"，内容实为4月北师大讲座的延展。登正在修缮中的黄鹤楼。

5月　赴美国纽约为国际书展（Book Expo）中国主宾国活动预热。在巴诺（Barnes and Noble）书店与埃利奥特·温伯格（Eliot Weinberger）一起朗诵，接受纽约中文网电视采访。在华美协进社（China Institute）学者花园朗诵，由埃利奥特·温伯格主持。《人民文学》杂志主办的英文杂志 Path Light（《路灯》）为书展出版专刊，头条发表柯夏智翻译的西川诗《潘家园旧货市场玄思录》。

5月　赴四川绵阳参加首届李白诗歌奖的颁奖仪式。台湾诗人洛夫获50万元大奖，西川与于坚、欧阳江河、杨炼、沈苇获提名奖，奖金各10万元。

5月　赴挪威参加利勒哈默国际文学节。挪威王储妃梅特玛丽特（Mette Marit）莅临文学节开幕式。西川在开幕式上朗诵《思想练习》。参加文学节的中国诗人、作家还有北岛、翟永明、王寅、毕飞宇等。

6月　自挪威归京后旋赴大连参加大连外国语大学与日本东京城西大学共同组织的中日诗人对话交流活动。参加活动的日本诗人包括城西大学理事长、诗人水田宗子，诗人吉增刚造等。思潮社编辑藤井一乃亦出席。推动活动举行的是田原。

6月　腾讯书院文学奖颁发，西川获"致敬诗人"奖。其"致敬剧作家"为邹静之，"致敬歌手"为崔健。为此，腾讯网发表对西川的专访《西川：诗歌的冒犯》。

6月　美国纽约《巴黎评论》杂志第213期刊出柯夏智译西川诗《醒在南京》和《悼念之问题》。

6月　《十月》杂志刊出西川4月份北京师范大学演讲稿《从写作的角度试谈中国想象之基本问题》。该文在网络上反响强烈。11月由河北《诗选刊》杂志转载，并获当年"十月文学奖·散文奖"，12月在四川宜宾李庄颁奖。

7月　赴上海参加由张旭东组织的喜马拉雅文化论坛。本届论坛主题为"启蒙·革命·传统"。西川在论坛上的演讲题目为《新中国古装连环画的新与旧》。

8月　赴澳大利亚珀斯参加由柯廷大学（Curtin University）与复旦大学联合举办的名为"革命时代的文学：2001年以来中澳写作与社会变迁"（Literature in the Time of Revolutions：Writing and Social Changes in China and Australia since 2001）研讨会。会议在玛格丽特度假地（Margaret River Resort）举行。西川与英译者柯夏智在会上发言、朗诵。会后西澳著名诗人、英国剑桥大学丘吉尔学院研究员约翰·金塞拉（John Kinsella）在其博客发表评论文章《在西川的旅店里有多少个我？》（*How Many I-s in the Hotel of Xi*

Chuan?)。

9月　《山花》杂志发表西川诗13首，其中包括《悼念之问题》《尽量不陈词滥调地说说飞翔》和《对人民的疑问》。

9月　西川与美国诗人丽塔·达芙（Rita Dove）同获"诗歌与人·国际诗歌奖"。颁奖仪式在广东湛江举行。颁奖仪式后西川在湛江学院举行讲座。由黄礼孩主编的民刊《诗歌与人》杂志配合颁奖印行了西川诗集《鉴史四十章及其他》。

10月　赴安徽泾县参加"桃花潭诗歌节"，获颁终身成就奖。

10月　赴福建厦门。

10月　赴山东济南，受聘为山东师范大学兼职教授。

10月　泉子主编《诗建设》杂志秋季号发表西川《醒在南京》《潘家园旧货市场玄思录》《开花》及朵渔论文《如何证明你写的诗是诗——反讽，理解西川的一条路径》。

10月　台湾秀威出版社出版西川诗集《开花》。

11月　由田原安排，赴日本东京，参加城西国际大学建立50周年纪念活动。受聘为该校客座教授和国际诗歌研究中心外籍研究员。与该校理事长、诗人水田宗子，韩国诗人协会会长文贞姬举行诗歌座谈。城西大学和思潮社以西川诗句"一双破鞋留在屋顶"为题举办诗歌朗诵会，参加者：水田宗子、文贞姬、田原、高桥睦郎、吉增刚造、财部鸟子、杉木真维子、文月悠光、西川诗日文译者竹内新等。

11月　西川与俄罗斯诗人叶甫图申科、中国诗人邵燕祥同获"中坤国际诗歌奖"。颁奖仪式在北京大学李兆基人文学院举行。

11 月　西班牙《西方杂志》（*Revista de Occidente*）总第 414 期发表西班牙女诗人、汉学家宫碧兰（Pilar González España）的论文《西川诗歌语言的特征》（*El carácter elusicvo en el discurso poético de Xi Chuan*）。

11 月　黄礼孩主编《中西诗歌》杂志第 11 期发表西川诗专辑。

11 月　赴广州参加中国美术家协会与广州美术学院主办的书籍插图讨论会。

12 月　赴广州参加中国图书馆年会，在会上发言《图书馆在社会生活中的角色》。

12 月　赴四川宜宾李庄参加"十月文学奖"的颁奖仪式。

2016 年

1 月　《诗歌月刊》发表西川诗《醒在南京》《潘家园旧货市场玄思录》和《开花》及西川在去年"中坤国际诗歌奖"颁奖仪式上所致的受奖词。

1 月　赴印度参加新德里国际书展。在印度国家文学院题为"语言的本土性和文学的世界性"的座谈会上用英文发言。在德里大学甘地中心谈中国当代诗歌，在书展现场谈中印文学翻译问题。后访加尔各答，参观泰戈尔故居，在加尔各答国家图书馆参加座谈会。

3月　开始在北京大学燕京学堂用英文讲授"翻译中的当代中国诗歌"课程。

3月11日　应当地政府邀请赴江苏镇江，与欧阳江河等9位诗人同游焦山、北固山，并与小说家格非同游南山招隐寺。归京后作古体诗《镇江南山招隐寺与格非等同吊昭明太子》。

3月　因法国巴黎文字出版社（Éditions Caractères）出版由尚德兰译西川诗集《巨兽》（Le monstre），应巴黎七大邀请与柏桦共赴该校朗诵，并赴布列塔尼雷恩市协会之家朗诵。在巴黎遇斯洛文尼亚诗人 NiIkola Midzrov、阿根廷汉学家和诗人明雷（Miguel Ángel Petrecca），及多位北外附同班同学。顺访巴黎吉美博物馆。

4月　美国诺顿出版社出版由黄运特编选的《中国现代文学大红书》（*The Big Red Book of Modern Chinese Literature*），内收西川早期诗作3首《在河的那一边》《停电》《远方》。

5月　赴贵州绥阳参加双河诗歌节。

6月　自本月起《辽宁日报》陆续发表一系列西川涉及百年新诗话题的文字。

6月　在中央美术学院毕业季晚会上登上三层集装箱擂鼓领诵屈原《九歌·少司命》。露天现场约有上万人。本次活动由50名学生合诵的开场辞亦为西川所撰："夏景良辰，青春列呈。我思萌动，风云即生。少年怀远，师尊怀仁。承前创想，央美发声。精微尽之，广大致之。万物皆备，万法当穷。草木同德，行者同心。乘运跃鳞，大作乃成。"

6月　赴浙江杭州参加诗歌活动。

6月　赴浙江乌镇参加首届 ADCC 人文设计周，就"中国想象"问题做演讲。

6月　经巴黎赴加拉加斯参加第十三届委内瑞拉世界诗歌节，在特蕾萨剧院和玻利瓦尔剧院朗诵，参观委内瑞拉国家图书馆，在委内瑞拉国家唱片公司录音。委内瑞拉因国际石油价格低迷，经济形势糟糕；走在路上须时刻小心可能出现的抢劫。玻币兑美元官价 500∶1，黑市价 1000∶1。大学教师平均月工资 20 美元左右。不过，富人依然吃馆子开 party，普通人的日常生活依然在继续，阳光灿烂的大街上交通依然拥堵。贫民窟漫山遍野。酒店里埋伏着荷枪实弹的国民警卫队以防突发事件。

7月　黄山出版社出版西川《山水无名》。本书系蒋一谈主编"截句诗丛"之一。书中诗句均截自西川旧作。

7月　台湾《秋水》诗刊在《诗坛指标人物志》栏目刊出西川专辑。

8月　参加第一届上海国际诗歌节。

9月　第二次在北京大学燕京学堂用英文讲授"翻译中的当代中国诗歌"课程。

9月　西川的 25 幅日常涂鸦作品、25 本书、两段有关西川的录影参加在北京大韵堂美术馆举办的"清风三百里"展。参展艺术家包括西方美术史专家邵大箴、文人画学者卢辅圣、艺术家徐冰、艺术家邱志杰等。策展人刘礼宾。本展览意在展示文人艺术在当代的价值。所展作品均为作者的非专业创作。

10月3日　上海《青年报》以6个版面的篇幅展示西川。内容包括西川答《青年报》记者问（涉及百年新诗、当代诗歌标准的丧失等问题）、西川在多次视觉艺术研讨会、座谈会上的发言摘要、西川的诗歌作品（包括新作《香》《论读书》等）、多幅西川照片，以及陈思安撰文《"西川旅店"》。

10月　为中央美术学院图书馆出公差，赴上海参加外版图书订货会。

10月　在北京师范大学国际写作中心主持加拿大女诗人Lorna Crozier的讲座《给青年诗人的一封信》。在库布里克书店与Lorna和西班牙诗人Juan Carlos Mestre及数位中国诗人一起举行朗诵会。

10月　在太庙（劳动人民文化宫）三殿讲座《文艺与时代生活》。

11月　《十月》杂志第6期发表西川44000字长文《唐诗的读法》。该文反响热烈。12月27日编辑部在北京佑圣寺十月文学院就此文举办座谈会。

11月　与余华、曹文轩、蓝蓝、徐则臣同赴罗马尼亚布加勒斯特参加高迪亚姆（Gaudeamus）国际书展。在布市参观齐奥塞斯库所建、体量仅次于美国五角大楼的世界第二大政府建筑"人民宫"（今称"议会宫"）和刚刚向公众开放的齐奥塞斯库故居，并旅及特拉瓦尼地区布拉少夫县（Brasov, Transyvaria）的吸血鬼城堡（Bran Castle）和普拉霍夫县西纳亚县（Sinaia, Prahov）的夏宫（Peles Castle）。

12月　北大燕京学堂课程结束。

2017 年

1 月　由中央美术学院调入北京师范大学国际写作中心任特聘教授。

1 月　《诗刊》下半月刊发表西川诗《日常》《论读书》。

3 月　赴绵阳。

3 月　在北京大学与日本小说家、芥川龙之介奖得主平野启一郎对话。

3 月　在"活字文化"与豆瓣的策划下，付费课程"醒来：北岛和朋友们的诗歌课"上线。西川在其中讲授了威廉·布莱克和鲍勃·迪伦的诗歌。

4 月　赴武汉，在武汉大学演讲，题目为《传统与现代与当代》。

4 月　中国诗歌网发表花语对西川的访谈《诗人的工作状态》。

5 月　赴广州参加由中国作家协会、广东省作家协会、澳大利亚西悉尼大学共同举办的第四届中国澳大利亚文学论坛，主持"诗歌与社会"环节的讨论，并在暨南大学主持中澳作家诗人朗诵会。参加本次活动的中国作家有铁凝、阎晶明、阿来、谢有顺、西川、杨克、魏微、郑小琼等，澳大利亚作家诗人包括亚历克西斯·赖特（Alexis Wright）、盖尔·琼斯（Gail Jones）、尼古拉斯·乔斯（Nicholas Jose）、艾弗·因迪克（Ivor Indyk）、安东尼·乌尔曼（Anthony Uhlmann）、大卫·马斯格雷夫、凯特·费根（Kate Fagan）、本·丹汉姆等。乔斯与因迪克邀请西川 11 月访问澳大利亚。

5月　赴杭州参加由中华文化促进会人居文化委员会举办的"美的力量：中华人居美学季"活动，就"俗气"主题发表演讲。

5月　民刊《湍流》（2016—2017年合卷，总第6期）头条刊出西川诗《2011年埃及纪事》和《2011年日本纪事》，并配发王宏伟评论《诗与剧的跨界交融——西川诗集〈够一梦〉研究》。

6月　广西师范大学出版社"新民说"编辑部出版8册一套的《鲍勃·迪伦诗歌集》，内收西川译6首，其中包括迪伦的长歌《布朗斯维尔姑娘》。

6月　由"梦边文化"组织、韦羲策展的"梦笔生花：当代语境中的文人艺术"在今日美术馆举办。西川有两幅水墨山水作品参展。两幅作品在25日开展当天即被人买下。7月9日展览闭幕沙龙，西川与韦羲在展览现场对谈"风景与山水"。8万人在线观看对谈直播。

7月23日下午　由世纪文景出版集团组织，美国普利策奖得主、《地下铁路》的作者科尔森·怀特黑德（Colson Whitehead）与西川在北京"艺术8"以《纽约巨像》（怀特黑德书名）为题进行对谈。

8月　《新周刊》（第496期）"生如唐诗"专号发表罗屿对西川的访谈《谈"诗"更应谈"唐"》。

8月　《三联生活周刊》（2017年第32期）"夏日阅读：在自然中"专号发表由孙若茜整理的西川口述文章《蛮荒自然与道德化、历史化的人文山水》。

8月　豆瓣视频《如是》播出沈星对西川的访谈。

9 月　《文艺争鸣》杂志发表西川文章《全球化视野中的"诗歌地理"问题》。

9 月　由明雷翻译的西班牙语西川诗选 *Murciélagos al Atardecer*（《夕光中的蝙蝠》）由阿根廷布宜诺斯艾利斯 Bajolaluna（月下）出版社出版。在孔子学院拉丁美洲中心负责人孙新堂的安排下，西川于 13 日赴智利，在圣地亚哥聂鲁达基金会与明雷一起做朗诵，之后访及瓦尔帕莱索古城和黑岛（Isla negra）聂鲁达故居。16 日自圣地亚哥飞抵阿根廷布宜诺斯艾利斯，在 Librería Run Run 书店与明雷一起做诗集发布会。会前西川获博尔赫斯学生、语言学家 Carlos R. Luis 赠予博尔赫斯签名本 1960 年首版 *El hacedor* 一书，极感震惊与荣幸。之后在布宜诺斯艾利斯大学孔子学院、拉普拉塔国立自治大学孔子学院朗诵，在 Congreso 大学与诗人 Gracida Maturo 举行对谈。20 日赴罗萨里奥参加第二十五届罗萨里奥国际诗歌节。在 Oui 酒吧、CC Roberto Fontanarrosa 主会场和 Colegio Internacional Parque de España 朗诵。受到摇滚明星般的欢迎。24 日返回布宜诺斯艾利斯并归国。

10 月　在北京师范大学与前来参加第六届翻译工作坊的美国诗人 Tracy K. Smith、Kevin Young、姚强（John Yau），墨西哥诗人 Mario Bojórquez、明迪见面。

10 月　在北京外国语大学参加由阿拉伯语教授薛庆国组织的与叙利亚诗人阿多尼斯的对话活动"在意义的天空下"。一起参加活动的还有树才和戴潍娜。

10月　在中国诗歌学会与美国俄克拉荷马大学石江山（Jonathan Stalling）的安排下，与王光明一起赴美参加中美诗人对话活动。美方参加者为诗人施家彰、白萱华（Mei-mei Berssenbrugge）、Hank Lazer、批评家 Stephen Fredman。对话和朗诵先后在诺曼市俄克拉荷马大学图书馆、阿肯色州尤里卡斯普林斯（Eureka Springs）作家营地和位于本顿维尔市的水晶桥美国艺术博物馆举行。

11月14日　腾讯网播出视频《十三邀》第2季第5期许知远对西川的访谈。一周时间网络点击量超过1700万。本节目有三个版本。除主版外尚有网络推送完整版及切分为19集的全部访谈。19集中数集点击量一周内各超过5000万，个别集超过7000万。

11月　在北京师范大学主持美国语言派诗人 James Sherry 的讲座《美国当代诗歌写作倾向》。由 James Sherry 与孙冬主编的《中美诗人互译计划》（*The Reciprocal Translation Project*）在 James 自己的 Roof 出版社出版。

11月　在北京师范大学与张清华、贾平凹、余华、欧阳江河、李洱同来访的瑞典诺贝尔文学奖评奖委员会前任主席、作家谢尔·埃斯普马克（Kjell Erik Espmark）举行公开座谈。

11月　赴澳大利亚阿德莱德大学（The University of Adelaide）参加"远极中国工作坊"（Workshop : Antipodean China）研讨活动。这是阿德莱德大学"他者世界：世界文学形态"（Other World : Forms of World Literature）系列工作坊之一。该系列工作坊由2003

年诺贝尔文学奖得主、小说家约翰·库切（J. M. Coetzee）倡导创设。参加本回工作坊的作家、学者包括库切、尼古拉斯·乔斯、亚历克西斯·赖特、布赖恩·卡斯托（Brian Casto）、盖尔·琼斯、安乐尼·乌尔曼（Uhlmann）、本·埃瑟林顿（Ben Etherington）、英国汉学家闵福德（John Minford）、意大利汉学家朱西（Giuseppa Tamburello）等。之后，西川与乔斯、朱西赴西悉尼大学（Western Sydney University）澳中文化艺术学院举行对谈，并在 Giramondo 出版社社长艾弗·因迪克的安排下与诗人凯特·费根、拉克伦·布朗（Lachlan Brown）在悉尼诺克斯街酒吧（Knox Street Bar）朗诵。

11 月　由俄罗斯诗人、汉学家邓月娘（娜塔莉亚·阿扎洛娃）编选、14 位俄罗斯诗人合作翻译的《当代中国诗选》在莫斯科出版。内收西川作品。

12 月　在北京鼎石国际学校与该校学生安兆宁举行对谈。

12 月　赴广东汕头大学朗诵并参加名为"诗之哲学"的座谈会。一同参加活动的诗人包括多多、韩东、冯晏、徐贞敏（Jami Proctor Xu）等。活动由德国汉学家顾彬组织。

12 月　赴福建泉州参加第三届海上丝绸之路国际艺术节艺术发展论坛。在论坛上发表演讲《贸易和语言、古代和近代和当代》。夜游泉州，访李贽故居。

12 月　赴北京师范大学珠海分校参加金砖五国作家会议。

12 月　《作家》杂志第 12 期封二刊出西川诗多种语言译本和收入与发表西川诗作的外国出版物的封面照片 19 张。

2018 年

1 月　《草堂》杂志头条发表西川专辑，内容包括西川《题画诗》
8 首、短论《短暂的现代与漫长的当代》和张立群评论《叙述的
延伸与拓展之后——读西川的〈题画〉八首》。

1 月 3 日　《中华读书报》发表舒晋瑜对西川的访谈《我是个在写
作现场的人》。

2 月　西川两幅各一平方尺水墨山水画参加由丛涛策展、在北京
复言社画廊举办的"万物生——思与境偕"展览。

3 月　西川长篇论文《唐诗的读法》由活字文化公司与北京出版
社出版单行本（版权页出版时间为 4 月）。旋即登上亚马逊诗歌
词曲类新书畅销排行榜第一名，持续约一周时间。

3 月 30 日　《北京青年报》发表刘净植就《唐诗的读法》对西川
的访谈《西川谈唐诗：我接唐朝的地气儿》。

3 月　《诗书画》季刊 2018 年第 1 期（总第 27 期）刊出西川专题，
发表《西川诗文十首》、西川言论集《另外一座山岭：关于视觉
文化的 36 个观点》、西川 2013 年年底在印度《准岛屿》对话活动
中所作长篇英文谈话的中译文《怎么能既怀疑自己又怀疑世界：
革命、传统与诗歌写作》，以及美国汉学家陆敬思书评文章的中
译文《创造性辩证法与中国当代诗歌对新形式的追求：评柯夏智
译西川诗》。

3 月　《花城》双月刊 2018 年第 2 期（总第 231 期）发表西川拉美

游记散文《在同行和朋友们中间》。在随后的网络推送中发表西川2015年文章《交流，请进入现场》。网络版改名为《有一层窗户纸必须捅破》和《我痛恨这要了命的没完没了的杂耍》。

4月　在南京先锋书店、南京大学文学院与欧阳江河一起举行关于文学现场的对谈。之后赴杭州，在晓风书店与王自亮、余刚、刘翔及北京出版社副总编辑高立志等一起就《唐诗的读法》举行座谈会。

4—5月　不同媒体多次摘编《唐诗的读法》的章节，冠以各种题目在网络上发表。4月至6月，该书也被不同媒体不断推荐。

4月　在石家庄河北文学馆做《唐诗写作的视觉现场》讲座。

5月　在石家庄呈明书店与刘向东、大解、胡茗茗等共同参加"呈明诗会2018"朗诵活动。

5月　在河北黄金海岸阿那亚孤独图书馆与北岛、蓝蓝、宇向、薛庆国、杨庆祥等一起参加由该图书馆与北京单向街书店一起举办的"镜中之海"诗歌朗诵会。

5月　《芳草》双月刊第3期发表吴投文对西川的长篇访谈，及西川诗。

5月　凤凰网视频播出舍得智慧讲堂第2季胡玲对西川的专访。

5月　应捷克《文学报》邀请，由中国作家协会组团，与阿来、金仁顺、次仁罗布等赴捷克布拉格、克鲁姆洛夫、波兰华沙、克拉科夫等地访问。在布拉格参加捷克国际书展，捷克《文学报》出版中国作家专辑，内收西川作品。在华沙拜会波兰作家协会。

参观奥斯威辛集中营，深感震撼。

5 月　在江西南昌华东交通大学孔目湖讲坛演讲，题目为《现代诗视野下的唐诗阅读》。之后在青苑书店演讲"唐诗写作的视觉现场"，由诗人马策主持。

6 月　北京十月文学院"名家讲经典"系列讲座第 10 场：西川讲"杜甫的形象"。

6 月　赴长沙梅溪书院做讲座，题目为《唐诗的英文呈现》。

7 月　随央视九套纪录片频道《跟着唐诗去旅行·江湖》摄制组去成都、青城山、奉节、挽洲等地拍摄，西川在片中任串讲人。《跟着唐诗去旅行》是一部 5 集的纪录片，总导演李文举，"江湖"一集导演原媛。该集追述杜甫在安史之乱后逃难旅经的主要地方。西川在成都参加翟永明的白夜酒吧组织的朗诵会，以打击乐伴奏朗诵杜甫《秋兴八首》，在奉节登上巫山最高峰，该峰又称"三峡之巅"。8 月下旬至 9 月初，摄制组再赴甘肃继续拍摄。西川随行。

8 月　赴贵阳参加中国作家协会举办的世界汉学家大会。在会上发言。

8 月　在北京大学参加日本诗人高桥睦郎作品研讨会。

8 月　由于北京师范大学与巴林一出版社即将联合出版西川诗集的阿拉伯语译本《鰲黑的庙堂》。西川与埃及译者 Yara El Masri、薛庆国在北京国际图书博览会上举行对谈。之后与 Yara 共同接受中央电视台阿拉伯语频道采访。

9 月　以一幅水墨山水画参加在北京大学塞克勒考古与艺术博物

馆举办的"无水滔滔：北大美术社 30 年回归画展"，并在开幕式
上讲话。

9 月　在北京大学参加中美诗人对话活动。

9 月　在北京大学参加中国新诗百年纪念大会并在会上演讲。

10 月　赴英国参加曼彻斯特文学节。在利兹大学举办讲座，谈
当代中国诗歌所面临的问题。与华裔英国女诗人徐依霞（Jennifer
Lee Tsai）在曼彻斯特国际安东尼·伯杰斯基金会朗诵。朗诵会由
爱尔兰诗人、曼彻斯特大学写作中心教授约翰·麦考利夫（John
McAuliffe）主持。之后参加曼城彼岸文学工作坊的活动。之后
回国。

10 月　再赴欧洲，参加西班牙第八届马德里国际歌节，在马德里
伯爵公爵文化中心（Calle Conde Duque）诗歌节开幕式朗诵，西
班牙汉学家宫碧兰（Pilar Gonzalez）朗读译文。在马德里自治大
学文学哲学系做名为"中国当代诗歌写作作为世界当代诗歌写作
的一部分"的讲座。在伯爵公爵文化中心接受西班牙国家电视台
采访，之后与诗人、塞万提斯总院院长路易斯·加西亚·蒙特罗
（Luis Garcia Montero）一起登台朗诵，之后与蒙特罗、宫碧兰、
中国青年学者汪天艾在现场座谈。参观西班牙皇宫。此次活动的
推动者为中国文化和旅游部中外文化交流中心和北京合天汇国际
文化有限公司。

11 月 7 日　在上海复旦大学参加中澳文学论坛。

11 月 8—14 日　由上海出发赴日本大阪、京都、奈良，参与由腾

讯网与大伙文化公司合作的有关日本文化的纪录片拍摄。

11月　与武艺赴长春，围绕吉林美术出版社出版的《淡淡的我——西川、武艺对话录》在东北师范大学举行对谈。

12月6日　获瑞典马丁松玄蝉诗歌奖（Cikada Prize）、日本东京国际诗歌奖。颁奖仪式在瑞典驻华使馆举行。瑞典驻华大使Anna Lindstedt（林戴安）、马丁松诗歌奖评委会主席、瑞典前驻日本大使Lars Vargö向西川颁授玄蝉奖，中国旅日诗人田原代表评委会向西川颁授东京奖。

12月　香港中文大学出版社出版繁体字版《唐诗的读法》。该书在附录中增加西川6月演讲稿《杜甫的形象》，较北京版《唐诗的读法》多出13000字。

12月11—23日　再赴日本拍摄纪录片。旅及岩手县平泉、松岛、东京、石川县轮岛、伊贺县上野、滋贺县信乐、香川县高松、京都、大阪、奈良等地。

2019年

1月　因《唐诗的读法》获2018年度书业评选·年度作者奖。另一位获奖人为经济学家薛兆丰。

1月　北京师范大学出版社与巴林Masaa出版社合作出版由埃及青年汉学家Yara El Masri翻译的西川阿拉伯语诗集《黧黑的庙堂》。

2月　日本思潮社出版由竹内新翻译的《西川诗选》。

3月　由中国作家协会组织，与吉狄马加、树才、卢文丽、冉冉赴爱尔兰参加科克国际诗歌节，顺访都柏林，之后转道法国里昂，参加"诗人的春天"朗诵活动。

4月　在北京师范大学珠海分校参加莫言和余华的北京师范大学教授受聘仪式以及毕飞宇出任北京师范大学驻校作家的仪式和研讨。做"古今诗歌写作之异同"的讲座。

5月　在山西汾阳贾家庄和碛口参加由贾樟柯创办、欧阳江河任文学总监的吕梁文学季，在汾阳中学举办题为"今天如何读唐诗"的讲座，在贾樟柯艺术中心做《前现代诗歌写作与现代诗歌写作》的演讲。在碛口与于坚、韩东、潞潞等对谈"从乡村出发的诗歌写作"。

5月　在上海出版人倪卫国的安排下，在北京与斯洛文尼亚诗人Aleš Šteger见面并在北京大学采薇阁参加其作品研讨会。

5月　参加凤凰网举办的第六届"春天读诗"活动。朗诵《平原》《西川省纪行》《一个发现》《尽量不陈词滥调地说说飞翔》《自言自语》等诗。

5月　参加在北京举办的第四届中欧国际文学节。6月1日与保加利亚女诗人Keti Bozokuva、瑞典女诗人Ulrika Nielsen就"于诗人而言，万物皆有用"（To a Poet Nothing can be Useless）话题在中信书店（启皓店）举行对谈。

5月　分别在鲁迅文学院、中华女子学院等地做讲座，题目包括

"从中国古典诗歌的现代汉语翻译说起""艺术家的开合度""从男性角度看女性诗歌写作"等。

6月　赴德国参加第二十届柏林诗歌节。诗歌节宣传册上对西川的评价是"当代诗歌的巨匠之一"（Xi Chuan ist einer der großen Dichter der Gegenwart /Xi Chuan is one of the greats of contemporary poetry）。在柏林艺术学院（Akademie der Künste）与南非 Yugen Blakrok、德国 Rainer René Muller、伊朗 / 美国 Fatemeh Shams、美国 Eileen Myles 等诗人做开幕朗诵，并在同一个地点与德国女诗人、翻译家 Lea Schneider（许莉雅）做英文对话，对话题目为"奥迪 A6 是奔汉朝的"。在 Haus für Poesie（诗歌之家）做汉语朗诵录音。宿柏林 Maritim 酒店。

6月　北京 798 尤伦斯画廊举办名为《毕加索：一个天才的诞生》的盛大展览。分别在尤伦斯画廊与塞万提斯学院与《毕加索诗集》译者余中先，塞万提斯学院总部文化部部长、诗人马丁·洛佩斯 - 维加（Martín López-Vega），马拉加毕加索博物馆艺术总监何塞·莱夫雷罗（José Lebrero），马拉加大学艺术史教授欧亨尼奥·卡尔莫纳（Eugenio Carmona）座谈毕加索的诗歌创作。

6月 27日　晚 9：00 由腾讯网投资、大伙儿纪录公司拍摄制作的关于日本文化的 8 集纪录片《是面包，是空气，是奇迹啊》上线。每周四播出下一集。该片总导演王羽、执行总导演李海燕，出镜人为歌手陈粒、演员夏雨、西川。第一周内付费 VIP 观众点击量达 4319 万。7月 4日起全网免费播出第 1集。此后播出模式均如此。

7月 《北京文学》发表西川诗7首，其中包括《一个人走向我》《何谓》《死于感冒的人》《碰巧的人》等。

7月 赴西安参加亚洲书店论坛，获颁2018年度最具影响力诗人奖。

8月7日 12：48 陪伴西川12年之久的德国枪猎犬魏玛犬蒙哥亡故。在忘川彼岸动物服务中心火化。

8月 西川作为诗歌组终审评委赴香港参加香港中文文学双年奖评选工作。香港特区政府6月份因试图修订《逃犯条例》激起学生抗议，后演变为暴力抗法。

9月 原拟赴台湾参加台北国际诗歌节，因国家文化和旅游部7月31日发布的《海峡两岸旅游交流协会关于暂停大陆居民赴台个人游试点的公告》而未能成行。

10月 中央美术学院艺讯网播出西川视频演讲《有多少才华才可以横溢》。

10月 随"大伙儿纪录"两次出门拍摄纪录片《与古为友》。第一次拍摄与歌手陈粒一起赴西安和浙江天台山，第二次拍摄赴苏州。后续补拍在北京延续到12月份。

11月 在中央美术学院学术报告厅与美国诗人、翻译家徐贞敏主持由北京师范大学国际写作中心组织的第8季翻译工作坊"跨越语言的诗意——中外诗人朗诵会"。

11月 赴马来西亚参加槟城乔治市文学节。在 UAB Building 与丽欠卡·卡尔（Rebecca Karl）、卡洛琳·坎（Karoline Kan）就"中国世纪"主题举行研讨会，在 Black Kettle 朗诵（埃利奥特·温伯格、杰弗里·扬 Jeffrey Yang 朗读英译文）。"大伙儿纪录"三人随行。

11月 赴深圳参加作为深圳读书月活动一部分的第十三届"诗歌人间"活动。

11月 由深圳赴厦门参加香港国际诗歌之夜厦门站活动。在纸的时代书店朗诵。

12月 在单向街杭州店举办的雷克萨斯"预见生活之美"的活动上演讲。

12月 台湾九歌出版社出版陈大为、钟怡雯主编的《华文新诗百年选》（中国大陆，一、二卷），内收西川诗4首（3首早期）。

2020年

1月 受德国诗人、毕希纳奖获得者简·瓦格纳（Jan Wagner）邀请赴德国科隆参加第六届 Poetica 世界文学节（Poetica 6 Festival für Weltliteratur）。参加文学节的诗人、作家、批评家有 Günter Blamberger, Tadeusz Dabrowski, Erik Lindner, Luljeta Lleshanaku, Agi Mishol, Hellen Mort, Herta Müller, Ernst Osterkamp, Sergio Raimondi, Xi Chuan, Serhij Zhadan。文学节的主题是"反抗的艺术"（The Art of Resistance）。开幕朗诵在 Morphomata Lounge 举行，西川作为开幕朗诵的第一位朗诵者，所读诗作为《戒律》。此后，西川又在科隆大学（University of Cologne）、科隆媒体艺术学院（Academy of Media Arts Cologne）、科隆文学之家（Literaturhaus Köln）、Morphomata 图书馆、Schauspiel Köln 剧场等地多回参加朗诵会、研讨会和诗歌表演。有一场朗诵以西川《蚊子志》为主题。研讨会的主题包括"Poetry Makes Nothing Happen"，"Eine Verteidigung der Poesie（为诗歌辩护）"等。西川诗德文译者 Lea Schneider 亦从柏林赶到科隆参加活动。1 月 20 日德国一广播电台在报道本次文学节时称西川为"世界最重要的诗人之一"。23 日《科隆日报》（Kölner Stadt-Anzeiger）报道西川与赫塔·米勒参加文学节的情况，并配发西川诗《墙角之歌》德译文。24 日，西川接受 Tadeusz Dabrowski 为波兰格旦斯克电台所做的采访。参观 Kolumba 博物馆。时值中国鼠年春节。

1 月 27 日　回到新型冠状病毒性肺炎疫情蔓延的国内。武汉封城。北京街头行人、车辆迅速减少。

1 月 30 日晚 11 点　用手机通过网络参加在美国纽约召开的牛津大学出版社 Hsu-Tang 中国古典文学丛书第一次编委会，持续至北京时间 31 日凌晨 2 点，通过《大戴礼记》等书的翻译出版项目。

1 月　蒙古国一出版社出版由达·岗宝鲁德策划、哈森编选的《中国当代诗歌 111 首》，收入包括西川在内的 36 位诗人作品。

1—5 月　居家，在工作室。

3 月 13 日　诗歌岛微信公众号发表西川专辑《灾难书写：新的和旧的》，内容包括《2020 年 1 月 27 日自科隆经伊斯坦布尔回到我疫情传布的城市》《口罩颂》《好好》《疫期赠同好》（古体诗）

《书于汶川大地震后一个月》《汶川大地震震后问题思考备忘录》（杂文）《小老儿》。《口罩颂》等四首诗 4 月份再发表于黄礼孩主编的 2020 年第 1 期《中西诗歌》杂志。

4 月 23 日　由建投书局、大象记录、腾讯视频联合出品的《书房里的世界观》第 1 季上线。第 1 集《西川书房》。

4 月　西川编、陈雨作肖像插图的《灰烬的光芒：世界抒情诗选》由果麦出版公司策划、天津人民出版社出版。该书上市迟至 6 月。

5 月　因在《北京文学》月刊 2019 年第 7 期发表的《西川的诗》获该杂志优秀作品奖。

5 月 22 日　在北京参加印度女诗人 Mamta Saga 组织的 Zoom Kaavya Sanje 诗歌之夜朗诵会，朗读《无关紧要之歌》。参加活动的还有西班牙、英国、马耳他、斯洛文尼亚、阿拉伯诗人。

5 月　澳门中国艺文出版社出版尹吉男、李军、西川三人对话录《八日谈：我们能摸准艺术的脉搏吗？》

6 月　西川在北京师范大学获评博士生导师。

7 月 25 日　参加由 Tammy Lai-Ming Ho 主持的 Zoom 国际翻译研讨会 Translation Encounters。参加者：西川，柯夏智，伊藤比吕美（Hiromi Ito），Jeffrey Angles，Eva Wong Yi，Jennifer Feeley。

7 月　西班牙马德里 Huerga & Fierro 出版社出版由阿根廷人 Roberto H. E. Oest 与北京大学外语学院贾永生合译的西川诗选《我藏着我的尾巴》（ *Entierro mi cola* ）。西班牙诗人 Milagros Salvador 作序。

8月　赴杭州参加大运河诗歌节

9月2日　五洲传播中心、Discovery探索传媒集团、人民日报新媒体中心、腾讯视频联合出品的关于中国传统文化的系列纪录片《与古为友》上线，第1集西川与歌手陈粒出镜，讲述唐人如何写诗，涉及王维与寒山。本纪录片系列共6集，各集出镜艺术家还有徐冰、邵帆、夏回等。本纪录片系列11月初在新加坡媒体节上获得新加坡亚洲学院颁发的"亚洲影艺创意大奖"（Asian Academy Creative Awards）中的"最佳纪录片系列""最佳剪辑""最佳摄影"等奖项。该奖项面向16个亚太国家。本片制作者为大伙儿纪录公司，导演王宇，制片袁媛。在筹划和拍摄过程中西川多有参与。

9月　赴西安，在方所书店开幕式上做"唐诗说唱"表演。

9月　在印度驻马达加斯加和科摩罗大使、诗人库马尔（Abhay K.）致联合国教科文组织总干事奥德蕾·阿祖莱（Audrey Azoulay）女士倡议设立"联合国教科文组织桂冠诗人"的信函上签字。信函由美国艾奥瓦大学国际写作项目中心主任、诗人克里斯托弗·梅里尔（Christopher Merrill）转西川。西川亦将该信转北岛。在倡议信上签字的其他诗人有Wole Soyinka, Adam Zagajewski, Simon Armitage, Joy Harjo, 吉增刚造（Gozo Yoshimasu）等。

9月18日　在鲁迅文学院录视频，朗读《鹰的话语》片段，参加多米尼加线上国际诗歌节。

9月　西川两幅水墨山水画参加在苏州过云楼举办的"月明千里

故人来：当代文人艺术展"。其中一幅被两位韩国女性买去。

10月　在第27期"玉河夜话"活动上与哲学家陈嘉映对谈《人文主义者的现在时》。对谈内容由天安时间BCA微信公众号发表。

10月　在爱慕美术馆第二届爱慕艺术季上与徐冰、尹吉男座谈"疫情时期的艺术与社会"。

10月　参加由十月文学院和纸托邦（Paper Repubic）组织的线上"十月国际文学城市对话·北京对话伦敦"活动。北京作家聚集佑圣寺十月文学院。参加者包括吉狄马加、邱华栋、李洱、石一枫、西川、英国作家Alan Macfarlane，David Vann，Steven J. Fowler，Dylan Levi King。由吕约与Jack Hargreaves（沈如风）共同主持。

10月　北京师范大学国际写作中心微信公众号发表西川短文《一个可有可无的声明》。

10月19日　《三联生活周刊》2020年第42期发表记者孙若茜就诺贝尔奖获得者、美国诗人路易斯·格丽克对西川的采访《格丽克是在恰当的时候被选择了》。该刊微信公众号在发表这篇访谈时将题目改为《她让一个普通人，变成不可被替代的存在》。

10月　在河北黄金海岸阿那亚参加第六届单向街书店文学节。与贾樟柯、梁鸿座谈。

10月　作为终评委出席在北京举办的宝珀理想国文学奖颁奖仪式。仪式由梁文道主持，五位终评委中的苏童、张亚东、西川出席活动（上海孙甘露、台湾杨照未出席）。获奖者为双雪涛。在网上观看直播的人有9000万之众。颁奖活动结束之后接受音频

"随机波动"（Stochastic Volatility）的采访，网络发表采访内容时题目取为《冒着失败的危险写作，诚实地做一个当代人》。理想国出版公司的公众号转载。

11 月　应广州美术学院图像与历史高等研究院邀请赴该校做名为《唐诗写作的视觉现场》的讲座。讲座内容后由该研究院公众号发表。

11 月　赴重庆参加北京师范大学与重庆一中共建项目。27 号接到北岛短信，告老木去世。

12 月　西局书局微信公众号发表西川文章《怀念老木》。

12 月　由杨炼主编的网刊《幸存者诗刊》第 3 期发表西川长诗《2020 年新冠病毒疫情纪事》。12 月 30 日由该刊微信公众号再发表。但《幸存者诗刊》旋即被关闭。

2021 年

1 月　《三联生活周刊》2021 年第 1 期发表西川文章《石鼓·石鼓文·石鼓歌》。3 月 5 日，《三联生活周刊》微信公众号推出该文的网络版，题目改为《苏轼韩愈都爱的"石鼓"，藏着怎样的千古秘密？》。

1 月　翟永明主持的成都白夜微信公众号发表西川长诗《梦想着灵魂飞扬的文字》，并由活字文化公众号转发。

1 月　华东师范大学出版社出版由李栋翻译的美国诗人弗罗斯

特·甘德2019年获得普利策诗歌奖的诗集《相伴》，书后附有西川专为此诗集所写的文章《一本与爱、生命、死亡相对称的诗集》。3月7日《文学报》网络推送将题目改为《诗人笔下的亲情，足以让世界缠绕成花环》。4月15日，在《新京报·书评周刊》与华东师范大学出版社的组织下，与甘德、王寅、李栋一起为此书的发行做网上对谈。

3月3日　澎湃新闻网络发表西川文章《貔貅思维的盲区》。该文系回应网络上针对贾浅浅诗歌所涉屎尿问题而燃起的屎尿诗歌、中国当代诗歌大批判，但本文并未直接涉及贾浅浅。

3月16日　在北京法国文化中心参加由法国驻华使馆举办的当代诗歌朗诵会（作为法国"诗人的春天"Printemps des poetes活动的一部分）。参加朗诵会的中国诗人还有欧阳江河、蓝蓝、树才、吉狄马加，法语诗人Christophe Manon（法国）、Nimrod（乍得）、Lyonel Trouillot（海地）、Ananda Devi（毛里求斯）以视频形式参加。法国驻华大使馆文化、教育与科学事务公使衔参赞高明（Mikaël Hautchamp）与树才主持。

3月　《大家》杂志第2期以西川为封面人物，以《有思》为总题目发表西川诗作《我是谁》《想象杞人忧天的样子》《唯我》《古意和古意之死》《活物》《香》。有网络推送。

3月　三联书店出版《唐：中国历史的黄金时期》。本书为《三联生活周刊》"三联中读"网络编辑室组织的关于唐代文化的音频课程内容。参与授课的包括荣新江、辛德勇、孟宪实等专业历史学者。收入本书的西川的授课内容为《书写时代的唐代诗人》。

4月 赴成都参加"三联人文城市奖"的颁奖活动，在"人文城市论坛"做题为《形形色色的城市诗意何在？》的演讲。文字稿在网络上发出时题目被改为《一个遇不到"鬼魂"的城市索然无味》。

4月 在大千艺术中心的组织下与尹吉男、隋建国等赴贵州凯里考察苗寨，为8月份的苗寨文学艺术项目做准备。走访了格冲种植林、南花村苗寨、营盘村苗寨、季刀苗寨、猫猫河苗寨、曼洞村苗寨等。

4月23日 世界读书日。在北京十月文学院与刘文飞、石一枫一起参加名为"浅阅读时代的文学深阅读"的对谈活动。

4月 与欧阳江河、张清华一起赴青岛参加"春之声"诗会。

4月 在北京77剧场与戴潍娜、陈涌海、刘耀东等举办诗歌朗诵和民谣演唱活动，名"东派诗歌节"。

5月 赴江苏兴化，参加由泰州兴化市文联主办、兴化中学等单位承办的"语言动作——西川诗歌朗诵会"。朗诵会在兴化文化馆举行。这场朗诵会的幕后推动者为小说家毕飞宇。毕飞宇、欧阳江河、庞余亮等参加朗诵会，张清华以视频录像的方式参加。西川在活动最后登台朗诵《尽量不陈词滥调地说说飞翔》《蠢话》《香》等3首诗。

5月 "看理想"旗下由鞠白玉主持的《祛魅：当代艺术入门》系列音频节目连续播出两期主持人与西川的对谈。第1集《平静而深邃的"中游",危险一点不少》。第2集《捍卫智力,捍卫精神》。

5月　应校刊《京师学人》邀请在北京师范大学做《母语写作:语言的多重变体》讲座。

5月　赴广东湛江参加由黄礼孩组织的"大海在重新开始"诗歌朗诵会。一同赴会的还有于坚、吕德安、蓝蓝、姚风等。

5月　《诗收获》杂志春之卷发表"西川诗选"专辑并配发王宏伟评论《诗与剧的跨界交融——西川诗集〈够一梦〉研究》。

5月　网刊《诗人名典》0375期发表西川《金灿灿》《开门。在杭州转塘想起苏轼》《拉萨之于我》等9首诗,以及唐明和草鹤的长篇评论《这是西川么,他还是西川么? 他怎么可能是那个曾经美妙的西川……》。

5月　应韩少功之邀赴长沙,在湖南大学做题为《诗歌:古典与现代》的讲座,在岳麓书院与韩少功、叶兆言做题为《文学的修养与激情》的对谈。

6月　赴河北昌黎参加第一届阿那亚戏剧节。12日、13日,作为"环境戏剧朗读"一部分、由赵红薇指导的4人演员团体在阿那亚礼堂朗读西川《鹰的话语》。13日,郝蕾、陈明昊、许知远与西川在孤独图书馆举行"海边对话"。

6月　与"大伙儿纪录"导演刘佳韵、摄像张鸿杰、录音小董一起,赴安徽怀宁查湾海子家乡参加"海子书馆"的开业仪式。"海子书馆"匾额由西川题写。

7月　与"大伙儿纪录"导演刘佳韵,摄像张鸿杰、王英翰,录音马明等，经青海西宁转赴海北州刚察哈尔盖镇，参加由刚察县委和《青海湖》杂志社主办的"诗意星空·西川记忆"草原诗会。36 年前西川 22 岁写下《在哈尔盖仰望星空》一诗。西川与众朋友在雨中重新走访了旧日的哈尔盖火车站。刚察县在哈尔盖普氏原羚（黄羊）观测站诗歌苑竖起一座凿刻有西川手迹《在哈尔盖仰望星空》，高 3 米多、重 29 吨的祁连山墨玉。27 日下午西川和众人来到青海湖畔，天空现五彩祥云（"青海在线网"28 日鲁海波报道《诗与远方的邂逅》中提及此瑞象）。朗诵会在青海湖畔临时搭起的一顶大帐篷中举行，西川朗诵旧作《在哈尔盖仰望星空》并献唱英国诗人罗伯特·彭斯的《我心在高原》和美国民歌《草原上的家》，友人和演员们亦朗诵了西川、海子、昌耀的作品，演员们亦表演了藏族歌舞。当地领导、附近居民和青海省作家、诗人、学者龙仁青、马海轶、马钧、郭建强、曹有云、刘晓林、杨廷成等参加活动。诗人、海北州州委书记班果、副书记杨海龙等在刚察蕃域酒店与西川相会。刚察县副县长吉狮卫、宣传部部长陈雪晴、文体旅游局局长才旦始终陪同。才旦为此项活动的核心组织者。刚察县有意将此项活动连年续办，西川建议将活动改名"仓央嘉措艺术节"。相传刚察仙女湾为六世达赖喇嘛仓央嘉措的隐遁之地。

8月　线上参加北岛组织的香港国际诗歌之夜的第七场活动："突围：朗诵与对话"，朗读诗歌《碰巧的人》《日常》《何谓》《围海造田》，与柯夏智做对谈。芒克亦以录像方式参加朗诵。

8月 《今天》杂志130期夏季号刊出"视野：西川特别专辑"，首次发表长诗《絮叨，或思想汇报》、理论随笔《古诗的合辙脱相与散文化现象，兼论诗歌的音乐性》和北京宗教建筑调查报告《北京：最后的迷信》等。

9月 赴贵州绥阳参加《十月》杂志与"十二背后"景区组织的"生态文学奖"和"梅尔诗歌奖"颁奖活动，获"梅尔诗歌奖终身成就奖"。

9月 在北京师范大学文学院新生开学典礼上致辞。

9月 在中央美术学院设计学院做题为"母语与思维方式"的讲座。

9月 在十月文学院参加北京国际图书博览会（BIBF）"诗歌之夜"活动。

9月 赴兰州，在西北师范大学传媒学院举行"黄河之夜"个人诗歌朗诵会，并以"现代汉语的处境及其可能性"为题做讲座。"大伙儿纪录"总导演王宇和拍摄小组随行。

10月 在北京鼓楼西剧场诗人胡续冬的追思会上讲话。

10月 第二十四届北京国际音乐节在保利剧院举办郭文景交响作品专场音乐会。由黄屹指挥中国爱乐乐团演出了四部郭文景作品。其中第四部是为女高音和管弦乐队而作的《远游》。该作品系根据西川早期长诗《远游》谱写，17年前已完成头三个乐章，曾由香港管弦乐团在香港文化中心音乐厅首演，指挥：艾度·迪华特，第四乐章新近完成。现场女高音由歌唱家宋元明担任。

10月　通过网络参加编辑部设在纽约的牛津大学出版社徐唐中国古典文学丛书编委会会议。

10月　与芒克、欧阳江河等同赴杭州参加由舒羽组织的第十届大运河国际诗歌节的闭幕演出，在活动现场擂鼓朗诵两首汉代古诗，一首为《明明上天》，一首为《生年不满百》。"大伙儿纪录"拍摄小组随行。

10月　由杭州转赴徐州，参加《扬子江诗刊》组织的诗歌活动。在江苏师范大学与吉狄马加等进行有关当代汉语诗歌海外传播问题的网络直播座谈会。这是西川时隔40年再访徐州。西川与随行的"大伙儿纪录"拍摄小组一起寻访了西川童年时代生活过的民主路、出生的医院，并去云龙山访谒东坡石床和汉楚王陵、采石场遗址。

11月23日　由李文举任总导演、原媛任执行总导演、在2018年秋天拍摄的5集纪录片《跟着唐诗去旅行》经过多年耽搁（其中《李白 仙山》一集后来重拍），在央视九套（纪录片频道）播出。西川在第1集《杜甫 江湖》中任串讲人，讲述杜甫晚年从甘肃南部到成都到奉节到挽洲的经历。

12月　由活字文化策划编辑的西川《北宋：山水画乌托邦》一书由四川人民出版社出版。

12月26日　央视四套播出5集纪录片《诗约万里》。西川参与了为这部片子挑选中外古今诗歌作品的工作，并在第4集中出镜，与主持人梦桐拜访诗人高星位于新王峪的新居。

2022 年

1月1日　央视九套播出由李文举任总导演的纪录片《自然的力量·大地生灵》第1集。该纪录片共6集，由西川做旁白解说。

1月6日　大渔大师课 Dayu Masterclass 付费课程上线发布会在北京大董海参店举行（由于疫情管控，活动只能在私人场地举行）。此前大渔已在网上发布西川诗歌课程的宣传片，受众反响强烈。整部片子由刘宽 Kiva 执导，拍摄于2018年。至此终于落地。

2月　网刊 Artnet 发表周婉京对西川的访谈《我们如何阅读经典》。

2月　《中国新闻周刊》总1033期发表徐鹏远对西川的访谈《在思想和写作实践上，我是中国最前卫的人》。

3月　西苑出版社出版西川诗集《接招》。因书中所收内容被出版社要求撤换和更改。该书成品距作者初衷较远。且因疫情造成运输、投递等原因，西川到4月中旬才见到此书。

3月31日　凤凰网凤凰文化栏目主持人魏冰心与西川做访谈直播。观看者16.7万人。4月19日凤凰网发表该访谈的文字稿《亲近古人不是靠一味吹捧》。

4月15日　在中国作家协会参加中国—拉美国家文学论坛。阿根廷、智利、墨西哥、哥伦比亚作家、诗人在线参加会议，中国作家、诗人集中在作协参加。论坛的主题为"创作之源"。铁凝首先致辞。

4月19日　为配合北岛读本《必有人重写爱情》的出版，理想国在北京朗园 Vintage 举办同题北岛作品朗诵会直播。参加朗诵的嘉宾除北岛本人外，还有芒克、黄锐、鲍昆、蓝蓝、许知远、老狼、钟立风、西川等。来到现场的还有李零、唐晓峰、徐晓等北岛老友。朗诵会由陈晓楠主持。观看直播者达到 50 余万人。

4 月 23 日　为配合翟永明新诗集《全沉浸末日脚本》的出版，在一页编辑部的组织下，西川与翟永明做直播对谈。

5 月 23 日　为纪念三联中读 5 周年和三联书店 90 周年，三联中读线上播出以"回到未来"为主题的中读知识大会特别现场演讲活动。活动邀请的演讲人为西川、王澍、渠敬东、辛德勇、刘东。西川在北京南池子美术馆的演讲题目为《在英文世界里，如何还原唐诗现场》。

6 月 16 日　由青年艺术家陈敏凯导演的西川 20 分钟论说纪录片《山水之上》在 bilibili 上线。该片由国际儒学联合会投资、活字文化组织拍摄。拍摄缘起为西川《北宋：山水画乌托邦》的出版。

7 月　由西川作序的周婉京中短篇小说集《取出疯石》出版。西川与吴冠平、丛治辰、杨紫等一起出席在北京朝阳大悦城单向街书店举办的周婉京新书发布会。该书 10 月获第四届 PAGEONE 文学赏首赏。

7 月　纽约新方向出版社出版由柯夏智翻译的第二本西川诗集《开花及其他诗篇》(*Bloom and Other Poems*)。施家彰与 Rosmarie Waldrop 为该书撰写推荐语。旋即，芝加哥诗歌基金会网站发表女诗人 Heather Green 的短篇书评称赞西川具有"魅力超凡的声音"(charismatic voice)。新方向第一本西川诗集《蚊子志：西川诗选》出版于 2012 年。

7 月　克罗地亚扎格列布 Vukovic & Runjic 出版社出版由 Dinko Telecan 翻译的西川诗集《乔装的历史》(*Prerusena povijest, history in disguise*)。克罗地亚报纸 Jutarnji list(《晨报》*Morning Post*)8 月 3 日在其文化版发表该国重要批评家 Dario Grgic 的热情洋溢的书评,文中说:"若老子生在我们时代,……他就会写下这样的诗歌。"

8 月 19 日　世界人道主义日。联合国难民署(UNHCR)在北京前门 PageOne 书店举办难民主题书展"流动的世界,不变的家"。联合国驻华协调员常启德(Siddharth Chatterjee)、联合国难民署驻华代表卢沛赫(Vanno Noupech)致辞之后,西川用英语致辞,并用中英双语朗诵了联合国难民署亲善大使、苏丹裔诗歌表演艺术家 Emtithal Mahmoud 的诗歌 Di Baladna(Our Land)片段。

8 月 20 日　《三联生活周刊》"行读图书奖"最后一轮评选在杂志编辑部举行。终评委陈嘉映、西川、李敬泽、王铭铭(线上)、曾焱参加。此前经过初评委、复评委两轮评选已决出 30 本书的入围短名单。终评过程线上直播。最后评出中文原创和外文译介各 3 本著作。

9 月 1 日　美国《巴黎评论》在其推特上的《巴黎评论每日一诗》栏目推出柯夏智译西川《悼念之问题》一诗,在英语世界获大量转发。

9 月　《纽约时报》推荐第二季度翻译著作 77 部,其中 5 部来自中国，西川《开花及其他诗篇》在列。

9月 美国卓具影响力的《哈泼斯杂志》（*Harper's Magazine*）发表西川诗歌《内部》的柯夏智英译文 *Inside*。

9月5日 《三联生活周刊》（2022年第36期，总第1203期）刊出西川就"行读图书奖"做出的感言谈话《思维问题，几乎就是语言问题》（孙若茜据西川口述整理）。此谈话由西川本人整理成文章，15日以《用中文思考的可能性》为题，发表于三联生活周刊微信公号，获大量阅读和转载。

9月 《北京文学》发表西川包括《内部》在内的10首诗。

9月 赴青岛参加青岛诗歌节。由于疫情原因，青岛飞北京的航班被取消，只好乘高铁到济南，再由济南乘另一趟高铁返京。核酸码弹窗。

10月 由活字文化公司组织拍摄的付费课程《西川的诗歌课》在 bilibili 上线。

10月 赴海南三亚陵水县分界洲岛参加江苏卫视纪录片《我在岛屿读书》的拍摄。一同出镜者为余华、苏童、房琪，到访者有欧阳江河、叶兆言、祝勇、黄蓓佳、周云蓬等。拍摄完成后，西川与余华自三亚同机返京。

10月 赴成都参加《三联生活周刊》主办的"2021—2022三联人文城市季"活动。顺便在翟永明的白夜新址做题为"杜甫的艺术家朋友"的讲座。该讲座两年前既已筹划，因疫情原因一再推迟。讲座结束后西川旋乘高铁至重庆，由重庆乘飞机返京。成都至北京的航班被取消。西川回京后核酸码弹窗。

11 月　与孙新堂一起线上参加哥斯达黎加国际诗歌节。

11 月　瑞典 Karavan 杂志创刊 30 周年特刊发表 Anna Gustafsson Chen（陈安娜）翻译的《开花》一诗。

11 月　今日头条、江苏卫视联合出品的外景纪实类读书节目《我在岛屿读书》播出和上线。

11 月　线上参加长沙岳麓山诗歌节，与身在美国的王寅线上对话，谈诗歌与诗人的跨界问题。

12 月 8 日　《三联生活周刊》发表艾江涛对西川的长篇专访《诗歌可以唤醒我们》。

12 月 14 日　父亲刘世力因感染奥密克戎病逝于蓟门桥家中，享年 89 岁。

12 月 17 日　因暂时未将父亲去世的消息透露给任何人，西川只好按原计划通过 Zoom 线上参加日本"北九州诗人会议 2022"中以"诗与远方"为主题的"中日诗人会议"。中方与会诗人还有于坚、阎志、路也，日方现场出席会议的有高桥睦郎、竹内新、平田俊子、渡边玄英、石松佳，田原在日本现场担任主持和翻译。西川在发言中谈到此际北京疫情、丢失的"附近"、个人经验和日本书法家井上有一。

12 月 20 日　《界面文化》发表董子琪对西川专访《我们要提防盛大的平庸景观，这样的文化现实蔑视可能性》。

巨兽

JUSHOU

图书在版编目（CIP）数据

巨兽 / 西川著. --桂林：广西师范大学出版社，
2023.12
（时间文丛）
ISBN 978-7-5598-6449-9

Ⅰ. ①巨… Ⅱ. ①西… Ⅲ. ①诗集－中国－
当代 Ⅳ. ①I227

中国国家版本馆 CIP 数据核字（2023）第 191249 号

广西师范大学出版社出版发行
广西桂林市五里店路 9 号　邮政编码：541004
网址：http://www.bbtpress.com
出版人：黄轩庄
全国新华书店经销
广西民族印刷包装集团有限公司印刷
南宁市高新区高新三路 1 号　邮政编码：530007
开本：940 mm × 1 230 mm　1/32
印张：20　字数：330 千
2023 年 12 月第 1 版　2023 年 12 月第 1 次印刷
印数：0 001~6 000 册　定价：88.00 元

如发现印装质量问题，影响阅读，请与出版社发行部门联系调换。